J. L. Butler

J. L. Butler est un des pseudonymes de Tasmina Perry, une ancienne avocate britannique reconvertie en journaliste de mode durant les années 1990. Elle travaille notamment pour *Marie Claire* et *Glamour* et comme rédactrice du magazine *InStyle* (UK), puis elle lance en 2004 son propre magazine, *Jaunt*, dédié aux voyages et à la mode.

En 2006, son premier roman, *Daddy's Girls* (HarperCollins), rencontre un grand succès. Elle compte à présent treize romans à son actif et se consacre entièrement à l'écriture de ses livres. Tasmina Perry vit à Londres avec sa famille.

Retrouvez toute l'actualité de l'auteure sur :
www.tasminaperry.com

RIEN QUE POUR MOI

J. L. BUTLER

RIEN QUE POUR MOI

Traduit de l'anglais
par Caroline Nicolas

SONATINE ÉDITIONS

Titre original :
MINE
Ouvrage publié en accord avec Furniss Lawton.

Éditeur original : Harper Collins Publishers UK

ISBN 978-2-266-30965-3
Dépôt légal : novembre 2020

À J. P.

Il veut que sa femme disparaisse. Vous aussi...

Prologue

Je ne me rappelle pas grand-chose de la nuit où j'étais censée mourir. C'est amusant, la capacité qu'a le cerveau à refouler les souvenirs qu'il ne veut plus conserver ; vous savez sûrement cela. Mais si je ferme les yeux, j'entends encore les bruits de cette nuit de mai. Le hurlement d'un vent froid pour la saison, le branlement de la fenêtre de la chambre, l'éraillement de la mer sur les galets au loin.

Il pleuvait, aussi. Ça, je m'en souviens, parce que j'entends encore nettement dans ma tête le grincement ténu de l'eau sur le verre. L'espace d'une minute, il m'a hypnotisée. L'espace d'une minute, il a masqué le son de *ses* pas à l'extérieur : le clac, clac, clac lent et déterminé de ses semelles sur les dalles.

Je savais qu'il venait, et je savais ce que j'avais à faire.

Étendue sous la couette sur le lit à cadre métallique, je me suis forcée à rester calme. Les lueurs du chapelet d'ampoules éclairant le sentier côtier filtraient faiblement à travers la vitre. D'ordinaire, cette obscurité spectrale m'apaisait, mais ce soir-là, elle exacerbait mon sentiment de solitude, me donnant l'impression de flotter sans attache dans l'espace.

J'ai serré le poing, espérant que la pénombre rassurante du jour naissant allait bientôt se présenter à la fenêtre. Mais même sans regarder la pendule, je savais qu'il faudrait attendre pour cela quatre ou cinq heures au moins, et ce serait clairement trop tard. Les pas étaient arrivés juste devant la maison, et le grincement sourd d'une clé enfoncée dans la serrure a résonné dans l'escalier. Il était difficile de camoufler les bruits dans cette grande et vieille bâtisse, elle était trop fatiguée, trop usée pour cela…

Comment avais-je fait pour me retrouver dans cette situation ? J'étais allée à Londres pour avoir une vie meilleure, m'enrichir l'esprit et rencontrer des gens plus intéressants. Pour tomber amoureuse. Et voici ce que j'étais devenue : une mise en garde vivante.

J'ai entendu la porte d'entrée s'ouvrir en grinçant. Un air glacé s'infiltrait par les fêlures dans la vitre et me pinçait les narines. Il faisait aussi froid que dans une morgue ; une comparaison macabrement appropriée. J'étais même allongée comme une momie, les bras le long du corps, mes doigts tremblants glissés sous mes cuisses, aussi pesantes et immobiles que des poids morts me retenant ancrée au lit.

Alors que les pas atteignaient le haut de l'escalier, j'ai sorti les mains de leur cocon de chaleur pour les poser sur la couette en coton toute fraîche. J'avais les doigts crispés, les ongles enfoncés dans les paumes, mais au moins j'étais prête à me battre. Je suppose que c'était l'avocate en moi.

Arrivé devant la porte de la chambre, il a hésité et le moment a paru se condenser en un silence glacial, en suspens. Venir ici n'avait pas été une bonne idée. Fermant les yeux, j'ai lutté pour empêcher une larme solitaire de rouler sur ma joue.

Une légère pression du bois sur la moquette alors que la porte s'ouvrait. Tous mes instincts me soufflaient de bondir du lit pour m'enfuir, mais il fallait que j'attende de voir s'il allait faire ça, s'il en était capable. J'avais le cœur qui battait à tout rompre, les bras et les jambes paralysés par la peur. Je gardais les yeux fermés, mais je pouvais désormais sentir sa présence sinistre au-dessus de moi, mon corps diminué par son ombre menaçante. Je pouvais même l'entendre respirer.

Il a appuyé la main sur ma bouche, un contact froid et étranger contre mes lèvres sèches et pincées. J'ai ouvert les yeux, et vu un visage à quelques centimètres du mien. Le besoin de déchiffrer son expression, de savoir ce qu'il pensait, était trop grand. J'ai forcé pour entrouvrir les lèvres, prête à hurler, puis j'ai attendu. Que les choses suivent leur cours.

TROIS MOIS PLUS TÔT

1

Je n'étais de retour au cabinet que depuis cinq minutes lorsque j'ai senti une présence à la porte de mon bureau.

« Allez, remettez votre manteau, on sort », a dit une voix que j'ai reconnue sans même avoir besoin de lever la tête.

J'ai continué à écrire, concentrée sur le grattement de mon stylo plume sur la page, un son d'antan à l'époque numérique, en espérant qu'il allait s'en aller.

« Et que ça saute », a-t-il ajouté, réclamant mon attention.

J'ai jeté un coup d'œil à notre premier clerc avec un sourire réticent.

« Paul, je reviens juste du tribunal. J'ai du travail, des ordonnances à taper… »

Tout en parlant, j'ai sorti des papiers de ma mallette à roulettes. Il y avait une déchirure dans le cuir de celle-ci, ai-je remarqué, et j'ai noté mentalement de la faire rapiécer.

« Déj' au Pen and Wig », a-t-il annoncé en prenant mon trench noir sur le portemanteau à côté de la porte et en me le présentant pour que j'y glisse les bras.

J'ai hésité un instant, avant de me résigner à l'inévitable. Paul Jones était une force de la nature et désobéir n'était pas une option.

« En quel honneur ? » ai-je demandé en le regardant comme si une excursion à l'heure du déjeuner était une suggestion absolument extraordinaire. Généralement, ça l'était. Dans les six derniers mois, je ne croyais pas avoir mangé autre chose qu'un sandwich à mon bureau.

« Il y a une nouvelle associée chez Mischon. Je me suis dit qu'il était temps que vous vous rencontriez.

— Je la connais ?

— Elle vient d'arriver de Manchester. Vous allez bien vous entendre.

— On joue la carte du Nord pour courtiser les clients », ai-je répliqué avec un sourire, en exagérant mon accent régional pour un effet comique.

Attrapant mon sac à main, je l'ai suivi hors de mon bureau et dans le long escalier qui menait aux profondeurs de Middle Temple. On aurait dit une ville fantôme, même si à cette heure de la journée – peu après 13 heures – cela n'avait rien d'inhabituel. Les clercs étaient en pause déjeuner, les téléphones se taisaient et les avocats étaient encore au tribunal ou en train d'en revenir.

Lorsque je suis sortie dans la rue, la claque du vent frais sur mes joues m'a coupé le souffle. À moins que ce soit le complexe architectural qui s'offrait à mes yeux et qui, après quinze ans à y travailler, possédait encore la capacité de m'éblouir. En ce jour de février, il était d'une beauté particulièrement austère. Coincé entre le fleuve et Fleet Street, Middle

Temple, une des quatre *Inns of Court*[1] de Londres, est un dédale de cloîtres et de bâtiments classés, un morceau de la ville resté suspendu dans le temps, un des rares quartiers encore éclairés au gaz la nuit, et son apparence s'accordait bien à un jour humide et gris comme celui-ci.

J'ai enfoncé les mains dans mes poches en prenant le chemin du pub.

« Bonne journée ? »

Dans la langue de Paul, cela voulait dire : *Est-ce que vous avez gagné ?*

Il était important pour lui de savoir comment nous nous en sortions dans chacune de nos affaires. J'aimais beaucoup notre premier clerc : il était attentionné, voire paternel, même si je ne me leurrais pas un seul instant – sa sollicitude n'avait rien de désintéressé. Comme pour tous les avocats plaidants, mes clients m'étaient adressés sur recommandation personnelle ou professionnelle, et Paul, qui en tant que premier clerc gérait l'ensemble du système, touchait une commission proportionnelle sur tous les honoraires qui passaient le seuil de notre porte.

« Vous avez quelque chose d'intéressant cet après-midi, n'est-ce pas ? m'a-t-il demandé.

— Un rendez-vous préalable à la première audience avec avoué et client. Un divorce avec beaucoup d'argent en jeu.

— Combien exactement ? Vous savez déjà ?

1. Centres de formation au métier de *barrister* (avocat plaidant), réunis autour de la Cour royale de Justice et abritant de nos jours les bureaux d'une majorité de *barristers*.

— Ce n'est pas Paul McCartney non plus, ai-je répondu en souriant. Mais quelques millions quand même. »

Notre premier clerc a haussé les épaules.

« Dommage. Ça ne nous ferait pas de mal d'avoir quelques affaires en plus qui fassent les gros titres. Mais tout de même, félicitations, madame Day. Un divorce de cette taille est généralement réservé à la soie[1], mais l'avoué vous a expressément demandée.

— C'est Dave Gilbert. Je lui envoie un excellent scotch à Noël et il me chouchoute toute l'année.

— Peut-être sait-il que vous êtes la meilleure avocate de Londres. Si ma bourgeoise s'enfuyait avec un marchand de ferraille millionnaire, c'est à votre porte que je viendrais frapper », a-t-il répliqué avec un clin d'œil.

Le Pen and Wig, un pub typique du quartier de Temple qui nourrissait et abreuvait les avocats depuis l'époque victorienne, se trouvait à quelques minutes de marche de nos locaux. J'ai accueilli avec gratitude la bouffée d'air chaud qui nous a happés à l'intérieur de l'accueillante pièce lambrissée.

Puis j'ai froncé les sourcils, perplexe, en reconnaissant un groupe de mes collègues serrés les uns contre les autres dans une alcôve surélevée à l'autre bout de la pièce. Je n'étais pas habituée à en voir autant au même endroit, sauf lorsque nous étions réunis au cabinet pour un verre avec les clients.

1. *Silk* (soie) est le surnom donné aux conseillers de la reine (*Queen's Counsel*) en raison de la toge de soie qu'ils portent traditionnellement. Ce statut honorifique, conféré par lettre patente, est accordé au mérite à des *barristers* chevronnés.

« Qu'est-ce qui se passe ?

— Bon anniversaire ! a répondu Paul avec un grand sourire tandis que Charles Napier, notre chef de cabinet, se retournait pour nous faire signe par-dessus la tête de nos deux menues stagiaires.

— Donc on n'a pas rendez-vous avec une avouée ? » ai-je demandé avec embarras, me sentant victime d'un coup monté.

J'avais beau avoir choisi une carrière qui exigeait que je prenne la parole au tribunal, je détestais être le centre de l'attention. Par ailleurs, j'avais délibérément gardé le silence sur le fait que je fêtais mes trente-sept ans ce jour-là, ne serait-ce que parce que je voulais oublier ma marche inexorable vers la quarantaine.

« Pas aujourd'hui, a-t-il répliqué joyeusement en me guidant à travers le pub.

— Mince alors, il y a du monde, ai-je chuchoté, sachant combien il était difficile de rassembler autant de mes collègues en un même lieu.

— Ne laissez pas cela vous monter à la tête. Apparemment, ce cher vieux Charlie vient d'être présélectionné pour un poste de juge à la Cour suprême. Je crois qu'il est d'humeur à fêter ça et qu'il a promis à tout le monde le champagne s'ils venaient.

— Et moi qui croyais naïvement qu'il voulait lever son verre à ma santé.

— Qu'est-ce que vous buvez, jeune fille ?

— Un Schweppes citron, lui ai-je lancé, alors qu'il se dirigeait vers le comptoir, me laissant rejoindre seule Vivienne McKenzie, une des avocates les plus chevronnées de Burgess Court.

— Bon anniversaire, Fran, a-t-elle dit en me serrant affectueusement dans ses bras.

— Je crois que j'ai atteint l'âge où j'ai juste envie de faire comme si c'était un jour comme les autres, ai-je répondu en enlevant mon manteau pour le poser sur le dossier d'une chaise.

— N'importe quoi, a-t-elle vivement répliqué. J'ai vingt ans de plus que vous et j'aime toujours l'idée d'un nouveau départ et de résolutions toutes fraîches – un peu comme au nouvel an, mais sans le stéréotype et le stress d'un échec avant l'Épiphanie. »

Puis elle a ajouté, d'un ton légèrement complice :

« Alors, vous savez quel jour c'est, demain ?

— Le lendemain de mon anniversaire ?

— Le jour où la liste des conseillers de la reine est mise en ligne. Ce qui signifie…

— La réalisation du rêve de toute une vie pour quelqu'un, ai-je complété en souriant.

— Ça signifie que la période des candidatures pour les nominations de l'année prochaine commence », a-t-elle répliqué dans un chuchotement théâtral.

Je savais ce qui s'apprêtait à suivre. Espérant éviter cette conversation, j'ai laissé mon regard se promener dans le pub.

« Est-ce que vous envisagez de poser la vôtre ? a-t-elle insisté.

— Non, ai-je répondu avec une certitude que je n'avais même pas osé admettre en mon for intérieur.

— Vous n'êtes pas trop jeune, vous savez ? »

Je lui ai jeté un coup d'œil cynique.

« Exactement ce que toute femme a envie d'entendre le jour de son anniversaire.

— C'était censé être un compliment. »

Viv m'observait attentivement. C'était une expression que j'avais déjà souvent vue sur son visage. Les narines légèrement dilatées, les sourcils haussés de quelques millimètres, ses yeux gris fixés sur moi sans ciller. Elle avait la tête d'avocat la plus efficace de la profession et savait parfaitement en faire usage. Lorsqu'elle était ma directrice de stage, je m'étais souvent entraînée chez moi devant mon miroir après l'avoir observée au tribunal.

« Vous êtes l'une des meilleures avocates juniors du métier, a-t-elle repris avec chaleur. Les avoués vous adorent. Je peux nommer au moins une dizaine de juges qui vous écriraient une excellente lettre de recommandation. Il faut que vous commenciez à croire en vous-même.

— Je ne suis pas sûre que ce soit le bon moment pour postuler, c'est tout.

— Schweppes et chinon pour vous, m'a annoncé Paul avec un clin d'œil, les mains encombrées de deux verres à pied, d'une bouteille de vin et d'une cannette de soda.

— Comment avez-vous su que c'était mon anniversaire ? ai-je répondu avec un sourire en le débarrassant des verres.

— Je me fais un devoir de savoir tout ce qui se passe à Burgess Court. »

Il a servi le vin et relevé les yeux.

« Alors, conseillère de la reine. Ça vous tente, Fran ?

— Paul, pas maintenant, ai-je répondu, essayant de prendre cet interrogatoire à la légère.

— Pourquoi, pas maintenant ? Les candidatures ouvrent demain », a-t-il fait remarquer en jetant un coup d'œil à Vivienne.

Les larges épaules qui se trouvaient devant moi ont tressailli avant de se tourner.

« Je crois qu'il est temps pour moi de me joindre à la conversation, a fait une onctueuse voix de baryton.

— Salut, Tom », ai-je répondu à l'autre avocat junior arrivé en même temps que moi dans le cabinet. Il faisait une bonne tête de plus que moi et avait une carrure de rameur bâtie sur la Tamise.

« Je croyais qu'on t'avait appris les bonnes manières, à Eton, l'ai-je réprimandé.

— C'est le cas, mais je ne suis pas trop poli pour écouter les conversations des autres. Pas quand elles ont l'air aussi intéressantes, a-t-il répliqué avec un grand sourire, en attrapant la bouteille pour se resservir.

— Alors, a repris Paul. Quel est le verdict des avocats juniors les plus brillants de Burgess Court ? Postuler ou ne pas postuler pour endosser la soie ? Telle est la question…

— Eh bien, moi je suis dans les starting-blocks. Pas toi, Fran ?

— Ce n'est pas une compétition, Tom.

— Bien sûr que si, a-t-il répondu sans mâcher ses mots. Premier jour de stage, tu te rappelles ? Qu'est-ce que tu m'as dit, déjà ? Qu'en dépit de "mon éducation prétendument supérieure et ma stupéfiante confiance en moi", tu deviendrais conseillère de la reine non seulement avant moi, mais avant tout le reste de notre promo.

— J'ai dû dire ça pour t'énerver, ai-je répliqué avec une sécheresse feinte.

— Tu étais on ne peut plus sérieuse. »

Je l'ai regardé, admettant silencieusement ma propre surprise que Tom Briscoe n'ait pas encore été nommé conseiller de la reine. Sa réputation d'avocat de premier choix pour les femmes lasses de jouer les trophées au bras d'un mari millionnaire ne cessait de croître. Et quelle épouse n'aurait pas voulu se faire représenter par Tom Briscoe ? Beau, intelligent, célibataire. Il ne donnait pas que des conseils juridiques aux femmes ; il leur donnait aussi de l'espoir.

« Je crois que Charles est sur le point de nous faire un petit discours, a repris Tom en indiquant d'un signe de tête notre chef de cabinet, qui donnait de petits coups de cuillère sur son verre de vin. Je m'en vais me trouver une place aux premières loges. »

Paul est sorti du pub pour prendre un appel, et je me suis retrouvée seule avec Viv.

« Vous savez quel est le problème de Tom ? a-t-elle fait.

— Trop de testostérone dans le sang ? ai-je répliqué avec un sourire, en le regardant flirter avec une des stagiaires.

— Vous devriez au moins y réfléchir, a-t-elle repris plus sérieusement.

— Tout ce temps, ces efforts, ces dépenses que ça demande de postuler… Et pourquoi ? Les deux tiers d'entre nous seront refusés.

— Vous vous êtes bien renseignée. »

Elle a croisé les bras et pris une gorgée de vin d'un air songeur.

« Vous savez, Francine, j'ai une théorie concernant les inégalités de salaire entre hommes et femmes.

— Et c'est ?

— Les femmes ne demandent tout simplement pas. »

J'ai lâché un rire incrédule.

« Je ne plaisante pas. C'est quelque chose que j'ai vu je ne sais combien de fois. Les hommes croient en leur propre génie – que ce soit justifié ou non. » Elle a laissé passer quelques secondes pleines de curiosité. « Qu'est-ce qui vous retient vraiment ?

— Les gens comme Tom.

— Ne le laissez pas vous déstabiliser.

— Ce n'est pas lui. C'est le système, ai-je répondu doucement, donnant voix à la peur, à la paranoïa qui me tenaillaient depuis mon inscription au barreau. C'est terriblement snob, vous ne pouvez le nier.

— Les choses changent, a-t-elle répondu avec cette prononciation impeccable des élèves du Cheltenham Ladies College, me rappelant qu'elle ne pouvait pas vraiment comprendre.

— Combien de conseillers de la reine issus du système public y a-t-il, Viv ? Combien de femmes, d'habitants du Nord, de minorités ethniques… Dans notre profession, le haut de l'échelle est encore monopolisé par des hommes blancs de la haute bourgeoisie éduqués à Oxford ou à Cambridge, comme Tom.

— Je pensais que vous y verriez un défi à relever, a-t-elle répliqué, tandis qu'un tintement plus insistant de métal contre un verre retentissait dans le pub. Tout ce qu'il vous faut, c'est un gros dossier, Fran. Une affaire qui change la donne, qui vous fasse remarquer.

— Une affaire qui me changera la vie, ai-je murmuré.

— Quelque chose comme ça », a répondu Viv avec un sourire approbateur.

Nous nous sommes toutes deux retournées pour écouter Charles.

2

Je ne suis restée au Pen and Wig que pour un seul verre avant de retourner au cabinet, décidant de prendre le chemin le plus long, à travers le dédale de ruelles calmes, pour avoir le temps de fumer une cigarette. Il n'était même pas 2 heures de l'après-midi et déjà le jour semblait toucher à sa fin : les squelettes des arbres nus formaient comme des peintures rupestres sur le ciel couleur d'étain et les nuages sombres pesaient sur les toits, prêtant à la ville une morosité hivernale.

J'ai regagné Burgess Court quelques minutes après 14 heures, à temps pour un rendez-vous prévu au quart. Notre cabinet m'a toujours fait penser au terrier d'un clan de blaireaux : un groupe d'hommes sages et industrieux en longue robe noire et perruque de crin blanc au-dessus d'un visage au teint pâle ; même s'il y a un peu plus de diversité chez nous qu'ailleurs, ce qui explique probablement pourquoi ils ont accepté une fille comme moi, une habitante du Nord avec la cicatrice d'un piercing sur le nez, qui n'était même pas passée par une école sélective.

Mes collègues et moi travaillons essentiellement dans le droit de la famille, avec quelques incursions en droit pénal. Ces jours-ci, j'ai deux domaines de spécialité : le droit patrimonial de la famille et les litiges concernant des enfants. Je pensais que ces derniers me donneraient l'impression gratifiante de défendre la veuve et l'orphelin, mais dans les faits ce sont des affaires difficiles et de véritables crève-cœur… Alors maintenant, je me concentre sur les divorces de personnes à hauts revenus, pour la raison purement superficielle que c'est généralement moins éprouvant et que, quel que soit le temps que prend la procédure, je sais qu'elles ont de quoi payer mes honoraires. Je ne rentre pas chez moi avec le sentiment d'avoir changé le monde, mais je sais que je fais du bon travail, et ça rembourse l'emprunt que j'ai contracté pour un duplex dans la banlieue proche de Londres.

David Gilbert, l'avoué qui m'avait saisie de l'affaire, m'attendait déjà à l'accueil. Il portait un épais manteau en laine bleu marine pour se protéger du froid, bien que son crâne soit aussi chauve et luisant qu'un œuf de poule.

« Je viens de voir Vivienne, m'a-t-il dit en se levant pour effleurer d'une bise ma joue glacée. Apparemment, tout le cabinet s'est déplacé au pub pour fêter un anniversaire, et vous ne me l'avez même pas dit.

— Auriez-vous apporté un cadeau ?

— Au minimum, je serais venu avec du champagne. Joyeux anniversaire, en tout cas. Comment ça va ?

— Comme quelqu'un de plus vieux. De plus sage.

— M. Joy sera avec nous dans un instant.

— Il faut juste que je passe là-haut en vitesse. Vous voulez entrer ? lui ai-je proposé en lui indiquant la salle de conférence. Helen peut amener M. Joy quand il arrivera. »

J'ai escaladé les marches qui menaient à mon bureau, un petit espace sous les combles tout en haut du bâtiment. Il était à peine plus grand qu'un placard à balais, mais au moins je n'avais pas à le partager avec qui que ce soit, ce qui était rare à Middle Temple.

J'ai ramassé le dossier du client, attrapé un stylo dans mon pot à crayons et passé la langue sur mes dents, regrettant de ne plus avoir de Tic Tac sur mon bureau pour éliminer de mon haleine l'aigre odeur d'alcool et de cigarette. Lorsque je suis redescendue, la salle de réunion n° 2 avait été préparée pour recevoir le client comme à l'ordinaire, avec un plateau de sandwichs et une petite assiette de biscuits Marks and Spencer au milieu de la table de conférence. La cafetière à pompe que je n'arrivais jamais à faire fonctionner se dressait d'un air menaçant sur une commode près de la porte, à côté de minibouteilles d'Évian.

David était au téléphone. Levant les yeux, il m'a fait signe qu'il n'en avait que pour une minute.

« Eau ? lui ai-je demandé avec un geste en direction des boissons.

— Café », a-t-il chuchoté en réponse, tout en indiquant les biscuits du doigt.

Attrapant une tasse et faisant face à la cafetière avec détermination, j'ai vigoureusement appuyé sur le capuchon. Il ne s'est rien passé, alors j'ai recommencé, appuyant encore plus fort et m'aspergeant le dos de la main de café brûlant.

J'ai tressailli de douleur.

« Ça va ? m'a demandé quelqu'un en me tendant un mouchoir, dont je me suis servie pour essuyer ma main en feu.

— Je déteste ces trucs, ai-je marmonné. On devrait acheter une cafetière Nespresso.

— Ou peut-être juste une bouilloire. »

J'ai levé les yeux et découvert un homme en costume qui me regardait avec attention, ce qui m'a fait temporairement oublier la sensation de brûlure sur ma peau.

David a refermé son portable d'un coup sec et s'est tourné vers nous.

« Vous vous connaissez ?

— Non, ai-je répondu hâtivement.

— Martin Joy, Francine Day. C'est son anniversaire, aujourd'hui. Peut-être qu'on peut planter une allumette dans un de ces petits biscuits et le lui souhaiter en chanson.

— Joyeux anniversaire, a dit Martin sans me lâcher de ses yeux verts. Vous devriez aller passer votre main sous l'eau froide.

— Ça va », ai-je répondu en me détournant pour jeter le mouchoir à la poubelle.

Lorsque je me suis retournée vers la table, Martin avait déjà servi deux tasses de café. Il est allé s'asseoir en face de moi, à côté de David, ce qui m'a permis de l'observer. Il n'était pas particulièrement grand mais semblait emplir la pièce de sa présence, une chose que je remarquais souvent chez les gens qui réussissaient très bien dans la vie. Son costume était de coupe élégante, sa cravate soigneusement nouée à la Windsor. Il avait autour de quarante ans, mais je n'aurais pas su lui donner un âge plus précis. Il n'y avait aucune trace de gris dans ses cheveux bruns, mais l'ombre de barbe le long de sa mâchoire luisait de reflets fauves sous le fort éclairage de la salle de conférence. Des sourcils plats et horizontaux surplombaient des yeux vert mousse. Deux rides du lion barrant son front lui donnaient une expression intense qui laissait deviner un négociateur redoutable.

J'ai baissé les yeux et rassemblé mes pensées. J'étais nerveuse, mais c'était toujours le cas quand je rencontrais un client pour la première fois. J'étais consciente de mon désir de plaire à ceux qui payaient mes honoraires. Et il y avait toujours quelque chose d'assez gênant dans les rapports qu'on pouvait avoir avec des gens qui se croyaient plus forts, plus intelligents que vous.

« Je suppose que vous avez lu le dossier, m'a dit David. Martin est le défendeur. Je lui ai recommandé vos services d'avocate principale.

— Donc c'est vous qui allez me défendre au tribunal ? a dit l'intéressé en me regardant en face.

— Je suis sûre que David vous a expliqué que personne n'a envie que ça se termine au tribunal, ai-je répondu en prenant une gorgée de café.

— À part les avocats », a répliqué Martin du tac au tac.

Je savais comment réagir à ça. Je m'étais retrouvée dans cette situation assez de fois pour ne pas me vexer. En droit de la famille, les clients avaient tendance à être en colère et énervés, même – *surtout* – contre leurs avocats, aussi le premier rendez-vous était-il souvent plein de crispation et de hargne. J'ai regretté qu'il soit assis en face de moi – je détestais cette configuration. Je préférais rappeler aux gens que nous étions tous dans le même camp.

« Justement non, je fais partie d'une organisation qui s'appelle Resolution. Nous privilégions une approche des conflits conjugaux axée sur la conciliation, en évitant autant que possible le passage devant un juge et en favorisant des solutions juridiques collaboratives.

— Des solutions juridiques collaboratives », a-t-il répété lentement.

Je n'ai pas pu déterminer s'il se moquait de moi en reprenant ce jargon juridique guindé. Ce qui était sûr, c'était qu'il me jaugeait. Moi, la femme. La fille du Nord. L'avocate junior.

Il s'est penché vers moi pour me regarder dans les yeux.

« Je ne veux pas faire de difficultés, madame Day. Je suis un homme raisonnable ; je souhaite voir cette affaire réglée de façon aussi juste que possible, mais je ne peux pas rester les bras croisés et laisser ma femme s'approprier tout ce qui lui chante.

— Je crains que ce ne soit ni à vous ni à Mme Joy de décider de ce qui est "juste", ai-je prudemment répondu. C'est pour cela que nous avons tribunaux, juges, jurisprudence... »

J'ai changé d'approche. « Est-ce qu'on connaît ses revendications initiales ? »

J'étais informée de certains détails du dossier, ayant déjà passé deux heures à potasser ce dernier la veille au soir. Mais c'était toujours mieux de les entendre de la bouche de l'intéressé.

« Ma femme veut la moitié de tout. Des maisons, de l'argent, de la société... Plus un pourcentage des bénéfices futurs.

— Et qu'est-ce que vous faites ? ai-je vivement demandé.

— Je dirige un fonds d'arbitrage d'obligations convertibles. » J'ai hoché la tête comme si je savais ce que cela voulait dire.

« Nous exploitons les anomalies du marché, a-t-il explicité.

— Donc vous êtes parieur professionnel ?

— C'est du placement financier.

— Et ça marche bien ?

— Oui. Très bien. »

La remarque de Vivienne McKenzie m'est revenue en tête. À propos des hommes et de l'insubmersible confiance en soi qui leur fait croire qu'ils sont les rois du monde.

« Nous n'avons que trente employés, mais c'est une affaire très rentable. J'ai monté la boîte avec mon associé, Alex Cole. Je détiens soixante pour cent des parts et lui le reste. Elles constituent l'essentiel de mon capital. Ma femme veut que l'évaluation qui en sera faite soit la plus haute possible. Elle leur préférerait des liquidités.

— Et quand avez-vous fondé la société ? ai-je demandé en notant tout ce qu'il me disait.

— Il y a quinze ans.

— Avant votre mariage », ai-je murmuré.

D'après son dossier, ils étaient mariés depuis onze ans.

« On devrait probablement examiner le formulaire E », est intervenu David Gilbert.

J'ai acquiescé. J'avais vu les déclarations de situation financière des deux parties. Celle de Martin était remarquablement similaire aux dizaines d'autres inventaires de fortune que j'avais pu voir au fil des ans. Les propriétés aux quatre coins du monde, les voitures, les œuvres d'art et les comptes bancaires à l'étranger.

J'ai parcouru du doigt celle que sa femme avait soumise.

Donna Joy, trente-quatre ans et domiciliée à Chelsea, avait les lourdes dépenses et les faibles revenus qui semblaient être la norme pour une femme dans sa position.

Il y en avait des pages et des pages, mais les détails les plus remarquables me sautaient aux yeux.

« Dépenses annuelles en déjeuners : vingt-quatre mille livres, ai-je marmonné à voix haute.

— Ça fait une sérieuse quantité de sushis », a dit Martin.

J'ai relevé les yeux et nos regards se sont croisés. C'était exactement la réflexion que je venais de me faire.

« Elle déclare être inemployable. Fragilité mentale… » ai-je noté.

Martin a fait entendre un discret grognement de dérision.

« Elle n'a jamais travaillé ? ai-je continué.

— Quand nous nous sommes rencontrés, elle était gérante d'une boutique de vêtements, mais elle a démissionné une fois qu'on s'est mariés. Elle m'a dit qu'elle voulait s'instruire, alors je lui ai payé tout un tas de cours. D'art, essentiellement. Je l'ai installée dans un atelier. Elle y travaille, mais elle refuse d'appeler ça comme ça dans le cadre de notre divorce.

— Est-ce qu'elle vend ses œuvres ?

— Un peu. Honnêtement, elle n'en vit pas, mais elle se fait plaisir. Et ses toiles sont pas mal. »

Son visage s'est radouci et je me suis surprise à me demander comment était sa femme. Je pouvais l'imaginer, maintenant. Belle, un peu bohème… Difficile à gérer, sans aucun doute. J'avais l'impression de la connaître sans jamais l'avoir rencontrée.

« Et ce que j'ai sur cette liste : c'est tout ce qu'il y a ?

— Est-ce que je vous cache quelque chose, voulez-vous dire ?

— J'ai besoin de tout savoir. Pensions, comptes bancaires à l'étranger, actions, fidéicommis. C'est dans notre intérêt d'éviter toute surprise. De toute façon, votre femme demande une expertise comptable de vos affaires.

— Alors, qu'est-ce que vous en pensez ? » a fini par demander Martin.

J'ai remarqué que sa chemise était très blanche.

« Votre femme est jeune, mais elle a bénéficié d'un niveau de vie très élevé au cours de votre vie commune. Vous avez connu ce que nous appelons un mariage de moyenne durée. Ses revendications auraient eu une base plus solide si vous aviez été ensemble plus de quinze ans, plus légère si vous aviez été mariés depuis moins de six ans.

— Donc nous nous trouvons dans un entre-deux bien flou comme les aime la loi.

— Les dispositions en faveur de l'époux financièrement désavantagé sont généreuses, dans notre pays. On part généralement sur une base d'égalité. Mais nous pouvons plaider qu'elle n'a pas vraiment contribué à l'accumulation de la richesse, que votre société n'est pas un bien matrimonial. »

J'ai rapidement parcouru le dossier pour vérifier un détail. « Vous n'avez pas d'enfants. Ça aide. »

J'ai relevé les yeux, me rendant compte que je n'aurais pas dû dire cela. Pour autant que je sache, la détérioration de leur relation était peut-être due à une incapacité à fonder une famille. C'était une de ces choses que je ne découvrais jamais en tant qu'avocate de divorce. Je savais que les gens voulaient divorcer, et je les conseillais sur la manière de le faire. Mais la véritable *raison*, au-delà des grandes lignes comme infidélité ou violation grave des devoirs du mariage, ne m'était jamais donnée. Je ne savais jamais vraiment comment deux personnes, qui dans certains cas s'étaient sincèrement aimées, en étaient venues à se détester.

« Nous tenons à une rupture immédiate des obligations financières, a annoncé David.

— Absolument, ai-je acquiescé.

— Quel genre de ratio croyez-vous que je peux réalistement espérer ? »

Je n'aimais pas qu'on m'oblige à donner un chiffre, mais Martin Joy était le genre de client qui attendait des réponses.

« Nous devrions partir sur une base de soixante-dix contre trente pour cent. »

J'ai reposé mon stylo, prise d'épuisement et regrettant d'avoir touché à ce verre de vin à midi.

Martin a secoué la tête, les yeux fixés sur le bureau. J'avais cru que l'idée que nous pouvions éviter un partage à cinquante-cinquante de ses biens lui ferait plaisir, mais il avait l'air complètement sous le choc.

« Quelle est la prochaine étape ?

— L'audience préliminaire est prévue dans dix jours.

— Est-ce que des décisions seront prises à ce moment-là ? »

Tout au long de l'entretien, il m'avait paru posé, mais une pointe d'anxiété commençait à transparaître.

J'ai secoué la tête.

« Tout est dans le nom. Rien que de très préparatoire, j'en ai peur.

— D'accord », a-t-il fait d'un air mal à l'aise.

Dehors, la nuit était tombée. Il s'est levé pour partir et a tiré ses manchettes de sous les manches de sa veste. L'une après l'autre. Puis il m'a regardée.

« À bientôt, alors, madame Day. Au plaisir de vous revoir. »

Je lui ai tendu la main et, alors qu'il refermait les doigts sur les miens, je me suis rendu compte que j'avais moi aussi hâte de le revoir.

3

J'aimais prendre le bus pour rentrer chez moi, et pas simplement parce que j'étais un peu claustrophobe et que je détestais le métro. La ligne 19 m'emmenait de Bloomsbury jusqu'à Islington. Ce n'était pas le moyen le plus rapide d'aller au travail et d'en rentrer, mais c'était ma façon préférée de faire la navette. J'appréciais les quelques minutes de marche pour atteindre l'arrêt, qui me permettaient de me vider la tête : dans Fleet Street puis Kingsway, en passant devant les cabines de téléphone rouges qui bordaient le palais de justice et devant l'église de Saint Clement Danes, surtout quand son carillon mélancolique jouait, faux, la mélodie de cette vieille comptine, *Oranges and Lemons*. Puis, une fois montée dans le bus, j'aimais observer le spectacle de la ville. À l'époque où je venais d'arriver dans la capitale, je passais des journées entières dans le numéro 19, le nez contre la vitre, à regarder la cité défiler : le théâtre Sadler's Wells, les lumières scintillantes du Ritz, Sloane Street et ses boutiques de luxe, puis, toujours plus au sud, Cheyne Walk et le pont de Battersea. C'était une version distillée de ce que la ville avait de mieux à offrir, et tout ça pour le prix d'un ticket de bus. C'était le Londres de mes rêves d'enfant.

Alors que je m'asseyais et que j'essuyais la buée sur la vitre du bout des doigts, je me suis demandé si j'aurais dû faire plus d'efforts pour mon anniversaire. Même David Gilbert, un bourreau de travail comme je n'en avais jamais vu, avait cru que j'étais sortie prendre un verre en cet honneur. Mais je ne voyais pas pourquoi je devrais changer ma routine juste parce que j'avais un an de plus. Un des dangers de mon métier a toujours été l'absence de vie sociale. Il y avait plein de pubs aux alentours de Temple, et plein de gens avec qui aller boire un coup, mais j'avais toujours estimé que si on voulait faire son travail correctement, il fallait accepter des sacrifices.

J'ai sorti mon portable de mon sac pour appeler le traiteur chinois de mon quartier. Comme je n'arrivais pas à décider entre le bœuf au basilic frais et le poulet à la pâte de soja fermentée, j'ai commandé les deux, avec des raviolis et des nouilles sautées en accompagnement. Et puis zut. C'était mon anniversaire.

En raccrochant, j'ai repensé à ma conversation avec Viv McKenzie au sujet des candidatures à la soie, et me suis demandé ce que devenir Francine Day QC entraînerait pour moi.

Il n'y avait certainement pas eu beaucoup d'autres changements dans ma vie ces cinq dernières années. J'habitais le même appartement dans la partie un peu louche d'Islington depuis l'âge de vingt-huit ou vingt-neuf ans, installée dans une routine bien ordonnée. J'allais à la salle de sport deux fois par semaine, toujours les mêmes soirs, et passais dix jours de vacances en Italie tous les ans au mois d'août. Deux relations amoureuses de courte durée avaient ponctué un long célibat. Je voyais mes amis moins souvent que je n'aurais dû. Même les petits détails de ma vie m'étaient agréablement familiers. J'achetais toujours le même café chez Starbucks en partant au travail, et mon numéro de *Big Issue* au même Roumain à l'entrée du métro Holborn. Une partie de moi aimait cette routine rassurante, et ne voyait nul besoin de changer le *statu quo*.

En regardant à travers les gouttes d'eau sur la vitre froide, je me suis rendu compte que nous étions dans Highbury Lane. J'ai donné un petit coup de coude au voyageur qui ronflait à côté de moi et me suis faufilée hors du bus pour faire le reste du chemin à pied, descendant la route qui menait au quartier de Dalston.

En approchant de chez moi, j'ai lâché un murmure de désarroi en voyant le phare d'un scooter de livraison s'arrêter devant ma porte. Je me suis mise à courir, mais le trottoir était mouillé et j'ai failli glisser. Jurant à voix basse, j'ai ralenti avant de m'immobiliser complètement pour fouiller mon sac à la recherche de mon porte-monnaie, faisant tomber tickets de bus et papiers de bonbons au sol comme autant de fleurs détachées d'un arbre par le vent. Je me suis baissée pour les ramasser, mais le scooter était déjà en train de repartir dans l'obscurité.

Lorsque j'ai enfin atteint la porte d'entrée, j'étais hors d'haleine. Il y avait une silhouette sur le seuil, tenant un sac blanc rempli de boîtes en carton.

« Tu me dois vingt-trois livres, a annoncé mon voisin Pete Carroll, un étudiant en doctorat à l'Imperial College qui habitait l'appartement du dessous depuis dix-huit mois.

— Tu lui as donné un pourboire ? ai-je demandé en grimaçant.

— Je suis étudiant », a-t-il répliqué d'un ton faussement désapprobateur.

J'ai hésité à courir après le livreur. C'était le restaurant chez qui je commandais tout le temps. Ils me donnaient des chips de crevettes gratuites, et je ne voulais pas qu'ils se sentent lésés ou qu'ils me croient radine.

« J'ai appelé il y a quinze minutes seulement. D'habitude, ils mettent une éternité à arriver. »

Je lui ai tendu un billet de vingt et un de cinq, avant de pénétrer dans notre hall d'entrée mal entretenu, ramassant mon courrier et le mettant dans mon sac.

« Dis donc, tu te fais livrer un mardi soir ? On ne se refuse rien, a fait Pete avec un sourire, en croisant gauchement les bras.

— C'est mon anniversaire, ai-je répondu sans réfléchir.

— Je me demandais ce que faisaient ces enveloppes de couleurs vives au milieu des prospectus. Donc tu ne sors pas pour fêter ça ?

— C'est le milieu de la semaine. J'ai du travail.

— Rabat-joie.

— Il faut que je me prépare, j'ai audience demain.

— Quelle raseuse. Je vais te traîner au pub de force.

— Pete, non. Je n'ai vraiment pas le temps. Ce soir, c'est boulot avec un ravioli de porc pour faire passer, ai-je répondu en soulevant le sac de cuisine chinoise. Je sais que ça peut sembler une étrange façon de fêter mon anniversaire, mais c'est ce qui arrive quand on a presque quarante ans.

— Il n'y a pas de non qui tienne, a-t-il répliqué avec une insistance qui m'a montré qu'il était sérieux.

— Je suppose que j'ai trop commandé à manger. Je fournis les nouilles sautées si tu as de quoi boire. Mais il faut que je sois à mon bureau dans une heure.

— Je suis chez toi dans une minute », a-t-il répondu avec un grand sourire.

Sur ces mots, il a disparu dans son appartement du rez-de-chaussée, et j'ai monté l'escalier pour gagner le mien.

Laissant la porte légèrement entrouverte, j'ai accroché mon manteau à une patère et posé mon sac par terre. J'ai enlevé mes chaussures, savourant la douceur de la moquette sous mes pieds, et défait le premier bouton de mon chemisier.

Mon appartement était mon sanctuaire. Un havre de paix et de fraîcheur aux couleurs surannées des peintures Farrow & Ball, et j'ai immédiatement regretté d'y avoir invité quelqu'un.

Me résignant cependant à recevoir un visiteur, j'ai sorti deux assiettes du placard de la cuisine, alors même que Pete apparaissait dans l'entrée, un pack de quatre bières blondes à la main.

« Passe-moi un verre. Je suppose que tu n'es pas le genre de fille qui boit directement à la cannette. »

Il m'a servi un verre de bière mousseuse, puis a ouvert une autre cannette pour lui-même tandis que j'apportais la nourriture dans le salon.

« Alors comme ça, tu as presque quarante ans, a-t-il dit en se juchant sur le canapé à côté de moi. Tu ne les fais pas.

— J'en ai trente-sept », ai-je répondu en réalisant combien nous en savions peu l'un sur l'autre.

Nous nous parlions davantage que la plupart des voisins londoniens : nous nous voyions à l'arrêt de bus, et il était toujours disposé à réparer un ordinateur portable ou une boîte à fusibles. Une fois, l'été précédent, en passant devant le pub du coin, je l'avais vu en train de boire une bière dehors. Il m'avait invitée à me joindre à lui, et je l'avais fait parce qu'il faisait chaud, et beau, et que j'avais soif après le sport ; mais je ne le considérais pas comme un ami.

« Au fait, j'ai reçu une lettre de mon bailleur, a-t-il dit en enlevant le couvercle en alu de la barquette de nouilles sautées. Il a décidé d'augmenter mon loyer. Le propriétaire dit que le toit a besoin d'être refait. Il estime que ses deux locataires doivent verser chacun quinze mille livres dans le fonds d'amortissement.

— Merde, je n'en ai pas entendu parler.

— Mais quinze mille livres, c'est juste une journée de travail pour un éminent membre du barreau, a-t-il répliqué avec un sourire.

— Si seulement.

— Allez, arrête, t'es pleine aux as.

— Vraiment pas, je te promets, ai-je répondu en secouant la tête. Je peine à avoir du boulot régulièrement et je suis endettée, grâce à plusieurs milliers de livres de factures impayées.

— Mais elles le seront un jour. La banque sait qu'elle peut te faire confiance. Et après, tu seras riche. »

Riche, ai-je répété à part moi avec dérision. Ma famille aussi me croyait riche, mais tout est relatif, et à Londres, au contact d'avocats et d'hommes d'affaires comme Martin Joy, il était plus facile de voir ma situation financière sous un autre angle. Peut-être que si j'étais nommée conseillère de la reine, les choses changeraient. Je décrocherais de gros dossiers bien juteux et mon taux horaire serait multiplié par deux, de sorte qu'un jour, je serais peut-être même en mesure de me payer une de ces demeures géorgiennes du quartier de Canonbury – celles-là mêmes qui m'avaient attirée dans la banlieue nord en premier lieu, celles devant lesquelles j'aimais toujours passer en rêvant.

J'ai pensé aux quinze mille livres que j'allais devoir trouver quelque part et j'ai pris une gorgée de bière pour me consoler, même si je savais que c'était une mauvaise idée.

« Tu sais, aujourd'hui, je traitais le dossier de quelqu'un qui dépense vingt-quatre mille livres par an en déjeuners », ai-je révélé en trempant un ravioli dans la sauce soja.

Pete a secoué la tête.

« Et tu te prives d'une soirée d'anniversaire pour ces gens-là. »

Il a ri ; il n'avait pas tort, je le savais.

« Dans ce cas précis, je représente l'époux. Mais tu seras ravi de savoir que l'audience de demain, celle pour laquelle je devrais être en train de me préparer, concerne une cause plus méritoire.

— Encore un pauvre mari riche sur le point de se faire escroquer, a-t-il répliqué avec un sourire.

— Justement, non. Mon client est un homme en passe de perdre l'accès à ses enfants. Juste un mec normal qui a trouvé sa femme au lit avec un autre.

— Les gens… » a fait Pete calmement.

J'ai hoché la tête.

« Je parie que tu es content de n'avoir affaire qu'à des ordinateurs toute la journée. Des objets qui n'ont pas de sentiments.

— Pas encore.

— Pas encore ?

— Si tu souscris à une des théories sur la façon dont nos cerveaux créent la conscience, il n'y aura pour toi jamais d'ordinateur sentient. Mais d'autres écoles de pensée sur l'intelligence artificielle croient que le jour est proche où les ordinateurs seront capables d'imiter les humains.

— Pas rassurant, tout ça. Ils vont tous nous réduire au chômage, n'est-ce pas ?

— Certains métiers sont plus protégés que d'autres contre l'obsolescence.

— Celui d'avocat de divorce, par exemple ?

— Les machines sont logiques. L'amour et les relations sentimentales sont tout le contraire. Je dirais que dans l'immédiat, tu n'as pas de souci à te faire.

— Ravie de le savoir, avec un toit neuf à payer. »

Un long silence s'est ensuivi. Nous avions fini notre repas et épuisé les sujets de conversation.

« Je ferais mieux de me mettre au travail. »

Ramassant les restes, j'ai rapporté les assiettes dans la cuisine. Lorsque je me suis retournée, Pete était sur le seuil de la pièce. Il a fait un pas vers moi et a pris mon visage dans le creux de sa main. Laissant échapper un hoquet de stupéfaction, je n'ai pas eu le temps de me dcmander s'il allait, à tort, interpréter cette réaction comme un signe de désir de ma part, parce que ses lèvres étaient déjà sur les miennes. Je pouvais sentir le goût du gingembre et du soja fermenté dans son haleine. Il a laissé une traînée de salive sur ma joue.

« Pete, tu es mon ami. Et tu as trop bu, ai-je fait en m'écartant.

— Parfois, on a besoin de trop boire. »

J'ai reculé d'un pas. Je ne pouvais pas dire que son approche me prenait complètement par surprise. La façon dont il avait traîné dehors après avoir réceptionné la nourriture aurait dû me mettre en garde.

« C'est la différence d'âge, pas vrai ? » J'ai noté le ressentiment dans sa voix. Les hommes et leur confiance en eux. « Si j'étais un homme de trente-sept ans et que tu avais mon âge, personne n'en aurait rien à faire. »

Je me suis sentie coupable, cruelle. J'imagine qu'il n'avait aucune raison de penser que j'allais le rejeter. Après tout, je l'avais invité chez moi, à dîner, pour mon anniversaire.

« Je suis désolée, ai-je dit doucement. Je sais que je suis une pitoyable vieille fille, mais ça me plaît comme ça.

— Vraiment ? a-t-il répliqué sur un ton de défi.

— Je travaille onze heures par jour, Pete. Je rentre chez moi, et je travaille encore un peu plus. Il n'y a de place pour rien d'autre dans ma vie.

— Arrête de prétendre que c'est la faute de ton boulot. »

Il avait été un temps où peu m'aurait importé que Pete ne soit pas mon genre : nous aurions fini dans ma chambre. Mais là, je voulais juste qu'il s'en aille.

« Il vaut mieux que je te laisse », a-t-il ajouté d'un ton neutre.

J'ai acquiescé et il est sorti de l'appartement sans ajouter un mot. En refermant la porte derrière lui, j'ai appuyé le front contre le battant et gonflé les joues.

« Joyeux anniversaire », ai-je murmuré, impatiente que cette journée se termine.

4

Je ne pouvais pas me voiler la face plus longtemps : il me fallait une nouvelle mallette. Au cours de la dernière semaine, la déchirure le long de la couture de ma sacoche à roulettes n'avait cessé de s'agrandir. Entre les nouvelles affaires qui m'étaient confiées et celles qui se réveillaient après des semaines d'inactivité, j'étais débordée de travail comme jamais et, avec les nombreux dossiers que je devais transbahuter entre le tribunal, le bureau et chez moi, ma mallette était à deux doigts de rendre l'âme ; une manipulation un peu vigoureuse de la fermeture Éclair suffirait à l'achever.

J'avais grandi dans un foyer économe, et une part de moi-même pensait que j'avais juste à la faire réparer. Mais je ne savais même pas à qui il fallait s'adresser pour cela de nos jours – à un cordonnier ? à un tailleur ? Dans notre société consumériste, la seule option semblait être d'en acheter une nouvelle.

Jetant un coup d'œil à ma montre, j'ai constaté qu'il n'était même pas encore 19 heures. Burgess Court était bien placé pour trouver un pub, mais moins pratique pour une virée shopping. J'ai calculé que si je prenais un taxi, je pouvais être dans Oxford Street au quart, repartie à la demie, et de retour chez moi à temps pour un polar scandinave qui commençait cette semaine-là sur une chaîne câblée.

« Vous rentrez chez vous ? »

Paul était sur le pas de ma porte, un paquet de dossiers dans les bras.

« Dans une minute, ai-je répondu en fouillant dans mon tiroir de bureau.

— J'ai quelque chose pour vous demain, si ça vous dit. »

J'aurais dû refuser, j'en étais consciente, mais savoir dire non au travail n'a jamais été un de mes points forts.

« Qu'est-ce que c'est ?

— Une demande de gel des avoirs. Prévue pour 9 h 30 demain. » J'ai hésité : la seule raison pour laquelle je m'étais réservé une soirée devant la télé était que ma charge de travail pour le lendemain était relativement légère.

« Je peux faire parvenir le dossier à Marie ou à Tim, a-t-il proposé.

— Donnez, ai-je soupiré. Ça vous évitera d'avoir à attendre le coursier. »

Il m'a regardée, l'ombre d'un sourire aux lèvres.

« Vous savez, rien ne vous interdit de faire une pause un soir de temps en temps.

— J'ai toute la mort pour me reposer », ai-je répliqué.

Ne trouvant pas ce que je cherchais dans mon tiroir, je lui ai jeté un coup d'œil.

« J'imagine que vous n'avez pas de sac plastique à me prêter ? Ma sacoche est pleine à craquer et je crains qu'elle ne tienne pas jusqu'à chez moi.

— Je suis sûr qu'on peut trouver mieux qu'un sac plastique pour une femme raffinée comme vous », a-t-il répondu en riant, avant de disparaître dans l'escalier.

Il est remonté quelques minutes plus tard avec un fourre-tout en tissu affichant l'insigne de Burgess Court.

« Qu'est-ce que c'est que ça ?

— Du marketing. Au fait, j'y ai glissé les formulaires de candidature pour postuler à la soie.

— La subtilité incarnée, comme d'habitude. »

Je suis enfin partie du bureau et me suis dépêchée de traverser Middle Temple, passant devant notre majestueuse grande salle et la fontaine qui crachait un panache d'eau argentée dans le ciel nocturne. L'endroit était inquiétant après le coucher du soleil, quand les lampes à gaz s'étaient allumées ; les cloîtres projetaient des ombres partout sur la place et le bruit de vos chaussures sur les pavés vous faisait croire que vous n'étiez pas seul. Accélérant le pas, je me suis faufilée dans l'étroite et sombre venelle de Devereux Court, une des petites rues qui menaient au Strand, alors que quelques gouttes commençaient à tomber. Un taxi a répondu à ma main tendue et j'ai sauté dedans avant qu'il se mette à pleuvoir vraiment à verse. Le chauffeur m'a demandé où je voulais aller et j'ai répondu le premier nom de grand magasin qui me passait par la tête : Selfridges.

Je ne suis pas une grande acheteuse. Ce gène m'a évitée et je ne crois pas que ce soit parce que, étant petite, j'avais droit à la cantine gratuite midi et soir. Je me rappelle une cliente, une mannequin russe, qui, après m'avoir raconté qu'autrefois elle ramassait les fruits pourris à la fin du marché pour nourrir sa famille, a immédiatement enchaîné en m'ordonnant d'obtenir au moins un million de livres de pension alimentaire du magnat de l'immobilier dont elle était en train de divorcer. Grandir pauvre vous pousse dans un sens ou dans l'autre.

Le taxi m'a déposée dans Cumberland Street. Il pleuvait à torrent désormais, et les trottoirs avaient un aspect noir et huileux. Maudissant le temps, je me suis précipitée à l'intérieur du magasin.

J'ai su en quelques minutes que je n'étais pas au bon endroit. Je ne venais pratiquement jamais chez Selfridges et j'avais oublié à quel point tout y était cher. Des boutiques de luxe étaient alignées tout le long du mur extérieur : Chanel, Gucci, Dior, chacune semblable à une boîte à bijoux, tape-à-l'œil mais élégante. Je préférais les magasins de la City, où tout semblait plus ordonné, plus efficace et moins clinquant, pour les gens pressés comme moi. Mais dans le West End, du côté de Knightsbridge, les boutiques étaient des cavernes aux tentations pour les touristes et les femmes entretenues, des dédales commerciaux conçus pour inciter le client à se perdre et à dépenser, alors que je voulais juste trouver une mallette et rentrer chez moi.

Prenant une inspiration, je me suis dit que cela ne coûtait rien de voir ce qu'ils avaient ; que ma mallette, mon apparence étaient ma carte de visite. J'ai jeté un coup d'œil à l'étalage central consacré aux sacs, et une magnifique sacoche présentée sur un socle a attiré mon regard. Plus petite que la mallette à roulettes que je trimballais depuis cinq ans, elle était fabriquée dans un cuir noir doux et moelleux au toucher. C'était une sacoche de conseillère de la reine, ai-je réalisé alors que je l'attrapais pour en chercher le prix.

« Il me semblait bien que c'était vous », a dit une voix derrière moi.

Je me suis retournée et, l'espace d'une seconde, je ne l'ai pas reconnu. Il avait les cheveux mouillés par la pluie et portait d'élégantes lunettes à monture d'écaille.

« Monsieur Joy.

— Martin, m'a-t-il reprise en souriant.

— Pardon, Martin.

— Petite cure de shopping ? »

Je me suis mise à rire.

« À vous entendre, on croirait que c'est une partie de plaisir. En réalité, je suis en mission de charité pour remplacer ma mallette.

— Une femme qui n'aime pas faire les magasins, a-t-il commenté avec un regard espiègle.

— Nous existons.

— Il est bien », a-t-il dit en indiquant d'un signe de tête le sac entre mes mains.

J'ai haussé les épaules.

« Oui, mais je ne trouve pas le prix, ce qui n'est jamais bon signe. Si vous avez besoin de demander, c'est que vous n'avez pas les moyens de vous le payer, bla bla bla, ai-je répondu, soudain gênée de parler argent avec un client.

— Vous venez de fêter un anniversaire. Faites-vous plaisir.

— Oui, mon anniversaire, ai-je répété, surprise qu'il s'en souvienne. Ça paraît déjà si loin. »

Il me regardait droit dans les yeux, et j'aurais pu compter les gouttes de pluie sur son front.

« Qu'est-ce que vous faites ici ?

— Mes bureaux sont au coin de la rue. Je voulais passer vite fait chez le caviste au sous-sol avant de rentrer chez moi.

— Ils doivent avoir de bons vins.

— J'espère bien. »

Un bref silence s'est ensuivi. Je ne savais pas si je devais prendre congé, même si je n'en avais pas envie.

« Donc je vous vois vendredi… »

J'ai acquiescé.

« L'audience préliminaire. Rien de bien méchant.

— Rien de bien méchant ? Donna a pris un avocat qu'on surnomme le "Piranha".

— Peut-être, mais je vous laisse deviner le surnom qu'on me donne, à moi…

— Vous allez l'acheter, alors, ce sac ? »

Il avait une voix douce et grave, avec un timbre rauque qui évoquait longues soirées et cigarettes. Baissant les yeux, j'ai vu que j'agrippais encore la sacoche. Mes mains avaient laissé deux longues traces de sueur sur le cuir.

« Pardon, non. Ils croient probablement que je m'apprête à le voler, ai-je répondu en le replaçant sur son socle. Je devrais vous laisser aller acheter votre vin. »

Il ne m'avait toujours pas lâchée du regard.

« Vous avez des conseils de dernière minute pour vendredi ? En fait, pendant que vous y réfléchissez, venez avec moi. Vous allez m'aider à choisir un bon vin. »

Avant d'avoir seulement pu envisager de lui opposer un refus, je me suis retrouvée à le suivre dans l'escalier roulant, consciente d'un sentiment d'excitation qui grandissait à mesure que nous descendions.

« C'est juste là », a-t-il annoncé alors que j'entrais à sa suite dans la cave.

La pièce m'a impressionnée. Elle était spacieuse, bien fournie et dotée d'un bar qui semblait tout droit sorti de quelque film glamour se passant à Manhattan. Des rangées de verres à vin pendaient du plafond. L'éclairage était chaud et tamisé.

« Vous voulez boire quelque chose ? m'a demandé Martin. Ou bien vous devez vous sauver ?

— Je crois que je peux rester pour un verre », ai-je répondu sans même réfléchir.

Nous nous sommes approchés du comptoir et il m'a indiqué un tabouret. Le barman m'a tendu la carte. Je n'étais pas supposée boire, mais j'ai choisi le 1919 Smash, un mélange de gin, de pêche et de menthe qui avait l'air délicieux. Après tout, c'est ce qu'on est censé faire dans les films.

Gauchement perchée sur mon tabouret, j'ai prié pour que mon cocktail arrive vite.

« Donc… L'audience préliminaire de vendredi. »

Lui jetant un coup d'œil, j'ai réalisé qu'il essayait probablement d'obtenir des informations gratuites. Je n'allais pas le facturer, ici, chez le caviste de Selfridges, et, avec une brusque déception, je me suis senti dupée.

« Mes conseils pour vendredi ? ai-je répondu d'une voix aussi nonchalante que je le pouvais. Restez calme, c'est tout.

— Pourquoi, à quoi vous vous attendez ? a-t-il demandé en esquissant lentement un sourire cynique.

— Les choses peuvent devenir assez houleuses et cela ne résout généralement rien. »

Le barman est revenu avec nos cocktails. J'ai pris une gorgée du mien et il a laissé une sensation de froid sucrée et rafraîchissante sur ma langue.

Martin a agité un mélangeur dans le sien, faisant tinter les glaçons contre le verre.

« David dit beaucoup de bien de vous. »

J'ai essayé de balayer le compliment d'un modeste haussement d'épaules.

« David est bon. Très bon. Et je ne dis pas ça seulement parce qu'il m'a recommandée pour vous représenter », ai-je répondu. Puis j'ai demandé, toujours intéressée par la façon dont se faisaient les choses : « Qu'est-ce qui vous l'a fait choisir ?

— J'ai tapé "meilleur avocat de divorce" dans Google et son nom s'est affiché.

— C'est comme ça que ça marche, hein ? C'est comme choisir un plombier.

— D'une certaine façon, a-t-il répondu en me regardant par-dessus le bord de son verre.

— Et merci de m'avoir confié votre dossier. La plupart des hommes préfèrent être défendus par un homme. Je suppose qu'ils croient qu'il sera plus macho dans un conflit. Alors félicitations pour ne pas avoir pensé comme un mâle dominant.

— En fait, j'avais des doutes à votre sujet », m'a-t-il avoué en reposant son verre sur le comptoir en marbre.

Sa franchise m'a prise au dépourvu.

« Aïe, ai-je répliqué, le nez dans mon cocktail.

— Je dis ça simplement pour être honnête. Je sais que le divorce n'est pas une affaire de victoire ou de défaite, mais je voulais un conseiller de la reine. Et cela m'inquiétait que vous n'en soyez pas un.

— Le terme "avocat junior" prête un peu à confusion, ai-je répondu en relevant les yeux. Je connais des avocats qui ont été admis au barreau il y a trente ans et qui ne portent pas la soie, non parce qu'ils ne sont pas excellents, mais parce que ce n'était pas la bonne décision pour eux.

— Est-ce votre cas ?

— Je vais probablement postuler cette année.

— Donc, si mon affaire traîne en longueur, je n'aurai plus les moyens de m'offrir vos services.

— J'en doute fort.

— À Francine Day QC, a-t-il fait en faisant tinter son verre contre le mien. Je suis content que vous me représentiez. Mais vous allez devoir m'expliquer à quoi ça sert, sérieusement, d'avoir à la fois un avoué et un avocat. »

J'ai ri. C'était une question qu'on me posait souvent, et je lui ai donné la réponse habituelle.

« Avant, c'était une question de droit à plaider devant un tribunal, ai-je expliqué en haussant les épaules. Ça a changé, maintenant, mais je dirais que les avocats sont généralement plus à l'aise avec la partie plaidoyer de l'affaire. Les avoués s'adressent également à nous dans le cas d'affaires particulièrement complexes.

— Donc ce que vous dites, c'est que vous êtes plus intelligents que les avoués.

— Nous avons des compétences différentes, c'est tout.

— C'est ce qu'on dit, n'est-ce pas ? Qu'hommes politiques et avocats sont juste des acteurs frustrés.

— Oh, vraiment ? »

J'ai discerné la note d'espièglerie dans ma voix et me suis rendu compte que je flirtais avec lui.

Il y a eu un long silence complice, pendant lequel Martin m'a observée attentivement, comme s'il me jaugeait. Ça m'a donné l'impression d'être intéressante.

« Je vous imagine très bien arpentant les planches à Oxford.

— C'est tellement loin de la vérité que ce n'en est même pas drôle.

— Oh, c'est vrai. Licence de droit à Birmingham. Mention très bien. »

Je l'ai regardé avec surprise.

« Votre CV est sur le site.

— Mon père est chauffeur de bus. Je ne suis passée par aucune école sélective. J'étais la première de ma famille à aller à l'université.

— Alors nous ne sommes pas si différents, vous et moi. »

J'ai souri avec cynisme. Tout en lui respirait le raffinement d'une éducation en école privée et à Oxbridge. Il a cherché mon regard et su ce que j'étais en train de penser.

« Commandons à manger », a-t-il dit en faisant signe au serveur.

Je n'ai jamais été particulièrement douée pour interpréter les signes non verbaux des hommes, mais là j'ai bien vu qu'il frimait.

Nous avons mangé et continué de nous tourner autour, discutant tranquillement entre deux bouchées de tapas présentées sur de petites assiettes que nous partagions. Trois ou quatre fois seulement, j'ai eu un bref moment de panique à l'idée que je ne devrais pas être là, avec un client, dans un bar plongé dans la pénombre, à trois jours de l'audience préliminaire à sa procédure de divorce.

« Un autre verre ? »

J'ai remarqué que le bar s'était vidé.

« Je ferais mieux de m'abstenir. »

Il a repoussé les manches de sa chemise et j'ai remarqué quels beaux avant-bras il avait : musclés et bronzés, avec une légère traînée de poils sur le dessus.

« Vous me voyez probablement comme un con.

— Pourquoi penserais-je une chose pareille ?

— Le mari plein de fric. Qui cherche à escroquer sa femme.

— Je suis là pour aider, pas pour juger.

— Il n'empêche, vous avez probablement rencontré beaucoup d'hommes comme moi.

— J'aime représenter les hommes. Je pense qu'ils se font avoir trop souvent, surtout quand il y a des enfants en jeu.

— Votre métier… Ça doit vous passer l'envie de vous marier.

— Qu'est-ce qui vous fait penser que je ne suis pas mariée ?

— Rien.

— Je ne le suis pas », ai-je admis en soutenant son regard légèrement trop longtemps.

L'atmosphère entre nous s'est instantanément transformée.

« Je crois que nous sommes sur le point de nous faire jeter dehors », a fait Martin en regardant autour de nous.

L'endroit était vide. Le serveur semblait être en train de ranger pour la nuit. Il ne pouvait pas être plus de 21 heures, mais l'ambiance était intimiste comme à la toute fin de la nuit.

Le barman a déposé notre addition sur un petit plateau en argent. Martin l'a ramassée et réglée avant même que j'aie eu le temps d'attraper mon porte-monnaie.

« Allons-y », m'a-t-il dit en posant la main droite au creux de mon dos.

Un vigile nous a raccompagnés à la porte du magasin et nous sommes sortis dans Duke Street. Il pleuvait encore plus fort que lorsque j'étais entrée, de telles trombes que la pluie rebondissait sur les trottoirs inondés. Mes talons ont fendu une flaque, éclaboussant mes bas d'une eau froide et sale.

« Où sont les taxis quand on en a besoin ? » ai-je lancé par-dessus le bruit de West End.

Mon sac en tissu de Burgess Court était déjà trempé et je craignais que le formulaire de candidature à la soie ne survive pas au déluge.

« En voilà un », a-t-il répondu alors que nous soulevions nos manteaux au-dessus de nos têtes en riant, pestant lorsque nous marchions dans une flaque.

« Où habitez-vous ?

— Islington.

— Alors nous pouvons le partager », a-t-il dit en m'ouvrant la portière.

Avant même d'avoir réalisé ce que je faisais, j'ai sauté dans le véhicule.

5

Je m'attendais à ce qu'il vive ailleurs. Notting Hill ou Chelsea, m'étais-je dit en tentant de me rappeler les détails du patrimoine immobilier inventorié sur son formulaire E. Mais il a dit au chauffeur d'aller vers l'est.

« Spitalfields ? ai-je demandé après qu'il lui eut donné nos destinations respectives.

— Surprise ?

— Je vous voyais comme un homme de l'ouest de Londres.

— J'ai dans l'idée que ce n'est pas un compliment, a-t-il répliqué en jetant un coup d'œil par la fenêtre.

— Non, j'imagine que non.

— Lorsque j'ai acheté cet appartement, avant mon mariage et avant de fonder ma société, je travaillais à la Deutsche Bank de Finsbury Square, alors c'était pratique. Mais Donna ne l'a jamais aimé. Elle nous a fait déménager dès qu'elle a réussi à me convaincre. Mais je l'ai gardé, et j'y ai réemménagé lorsqu'on s'est séparés. Tant qu'à vivre à Londres, autant y vivre vraiment. Et pour moi, Londres, c'est ce quartier-là. On y sent la crasse dickensienne, les spectres de Jack l'Éventreur et de Fagin. Les lumières scintillantes de la City, les lampes à gaz des ruelles. C'est le melting-pot suprême : tout le monde a vécu là. Les huguenots, les Juifs, les Bangladais… On peut y acheter les meilleurs bagels, les meilleurs currys de Londres.

— Je commence à avoir l'impression d'écouter un agent immobilier.

— J'adore le quartier, c'est tout. Je n'ai pas envie d'en partir.

— En partir ?

— Avec le partage des biens… Pardon, j'ai oublié qu'on n'était pas censés parler de l'affaire. »

Alors que nous entrions dans Clerkenwell, j'ai tenté d'imaginer Donna vivant dans ce quartier. Bien sûr, je savais à quoi elle ressemblait : une recherche Google après ma première rencontre avec Martin avait produit quelques images. Donna au gala estival des galeries Serpentine, à une exposition de photographie : longs cheveux blond foncé, grands yeux de chat, une ferme expression de défi autour de la bouche. Elle n'avait pas l'apparence d'une artiste mais d'une riche épouse de Chelsea ; pas l'air du genre à habiter Spitalfields. Mais Martin non plus.

« Donc vous aimez vivre près de l'ancien terrain de chasse de Jack l'Éventreur ? ai-je demandé pour essayer d'égayer la conversation.

— Et voilà, à cause de vous, j'ai l'impression d'être tordu.

— Hé ! c'est vous qui l'avez dit.

— Je voulais parler de l'ambiance, des églises d'Hawksmoor, de l'histoire.

— Espèce de vieux romantique », l'ai-je taquiné.

Nous nous sommes regardés, et c'était comme si nous ne pouvions détacher les yeux l'un de l'autre. J'ai senti le bout de nos doigts se toucher sur le doux revêtement de la banquette arrière, et le choc délicieux de ce contact m'a coupé le souffle un moment. Je n'ai pas écarté ma main et Martin s'est penché vers le chauffeur, comme s'il avait lu dans mes pensées.

« Spitalfields en premier. Ça vous va ? »

Il m'a regardée pour vérifier que j'étais d'accord, mais je n'ai pas eu besoin de dire quoi que ce soit. Il a pris ma main et ça m'a paru la chose la plus naturelle du monde ; ce que j'avais voulu, me suis-je rendu compte, dès cette première rencontre à Burgess Court. Nous nous sommes détournés l'un de l'autre, laissant notre regard errer chacun par notre fenêtre. Le taxi a semblé accélérer, et l'ombre chatoyante du danger était palpable.

Spitalfields était un microcosme de Londres : un mélange étrange et organique de l'ancien monde et de l'ère spatiale ; des fusées de verre et d'argent, pointant leurs silhouettes déchiquetées vers les cieux, à côté d'immeubles décatis et couverts de suie qui n'avaient pas changé depuis l'époque où l'Éventreur traquait ses proies dans le brouillard. Mais l'embourgeoisement gagnait partout du terrain : les vieux commerces de gros transformés en cafés mexicains branchés, des cactus en néon cloués sur leur façade bicentenaire ; une manufacture de tissu divisée en studios-clapiers accueillant bijoutiers, DJ et gourous du Web. Même par cette froide nuit de printemps, de jeunes noctambules traînaient dans les rues, en quête de bière artisanale et de la dernière soirée branchée.

Tout le quartier n'était pas touché par le progrès, cependant. Le bâtiment où habitait Martin était situé juste derrière le bloc de blancheur éclatante de Christchurch, à deux pas de la charpente métallique de Spitalfields Market. Ce morceau de vieux Londres avait échappé à la Luftwaffe et aux promoteurs immobiliers, telle une capsule témoin de ruelles pavées, bordées de grilles noires et de lumineuses imitations de lampes à gaz. Coincé entre deux rangées d'étroites maisons mitoyennes de style géorgien avec perron et heurtoir en cuivre, c'était un ancien entrepôt reconverti qui portait encore le nom de ses précédents occupants – W H Miller & Cie – gravé dans un lambrequin de grès faisant le tour du toit. Il avait un aspect à la fois neuf et vieux, comme un décor de film dickensien, et je m'attendais presque à voir Patrick Stewart habillé en Scrooge en sortir, ou une horde de gamins des rues surgir de derrière un réverbère en chantant un air d'*Oliver !*.

Le taxi s'est arrêté et Martin a payé le chauffeur. La possibilité qu'il continue comme prévu jusqu'à Islington n'a même pas été évoquée. Je suis simplement sortie de la voiture.

Le trottoir était désert, mais j'ai quand même regardé autour de moi pour vérifier que personne ne me voyait. Pas dans cette rue, avec sa lumière jaune diffuse et ses hautes fenêtres aux volets fermés. Il n'y avait là que des fantômes.

Martin a pris mon sac en tissu mouillé et enfoncé une clé dans la serrure de la porte. L'immense atrium, plongé dans l'ombre, offrait le même aspect industriel soigné – briques apparentes et poutres d'acier – que l'extérieur du bâtiment.

« Dernier étage », m'a-t-il informée en m'entraînant vers un ancien monte-charge.

Le cliquetis de mes talons sur le sol en béton a résonné dans toute la structure. La grille en fer s'est refermée avec bruit et l'ascenseur s'est ébranlé. L'éclairage y était faible. Dans un film, ç'aurait été le moment où nous aurions commencé à nous embrasser, à baiser. Il m'aurait plaquée contre la paroi de métal froid et, maintenant mes bras au-dessus de ma tête, aurait retroussé ma jupe. Mais nous sommes restés immobiles, dans un silence contenu, jusqu'à ce que l'appareil s'arrête six étages plus haut.

« Par ici », a-t-il annoncé, mais il n'y avait qu'une porte pour tout le niveau.

Il m'a laissée entrer la première, puis a refermé la porte derrière lui. Il faisait sombre dans l'appartement, mais de la lumière filtrait par une rangée de fenêtres cintrées, allant du sol au plafond, qui donnaient sur la City. L'entrée, vide à l'exception d'un vélo de course d'aspect coûteux, menait à un espace immense et minimaliste, comme un loft new-yorkais, avec de grands canapés et une table à manger qui pouvait accueillir au moins douze personnes. Les murs pâles étaient couverts de tableaux mais je ne voyais pas grand-chose en termes d'objets personnels – pas de photos ni d'autres indices sur qui il était ou sur ce qu'il aimait. Ça me faisait penser à une suite d'hôtel extrêmement luxueuse – une idée qui me séduisait.

« Quelle vue ! » ai-je murmuré, éblouie par la pointe en torpille du Gherkin.

Me retournant, j'ai regardé Martin enlever son manteau. Nous sommes restés immobiles quelques instants, sans nous quitter des yeux, puis il s'est avancé vers moi. J'avais le cœur qui battait à tout rompre. Je me suis brièvement inquiétée qu'on puisse nous voir à travers ces grandes, grandes fenêtres, mais cette crainte passagère s'est envolée dès qu'il a été si près de moi que je pouvais l'entendre respirer.

« Tu es mouillée.

— Je sais », ai-je murmuré.

Il a pris mon visage entre ses mains et caressé du pouce ma joue humide.

Puis il a laissé ses doigts courir le long de mon cou, de mes épaules, avant de s'arrêter doucement sur le haut de mes bras.

« Tu devrais enlever ça. »

Il m'a fait tourner lentement sur moi-même, avec précaution, comme au ralenti, et m'a aidée à ôter mon manteau.

J'ai fermé les yeux, oubliant la vue. Il était derrière moi, maintenant. Je sentais la raideur amidonnée de sa chemise contre la fine soie de mon corsage. Il a repoussé mes cheveux par-dessus mon épaule gauche et j'ai senti son souffle chaud, puis ses lèvres sur la peau douce de ma nuque. J'ai penché la tête de côté et inspiré par le nez, de sorte que mon frisson de plaisir s'est légèrement entendu.

Peut-être y a-t-il vu un encouragement tacite à continuer ce qu'il faisait. En tout cas, c'était ce que je voulais. J'avais envie qu'il ouvre la fermeture Éclair à l'arrière de ma jupe et la laisse tomber par terre. J'avais envie de sentir ses mains vagabonder sur les courbes de mon corps, ma taille, mes hanches, avant de s'arrêter sur l'étendue de cuisses nues au-dessus de mes bas. J'avais envie de lui.

Il a porté les doigts à son ventre et je l'ai entendu déboucler sa ceinture. Le cuir est venu toucher le creux de mon dos avec la vivacité d'une petite claque. J'ai commencé à déboutonner mon chemisier et bientôt l'étoffe s'est ouverte, laissant l'air frais caresser ma peau. Il l'a repoussé de mon épaule pour m'embrasser dans le creux de la clavicule, comme s'il me goûtait. Et quand le vêtement a glissé presque sans résistance, je me suis retournée et il y avait juste assez de distance entre nous pour qu'il puisse m'observer. Nue, à l'exception de mon soutien-gorge, mon string, mes bas et mes talons. Je l'ai vu sourire, une petite inflexion du coin droit de sa bouche, et j'ai été excitée, pas simplement par l'idée de ce qui était sur le point d'arriver, mais par l'effet que je lui faisais. Le pouvoir que j'avais sur lui.

Quelque part au fond de moi, j'avais su que ça finirait comme ça entre nous dès l'instant où j'avais posé les yeux sur lui. Dès la seconde où je m'étais brûlé la main et qu'il avait appliqué cette serviette en papier sur ma peau.

Nous étions arrivés devant le canapé, laissant vêtements et sous-vêtements éparpillés derrière nous. Il s'est assis et m'a pris la main pour m'attirer contre lui jusqu'à ce que je me retrouve à califourchon sur ses genoux. Il a fermé les yeux et j'ai laissé courir mes doigts dans la toison soyeuse de son torse, de plus en plus bas, avant de prendre son pénis pour l'introduire lentement en moi. Cela faisait un certain temps que je n'avais pas eu de rapports sexuels, mais je savais ce que je faisais et je pouvais lire le plaisir sur son visage.

L'espace d'une seconde, j'ai pensé à Vivienne McKenzie et à David Gilbert, imaginé ce qu'ils diraient s'ils nous voyaient ainsi. Pourtant la chaleur qui m'est montée aux joues n'était pas une bouffée de honte mais de désir brûlant, un besoin irrépressible de le sentir au plus profond de moi.

J'ai roulé des hanches autour de lui, cambré le dos. Il a pris un de mes seins dans une main et s'est penché pour l'attirer entre ses lèvres. Il m'a agacé le téton avec la langue, jouant avec, le mordillant doucement, gentiment, puis plus fort, jusqu'à ce que je pousse un cri. Il n'y avait pas assez d'espace autour de nous pour notre désir, notre passion. Nous sommes tombés par terre et, quelque part, j'ai senti la brûlure légère d'une fibre de tapis sur ma peau, mais ses mains dans mes cheveux, sa bouche avide qui dévorait mes lèvres, mes joues, mes lobes d'oreilles, me l'ont vite fait oublier. C'était désormais lui qui était au-dessus. D'une main, il a écarté mes cuisses encore davantage et j'en ai presque perdu le souffle. J'ai commencé à haleter alors que la pression montait. Des vagues de chaleur irradiaient de mes profondeurs et j'ai hurlé, enfonçant les ongles dans sa peau, le ventre raidi alors que les étincelles d'un délicieux orgasme embrasaient tout mon corps. Je voulais capturer cette sensation, la mettre en bouteille, que jamais elle ne prenne fin. Et alors que je levais les yeux vers le plafond, attendant que ma respiration se régule tandis qu'il se laissait rouler sur le dos à côté de moi, je me suis demandé combien de temps j'allais devoir patienter avant qu'on remette ça.

Mon audience du lendemain s'est déroulée relativement sans histoire. Demander une injonction conservatoire d'urgence n'était pas particulièrement compliqué, mais même si ça l'avait été, je l'aurais obtenue les doigts dans le nez.

Lors de ma première semaine de stage, Viv McKenzie m'avait dit que tout au barreau était question de confiance en soi, et j'étais au taquet ce matin-là au tribunal : éloquente, l'esprit agile, prête à parer toute riposte qu'aurait pu avoir dans son arsenal l'avocat de la partie adverse. Peu importait que j'aie seulement feuilleté le dossier le matin même dans le métro. Que j'aie été si fatiguée par ma nuit – une nuit que nous avions passée à forniquer dans tout le loft au lieu de dormir. Peu importait que j'aie déboulé dans le tribunal, quelques minutes à peine avant notre rendez-vous de 9 h 30, vêtue de mes habits de la veille et d'une paire de collants opaques achetée chez Boots à la station Liverpool Street. Je n'avais pas besoin de mon armure : mes bas, mon rouge à lèvres, mes chemisiers fraîchement amidonnés. J'avais mes souvenirs de lui.

Après quelques minutes à bavarder avec l'avoué de mon client sur les marches du palais de justice, je suis retournée au bureau, traversant Fleet Street pour regagner le sanctuaire de Middle Temple. Cela m'a surprise de voir combien mon environnement familier semblait neuf et différent. Les cloîtres et ruelles ombragés qui parfois me donnaient le frisson étaient désormais autant de lieux de rendez-vous secrets entre amoureux. Je n'avais pris mes médicaments ni la veille au soir ni le matin et je savais que j'allais bientôt retomber dans la déprime, ou paniquer, ou dérailler complètement, mais dans l'immédiat, je ne pensais qu'à lui et tout allait pour le mieux.

Je me suis arrêtée à l'accueil de Burgess Court pour demander à Helen, notre réceptionniste, s'il y avait des messages pour moi.

« Je vous ai envoyé un e-mail avec le nom de toutes les personnes que vous devez rappeler, m'a-t-elle répondu en se penchant pour chercher quelque chose sous son bureau. Et ce paquet est arrivé pour vous. »

J'ai regardé avec perplexité la grosse boîte noire qu'elle me tendait, entourée d'un ruban en gros-grain. Ce n'était pas un dossier. Pas même de la part du plus prestigieux des avoués.

Je suis montée avec et l'ai posée sur mon bureau, hésitant quelques instants avant de tirer sur le ruban et de l'ouvrir. À l'intérieur se trouvait un sac en toile, et à l'intérieur de celui-ci un autre sac. *Le* sac. Celui en cuir noir moelleux que j'avais vu chez Selfridges la veille. La bouche sèche, je me suis mordu la lèvre pour retenir un sourire.

J'ai tiré avec précaution sur la fermeture Éclair. Je n'ai finalement jamais trouvé combien il coûtait, mais au toucher, on sentait l'objet de luxe et de prix. J'ai plongé la main à l'intérieur, me demandant si j'allais y trouver une carte ou un mot quelconque, même si je savais exactement de la part de qui il était. Mais alors que mon bras disparaissait plus avant dans ses profondeurs, j'ai senti autre chose. Pas les bords lisses et tranchants d'un rectangle de papier, mais quelque chose d'à la fois doux et texturé.

Perplexe, je l'ai sorti du sac pour l'examiner et j'ai éclaté de rire en découvrant un string en délicate dentelle noire.

« OK, Fran, a fait la voix de Paul derrière moi. J'ai là deux ou trois dossiers à vous confier. »

J'ai précipitamment remis le string dans le sac et tenté de revêtir mon masque d'avocate mais, lorsque je me suis retournée vers lui, je ne sais pas qui avait l'air le plus gêné. Moi, ou lui.

6

Je ne sais pas qui, le premier, avait pensé à appeler Robert Pascale le « Piranha », mais le surnom lui allait comme un gant pour ce qui était de sa réputation juridique. Ancien banquier d'affaires reconverti en avocat de divorce, il s'était aménagé un créneau très lucratif tout en haut du marché – sa spécialité étant le genre d'affaires, menant à un millionnaire pressé comme un citron et un solde bancaire affichant zéro, qui étaient évoquées en une du *Daily Mail* et faisaient trembler les businessmen.

Mais Robert Pascale n'avait pas l'air d'un carnassier impitoyable. Il offrait l'apparence d'un dandy de la vieille école : chevelure argentée peignée en arrière, costumes impeccables parés d'une pochette en soie d'une couleur contrastée. Hors tribunal, il était invariablement le charme incarné, et j'ai su que ce charme était sur le point d'être braqué sur moi lorsque je l'ai aperçu dans les couloirs du tribunal des affaires familiales de High Holborn Street.

Il a remis son portable dans sa poche en me voyant approcher.

« Francine, comment allez-vous ? Vous êtes si rayonnante que je ne pourrais m'empêcher de vous embrasser si je ne craignais pas que la cliente nous voie et pense que je fraternise avec l'ennemi. »

Cette mention de sa cliente m'a arraché un rire nerveux. J'étais arrivée tôt, sans David et sans Martin, pour deux raisons. D'abord, l'idée d'être seule avec Martin me remplissait à la fois de terreur et d'excitation. Je ne l'avais pas revu depuis que j'avais quitté son loft à Spitalfields deux jours plus tôt. Nous avions textoté comme des adolescents l'après-midi où j'avais reçu mon sac en cuir et mon string, mais notre correspondance avait fini par s'essouffler, laissant place à de plus sobres échanges où je le rassurais au sujet de l'audience préliminaire ; et l'anxiété qui avait infailliblement suivi m'avait donné à penser que l'oubli de mes médicaments avait eu des conséquences plus néfastes que je ne l'avais craint initialement.

Mais je voulais également arriver tôt pour la voir. Donna. Je ne voulais pas que ma première impression de la femme de Martin se fasse dans un tribunal sans fenêtres, où je savais que tous les regards seraient posés sur moi alors que je n'étais pas sûre de réussir à cacher ma curiosité et mes émotions.

« Ça va très bien, Robert, ai-je répondu en jetant un coup d'œil alentour dans le couloir. Alors, où sont vos troupes ? Je pensais que vous seriez en pleine réunion.

— Jeremy Mann est là. Nous attendons juste la cliente, a-t-il expliqué en commençant à envoyer un autre SMS, avant de reporter toute son attention sur moi. Alors. Parlez-moi de cette rumeur comme quoi vous tentez la soie cette année. »

J'ai lâché un grognement de dérision bon enfant. S'il s'ébruitait que je postulais, me disais-je, cela ne pouvait pas faire de mal à ma carrière.

« Est-ce que vous me confieriez de temps en temps un dossier, si c'était le cas ? » lui ai-je demandé d'un ton lourd de sous-entendus.

Je n'avais pas besoin de lui rappeler qu'il était l'un des rares éminents avoués de droit familial à ne l'avoir encore jamais fait. J'en soupçonnais les raisons : son snobisme et également, bien que son fonds de commerce soit la représentation des femmes, sa misogynie invétérée.

Il s'est penché vers moi et m'a touché l'épaule.

« Si vous postulez pour être conseillère de la reine, Francine, m'a-t-il dit avec une note de mise en garde dans la voix, allez-y doucement avec les éventuels coups d'éclat médiatiques. C'est d'un divorce qu'il est question ici, de la vie de deux personnes, pas d'une démonstration de vos talents professionnels.

— Vous savez que je joue toujours franc-jeu », ai-je répliqué.

Jetant un coup d'œil à la grande horloge, j'ai su que David et Martin n'allaient pas tarder à arriver. Je me suis excusée et suis partie à la recherche d'une salle d'entrevue libre, envoyant ensuite un SMS à David pour lui dire où il pouvait me trouver.

J'ai sorti la petite bouteille d'Évian que j'avais dans mon sac et en ai pris une gorgée en regardant autour de moi. La cour centrale des affaires familiales n'avait pas la magnificence de la Cour royale de Justice sur le Strand, où l'on pouvait sentir toutes ces années d'histoire et de justice. Le bâtiment avait l'aspect et l'atmosphère d'une école publique, et la pièce dans laquelle je me trouvais était froide et insipide.

Au bout de quelques minutes, j'ai entendu la porte s'ouvrir derrière moi, et David et Martin sont entrés. Je m'étais promis de rester calme mais, à la vue de ce dernier, j'ai senti mon cœur s'emballer et le souvenir d'un SMS qu'il m'avait envoyé deux jours plus tôt m'est revenu, chassant toute autre pensée de ma tête.

J'aime le goût de ta chatte.

J'ai évité de lui serrer la main en indiquant la table. Ils se sont assis et je me suis lancée dans le discours que j'avais préparé sur ce à quoi nous pouvions nous attendre ce matin, mon intention de demander qu'un juge de la Haute Cour préside à la résolution des litiges financiers, et ce qu'il fallait faire pour que les choses restent aussi simples et pacifiques que possible.

« Jeremy Mann a amené Richard Sisman, m'a informée David.

— Qui est-ce ? » est intervenu Martin.

Prenant une autre gorgée d'eau, j'ai remarqué que ma main tremblait.

« Richard est l'avocat junior qui travaille avec Jeremy. »

Martin a froncé les sourcils.

« On ne devrait pas avoir quelqu'un d'autre, nous aussi ? »

Il y avait une note d'accusation et de panique dans sa voix.

« Il n'y a pas besoin d'amener une personne supplémentaire à une première audience.

— Alors pourquoi est-ce qu'ils en ont une ? »

Son hostilité m'a désarçonnée. Je ne savais pas à quoi je m'étais attendue. À ce qu'il flirte avec moi ? À ce qu'il fasse une remarque sur mon nouveau sac en cuir ?

« La présence des avocats plaidants n'est pas nécessaire lors de ces rencontres préliminaires, ai-je répondu, sentant mon pouls s'accélérer.

— Alors pourquoi êtes-vous là ? Et pourquoi est-ce que Donna en a deux ? »

J'ai jeté un coup d'œil à David Gilbert et changé de position sur ma chaise, mal à l'aise.

« Tentative d'intimidation, ai-je répliqué avec toute l'autorité que je parvenais à rassembler. Deux avocats plaidants à l'audience préliminaire, c'est l'équivalent juridique d'une démonstration de force militaire. C'est les Russes qui défilent pour montrer leurs armes. Mais c'est inutile et coûteux. Je n'ai rien contre rouler un peu des mécaniques, mais il faut que ça reste dans la limite du raisonnable. Robert Pascale, lui, est un expert dans l'art de dépenser l'argent des autres.

— Mais peut-être est-ce pour cela qu'il réussit autant. Pas de gain sans dépenses.

— Martin, il faut nous faire confiance. »

Ses yeux se sont arrêtés sur les miens et j'ai vu son regard se radoucir et se teinter de contrition. Je savais qu'il me fallait prendre tout cela moins à cœur, mais ça a renforcé ma détermination à faire tout ce que je pouvais pour lui.

« Il est bientôt 10 heures, ai-je conclu en ramassant mes dossiers. Nous ferions mieux d'y aller. »

Nous avons gagné en silence la salle d'audience, une des petites utilisées pour les procédures les plus informelles.

Le juge se trouvait déjà dans la pièce, à la tête d'une longue table de conférence. Jeremy Mann et son assistant y étaient également assis. Robert était debout dans un coin en train de consulter ses messages. Je ne voyais Donna nulle part.

Prenant place en face de Mann, j'ai mis mes papiers en ordre et me suis concentrée. J'ai posé mon stylo à l'horizontale au-dessus de mon dossier, la pointe vers la gauche. Un bloc de Post-it et un porte-mine se sont retrouvés à droite et à gauche, comme un couteau et une fourchette.

De légers murmures traversaient de temps en temps la pièce, mais autrement on n'entendait que le tic-tac de la pendule accrochée au mur.

Il était désormais 10 heures passées de quelques minutes et il n'y avait toujours aucun signe de Mme Joy. J'ai jeté un coup d'œil au juge, Barnaby, et nos regards se sont croisés. C'était un juge de la vieille école, à quelques mois de la retraite, irascible mais efficace, et je voyais à l'inflexion de ses sourcils qu'il était impatient de poursuivre cette énième journée sur le front du délabrement des relations humaines.

« Sommes-nous prêts ? » a-t-il fini par demander.

Une expression contrariée s'est affichée sur le visage de Robert Pascale.

« Nous attendons juste ma cliente », a-t-il expliqué.

Barnaby a tapoté la table du bout de son stylo.

« Et savons-nous si elle va bientôt arriver ? a-t-il demandé d'un ton lourd de sous-entendus.

— D'une minute à l'autre, a répondu Pascale en jetant un coup d'œil à sa montre. Je vais juste sortir l'attendre dehors. Elle s'est peut-être perdue. »

Je n'ai pas osé regarder Martin, qui avait commencé à murmurer à l'oreille de David d'une voix si basse que je n'entendais pas ce qu'il disait.

Robert s'est absenté pendant ce qui m'a paru un très long moment. Lorsque la porte s'est rouverte, je n'ai pas pu m'empêcher de me retourner, m'attendant à la voir, parfaitement habillée et calme malgré son retard, mais je n'ai vu que Pascale, en proie à une agitation qui ne lui ressemblait pas.

« Aucune trace, a-t-il annoncé.

— L'avez-vous appelée ? lui a pompeusement demandé Jeremy Mann.

— J'ai essayé, mais je tombe directement sur sa messagerie. J'ai parlé avec elle hier, et elle était fin prête pour aujourd'hui.

— Peut-être qu'il y a des embouteillages, a dit Martin d'une façon laissant entendre qu'il n'y croyait pas lui-même.

— Encore cinq minutes, a déclaré Barnaby d'un ton cinglant. J'ai une très longue liste d'audiences, aujourd'hui.

— Je suggère que nous commencions sans Mme Joy », a fait David en cherchant mon approbation du regard.

J'avais su ce qu'il s'apprêtait à proposer avant même qu'il ouvre la bouche.

Pascale a protesté, mais le juge a levé une main.

« Bien », a-t-il répondu d'un air franchement désapprobateur.

« Pas du tout embarrassante, cette affaire, a craché Martin alors que nous quittions la salle d'audience quarante minutes plus tard.

— Sa présence n'était vraiment pas nécessaire », l'a rassuré David.

Nous avons regardé Robert et son équipe s'éloigner dans le couloir.

Martin secouait toujours la tête.

« Est-ce que vous allez lui parler ? » lui ai-je demandé.

Il a émis un léger grognement de dérision.

« Je doute que quoi que je dise puisse avoir un impact sur son comportement.

— Son comportement ?

— C'est juste tellement caractéristique de sa part, bon sang. »

David l'a regardé d'un œil compatissant.

« Ce n'est pas la première fois qu'un client ne se présente pas au tribunal. Ça arrive plus souvent qu'on pourrait croire. Et peut-être Robert a-t-il sous-entendu que c'était une audience relativement rudimentaire… »

J'ai essayé de capter le regard de Martin, de déterminer son état de pensée, mais il avait l'air mécontent et distrait.

« Et maintenant, qu'est-ce qui se passe ? » a-t-il demandé, accordant toute son attention à David.

Une cruelle déception m'a étreint le cœur.

« Comme vous avez pu le voir à l'instant, nous avons établi un calendrier des étapes à venir. Dans l'immédiat, il nous faut collecter des informations, travailler en collaboration avec Robert et attendre une date pour la résolution des litiges financiers.

— Qui devrait être fixée quand ?

— Dans six à huit semaines, avec un peu de chance. Si l'expertise comptable ne nous retarde pas.

— Tenez-moi au courant. Je pars en Suisse demain ; c'est réservé depuis longtemps et je n'ai pas envie d'annuler, mais je ne serai absent qu'une semaine. »

Je savais déjà cela. Il en avait rapidement fait mention dans son loft de Spitalfields et, sur le moment, je m'étais demandé s'il préparait le terrain pour se débarrasser de moi.

« C'est promis », a dit David en lui serrant la main.

Martin s'est tourné vers moi pour répéter le geste.

Il a pris ma paume et l'a gardée dans la sienne un peu plus longtemps que nécessaire. Lorsque ses doigts se sont refermés sur les miens, je les ai imaginés en moi. Comme ils l'avaient été le mardi soir. Comme je voulais qu'ils le soient à cet instant.

« À bientôt », ai-je fini par dire.

Il a hoché la tête et est parti sans ajouter un mot. J'ai regardé sa silhouette disparaître au loin, tellement subjuguée que je ne me suis même pas inquiétée de savoir si David Gilbert avait remarqué la moindre étincelle ou la moindre gêne entre notre client et moi.

« Un jour, les riches apprendront à être polis, a fait David une fois qu'il a été hors de portée de voix.

— Martin ? ai-je demandé avec panique.

— Sa femme. C'est carrément irrespectueux.

— Peut-être qu'elle est malade. Ou qu'elle s'est trompée de jour.

— Peut-être », a-t-il rétorqué avec cynisme.

Il a marqué un temps avant d'ajouter :

« Je crois que nous devrions envisager d'embaucher un enquêteur.

— Pourquoi ça ?

— J'ai géré un divorce, récemment : rien de bien extraordinaire d'un point de vue juridique, mais ç'a été une histoire digne d'un *soap*. L'épouse ne s'est pas présentée non plus à son audience préliminaire. Nous pensions que c'était juste le signe d'un comportement cavalier jusqu'à ce que je découvre qu'elle était partie s'installer à Los Angeles sans prévenir son mari. Elle s'était mise à la colle avec un producteur de musique multimillionnaire, là-bas, et pendant tout ce temps-là, elle essayait d'escroquer mon client de cinquante pour cent de son entreprise.

— Donc vous ne faites pas confiance à Donna Joy non plus, ai-je dit, consciente de la note de jubilation dans ma voix.

— Je veux juste savoir à quoi nous avons affaire de son côté. Si nous pouvons prouver qu'elle fréquente quelqu'un… quelqu'un de riche… cela pourrait servir notre cause.

— Je sais exactement à qui faire appel », ai-je répondu.

Il ne me restait pas grand-chose à dire à David. Il pensait déjà à sa prochaine entrevue, son prochain client. Nous nous sommes dit au revoir et je suis restée seule dans le vestibule, sans savoir comment tuer le temps avant la demande d'ordonnance d'interdiction qui était prévue à midi. Cela ne servait à rien de retourner au cabinet, alors je suis allée au Starbucks prendre un café en relisant mes notes.

Assise près de la fenêtre, j'ai sorti mon iPad pour surfer sur Internet. D'ordinaire, je regardais les gros titres ou la météo, mais ce jour-là, je me suis surprise à taper *Donna Joy* dans la barre de recherche. Les trois premières pages de résultats n'ont rien donné que je n'aie déjà lu, mais en poussant plus loin, j'ai trouvé le nom de l'atelier où elle travaillait, une galerie qui avait exposé ses œuvres et une soirée à laquelle elle avait participé l'été précédent. Le plus révélateur, cependant, était son compte Instagram : une interminable succession d'endroits exotiques, d'amis aux allures de stars et de selfies souriants ; un aperçu d'un monde doré en comparaison duquel ma propre vie semblait bien terne et solitaire.

Refourrant ma tablette dans mon sac, je suis passée aux toilettes me mettre du rouge à lèvres avant de retourner au tribunal pour ma demande d'ordonnance d'interdiction. J'ai fait passer mon manteau et mon sac dans le scanner de sécurité et j'ai dit bonjour à une connaissance de fac qui venait aussi d'arriver. L'avouée qui m'avait saisie pour ce prochain dossier m'avait déjà envoyé un SMS pour me prévenir qu'elle serait en retard, alors j'ai traîné dans le hall en étudiant le calendrier des audiences.

Je l'ai d'abord remarquée du coin de l'œil. C'était son manteau qui avait attiré mon attention : rose vif et d'apparence luxueuse, le genre de vêtement que je n'aurais pas porté moi-même à cause de sa couleur, mais que j'étais quand même capable d'admirer.

Je l'ai regardée de plus près et j'ai su que c'était elle. Elle était plus petite que je ne m'y attendais, de la même façon que les deux seules célébrités que j'avais rencontrées dans ma vie étaient miniatures. Ses cheveux étaient plus sombres que sur les photos, d'un riche caramel plutôt que blond foncé. Elle avait un grand sac à main d'aspect exotique – taillé dans un cuir texturé que je ne reconnaissais pas. Lézard ? Alligator ? Je me suis demandé si c'était lui qui le lui avait acheté.

« Je peux vous aider ? » ai-je fait.

Elle s'est retournée vers moi et j'ai essayé de graver chacun de ses traits dans ma mémoire. Lèvres fines, sourcils forts, étonnamment peu de maquillage sur sa peau pâle et crémeuse, un long cou de cygne auquel pendait une délicate chaîne d'or ornée de l'initiale D.

« Pas à moins que vous sachiez remonter le temps », a-t-elle murmuré à part elle avec un agacement non déguisé.

Je voulais lui dire qu'elle avait une heure et cinquante-deux minutes de retard. Que son avoué devait désormais être de retour à son étude et que le processus était lancé pour son divorce. Je voulais lui demander ce qui l'avait mise autant en retard. Était-ce un brushing pour impressionner son mari ? me suis-je demandé en regardant la chevelure lustrée qui lui tombait en ondulant sur les épaules. Ou bien n'avait-elle tout simplement pas pris la peine de noter les détails de l'audience de ce matin dans son agenda sûrement plein à craquer ?

Je suis restée immobile un moment, le cœur battant, hésitant à me présenter. Mais je savais qu'elle verrait une coïncidence étrange dans le fait que l'avocate croisée devant le calendrier des audiences était celle de son mari.

« Je crains de ne pas pouvoir faire grand-chose à ce niveau-là », ai-je répliqué en resserrant mon étreinte sur mon sac en cuir.

Un sourire a radouci son visage et j'ai su exactement ce que Martin Joy avait vu en elle. Le col de mon chemisier m'a soudain paru trop serré et je me suis hâtée vers la sortie, prise d'un impérieux besoin d'air frais.

7

Ce n'est pas moi qui ai suggéré de se retrouver à Islington. Martin m'a envoyé un texto de Suisse pour m'inviter à dîner et, lorsque j'ai accepté, il a immédiatement réservé une table chez Ottolenghi.

J'y ai vu un signe de bon augure. Le restaurant ne se trouvait pas à Soho ou à Chelsea, mais dans Upper Street, à deux pas de chez moi, et je savais que je devais – je voulais – me préparer à l'éventualité que nous titubions jusque-là pour terminer la soirée. Des années de célibat volontaire ne sont pas ce qu'il y a de plus propice à maintenir une apparence impeccable, et tous mes dessous affriolants avaient laissé place à des sous-vêtements confort trop souvent lavés : il fallait que je fasse quelque chose. La plupart des samedis matin, on pouvait me trouver au centre de conseil juridique gratuit de Toynbee Hall à Stepney, où je faisais du bénévolat depuis des années, mais cette semaine-là, j'ai décidé de ne pas y aller et de passer à la place la matinée dans un petit salon de beauté coréen de Holloway Road, pour être au moins parfaitement épilée. Puis je suis allée dans mon épicerie fine préférée, La Fromagerie, acheter du brie crémeux et du raisin noir à mettre dans mon frigo, et j'ai changé les draps de mon lit, allant jusqu'à vaporiser de l'eau de lavande dessus dans l'espoir de leur donner l'odeur de ces draps amidonnés qu'on trouve dans les hôtels de luxe. Je voulais faire de mon appartement un havre de délices qu'il ne voudrait jamais quitter. Ce qui, commençais-je à m'en rendre compte, était exactement ce que je désirais.

J'ai choisi une robe noire et des escarpins rose vif, et suis délibérément partie de chez moi avec cinq minutes de retard. J'étais nulle dans l'art de jouer au chat et à la souris, depuis toujours, mais c'était mon unique concession au précepte de « se faire désirer ».

Alors que je remontais Upper Street, croisant la foule du début de soirée, des groupes bruyants et rieurs de quatre ou cinq personnes, j'ai inspiré profondément, avide de ressentir une partie de cette énergie, de cet abandon ; de cette impression que tout pouvait arriver. Un sourire s'est dessiné sur mes lèvres. *Tout.*

J'ai traversé la rue, les talons claquant sur le macadam, le manteau volant au vent. Serait-il déjà là, en train de m'attendre ? Ou bien allais-je trouver un bar vide et un message sur mon téléphone prétextant une urgence au travail ou un vol retardé ? Je n'avais jamais été persuadée que Martin Joy allait me recontacter après l'audience préliminaire, mais une fois que nous avions convenu de ce rendez-vous, j'avais naïvement supposé qu'il viendrait. Je n'en étais désormais plus si sûre. Fallait-il que je l'appelle pour lui demander s'il était en route ? *Sois positive*, me suis-je admonestée. *Parfois il arrive des trucs bien. Même à toi.*

Il était là : mon cœur a fait un bond lorsque je l'ai vu à travers la vitre. Tournant le dos à la rue, appuyé contre le comptoir, fendant l'air de ses mains vigoureuses. Il était en train de parler à quelqu'un. Mon sourire s'est éteint : non, il était *avec* quelqu'un. Un couple. Je me suis interrompue dans mon élan, la main immobile au-dessus de la poignée de la porte, luttant contre un sentiment de déception. Avais-je mal compris ? N'était-ce pas un rendez-vous amoureux ? Mais je ne pouvais pas rester là à hésiter : la porte était vitrée et, de toute façon, Martin m'avait déjà repérée.

« Fran », a-t-il fait avec chaleur en se tournant vers moi alors que je poussais le battant. Il a attrapé ma main pour me guider vers lui. Un crépitement d'électricité statique est passé entre nous lorsque nos peaux se sont touchées, mais il n'a pas tressailli, se contentant de sourire et de me chuchoter un mot à l'oreille, si bas que je fus la seule à pouvoir l'entendre : « Sexy. »

« Francine, a-t-il continué en se tournant vers les autres, voici Alex, mon associé, et son épouse.

— Juste son *épouse*, a dit celle-ci avec un clin d'œil de conspiratrice en s'avançant entre eux pour me serrer la main. Personne d'important. »

Mais elle était impressionnante : blonde, grande, un peu chevaline, comme une capitaine d'équipe de crosse. Lorsqu'elle s'est levée de son tabouret, j'ai pu voir qu'elle faisait au moins quinze centimètres de plus que moi. Même avec mes talons, je frôlais à peine le mètre soixante-cinq, mais je ne m'étais jamais sentie aussi petite qu'à cet instant.

Bien qu'Alex ait ri avec elle, j'ai détecté plus de réserve chez lui. Mince, le dos droit, tiré à quatre épingles dans son costume gris. Peut-être n'étais-je pas la première femme que Martin avait présentée à ses amis depuis le divorce, ou peut-être qu'Alex était encore loyal envers Donna – c'était ce que faisaient les amis, n'est-ce pas ? Ils choisissaient un camp.

Il y a eu un bref silence inconfortable, puis Martin a rempli le vide.

« Mon texto est bien arrivé ?

— Quel texto ?

— Comme quoi Alex et Sophie se joignaient à nous pour dîner. »

J'ai secoué la tête.

« On ne va pas rester longtemps, et je vous promets qu'Alex se conduira bien », est intervenue Sophie en me lançant un regard de conciliation.

Tandis que ses amis prenaient les devants pour gagner la table, Martin a inspecté son téléphone.

« Il n'est jamais parti. L'envoi a échoué. »

Il m'a touché les doigts en un geste d'excuse, et j'ai senti la chaleur de sa peau sur la mienne.

« Ce n'est pas grave. J'ai envie de rencontrer tes amis », ai-je répondu, en me demandant à quel point j'étais convaincante.

On nous a amenés à notre table et Martin a commandé deux bouteilles de vin orange et un assortiment de hors-d'œuvre. Tout était si bien choisi, j'ai su qu'il était déjà venu là de nombreuses fois.

« Donc vous avez fait du ski ? » ai-je demandé, consciente de devoir apporter ma contribution au badinage dès le début.

Je n'avais aucune idée de ce que Sophie et Alex savaient de notre relation – quelle que soit la nature exacte de celle-ci –, et tant que je n'avais pas reçu un signal quelconque de Martin me confirmant qu'il s'agissait bien d'un rendez-vous amoureux, et que ses amis étaient au courant, j'avais décidé de procéder avec prudence, en évitant tout propos trop précis ou révélateur.

« De l'héliski, a rectifié Martin en hochant la tête.

— Spitalfields a son James Bond bien à lui, a plaisanté Alex.

— C'est super. Vous avez déjà essayé ? m'a demandé Sophie avec l'assurance de quelqu'un qui avait passé sa vie sur des skis.

— Je suis plus heureuse avec un chocolat chaud et une viennoiserie au bas des pistes », ai-je répondu, ne voulant pas avouer que les seules pentes enneigées que j'avais dévalées étaient celles du parc, en luge, lorsque j'étais enfant.

J'ai dû faire appel à toute ma volonté pour ne pas le cuisiner davantage, avide de savoir avec qui il était en Suisse – personne n'allait faire de l'héliski tout seul, n'est-ce pas ? –, mais consciente que poser la question me ferait paraître jalouse de son affection. « Donc vous travaillez avec Martin ? » ai-je préféré demander alors que nous nous asseyions à une table un peu en retrait, au fond du restaurant.

Alex a acquiescé, mais Sophie a pincé les lèvres et secoué sèchement la tête.

« Pas moi. Plus maintenant. Vous savez mieux que personne, j'en suis sûre, que travailler ensemble ne contribue pas toujours à une vie de famille épanouie. Nous avons essayé au début, mais nous en étions arrivés au point de vouloir nous tordre mutuellement le cou, alors je me suis effacée pour prendre un rôle plus… (elle a aspiré de l'air entre ses dents) consultatif.

— Traduction, elle nous dit à tous les deux ce qu'on doit faire, a fait Martin avec un sourire.

— Il aime laisser entendre que je suis une sorte d'enquiquineuse. Mais sans le sens du détail d'une femme, j'ai dans l'idée qu'ils auraient mis la clé sous la porte depuis longtemps. »

Alex lui a pris la main pour l'embrasser.

« Tiens : ta récompense, ma chérie. »

Elle lui a donné une petite tape espiègle sur la joue et j'ai ressenti une pointe de jalousie. Ils étaient probablement mariés depuis quoi… ? Dix ans au moins, et manifestement, elle adorait toujours son mari.

Alors que tous trois échangeaient plaisanteries et taquineries comme seuls de vieux amis savent le faire, j'ai lentement commencé à me détendre et à passer un bon moment. Martin s'est longuement étendu sur le sujet de son récent voyage, où il était parfois « ressorti de la poudreuse avec des airs de bonhomme de neige », tandis que Sophie m'a raconté un désastreux séjour au ski qu'Alex et elle avaient fait à Courchevel, où une absence totale de neige avait transformé la station en « septième cercle de l'enfer » où les touristes russes n'avaient rien à faire à part frimer.

« Le seul endroit où j'ai vu plus de fourrures, c'est au zoo de San Diego ! a-t-elle conclu en riant.

— Alors, où est-ce que vous vous êtes rencontrés, tous les trois ? ai-je demandé, envieuse du lien étroit qui les unissait.

— À l'université, a répondu Alex.

— Au club d'économie.

— C'était pendant ce séjour à New York, n'est-ce pas ? Pour voir Wall Street. On partageait une chambre dans cet hôtel miteux de l'East Village.

— J'aime à me voir comme une entremetteuse, a ajouté Sophie. Je savais qu'ils s'entendraient, alors j'ai tout arrangé.

— Je pensais qu'elle était devenue présidente du club par ambition, mais en fait elle aimait juste se prendre pour Cilla Black[1].

— Je plaide coupable », a-t-elle dit en levant la main.

La conversation s'est poursuivie, aussi coulante que le vin, un délicieux blanc au parfum d'orange qui me montait à la tête, et j'ai commencé à être contente que Martin ait invité ses amis à notre rendez-vous. Le restaurant moderne et branché, l'intelligence décontractée d'Alex, les apartés complices de Sophie : c'était un mélange enivrant d'élégance et d'urbanité, et je brûlais d'envie d'en faire partie. Je voyais bien les coups d'œil admiratifs que nous lançaient les couples autour de nous : à notre table était assise l'élite de la société, belle, riche et raffinée, et pour une fois j'en faisais partie ; j'étais à l'endroit même où battait le cœur de Londres.

« Mais au fait, vous nous avez à peine parlé de vous, a dit Sophie lorsqu'elle a eu fini d'expliquer à la serveuse ce qu'elle voulait en dessert. Dans une autre vie, j'aurais aimé être avocate de divorce. Je me suis fait courtiser par quelques cabinets de droit commercial dans des forums d'orientation lorsque j'étais à la fac, mais ça me semblait bien trop ennuyeux. Les affaires familiales, en revanche, ça doit être fascinant.

---

1. Personnalité britannique connue notamment comme la présentatrice de l'émission de rencontres *Blind Date*.

— Parfois, ai-je répondu avec honnêteté. Mais souvent difficile et lourd d'émotion. En matière de divorce, il arrive souvent que les sentiments prennent le dessus. Les gens gaspillent un nombre énorme d'heures facturables à se disputer les plus petites choses juste parce qu'ils ne veulent pas laisser l'autre gagner. Récemment, j'ai eu un couple à couteaux tirés pendant six mois à cause d'une théière.

— Une théière ? » a répété Alex.

J'ai hoché la tête.

« Assez jolie, mais qui valait probablement cent livres à tout casser. Ils l'avaient achetée pendant leur lune de miel, et chacun aurait renoncé à tout le contenu de leur maison à Kensington pour l'arracher à l'autre. »

Ils ont tous éclaté de rire, mais la gêne s'était installée, comme si l'anecdote avait rompu le charme, rappelant à tout le monde qui j'étais et comment Martin et moi nous étions rencontrés.

« À ce propos, Fran, je voulais vous poser une question. D'ordre professionnel…

— Il y a quelque chose qu'il faut que je sache, ma chérie ? a demandé Alex en écarquillant comiquement les yeux, mais elle l'a ignoré.

— À l'évidence, Martin est en train de divorcer, et nous nous demandons tous…

— Nous nous chions dessus, plus exactement, a fait Alex.

— … comment cela va affecter notre société, a continué Sophie. Est-ce que Donna pourrait s'en prendre à nous ? Je veux dire, nous avons toujours été amis, mais comme vous le dites, les gens font de drôles de choses lorsqu'ils se retrouvent devant un juge. »

J'ai regardé autour de moi, me sentant horriblement dupée et exposée aux regards. J'avais cru à un rendez-vous galant, mais apparemment je n'avais été invitée là que dans le cadre d'une mission d'enquête.

« Nous craignons que Donna réclame à Martin une part de ses futurs revenus. »

J'ai jeté un coup d'œil à l'intéressé.

« Nous résisterions à pareille revendication, bien sûr, ai-je dit en crispant les doigts sur le pied de mon verre.

— Alors ? a insisté Sophie.

— Il est vrai que le divorce peut avoir des conséquences sur l'entreprise. Mais la société Gassler n'est pas cotée en Bourse, alors je pense que, si impact il y a, il sera limité. Par précaution, je peux vous recommander un expert en relations publiques spécialisé dans la lutte contre la publicité négative… Mais franchement, je doute que cela s'avère nécessaire. »

J'ai tourné les yeux vers Martin, qui m'a rendu mon regard avec un sourire rassurant. J'ai bien vu que mon évaluation était essentiellement ce que Sophie et Alex avaient voulu entendre.

« À propos de divorce, vous avez entendu parler de Mungo Davis ? a demandé Alex. Il a surpris sa femme au lit avec leur chauffeur – et vous savez ce qu'elle a dit ? »

Je n'ai jamais entendu ce que la femme de Mungo Davis avait dit, parce que je me suis excusée pour aller aux toilettes.

Mon refuge atteint, j'ai posé les mains de chaque côté du lavabo et inspiré profondément. En me regardant dans le miroir, je me suis demandé ce qu'il fallait que je fasse pour être heureuse. J'aimais bien Martin Joy. J'avais cru qu'il partageait mes sentiments, mais je m'étais manifestement trompée.

J'ai sorti mon gloss de mon sac pour en réappliquer soigneusement une couche. Les lumières au-dessus du miroir me donnaient l'air plus pâle que d'habitude et j'ai porté une main à ma joue.

Tu peux le faire, me suis-je dit alors que je me préparais à ressortir. *Reste digne.*

Lorsque j'ai regagné la table, Martin était en train de payer l'addition et Sophie de remettre son manteau.

« L'incruste est finie, m'a-t-elle dit en souriant.

— On vous raccompagne dehors », a déclaré Martin.

Je suis restée gauchement immobile sur le trottoir tandis que nous nous disions au revoir. Lorsque Sophie et Alex ont disparu dans un taxi, je me suis emmitouflée davantage dans mon manteau, prête à rentrer chez moi à pied.

« J'ai passé un bon moment, ai-je dit d'une voix tendue. Ils sont vraiment sympas.

— Je suis désolé quand même », a-t-il répondu en changeant nerveusement de pied d'appui.

J'ai senti mes épaules se décontracter.

« Alex m'a appelé quand j'étais en Suisse. Il était nerveux à cause de mon divorce et parlait de se prendre un avocat. Lorsque je lui ai dit que nous allions dîner ensemble, il a demandé s'ils pouvaient nous accompagner. Je ne pensais pas qu'ils resteraient jusqu'au dessert. »

J'ai haussé les épaules et souri. Je ne voulais pas me rendre vulnérable en offrant la moindre suggestion sur ce que nous pouvions faire à présent.

« Il est encore tôt », a-t-il fait remarquer en me coulant un regard de sous ses cils bruns.

Mon cœur a fait un petit bond, mais j'ai essayé de rester impassible.

« Qu'est-ce que tu as en tête ? ai-je fait en haussant les épaules.

— Tu n'habites pas dans le coin ? m'a-t-il demandé en se rapprochant d'un pas.

— Juste un peu plus bas dans la rue, si tu veux me raccompagner. »

Il a passé le bras autour du mien et toute tension a disparu de mon corps.

« Est-ce que c'est vrai ? ai-je demandé au bout d'un moment. Cette histoire comme quoi Sophie a joué les entremetteuses entre Alex et toi.

— C'est elle qui a organisé le séjour et nous a répartis dans les chambres, donc je suppose que oui. Je lui dois beaucoup. Elle m'a même obtenu une bourse pour que je puisse aller à New York. Je n'aurais pas eu les moyens de me payer le voyage, autrement. »

Je l'ai regardé avec surprise. Il avait laissé entendre que nous venions du même milieu, mais j'avais supposé qu'il n'était pas sérieux.

« Mes parents sont morts lorsque j'avais cinq ans. Ce sont mes grands-parents qui m'ont élevé. Ils attachaient de l'importance à l'éducation et ont fait tout ce qu'ils pouvaient pour me soutenir financièrement dans mes études. Mais il n'y avait pas beaucoup d'argent, à la maison. »

Il a regardé droit devant lui comme s'il ne voulait plus en parler.

« Raconte-moi la Suisse, ai-je demandé en savourant la chaleur de son corps à travers la manche de mon manteau.

— Nous étions à Verbier. »

Je me rappelais vaguement avoir entendu Tom évoquer l'endroit une fois, au cabinet ; l'image que j'en avais retenue était celle d'un vivier de jeunes bourges alternant pistes noires et apéros au coin du feu, et je ne pouvais pas m'empêcher d'imaginer Martin entouré d'un essaim de jeunes femmes blondes dans quelque Jacuzzi en extérieur. Après tout, je n'aimais pas le fait qu'il ait utilisé le pronom « nous ».

« J'ai d'abord eu des réunions à Genève, mais j'ai réussi à m'accorder deux ou trois jours sur les pentes. Ça m'a fait du bien de prendre mes distances avec tout ça.

— Merci ! » ai-je riposté en riant.

Il s'est arrêté et m'a tournée vers lui.

« Ce n'est pas ce que je voulais dire, a-t-il précisé avec une intensité qui m'a donné le frisson, avant de poursuivre : Et toi, dis-moi, qu'as-tu fait de beau ?

— Travaillé. Écrit, ai-je répondu avec un haussement d'épaules.

— Une John Grisham au féminin, hein ?

— Pas exactement, ai-je dit en souriant. Un essai. “La médiation des déménagements à l'étranger impliquant des pays non signataires de la convention de La Haye”.

— Parfait pour bouquiner sur une chaise longue, a-t-il fait avec un rire.

— Je sais, je sais, ai-je répondu avec un geste de conciliation. C'est pour ma candidature à la soie. Ça fait mieux d'avoir publié quelque chose.

— J'ai dans l'idée que tu es capable de tout accomplir si tu le veux vraiment. En fait, j'en ai la conviction. Peut-être que je pourrai le lire tout à l'heure. »

Il y avait de l'ardeur dans ses mots. Et j'aimais sa présomption qu'il n'allait pas juste me raccompagner à ma porte. Mais en même temps, la mention de ma candidature à la soie avait introduit une pointe de doute dans mon esprit, une voix fluette et lointaine me rappelant que c'était un client. Alors j'ai ralenti le pas et essayé de maintenir la conversation en terrain neutre.

« Je voulais être écrivain, avant. Quand j'étais plus jeune, lorsque je me sentais trop à l'étroit dans notre maison, j'allais à la bibliothèque du quartier me perdre dans les rayons. J'ai toujours aimé les mots, la capacité qu'ils ont à nous faire rire, pleurer, à nous blesser ou nous aider – à nous transporter dans un endroit complètement différent. J'ai toujours pensé qu'il y avait de la magie dedans. »

Levant les yeux vers lui, j'ai vu qu'il me regardait comme si j'étais la personne la plus intéressante au monde.

« Alors pourquoi as-tu choisi le droit ? »

J'ai haussé les épaules.

« J'ai grandi dans une maison mitoyenne d'Accrington, fait mes études dans un établissement poubelle. Je ne connaissais personne qui ait particulièrement réussi dans la vie, encore moins qui arrive à vivre du métier d'écrivain. À la place, je voyais criminalité, couples séparés et saisies de domiciles, et je me suis rendu compte que les seuls qui semblaient en profiter étaient les avocats. Quoi qu'il advienne, les avocats gagnaient toujours.

— Donc maintenant, tu te sers des mots pour gagner tes procès et de l'argent.

— Je suppose, oui. Est-ce que ça te semble égoïste ? »

Il a éclaté de rire.

« Ce n'est pas à moi qu'il faut demander. J'ai "capitaliste" tatoué sur le torse. » Il m'a regardée, est redevenu sérieux. « Mais c'est facile de gagner de l'argent. Je suis en admiration devant les gens comme toi, qui réussissent à trouver un minuscule défaut dans la cuirasse de l'autre pour remporter la bataille. Je ne suis pas sûr que j'aurais l'agilité mentale nécessaire.

— Ça m'étonnerait. »

Je ne voulais pas avouer que j'avais lu presque tout ce que je pouvais trouver sur le sujet de Martin Joy. Les arides revues spécialisées que j'avais épluchées s'accordaient à le présenter comme un génie, l'un des esprits financiers les plus brillants de sa génération. J'adorais le fait qu'il soit si modeste.

Nous avons continué de marcher en échangeant des secrets sur nos vies. Nous avons discuté des séries que nous voulions tous deux regarder sans en avoir jamais le temps, révélé nos coins préférés de la ville – Postman's Park dans la City, les bronzes de Roosevelt et Churchill dans Bond Street, le restaurant Bleeding Heart à Clerkenwell, pour ses steaks et son vin rouge. J'aimais la facilité que j'avais à parler avec lui. Tout ce que nous avions en commun. Il avait vécu à Islington, à quelques rues de chez moi dans Highbury Fields, et bien qu'il ait déménagé à Spitalfields avant que j'arrive dans le quartier, j'étais secrètement émoustillée par l'idée que nos vies avaient connu à un moment le même rythme, la même routine.

« Viens, ai-je dit en lui prenant la main pour l'entraîner dans une rue latérale. J'habite par là. »

Il a serré mes doigts plus fort dans les siens et j'ai perdu toute notion de ce qui se passait autour de moi, perdue dans notre petite bulle.

L'espace d'un moment, ça m'a rappelé ma jeunesse et les quelques occasions où j'avais rencontré quelqu'un de nouveau et d'intéressant. Je n'étais pas différente des autres jeunes gens en quête de sexe, d'amour, sortant d'un pub ou d'un bar au bras d'un garçon, d'une fille, suggérant telle ou telle fête ou boîte de nuit pour prolonger la soirée, ne voulant pas rompre le charme.

Mais ce soir-là, j'étais on ne peut plus adulte. Ce soir-là, nous rentrions droit chez moi, et nous savions aussi bien l'un que l'autre comment la soirée allait se finir.

« Donna veut me voir, a brusquement dit Martin. Mardi. »

Mon cœur s'est de nouveau serré et j'ai réalisé, pile à cet instant, à quel point j'aimais cet homme. Je ne voulais pas dépendre de quelqu'un pour être heureuse, mais j'étais dépendante – de Martin.

« Est-ce qu'elle souhaite s'excuser d'avoir manqué l'audience préliminaire ? ai-je demandé en lui jetant un coup d'œil.

— Je crois qu'elle a juste envie de parler.

— Est-ce que tu veux mon avis, ou bien tu as déjà décidé d'y aller ?

— Qu'est-ce que tu en penses ? »

Mon cœur battait à toute vitesse, maintenant. Je pouvais sentir l'épée de Damoclès peser au-dessus de ma tête dans le ciel nocturne, comme les nuages noirs qui s'abattaient parfois.

« Je pense que tu devrais y aller, ai-je répondu, sachant qu'aucune autre réponse n'était possible.

— C'est ce que je me suis dit aussi, a-t-il fait en resserrant son étreinte sur ma main. Tu as dit qu'il valait mieux éviter si possible de passer au tribunal, n'est-ce pas ? Essayer plutôt de régler les choses à l'amiable.

— Tu peux parler, oui, mais n'accepte rien.

— C'est juste une conversation, Fran. Je veux seulement entendre ce qu'elle a à me dire. Sans les avocats autour de nous. Je veux juste savoir ce qu'elle pense… »

Il l'a dit avec un sourire, mais ça m'a fait l'effet d'une réprimande. *Sans les avocats autour de nous.* Sans moi.

« Comment est-ce que ça s'est fini entre vous, Martin ? » La question m'a échappé avant que j'aie pu la retenir. « Je veux dire, qu'est-ce qui s'est passé, exactement ? »

Il m'a regardée, se demandant manifestement si c'était une bonne idée de me le dire.

« Je suis parti pour Hong Kong, a-t-il fini par répondre. Pour affaires. Je suis revenu deux jours plus tôt que prévu et Donna n'était pas là. Elle avait tout simplement disparu. C'est pour ça que je n'ai pas été surpris lorsqu'elle a disparu cette fois-ci. C'est son mode de fonctionnement. J'ai fini par retrouver sa trace à New York, grâce aux quarante-sept mille dollars de dépenses sur sa carte bancaire. Elle n'avait pas pensé à me prévenir. Elle ne pensait jamais à moi. Je n'étais pas une personne, un compagnon. J'étais seulement le pourvoyeur de son compte en banque. »

Il a dit ces derniers mots d'un ton dur.

« Et tu lui en voulais pour ça ? »

Il a secoué la tête.

« Pas sur le moment. J'en étais simplement arrivé à un point où elle ne me manquait pas. Je me rappelle être resté assis dans l'appart un instant, dans le noir, à écouter le silence et à me dire que ça faisait vraiment du bien d'être tout seul ; à me dire : *C'est ça que je veux.*

— Je sors avec un ermite », ai-je constaté avec un rire nerveux.

Il s'est arrêté pour me regarder.

« Je suis juste un homme qui voulait se libérer d'un mariage dont la date de péremption était passée depuis longtemps. Lorsqu'elle est revenue de New York, je lui ai dit que je voulais le divorce.

— Mais c'est elle qui l'a demandé en premier », ai-je remarqué.

Je connaissais le dossier par cœur. Je savais qu'elle avait déposé sa demande la première.

« Oui, elle a bien veillé à ça, a-t-il répondu comme s'il se maudissait intérieurement d'avoir été trop lent à la détente.

— Et voilà où nous en sommes.

— Voilà où nous en sommes », a-t-il répété.

Le bus n° 19 – le mien – s'est arrêté quelques mètres devant nous, le flash rouge de ses freins semblable à un avertissement. Une poignée de gens en sont descendus, boutonnant leur manteau pour se protéger du froid, et j'ai réalisé avec un sursaut que je reconnaissais l'un d'eux. Pete.

Merde.

Instinctivement, j'ai lâché la main de Martin.

« Bonsoir, a fait Pete en détournant les yeux de ce dernier pour me regarder.

— Salut, Pete, ai-je répondu poliment, en essayant de ne pas penser à la dernière fois que je l'avais vu, où ses lèvres avaient effleuré mon cou.

— Tu étais de sortie ?

— Je suis juste passée en vitesse chez Ottolenghi.

— En vitesse, hein ? a-t-il répété en regardant Martin d'un œil inquisiteur.

— Oh, Martin, je te présente Pete Carroll, mon voisin.

— Martin Joy », a-t-il dit en lui tendant la main.

Pete a résolument laissé la sienne dans la chaleur de sa poche.

« Pete étudie à l'Imperial College. Il prépare un doctorat, ai-je continué, essayant de dissiper le malaise.

— Impressionnant, a fait Martin. Dans quel domaine ?

— L'intelligence artificielle.

— Oh, moi je travaille dans la technologie financière. Nous devrions avoir une petite discussion lorsque vous aurez terminé. »

Il a hésité un instant. J'ai cru qu'il allait sortir une carte de visite, et j'ai été soulagée de voir qu'il ne le faisait pas. Peut-être Pete oublierait-il son nom, espérais-je – même si je savais bien, au fond de moi, que je me faisais des illusions.

« Bon, il me faut du lait, a annoncé Pete en se tournant vers notre épicerie de quartier.

— On se voit dans la semaine, ai-je lancé d'un ton aussi désinvolte que possible.

— Je crois qu'il t'aime bien, a chuchoté Martin alors que Pete disparaissait à l'intérieur du magasin.

— Tu es jaloux ?

— Un peu. Parce que moi aussi je t'aime bien. »

Nous étions arrivés devant ma porte. Je savais que c'était le moment ou jamais de lui dire ce que je ressentais au sujet de Donna. De lui avouer que j'étais jalouse et contrariée par l'idée qu'ils se revoient. Mais nous étions sur le seuil de mon appartement, si près du but ; je ne voulais pas faire quoi que ce soit qui risque de compromettre cet instant, et je savais que cela voulait dire garder le silence.

« J'ai passé une bonne soirée, ai-je fini par dire.

— Elle n'est pas encore terminée », a-t-il répliqué avec un sourire, en poussant la porte alors que je tournais la clé dans la serrure.

8

Je connais Clare Everett depuis très longtemps. Depuis le jour où je suis arrivée de Bolton à Birmingham avec tout ce que je possédais au monde entassé dans un sac à dos d'une capacité de cinquante litres, acheté chez Millets à Manchester. On lui avait attribué la chambre voisine de la mienne dans notre résidence, et elle ne ressemblait à personne que j'aie pu rencontrer jusqu'alors : une beauté des *Home Counties*[1] qui possédait une calèche et sortait d'un pensionnat. Notre amitié aurait dû être éphémère, dictée par la proximité et la commodité, et se dissiper dès que nous aurions repéré dans notre résidence, dans nos cours, des gens avec qui nous avions plus en commun. Elle était un peu petite fille modèle à cette époque, mais j'aime à penser que je l'ai aidée à devenir cool. Le temps qu'arrive Noël, elle avait troqué ses robes sages contre jeans et Doc Martens. De son côté, Clare m'avait aidée à m'intégrer aux classes moyennes. En dépit de nos différences, de nos débuts hautement improbables, nous étions devenues proches et l'étions restées, même

1. Appellation vernaculaire des comtés entourant Londres.

après qu'elle avait épousé son petit ami à l'université, Dominic, dix ans plus tôt.

Clare s'est réinstallée sur son tabouret au comptoir du bar du Ham Yard Hotel et a machinalement pioché dans une coupelle de cacahuètes au wasabi. Je n'allais pas habituellement dans ce genre d'endroit et, bien que je porte une nouvelle robe qui épousait superbement mes formes, je ne me sentais pas à ma place. Clare, par contre, n'avait pas perdu son lustre de poney de concours et s'insérait dans ce décor raffiné comme une main fine dans un délicat gant de cuir. En fait, ce soir, elle ressemblait à une blonde hitchcockienne. Trop, d'ailleurs, me suis-je dit, brusquement nerveuse à la pensée de l'endroit où nous allions et de qui nous allions y retrouver.

« Je meurs de faim. On aurait dû aller manger quelque part. Tu crois qu'on a encore le temps ? m'a-t-elle demandé en ramenant ses cheveux mi-longs par-dessus une épaule.

— La soirée commence à 19 h 30 et il est déjà 20, ai-je répondu, impatiente d'y aller.

— Dis-m'en plus sur cette soirée.

— C'est un vernissage. »

J'ai sorti de mon sac les billets que m'avait donnés Martin pour les lui tendre.

« De l'art, a-t-elle dit en me lançant un coup d'œil malicieux. Tu t'es mise à collectionner ?

— Comme si c'était mon genre. On m'a offert des billets, c'est tout.

— Galerie Delauney, a-t-elle lu en approchant le carton de son nez comme si elle commençait à devenir myope. Helen North. Je n'en ai pas entendu parler.

Mais elle doit être bonne pour avoir obtenu d'exposer chez Delauney. »

Elle m'a jeté un regard taquin.

« Au moins il devrait y avoir des hommes intéressants, là-bas. Collectionner les objets d'art est le golf d'aujourd'hui, me disait-on l'autre jour.

— Je croyais que c'était le vélo. »

Elle a éclaté de rire.

« Bref. Je suis juste contente que tu sortes un peu plus. Au fait, j'espère que tu as toujours l'intention de venir à l'ouverture du restaurant de Dom. J'ai entrepris de rameuter tous les célibataires qu'on connaît, pour toi. »

J'ai bu une gorgée de mon cocktail sans alcool et l'ai regardée. Clare était la seule personne à qui je pouvais tout dire. Elle connaissait toutes mes histoires, tous mes recoins d'ombre. Pas seulement parce qu'elle était mon amie, mais parce que c'était son métier en tant que psychologue.

« Justement, c'est pour ça que je voulais que tu me rejoignes ce soir, ai-je commencé avec hésitation.

— Tu ne viens pas ?

— Bien sûr que si, je vais venir à la soirée d'inauguration de Dom. Je parle de ce soir. Je veux te présenter quelqu'un. »

Elle a passé la main dans ses cheveux.

« Je suis mariée et heureuse en ménage, ma chérie.

— Moi, ai-je avancé prudemment, j'ai rencontré quelqu'un. Et il sera là ce soir. »

Mon amie s'est immédiatement redressée. Je savais comment fonctionnaient les gens en couple. Ils comptaient sur leurs amis célibataires pour leur fournir potins et anecdotes salaces sur la vie dans les tranchées, ne serait-ce que pour se rappeler combien ils étaient soulagés de ne plus avoir à chercher « le bon » ou « la bonne ». J'étais une source de déception constante sur ce point, étant du genre à garder ma vie privée pour moi, mais là, enfin, je lui offrais quelque chose.

« Eh ben merde, a-t-elle fait au bout d'un moment.

— Ce n'est pas si choquant que ça », ai-je répliqué en vidant mon verre.

Elle a fixé sur moi son regard le plus interrogateur de psychothérapeute.

« Alors, qui c'est ?

— Il s'appelle Martin, ai-je répondu sans me mouiller.

— Bon prénom ; solide. Où est-ce que tu l'as rencontré ? Depuis combien de temps tu sors avec lui ? Qu'est-ce qu'il fait dans la vie ?

— Je déteste cette question, ai-je fait en grimaçant, avec un geste de la main. C'est juste une façon de demander si c'est un bon parti.

— Et comment ! Je réserve mon droit de veto. Il doit être assez bien pour ma meilleure amie. Je suppose que c'est pour ça que tu veux me le présenter.

— Je sors avec lui depuis environ un mois et demi. Il travaille dans la finance, ai-je précisé, ignorant la question des circonstances de notre rencontre.

— Oh, Fran, pas un banquier, a-t-elle soupiré en baissant les épaules. Et ça semblait si prometteur. »

Je n'arrivais pas à déterminer si c'était une plaisanterie, mais j'ai décidé que la meilleure chose à faire était de procéder avec légèreté.

« C'est tellement convenu de cracher sur les banquiers.

— Ça n'a rien à voir avec la quantité de fric qu'il se fait. Les banquiers ont un certain nombre de traits en commun avec les psychopathes, a-t-elle répliqué en croisant les jambes. Manque d'empathie, *ego* démesuré, souvent assez charmants. On trouve les plus hauts degrés de psychopathie chez les banquiers, les P-DG et les psychiatres.

— Tu es en train de me dire que mon nouveau petit ami est un psychopathe, ai-je fait remarquer en m'efforçant de rire.

— Ce que je dis, c'est : sois prudente avec le mâle dominant riche.

— De toute façon, c'est plus un homme d'affaires qu'un banquier. Il a une sorte de fonds qui prédit l'évolution du marché. »

Elle s'est mise à rire.

« Donc il est P-DG d'une société financière. Il les accumule. »

Je n'allais pas la laisser s'en tirer comme ça.

« Tu dis que j'ai un problème parce que j'évite les relations à cause de mon travail, mais tu ne vaux pas mieux que moi. Tu psychanalyses les gens et portes des jugements avant même qu'ils aient une chance de prouver que tu as tort.

— Ou raison. »

Elle a souri.

« De toute façon, tu ne peux t'en prendre qu'à toi-même.

— Comment ça ? ai-je demandé d'un air perplexe en ramassant mon sac.

— C'est toi qui m'as donné envie d'être psy. »

Et sur ces mots, nous nous sommes levées et sommes sorties du bar.

9

La galerie était un intimidant bâtiment tout en longueur à Mayfair. De larges fenêtres en verre poli déversaient une lumière blanc argenté sur une file de voitures luxueuses à l'extérieur. La foule qui faisait la queue pour entrer avait l'air pincée, mais j'étais contente d'arriver.

Clare m'avait posé bien trop de questions sur Martin en chemin. Je ne voulais pas divulguer quoi que ce soit sur sa situation, particulièrement sur la façon dont nous nous étions rencontrés, et je souhaitais garder pour moi les bonnes choses – les week-ends que nous avions passés au lit à regarder des séries, boire du vin rouge et manger des repas livrés à domicile, ou notre excursion en voiture du dimanche après-midi jusqu'à Lulworth Cove, où nous nous étions assis sur la falaise pour regarder les couleurs de la marée passer du vert émeraude au bleu canard. Et je ne voulais pas non plus lui révéler que j'avais été franchement contrariée le soir où Martin était allé retrouver Donna pour « parler » du divorce. Que ce jour-là, je m'étais rendue à la salle de sport après le travail et avais atteint les limites de mon endurance physique, soulevant des haltères et courant à toute vitesse jusqu'à ce que la sueur ruisselle par tous les pores de ma peau, dans l'espoir de chasser de mes pensées le fait qu'ils se voyaient. Je ne voulais pas qu'elle sache que cela ne m'avait pas empêchée d'appeler Martin – trois fois, bien qu'à chaque tentative je sois tombée directement sur sa boîte vocale –, ni qu'en rentrant chez moi j'avais bu deux bouteilles de vin, et avais trouvé du vomi dans la cuvette des toilettes en me réveillant le lendemain matin. Je ne lui ai rien dit de tout cela, parce que même si je savais que j'étais en train de tomber amoureuse de Martin Joy, je n'avais aucun amour pour l'impression qu'il me donnait parfois : celle d'être sans défense contre mes émotions, à la dérive et incontrôlable ; la personne que j'étais avant, dans une autre vie.

« Alors, il est là ? » a chuchoté Clare tandis que nous acceptions toutes deux une flûte de champagne offerte par la serveuse.

Ayant franchi la corde de velours sur un signe du garde, nous nous étions retrouvées dans un monde parallèle où des gens élégants en talons vertigineux ou mocassins lâchaient l'équivalent d'un an de salaire pour des barbouillages d'enfant en difficulté qu'ils déclaraient « amusants ». L'artiste du jour était Helen North, une peintre qui imprimait d'énormes photos monochromes de personnes âgées nues, puis les recouvrait d'épais traits de peinture noire ou blanche. Je trouvais le résultat déprimant, mais je n'étais pas là pour l'art.

Faisant abstraction des robes haute couture et des blazers achetés dans Savile Row, je n'ai reconnu personne, et encore moins Martin. Mais ce n'était pas lui que je cherchais, c'était Donna, terrifiée qu'elle puisse faire son apparition, charismatique et prodigieusement glamour. Après tout, le monde de l'art était son territoire. Même si elle n'avait pas entendu dire que Martin était convié – avec une mystérieuse invitée –, il y avait une forte possibilité qu'un juteux vernissage comme celui-ci la fasse sortir de son trou, quel qu'il soit. J'ai pesté contre moi-même. Je m'étais promis de ne pas m'abaisser à haïr Donna, même si la tentation était forte. En tant qu'avocat en droit de la famille, on n'avait qu'une seule version de toute relation. En tant que petite amie, c'était encore plus le cas. Je voulais voir en Donna quelqu'un d'insensible, égoïste et malveillant, mais ce n'était jamais aussi simple, pas vrai ? Tout heureuse que me rende Martin, il ne pouvait pas être entièrement sans reproches. Qui l'était ?

Devinant peut-être mon état d'esprit, Clare m'a touché le bras.

« Ça va ?

— Oui, oui. Juste un peu nerveuse à l'idée que tu rencontres Martin, je suppose.

— Tu l'aimes vraiment beaucoup, n'est-ce pas ?

— Il est sympa, ai-je répondu avec une désinvolture forcée.

— Alors pourquoi est-ce que tu m'as fait venir là, pour tenir la chandelle ? »

Je l'ai regardée.

« Parce que tu es ma meilleure amie et que c'est important pour moi que tu l'aimes aussi. »

Elle a hoché la tête.

« OK, mais surtout dis-moi quand il est temps que je file. Je suppose que tu rentres avec lui.

— Ça ne te dérange pas, si ?

— Non, non ; du moment que tu as une culotte de rechange et une brosse à dents dans ton sac.

— J'ai une brosse à dents chez lui. »

Elle a haussé un sourcil.

« C'est pas encore la bague au doigt, mais c'est un bon début.

— Eh bien, étant donné qu'il est encore techniquement marié, je trouve aussi. »

Je me suis forcée à observer sa réaction. Pas choquée ni désapprobatrice, juste perplexe.

« Il est marié ? »

J'ai pris une gorgée de champagne.

« Séparé. Depuis six mois.

— Au moins ce n'est pas un client », a-t-elle répliqué en haussant un sourcil.

J'ai souri nerveusement.

« Justement... ai-je commencé, mais à cet instant une tornade blonde s'est approchée, le bras tendu.

— Fran ! Comment ça va ? »

Sophie Cole m'a attirée dans une étreinte affectueuse comme une sœur depuis longtemps perdue de vue, faisant claquer une bise dans le vide de part et d'autre de mon visage. « Je ne savais pas que vous alliez être là ! Je craignais de m'ennuyer à mourir toute la soirée. »

Elle a regardé Alex, attendant sa confirmation. Il n'a fait que hocher brièvement la tête, mais au moins il souriait.

« Oh, je vous présente Clare, mon amie, ai-je dit, brusquement soucieuse de protocole. Clare, voici Sophie et Alex Cole. Des associés de Martin.

— Plutôt son mur des lamentations, dans mon cas, a répliqué Sophie en lui serrant la main. Alors, que pensez-vous de l'exposition, Clare ? »

J'ai attendu la réponse de mon amie. Elle était bien plus apte à juger de ce genre de chose que moi.

« C'est intéressant, a-t-elle répondu. J'aime l'usage qu'elle fait de l'ombre et de la lumière. »

Sophie est restée un instant sans rien dire, avant d'éclater de rire.

« Oui, je n'aime pas du tout non plus. Mais Helen est une bonne amie de Martin, alors ne répétez pas cela devant lui. »

Je l'ai regardée avec inquiétude. Ce terme de « bonne amie » ne me plaisait pas.

« Vous êtes avocate, vous aussi ? a demandé Sophie, les yeux tournés vers Clare.

— Psychothérapeute.

— L'amie rêvée de Sophie, est intervenu Alex. Elle n'aime qu'une chose, c'est parler d'elle. »

Elle lui a donné une tape sur le bras.

« Veuillez excuser mon mari, c'est un imbécile.

— Elle est également copropriétaire d'un restaurant, n'est-ce pas, Clare ? »

Je n'avais pas résisté à l'envie de glisser un peu de pub pour le nouvel établissement de Dom. Sophie et Alex étaient du genre à dîner dehors tous les soirs et, par ailleurs, j'aimais l'idée de mélanger nos groupes d'amis.

« Copropriétaire, pas vraiment. C'est le restaurant de mon mari. Il l'inaugure le mois prochain.

— Ma chère, vous êtes amie avec une avocate de divorce. Parlez avec elle, puis osez me dire que vous ne voulez pas voir votre nom au-dessus de la porte, tout simple bailleur de fonds que vous soyez.

— Croyez-moi, je ne veux pas m'en mêler, a répondu Clare en riant. Si je dis à mon mari que je veux m'investir davantage, il me préposera à la confection de cygnes en pâte à choux avant que j'aie le temps de dire ouf. Et je déteste cuisiner. Je ne sais même pas faire les cupcakes.

— Eh bien, rappelez-moi de vous présenter à mon ami qui travaille au *Times*. Il est critique gastronomique. Peut-être pourrions-nous venir dîner tous ensemble et il écrirait quelque chose.

— Ce serait super. Merci. Peut-être pourriez-vous venir à la soirée d'inauguration ?

— On devrait aller dire bonjour à Helen, est intervenu Alex diplomatiquement.

— Tant que je n'ai pas à prétendre adorer ce qu'elle fait, a répliqué Sophie avec un coup d'œil railleur dans ma direction. Excusez-nous, Franny ; ravie d'avoir fait votre connaissance, Clare. »

Après leur départ, l'intéressée a haussé les sourcils.

« *Franny ?*

— Terme d'affection, ai-je répondu avec un sourire.

— Eh bien, ça a intérêt à ne pas rester.

— C'est gentil de sa part d'avoir dit qu'elle allait te présenter le critique du *Times* », ai-je remarqué.

Brusquement, il me semblait important d'obtenir l'approbation de Clare pour mes nouveaux amis.

« Si ça se fait, a répondu Clare en prenant un autre verre de champagne.

— Il est là », ai-je dit, ma voix s'estompant alors que je regardais à travers la foule.

Le cœur tressaillant d'anticipation, d'excitation et d'anxiété, j'ai regardé Martin s'avancer dans la pièce. Il ne nous avait pas encore vues, trop occupé à serrer des mains et à donner des tapes dans le dos ; un concentré de beauté et de charisme en costume sombre qui attirait tous les regards et se déplaçait avec la puissance flegmatique d'une panthère. J'ai jeté un coup d'œil à Clare, l'observant observer Martin, et j'ai bien vu que la magie de ce dernier opérait déjà sur elle ; j'ai ressenti une certaine satisfaction à savoir que c'était moi qui allais repartir avec lui.

« Il est sexy », a-t-elle dit sans le lâcher des yeux.

Je n'ai pas pu m'empêcher d'être déçue, mais qu'est-ce que j'espérais qu'elle dise ? *Il est fascinant, il est incroyable, il est proche de la perfection ?*

Elle ne connaissait pas Martin, ne l'avait pas rencontré : comment aurait-elle pu le voir comme je le voyais, moi ? Et de toute façon, les amis approuvaient-ils jamais totalement les conjoints ? Il était vrai que, personnellement, je n'aimais pas beaucoup son mari, Dom. Pour une raison que Clare, en mettant sa casquette de psy, aurait peut-être pu m'expliquer, j'attachais une profonde importance à ce que les deux personnes dont j'étais le plus proche s'entendent, tout impossible que cela semble être.

Enfin, Martin m'a aperçue et j'ai senti un crépitement dans l'air lorsque nos regards se sont croisés. Murmurant quelque chose à la femme avec qui il parlait, il s'est dirigé droit vers nous.

« Francine, tu es venue, a-t-il dit en m'embrassant sur la joue. Et vous devez être Clare. J'ai beaucoup entendu parler de vous. » Je pensais qu'il allait braquer sur elle la pleine puissance de son charisme, mais il s'est contenté d'afficher un sourire timide. « Désolé de ne pas avoir été là lorsque vous êtes arrivées. J'espère que vous ne vous êtes pas trop ennuyées. »

J'ai remarqué cependant qu'il gardait les yeux fixés sur Clare en disant ces mots ; qu'il lui accordait toute son attention et sa considération. Il maîtrisait sur le bout des doigts l'art de charmer son interlocuteur, mais en même temps j'étais sûre que Clare savait exactement ce qu'il faisait : les tics, les expressions faciales, toutes ces petites manipulations auxquelles s'adonnent les gens pour tromper autrui représentaient le gagne-pain d'une psychiatre. J'avais l'impression de regarder deux grands maîtres essayer de se damer mutuellement le pion.

« Martin est l'un des mécènes de l'expo de ce soir, ai-je annoncé nerveusement.

— Et un ami de l'artiste, a ajouté Clare.

— Un client, plus exactement. » Il a haussé les épaules. « Je ne vais pas vous mentir, c'est pour ma boîte que je fais ça. Avoir des contacts dans les hautes sphères est essentiel, et je doute qu'on puisse trouver une telle concentration d'individus fortunés ailleurs qu'à un vernissage. Surtout quand l'artiste est autant en vogue qu'Helen North.

— Blague à part, j'aime ce qu'elle fait, a répondu Clare.

— Vraiment ?

— Sérieusement. Je ne plaisantais pas lorsque j'ai parlé de son usage de l'ombre et de la lumière. Je suis une mordue de l'ombre et de la lumière. »

Martin a ri.

« Moi aussi, a-t-il dit en prenant Clare par le bras. Venez, je vais vous présenter. »

Alors qu'il s'éloignait avec elle, Clare s'est retournée pour me sourire en levant discrètement le pouce en signe d'approbation. Elle ne se laissait en général pas facilement séduire et s'était toujours méfiée de mes petits amis, aussi obtenir son adhésion était tout pour moi. J'ai longuement relâché mon souffle et pris une gorgée de mon champagne, qui me tournait déjà un peu la tête.

« C'est bon pour lui qu'il vous ait. »

Je me suis retournée. C'était Alex, en train de regarder Martin faire le tour de la pièce.

« Eh bien, je suis une excellente avocate, c'est vrai », ai-je répondu.

Il a pincé les lèvres.

« Vous savez ce que je veux dire, Fran. Je suis son ami, pas le conseil de l'ordre des avocats », a-t-il répliqué, et son expression s'est radoucie pour laisser place à un sourire.

Je m'étais demandé ce qu'Alex avait déduit lors de notre dîner chez Ottolenghi. S'il avait deviné que j'étais l'amante de Martin, en plus de son avocate.

« De toute façon, vous êtes tous les deux des adultes consentants, et c'est mon associé. On a bâti quelque chose de bien, ensemble. Je ne veux pas voir ça détruit à cause de cette femme.

— Oh, je doute qu'on en arrive là. »

Il a hoché la tête, mais je ne crois pas qu'il m'écoutait vraiment.

« Après Donna, avant vous, il buvait du Jack Daniel's en guise de petit déjeuner. Quoi que vous fassiez, continuez, parce qu'il est mieux dans sa tête maintenant qu'il y a trois mois, et je crois que c'est à vous qu'on le doit. »

Je suis restée muette de stupéfaction. D'un côté, c'était ce que je rêvais d'entendre : la confirmation des sentiments de Martin à mon égard. Mais j'étais également perturbée par ce qu'Alex venait de dire. J'étais avocate de divorce depuis assez longtemps pour savoir que les relations destructrices faisaient remonter à la surface beaucoup d'émotions, pas toujours positives. Du whisky au petit déjeuner évoquait une version de la fin de son mariage différente de celle que Martin m'avait donnée.

Je pouvais le voir à travers la foule, et j'ai ressenti un picotement de jalousie perturbant devant le beau couple qu'il formait avec Clare. Je m'apprêtais à détourner les yeux mais nos regards se sont croisés et il m'a souri, d'une manière si intime et rassurante que j'en ai eu le cœur un peu plus léger.

J'ai failli ne pas repérer Tom Briscoe. Au début, il se fondait tellement bien dans cet environnement élégant que je ne l'avais pas reconnu, mais brusquement je l'ai vu, en train d'aider une blonde BCBG à enlever son manteau. Je suis restée figée sur place, jusqu'à ce qu'une voix dans ma tête me souffle de filer. Ce n'était pas comme tomber sur mon voisin Pete à l'arrêt de bus près de chez nous. Il s'agissait là de Tom, mon collègue. Il ne fallait pas qu'il me voie avec Martin ; avec son esprit analytique, il mettrait une fraction de seconde à comprendre de quoi il retournait.

« Je vais juste au vestiaire », ai-je déclaré à Alex en prenant congé de lui pour traverser la galerie.

Clare était en pleine conversation avec Sophie Cole. Adressant un « désolée ! » muet à cette dernière, j'ai attiré Clare à l'écart.

« Il faut que j'y aille, ai-je annoncé rapidement en jetant un coup d'œil à ma montre.

— Mais on vient juste d'arriver, a-t-elle répondu avec une déception évidente. Sophie était en train de me dire qui d'autre elle connaît dans le monde culinaire. Elle pense pouvoir faire venir Giles Coren à l'inauguration du restaurant de Dom.

— Je veillerai à ce qu'elle le fasse, mais là il faut vraiment que je me sauve. »

J'ai sorti mon téléphone pour envoyer un texto à Martin.

Un collègue du cabinet est ici. Faut que je file.

« Tu es sûre que tu ne veux pas rester pour les petits-fours ? a insisté Clare. Je viens de voir passer des mini-éclairs et des tartelettes aux fraises. » Elle a froncé les sourcils, puis suivi mon regard jusqu'à Martin.

« Ah, je vois, a-t-elle repris en baissant la voix. Ça ne m'étonne pas que tu veuilles t'éclipser pour aller tirer un coup.

— Pour une femme avec de l'éducation, tu es parfois vraiment grossière », ai-je répliqué en m'efforçant de prendre un ton léger.

Mon téléphone a sonné dans ma main. Martin.

Je viens avec toi. Laisse-moi juste dire au revoir.

J'ai jeté un coup d'œil autour de moi, mais j'avais perdu Tom de vue. Où qu'il soit, cela me permettait de passer au vestiaire. J'ai donné mon ticket à la préposée et attendu impatiemment pendant qu'elle papotait avec son amie, prenant une éternité pour me ramener mes affaires. *Allez, allez.* J'avais la tête qui commençait à tourner. Ma gorge était serrée et je rêvais d'une bouffée d'air frais.

« Fran ? »

Sentant quelqu'un me taper sur l'épaule, j'ai fermé les yeux avec un sentiment de défaite. Évidemment qu'il m'avait vue. *Évidemment.*

« Tom ! me suis-je exclamée en me retournant, avec une note de surprise forcée dans la voix. Qu'est-ce que tu fais ici ?

— N'aie pas l'air aussi stupéfaite : j'ai du goût pour les arts », a-t-il répliqué en souriant.

Il portait un élégant costume bleu marine et une de ces cravates à rayures qui sont censées indiquer l'école par laquelle on est passé, mais dont je n'ai jamais su déchiffrer le code couleurs. Il m'a indiqué la fille à côté de lui, celle avec qui je l'avais vu plus tôt.

« Fran, je te présente Hannah. Francine est ma collègue au cabinet.

— Ravie de vous rencontrer, ai-je dit en lui tendant la main. Malheureusement, je suis sur le point de partir. »

Je l'ai vue jeter un coup d'œil à Tom, le genre qui signifiait : *je t'avais bien dit qu'on serait en retard.* En toute autre occasion, j'aurais été intéressée par cette bribe d'information et ce qu'elle me révélait sur la relation de Tom, mais j'étais bien trop distraite par mon envie de fuir.

« Désolée d'être un bonnet de nuit, mais il faut vraiment que je me sauve, ai-je continué en regardant par-dessus l'épaule de Hannah, persuadée que j'allais voir Martin arriver sur nous. Il faut que vous alliez parler avec l'artiste, elle est fascinante.

— Tu peux sûrement rester le temps d'un verre, quand même, a protesté Tom. On est vendredi soir, après tout.

— Pas de repos pour les braves », ai-je répondu avec un mince sourire en prenant le manteau qu'on me tendait enfin, avant de foncer vers la porte.

Clare était sur le trottoir et m'observait.

« Ça va ? m'a-t-elle demandé.

— Bien sûr que oui », ai-je répondu en prenant une grande bouffée d'air froid printanier.

Ça n'a pas eu l'air de la convaincre.

« Alors pourquoi ce brusque besoin de partir ? »

Je ne pouvais pas lui dire ; ne pouvais pas lui révéler ce qui m'avait effrayée. Et à présent que j'avais quitté l'atmosphère étouffante de la galerie bondée, la situation ne me semblait plus si grave. Tom aurait-il su que Martin était mon client ? Peut-être que non. Après tout, je n'avais aucune idée de qui il représentait lui-même. M'aurait-il demandé comment je m'étais retrouvée invitée ? Peu probable : il était trop bien élevé pour poser une question aussi lourde de sous-entendus. Mais c'était possible. Et le risque représenté était bien trop grand.

« Est-ce que tu veux que je reste avec toi jusqu'à ce que Martin arrive ? m'a demandé Clare en cherchant mon regard.

— Non, ça va pas la tête ? Vas-y, toi, ai-je répondu en lui montrant du doigt le taxi qui venait de s'arrêter le long du trottoir. Il va sortir d'une minute à l'autre.

— Je suis contente pour toi, Fran, a-t-elle fait en m'embrassant sur la joue. Maintenant, laisse-toi juste être heureuse, d'accord ? Tu le mérites vraiment. »

L'espace d'un instant, nous sommes toutes deux restées plongées dans nos souvenirs. Consciente de tout ce qu'elle avait fait pour moi, je lui ai adressé un signe de tête reconnaissant.

« Merci, ai-je simplement répondu. Je vais essayer. »

Mais alors que son taxi s'éloignait, je me suis retournée vers la galerie, vers lui, et me suis demandé si cela allait suffire.

10

J'ai traîné dans Hanover Square jusqu'à ce que Martin m'emmène à une voiture qui nous attendait pour nous ramener à Spitalfields. Nous n'avons pas beaucoup parlé pendant le trajet.

« Je ne t'ai pas obligé à repartir trop tôt, si ? ai-je demandé alors que nous étions dans l'ascenseur menant à son appartement.

— Il fallait juste que je fasse acte de présence. Ça doit être terminé, maintenant, de toute façon.

— J'ai besoin de boire quelque chose, ai-je répondu, fatiguée et perturbée.

— Il y a au frigo un très bon chardonnay du vendredi soir qui a besoin d'être ouvert. On peut aller le boire sur le toit », a-t-il répondu en disparaissant dans la chambre, pour réapparaître muni de deux pulls.

Il m'en a lancé un. « Tiens. Tu as peut-être intérêt à mettre ça. »

J'ai passé le pull par-dessus ma tête lentement, avec précaution, en inspirant profondément, grisée par son odeur. Ses manches me tombaient sur les mains et j'ai eu l'impression de m'être emmitouflée dans son propriétaire lui-même.

Lorsque j'ai relevé les yeux, il tenait une bouteille de vin, deux verres et une couverture. Nous sommes sortis sur la petite terrasse en bois pour emprunter un étroit escalier en spirale qui menait tout au sommet du bâtiment. J'ai étalé le plaid sur l'asphalte poussiéreux et me suis assise. Il n'y avait aucun bruit à cette hauteur. Un ciel de velours noir nous enveloppait comme une cape. Je voyais des cheminées et les lueurs lointaines d'immeubles de bureaux. J'ai souri intérieurement devant cette preuve qu'il y avait des gens dans cette ville qui travaillaient plus dur que moi. Je voulais leur dire de profiter un peu de la vie.

Martin s'est assis en tailleur à côté de moi, a rempli deux verres de vin et m'en a tendu un.

« Je serais bien restée plus longtemps, mais j'ai vu quelqu'un du cabinet, ai-je fini par expliquer.

— Je ne vois pas pourquoi il faut qu'on reste confinés dans l'ombre. Alex est au courant. Il avait deviné avant même qu'on aille chez Ottolenghi. D'après lui, je chuchotais et gloussais comme un écolier au bureau, ce qui, entre parenthèses, nuit sérieusement à mon image de marque. Je ne veux pas te cacher. »

Il a dit ces mots avec une intensité qui m'a fait frissonner.

« Je ne veux pas te cacher non plus, ai-je répondu. C'est pour ça que j'ai amené Clare : je voulais que tu commences à rencontrer mes amis. Mais tu es encore mon client, et je postule pour la soie. Il faut que je me montre prudente. »

Il a renversé la tête en arrière pour boire une longue gorgée de chardonnay.

« J'ai juste hâte d'en finir avec tout ça.

— Tout ça ?

— Le divorce. »

La vue était plutôt spectaculaire. J'avais l'impression d'être au sommet du monde, de jouir d'un pouvoir nouveau, d'une grandeur nouvelle. La remarque d'Alex, comme quoi Martin avait été une épave après la fin de son mariage, me semblait brusquement sans importance, remplacée par le sentiment net et romantique que tout était exactement comme il se devait.

« Pourquoi est-ce que tu n'es pas mariée ? »

J'ai ri, mais il s'est contenté de garder les yeux fixés sur moi, attendant une réponse.

« Je n'ai jamais été très douée dans le domaine des relations sentimentales.

— Je dirais qu'on s'en sort pas mal, pour l'instant. »

J'avais l'impression que nous étions tous deux complètement à nu, que je pouvais lui avouer n'importe quoi. J'ai inspiré profondément avant de reprendre la parole.

« Quand j'avais dix-neuf ans, on m'a diagnostiqué un trouble bipolaire. Maniaco-dépressif, ai-je ajouté pour clarifier.

— Les cicatrices sur tes bras… Je n'ai jamais voulu te demander.

— De l'automutilation, pas une tentative de suicide. Ça date, ai-je répondu en me frottant la main avec embarras. C'était pendant ma deuxième année de fac. Une époque délicate, pour moi. J'ai failli laisser tomber mes études, mais j'ai réussi à m'en sortir, grâce à Clare, à mes professeurs et à des médicaments adéquats. C'est sous contrôle, maintenant, mais je trouve les relations sentimentales difficiles.

— Pourquoi ?

— C'est plus facile de rester célibataire, c'est tout.

— Vraiment ? »

J'ai haussé les épaules, fixant les yeux sur une enseigne au néon rouge au loin.

« J'ai toujours voulu autant que possible éviter les complications dans ma vie, contrôler ce qui m'arrive. Quand on a eu littéralement des hauts et des bas, on veut juste pouvoir prévoir les choses.

— Tout le monde a besoin d'avoir quelqu'un, Fran. Tout le monde le mérite.

— Mais s'ouvrir aux gens amène des problèmes. On a déjà assez de mal à contrôler nos propres émotions, alors ne parlons pas de celles des autres. Je t'aime bien, tu m'aimes bien, mais qu'est-ce qui se passera quand Donna voudra de nouveau discuter ou qu'elle dira vouloir redonner une chance à votre mariage ? »

Je pensais au soir où il était allé la voir et où je l'avais appelé, mourant d'envie d'entendre sa voix et des paroles rassurantes, pour ne trouver qu'un message enregistré froid et stérile.

« Ça n'arrivera pas, a-t-il fini par répondre.

— Peut-être que si.

— Viens là », a-t-il murmuré en se rapprochant doucement de moi.

Il m'a attirée contre lui puis a changé de position pour me faire face. Il m'a caressé les cheveux et a pris mon visage entre ses mains.

« Il faut juste qu'on tienne le coup, et bientôt, très bientôt, ce sera juste ça. Nous deux. Pas de Donna, pas de liaison clandestine, rien que toi et moi.

— Promis ? »

Je voulais rester là-haut, presque à portée des nuages, pour toujours.

« Promis », a-t-il chuchoté, et j'ai frissonné alors qu'il m'embrassait, consciente d'être tombée complètement amoureuse de lui et du tort que cela pouvait faire à ma santé mentale.

11

« Tu as passé une bonne soirée, vendredi ? »

Occupée à remplir la bouilloire dans la cuisinette du cabinet, je me suis retournée et j'ai vu Tom dans l'encadrement de la porte.

« Oui, merci. C'était marrant », ai-je répondu en m'activant avec couvercle et prise pour ne pas avoir à le regarder.

Je t'en prie, va-t'en, ai-je songé, espérant que cela allait marcher comme une formule magique ; mais mes pouvoirs devaient être limités, car Tom s'est appuyé contre le plan de travail. Manifestement, il était d'humeur à bavarder.

« Hannah voulait savoir d'où vient ta robe. »

Je me suis figée, me demandant si c'était là sa façon de noter que j'étais vraiment sur mon trente et un à la galerie. Généralement, les hommes ne faisaient pas attention à ça, mais Tom Briscoe était le genre d'individu à qui peu de choses échappaient, surtout s'il pouvait les utiliser à son avantage.

« Elle a l'air sympa, ai-je répondu en laissant tomber un sachet de thé dans ma tasse. Je ne savais pas que tu avais une petite amie.

— Je n'en ai pas, a-t-il répliqué en haussant les épaules.

— Est-ce que Hannah est au courant ? » ai-je ironisé en poussant la boîte de thé Twinings English Breakfast vers lui.

Il est resté silencieux tandis que nous écoutions l'eau bouillir et la bouilloire s'éteindre enfin avec un clic.

« Alors, qu'est-ce qui t'a amenée là-bas vendredi ? a-t-il repris. Un rencard ? »

Donc ce n'était pas juste du badinage sans arrière-pensée : Tom avait flairé quelque chose dans l'air, à la galerie.

J'ai secoué la tête.

« C'est vraiment impensable pour toi que je puisse avoir de près ou de loin une vie sociale palpitante, pas vrai ?

— Je suis sûr que tu en as une, en douce. Mais tout ce que je voulais dire, c'est que c'était une soirée diablement sélecte. Il y a même Hugh Grant qui est passé après ton départ.

— J'aurais dû rester, alors, hein ? Dommage que je sois aussi dévouée à mon boulot.

— C'est pour ça que tu es partie ? a-t-il demandé d'un ton incrédule. Pour rentrer chez toi travailler ?

— Si tu avais mon sérieux, Tom, ai-je répliqué en remplissant ma tasse d'eau chaude, tu avancerais peut-être dans ta carrière. Mais au lieu de ça, tu perds ton temps avec des stars de cinéma et des petites amies qui n'en sont pas.

— Hannah ? Eh bien, Hanna… C'est une amie », a-t-il répondu, sur la défensive.

J'ai agité une cuillère dans sa direction.

« Exactement ce que toute femme a envie d'entendre.

— C'est compliqué. »

J'ai hoché la tête.

« Ça l'est toujours, pas vrai ?

— Ah, donc c'était bien un rencard, a-t-il fait avec un sourire taquin.

— Non. Mais c'est gentil de passer tant de temps à penser à ma propre vie sentimentale. Hannah va être ravie. »

J'ai pris ma tasse et suis ressortie de la cuisine en agitant la main. Il m'a adressé un sourire sarcastique, mais il restait quelque chose dans son expression. Une curiosité, un signe qu'il savait – ou, tout au moins, soupçonnait – quelque chose. Cela m'a fait plus peur que ça n'aurait dû.

Ruminer sur ce que Tom savait ou ne savait pas m'a mise de très mauvaise humeur. Dehors, le temps faisait écho à mon état d'esprit : des nuages noirs qui semblaient prêts à crever d'une seconde à l'autre. J'ai pourtant décidé de prendre le chemin le plus long pour me rendre à mon rendez-vous suivant. Il me faisait passer devant le fleuve, et la vue de la Tamise miroitante m'apaisait toujours.

C'était un café quelconque. Une ardoise à l'extérieur annonçait thé et sandwichs au bacon, il y avait une sélection peu ragoûtante de gâteaux industriels dans le présentoir vitré, et l'odeur de vieille friture était tellement forte qu'elle semblait imprégner les murs. Peu d'avocats venaient là – et c'était précisément pour cette raison que Phil Robertson aimait l'endroit.

Lorsque je suis arrivée, il m'attendait au fond de la salle.

« Tu es en retard.

— Et alors, tu vas me faire un procès ? » ai-je répondu en souriant, heureuse de le voir.

Je connaissais Phil depuis des années. Intelligent et drôle, il avait travaillé comme journaliste pour un magazine masculin avant d'être licencié et d'utiliser ses talents d'enquêteur pour réorienter sa carrière. Ces jours-ci, il se donnait le titre d'expert en investigation, mais dans les faits c'était simplement un fouineur, un détective privé qui faisait le sale boulot à notre place. Ce n'était pas quelque chose dont on se vantait dans notre profession, surtout après tous les ennuis que la presse pouvait s'attirer pour l'avoir fait ; même si les journalistes allaient trop loin et enfreignaient les règles. Mais la vérité était que la loi avait besoin de gens comme Phil Robertson. Les avocats savent manier les mots et ergoter, mais pour gagner, ils ont besoin de munitions : d'information. Il nous faut des missiles à lancer sur l'autre partie. Et tout cela est fait dans l'intérêt du client.

J'ai commandé un café et regardé Phil mordre dans un muffin.

« Alors, qu'est-ce que tu as pour moi ?

— Elle a la belle vie, celle-là, pas vrai ? a-t-il fait en se passant la main sur le menton pour en faire tomber des miettes brunes. Déjeuners chics, soirées en ville, virées shopping… Rappelle-moi d'épouser quelqu'un de riche dans ma prochaine vie », a-t-il continué alors que je me penchais vers lui, impatiente d'en savoir plus sur Donna Joy.

La serveuse a posé un mug devant moi et j'ai pris une gorgée de l'épais liquide noir.

« Ce sont les soirées en ville qui nous intéressent.

— C'est-à-dire, tu veux savoir si elle sort avec quelqu'un ? »

J'ai refermé les doigts sur mon mug et l'ai regardé, attendant qu'il continue.

« Je crois que oui », a fini par reprendre Phil.

Une bouffée d'énergie m'a traversée, et je savais que ce n'était pas le café.

« Donna sort avec quelqu'un ? » ai-je demandé en sentant l'euphorie monter en moi.

Il a hoché la tête.

« Qui ?

— Je ne suis pas sûr.

— Phil, arrête. Pourquoi est-ce que je te paie ? »

Il a levé le nez pour m'examiner.

« Voici le hic : je crois que c'est le mari. »

J'avais beau être assise, j'ai soudain eu l'impression d'être en train de tomber, interminablement, par une trappe qui se serait ouverte sous mes pieds pour m'aspirer dans un néant ténébreux et sans fond.

« Écoute, je sais que ce n'est pas ce que tu as envie d'entendre… »

L'ironie de ses mots m'a presque arraché un rire. J'ai essayé de me reprendre mais je me sentais toute faible, sonnée.

« Tu es sûr ? Martin Joy a quitté sa femme. C'est lui qui a demandé le divorce. D'après ma lecture de la situation, il a une assez piètre opinion d'elle… »

Les mots sortaient de ma bouche aussi rapidement qu'ils me venaient à l'esprit.

Phil a terminé son muffin et fait une boule de la caissette en papier.

« Écoute, je me suis renseigné à droite à gauche et je l'ai aussi filée – ce qui, crois-moi, n'a pas été facile.

— Pourquoi ça ? ai-je demandé d'une voix aussi posée que je pouvais.

— Plein de soirées auxquelles je n'ai pas eu accès. Des voyages à l'étranger – un au départ de Heathrow le 12 mars et un autre en Eurostar le week-end dernier. Dans les deux cas, je n'ai pas pu passer la sécurité pour voir où elle allait. J'ai bien envoyé un texto à David Gilbert pour savoir si j'avais l'autorisation de faire des dépenses à l'étranger, mais il m'a répondu que ce n'était pas la peine.

— Et tu penses que c'étaient des séjours de vacances ? Avec son mari ?

— Je ne sais pas avec qui elle était. Tout ce que je sais avec certitude, c'est qu'elle est allée à l'aéroport et à King's Cross toute seule. Et il y a eu trois ou quatre autres fois où elle n'est pas rentrée chez elle. C'est ça qui m'a fait penser qu'elle sortait avec quelqu'un. Puis je l'ai vue retrouver un homme pour dîner, et après ils sont rentrés dans la maison de Chelsea. »

Il a ouvert une pochette en carton qui se trouvait sur la table et en a sorti une photo.

« Les voilà : Donna et Martin Joy. »

Je me suis forcée à la regarder. C'était un cliché en noir et blanc qui me rappelait ceux de Robert Doisneau. Donna riait, ses longs cheveux volant autour de son visage sous l'effet du vent ; Martin offrait un profil séduisant et plein de force. Ils formaient un beau couple, c'était indéniable.

« De quand ça date ? »

J'avais les lèvres pincées et la gorge sèche ; une haine incandescente pour Donna Joy m'avait ôté presque toute ma voix.

Il m'a indiqué la photo.

« La date est au dos. »

Je l'ai retournée et j'ai vu qu'elle avait été prise le mardi soir où Martin m'avait dit qu'ils s'étaient retrouvés pour parler.

« Ça ne veut pas dire grand-chose, ai-je déclaré, essayant de me rassurer moi-même.

— Je sais ce que tu veux, a répondu Phil avec un geste d'apaisement. La preuve qu'elle sort avec un autre homme, qu'elle a une nouvelle relation sérieuse qui pourrait influer sur toute pension alimentaire que ton client aurait à payer. Mais ce n'est pas ce qu'on a, ici. »

Il a soupiré. « Désolé, mais si tu veux mon avis, ces deux-là ont l'air encore amoureux. Je te parie qu'ils ne veulent même pas divorcer. » Avec un sourire, il a remis la photo dans sa pochette. Et mon café noir et tiède a commencé à me donner la nausée.

12

J'ai été l'une des premières à quitter le cabinet ce soir-là, à la grande perplexité de Paul, qui m'a surprise alors que je m'en allais. J'ai pris la ligne District jusqu'à Sloane Square et me suis perdue parmi les voyageurs qui sortaient en masse de la station. La journée était grise, morne, les rayons du soleil mourant occultés par des nuages gonflés de pluie et, n'importe quel autre jour, je me serais hâtée de rentrer chez moi siroter un verre de vin et mettre le chauffage central au maximum. Mais ce soir-là, je ne pouvais pas rentrer. Pas encore. Pas après ma conversation avec Martin.

Il avait appelé quelques heures après mon entrevue avec Phil Robertson. D'habitude, j'adorais entendre sa voix, mais cet après-midi-là, je me sentais à peine capable de lui adresser la parole après les propos de Phil, qui m'avaient catapultée dans une réalité que je ne voulais pas affronter. Le fait, par exemple, que je m'étais laissé leurrer par les assurances désinvoltes de Martin comme quoi il retrouvait Donna simplement pour être poli et maintenir une bonne communication. Que j'avais choisi d'ignorer les remarques d'Alex Cole sur l'état mental de Martin après sa rupture, alors même qu'elles contredisaient sa propre version des faits. Mais avant de raccrocher, j'avais été prise d'un élan masochiste et inquisiteur, et suggéré que nous nous retrouvions pour dîner. Je voulais le regarder dans les yeux, tel un défendeur à la barre des témoins, et voir s'il arrivait à me mentir. Ou peut-être souhaitais-je seulement me laisser convaincre que je n'avais aucune raison de m'inquiéter.

« Viens manger, ce soir après le travail, avais-je dit, et il avait été impossible de rater l'hésitation, la pause coupable et lourde de sens qu'il avait marquée avant de répondre qu'il ne pouvait pas, qu'il était occupé.

— J'ai un imprévu. Qu'est-ce que tu dis de demain ? »

Je savais où travaillait Donna Joy. C'était une information parmi les centaines d'autres que j'avais amassées sur elle depuis que je connaissais son existence. Son atelier était installé dans une de ces petites constructions qui étaient autrefois des écuries, dans le dédale de ruelles derrière le grand magasin Peter Jones. Passant une arche qui donnait sur une cour pavée, j'ai regardé à l'intérieur du bâtiment. Il était plongé dans l'ombre, désert et inquiétant comme une vieille école à l'abandon.

Par la fenêtre d'un des locaux, j'ai vu une quadragénaire aux cheveux roux éteindre la seule lumière encore allumée du complexe et fermer.

J'ai fait demi-tour pour repartir mais elle est sortie dans la cour et m'a demandé si elle pouvait m'aider.

« Est-ce que Donna est là ? » ai-je demandé en m'arrachant les cuticules.

Elle a souri en nouant un foulard à fleurs autour de son cou.

« Vous la ratez de peu. Elle vient de partir. »

La remerciant, je me suis dépêchée de regagner la rue et j'ai scruté le crépuscule, me maudissant de ne pas être arrivée plus tôt. J'ai pris une seconde pour décider ce que j'allais faire maintenant. Mes pensées se bousculaient dans ma tête comme des autos tamponneuses, s'arrêtant, redémarrant, se heurtant et repartant à reculons. Mais alors que j'étais sur le point de baisser les yeux, j'ai repéré une note de rose, un éclair de couleur au loin qui m'a indiqué que tout n'était pas perdu. Je me suis lancée à sa poursuite, mes grandes enjambées laissant place à un petit trot alors que je me hâtais pour la rattraper. Elle a tourné à gauche et j'ai encore accéléré le pas, jusqu'à ce que le vacarme de la circulation sur King's Road ait atteint son volume maximal et que j'aie regagné la foule des gens qui faisaient les magasins ou rentraient chez eux.

Le manteau rose me guidait comme un fanal. Elle a traversé la rue, mais j'ai gardé mes distances. Quelques gouttes de pluie ont commencé à tomber, et elle s'est arrêtée pour chercher un taxi. Il n'y en avait aucun, bien sûr. Pas à cette heure-là, pas par ce temps. Alors elle a continué de marcher, tandis que je me frayais un chemin sur les trottoirs bondés, déterminée à ne pas la perdre de vue. Enfin, elle s'est arrêtée devant un restaurant et y est entrée. Je portais un chapeau et l'ai abaissé sur mes oreilles. La pluie a commencé à tomber dru. Donna avait évité le plus gros, bien sûr, mais moi j'étais prise dans le déluge. Même si, pour être franche, je m'en rendais à peine compte.

Un sentiment d'appréhension s'est installé au creux de mon estomac tandis que je traversais la rue pour gagner le restaurant. J'ai fait semblant de lire le menu dans la vitrine pendant que je m'armais de courage, puis j'ai ouvert la porte et suis entrée. Le maître d'hôtel était en train d'aider un couple à enlever leur manteau, ce qui m'a donné quelques secondes pour scruter la salle. Je les ai vus immédiatement, assis à une table dans le fond. Elle venait de dire quelque chose et Martin riait tout en commandant une bouteille de vin. Le cœur battant à tout rompre, je suis discrètement ressortie du restaurant, regagnant le bruit et l'obscurité de la rue.

Il y avait un arrêt de bus sur le trottoir d'en face. J'ai foncé au milieu de la circulation, le souffle court, indifférente aux coups de klaxon alors que je slalomais dangereusement entre les voitures. Je me suis fondue dans la masse des gens mouillés et maussades qui attendaient, laissant un bus passer, puis un autre, et encore un autre, sans jamais quitter des yeux la porte du restaurant tandis que la pluie me trempait jusqu'aux os.

Je me suis réveillée tout habillée sur un canapé. Il y avait une couverture sur moi et j'étais toute courbatue, faible et nauséeuse. Me redressant avec un effort, j'ai posé les pieds par terre et pris ma tête entre mes mains, écartant lentement les doigts de mes yeux tandis que j'essayais de me concentrer pour comprendre comment j'étais arrivée là. Baissant le regard, j'ai vu que mon bas était filé. Du sang coagulé collait au nylon, mais je n'avais aucune idée des circonstances dans lesquelles je m'étais coupée.

J'ai durement cligné des yeux puis regardé autour de moi. Il faisait sombre, mais pas au point que je ne puisse pas voir que cette pièce, bien que d'aspect familier, n'était pas chez moi. Je me suis massé les tempes et j'ai poussé un soupir, remerciant le ciel d'être, au moins, sur le canapé et seule. Mon sac à main était à côté de moi sur le tapis et j'ai été tentée de le prendre et de m'en aller discrètement, mais j'avais besoin de savoir ce qui s'était passé.

Je me suis levée, chancelante, en cherchant dans ma mémoire le moindre souvenir de la nuit précédente.

L'appartement de Pete était plus petit que le mien mais agencé de la même façon, à la différence que ce n'était pas un duplex. Je suis allée droit à la cuisine me faire couler un verre d'eau. J'étais déshydratée et mes mains tremblaient lorsque j'ai pris le verre. La panique m'a fait respirer plus vite lorsque j'ai compris que mon taux de lithium était trop élevé.

J'ai trouvé sa chambre et suis allée jeter un coup d'œil à l'intérieur. Il y flottait une légère odeur aigre de sueur et de baskets, et je distinguais la forme de son corps sous la couette. Je culpabilisais de m'apprêter à le réveiller, mais il a bougé de lui-même, comme s'il était conscient de ma présence dans la pièce, et s'est redressé sur son oreiller.

« Je m'en vais, ai-je chuchoté au bout d'un moment. Je suis vraiment désolée. J'ai dû prendre un verre de trop. Je ne me rappelle pas ce qui s'est passé, mais… Enfin bref, je suis désolée. »

Les chiffres rouges de son radio-réveil brillaient dans le noir. Il n'était même pas 6 heures du matin. Pete s'est frotté les yeux et a allumé sa lampe de chevet.

« Comment tu te sens ? m'a-t-il demandé d'une voix rauque de sommeil.

— Malade. Malade à crever », ai-je répondu, mal à l'aise ; je me sentais complètement à nu.

Je me suis avancée un peu plus dans la pièce, consciente qu'il ne me lâchait pas du regard. La coupure sur ma jambe me picotait lorsque je bougeais.

« Pete, pourquoi est-ce que je suis ici ? ai-je fini par lui demander.

— Tu ne te rappelles pas ? » a-t-il fait en se redressant.

J'ai lentement secoué la tête. Je ne me souvenais de rien du tout. À partir de 9 ou 10 heures la veille au soir, du moins. Lorsqu'ils étaient sortis du restaurant, j'avais suivi Martin et Donna jusqu'à une rue tranquille derrière Cheyne Walk, un endroit qui puait la réussite et l'argent, et les avais regardés disparaître dans une des maisons mitoyennes à façade de stuc blanc. Il y avait un pub presque juste en face et j'avais trouvé une place près de la fenêtre, d'où je pouvais voir la propriété. Je me rappelais avoir pensé que la maison avait l'air paisiblement endormie ; sauf que je savais que M. et Mme Joy ne dormaient pas. Je me rappelais aussi avoir commandé une double vodka tonic pour essayer d'émousser la douleur que me causait cette trahison. Après cela, je ne me souvenais de rien.

« J'ai beaucoup bu, ai-je dit en l'invitant d'un regard à combler mes lacunes autant qu'il le pouvait, tout en m'asseyant gauchement au pied de son lit.

— J'ai entendu tambouriner à la porte vers 2 heures du matin. C'était un chauffeur de taxi – tu étais évanouie sur la banquette arrière de sa voiture. Ivre morte, pour être exact. »

D'un ton désolé, il a ajouté :

« Apparemment, tu avais perdu connaissance à Chelsea.

— Je n'en ai aucun souvenir », ai-je murmuré, sentant mes joues s'empourprer de honte.

Pete a vaguement haussé les épaules d'un air compatissant.

« Le chauffeur m'a dit que quelqu'un t'avait trouvée et mise dans un taxi. Je ne sais pas comment ils ont eu ton adresse. Je suppose que tu la leur as donnée ou qu'ils l'ont trouvée dans ton sac. » Il a ajouté d'un ton embarrassé :

« Je n'étais pas sûr de réussir à te porter dans l'escalier. Et puis, je m'inquiétais pour toi. On entend toujours parler de ces gens qui vomissent dans leur sommeil et qui meurent. Je me suis dit que tu serais plus en sécurité ici. J'ai veillé à ce que tu sois bien calée. Juste au cas où.

— Merci. »

Mon humiliation était presque complète.

« Les conséquences tragiques de l'alcool. »

Pendant quelques instants, ni lui ni moi n'avons parlé. J'ai entendu le vrombissement du bus de nuit à l'extérieur et un gazouillis isolé annonçant le concert imminent des oiseaux à l'aube.

« Tu fêtais quelque chose ?

— J'ai trop bu. Beaucoup, beaucoup trop bu, c'est tout. L'alcool ne me réussit pas.

— Tout va bien ?

— Ça ira si tu me rappelles de ne plus jamais boire.

— Où est-ce que tu étais, hier soir ? »

J'ai fermé les yeux, tout mon corps aspirant au sommeil. J'ai mis un moment à me rendre compte que je pleurais.

« Merde. Ça va ? » a-t-il demandé d'un ton embarrassé. Il s'est levé de son lit pour venir s'asseoir à côté de moi. Il ne portait qu'un tee-shirt et un boxer, mais j'étais trop hébétée pour réaliser l'intimité de notre situation.

« Ce n'est rien, ai-je répondu en m'essuyant les yeux du revers de la main.

— Problèmes sentimentaux ? »

J'ai fait entendre un léger murmure de désapprobation.

« C'est ce mec avec qui je t'ai vue l'autre jour ? Martin. Martin Joy. »

Avec le recul, il était étrange qu'il ait retenu un nom donné lors de présentations si brèves, mais, sur le moment, je n'ai pas relevé. J'avais besoin de parler de Martin et de Donna, même si c'était avec mon voisin à peine habillé.

« Je n'aurais pas dû être si surprise de découvrir que je ne pouvais pas compter sur lui.

— Un gros riche qui ne veut pas s'engager ? »

J'ai haussé les épaules.

« Il a une femme. Ils sont séparés, mais on dirait qu'elle n'a pas exactement disparu de sa vie. Je les ai vus ensemble, ai-je répondu, gonflant les joues et m'efforçant de reprendre mon calme.

— Et tu t'es complètement bourré la gueule, a fait Pete avec compassion.

— Je ne me rappelle pas combien j'ai bu.

— On a tous connu ça. »

J'ai laissé échapper un rire discret et nerveux. J'avais toujours les mains qui tremblaient, et ça m'a alarmée.

« Tu es sûre que ça va ?

— Mon lithium, ai-je chuchoté en baissant la tête. C'est mauvais pour moi de trop boire. La déshydratation affecte les taux de mon traitement.

— Tu es bipolaire ? »

J'ai acquiescé.

« Est-ce qu'il faut que j'appelle un médecin ? »

Il y avait une expression inquiète sur son visage jeune et ardent.

« Je ne sais pas. Non. Écoute, je ferais mieux de m'en aller. Merci pour tout. Combien t'a coûté le taxi ?

— Te tracasse pas pour ça », a-t-il répondu en me regardant intensément.

J'avais besoin de vomir. Il fallait que je sorte de là.

« Il n'en vaut pas la peine, Fran », a-t-il conclu alors que je me levais pour partir.

Son ton froid et mesuré avait, dans l'obscurité, une autorité discrète et convaincante.

13

Je suis allée voir mon médecin quelques heures après m'être réveillée chez Pete. Je ne voulais pas le faire, mais tous les signes d'intoxication étaient là : nausées, diarrhées, tremblements. Le Dr Katz me traitait depuis des années, même si, ces derniers temps, ça n'avait guère été plus qu'un travail d'entretien. Il m'a fait une prise de sang, a vérifié mon taux de lithium et m'a mise en garde contre l'incroyable stupidité de boire trop, trop vite, avec la dose que je prenais. Nous avons parlé de ma maladie. J'ai expliqué que je n'avais pas eu de crise maniaque ou dépressive depuis un bout de temps. Je considérais mon trouble bipolaire comme sous contrôle, même si mon trou de mémoire laissait entendre qu'il était toujours tapi dans l'ombre. Le Dr Katz m'a confirmé qu'il y serait toujours.

Je ne suis pas retournée au cabinet avant le jeudi, attendant de me sentir de nouveau physiquement humaine. J'ai profité de mon temps libre pour terminer mon dossier de candidature à la soie – la date butoir approchait à grands pas –, et cette distraction m'a fait du bien. J'ai même appelé ma mère et écouté avec plaisir son babillage anodin sur la femme au bureau de poste ou le prix des pommes de terre à la Co-op ; le genre de conversation qui me semblait autrefois ennuyeuse et étrangère à ma vie, mais qui avait désormais l'apparence d'un conte de fées rassurant à propos d'un monde dans lequel je rêvais de pouvoir me replonger. Le reste du temps, j'ai dormi. J'ai dormi, j'ai lu, et j'ai ressorti un livre de développement personnel qui m'avait été utile naguère. *Cela aussi passera.*

Burgess Court avait une bibliothèque au premier étage. C'était une des choses qui m'avaient presque fait pleurer de joie lorsque j'étais arrivée là pour mon premier jour de stage. Le bow-window à petits carreaux donnait sur les jardins de Middle Temple. Procès-verbaux de débats parlementaires et livres à reliure de cuir tapissaient les murs. Lorsque j'avais besoin d'étudier sérieusement, j'allais à la bibliothèque d'Inner Temple, mais celle-ci était faite pour réfléchir, établir une stratégie, s'interroger. D'habitude, c'était à propos d'une jurisprudence, mais là j'étais à mon ordinateur portable, en train de consulter divers sites médicaux et forums dédiés aux troubles bipolaires. Certaines des choses que je lisais étaient des informations que je possédais depuis des années, et d'autres étaient incompréhensibles – des extraits d'articles écrits par des psychiatres et des universitaires. Le plus utile étant les fils de discussion. De vraies gens et leur expérience des trous de mémoire. Les preneurs de drogues, les vétérans, les déprimés, les traumatisés.

J'ai entendu la porte s'ouvrir. Paul est resté un moment sur le seuil avant de la refermer derrière lui. Il a marqué un temps, puis tourné la clé.

« Qu'est-ce qui se passe ? On fait un huis clos ? ai-je demandé en cliquant pour retourner sur la page d'accueil de Google.

— Il n'y a nulle part où véritablement parler dans ce cabinet. On ne tient pas à deux dans votre bureau, et il n'y a pas une minute de tranquillité dans le mien. »

J'ai posé mon stylo avec un sourire.

« Vous vous préparez pour demain ? a-t-il repris. La résolution des litiges financiers dans l'affaire Joy contre Joy ? »

Je ne savais pas s'il avait vu les papiers étalés sur le bureau. Les évaluations financières de la société de Martin, les rapports de comptabilité, les formulaires E. J'avais annoté en rouge les endroits où les deux parties étaient toujours en désaccord. J'étais consciente que ç'allait être une audience mouvementée, et je savais qu'il fallait que je sois fin prête. Ce jour-là, cependant, j'avais du mal à rester concentrée.

« Je retrouve David Gilbert dans une heure.

— Est-ce que le client vient ?

— Pas besoin. Gilbert l'a vu hier, ai-je répondu vivement, contente d'avoir réussi à convaincre mon avoué qu'une réunion supplémentaire avant l'audience n'était pas nécessaire.

— Vous pensez parvenir à un accord dès demain ?

— Est-ce que je crois que ça va se terminer au tribunal, vous voulez dire ?

— Songez à tous ces merveilleux honoraires, a-t-il répliqué en se frottant les mains.

— Je préfère éviter. »

Paul s'est assis à côté de moi. Il a pianoté du bout des doigts sur la surface en noyer avant de poser la main à plat.

« Est-ce que ça va ? a-t-il fini par me demander.
— Bien sûr que oui. Pourquoi cette question ?
— Je ne sais pas. Vous avez juste l'air un peu… différente.
— Débordée, c'est tout, ai-je répondu en refermant mon ordinateur.
— Est-ce que vous avez déposé votre dossier de candidature à la soie ?
— Juste à temps, ai-je précisé en souriant.
— Juste à temps ? Ça ne vous ressemble pas.
— Comme je vous l'ai dit, je suis débordée, ces derniers temps. »

Paul a hoché la tête, sceptique.

« Je vous ai pris un rendez-vous avec Liz Squires. Elle dirige JCI Conseil. Ils ont aidé des dizaines de conseillers de la reine à faire valoir leur candidature.
— Combien ça va me coûter ? »

Nous nous sommes tus tous les deux. Je n'entendais que le silence, et j'ai songé combien c'était rare dans un bureau londonien à notre époque.

« Vous savez, n'est-ce pas, que s'il y a un problème, vous pouvez venir m'en parler ?
— Oui, je sais. Vous n'avez pas besoin de vous inquiéter pour moi.
— Vraiment ?
— Paul, qu'est-ce qui vous chiffonne, exactement ?
— J'ai parlé au juge Herring, aujourd'hui. Vous aviez rendez-vous pour déjeuner avec lui mardi. »

Malcolm Herring était censé être une des références pour ma candidature à la soie. C'était un juge respecté de la Haute Cour, avec de nombreux contacts, et une chaude recommandation de sa part pouvait faire beaucoup pour assurer le succès de ma démarche. Mais entre mon réveil difficile et le rendez-vous que j'avais dû prendre avec le Dr Katz, j'avais complètement oublié notre déjeuner et lui avais posé un lapin.

Je me suis tortillée sur ma chaise.

« J'étais malade et j'ai dormi presque toute la journée. Je ne pouvais pas appeler pour annuler notre rendez-vous.

— Vous auriez pu me demander de le faire.

— Vous vous occupiez déjà de réattribuer mon travail.

— Au fait, Tom a pris en charge la demande de droit de visite dans l'affaire Brown contre Brown. Il a obtenu ce que vous vouliez.

— Ça ne m'étonne pas une seconde. »

Paul s'est frotté le menton et m'a regardée avec déception.

« Comme je vous l'ai dit, si vous avez besoin de moi pour quoi que ce soit, il vous suffit de demander.

— Je sais », ai-je répondu doucement.

Son expression s'est durcie et une lueur de mise en garde est apparue dans son regard affectueux.

« Nous formons une famille, dans ce cabinet. Je vous protégerai, quoi qu'il arrive. Mais il faut que vous me disiez tout, parce que je ne peux vous aider que si je sais la vérité. »

J'ai souri et posé ma main sur la sienne avec gratitude, en songeant combien il était facile de mentir.

14

Même moi, j'ai été surprise quand Donna Joy ne s'est pas présentée pour l'audience de résolution des litiges financiers le lendemain matin. Le juge était furieux, ses avocats sans voix, et lorsque la séance a été levée, Martin a quitté la pièce avec le visage complètement fermé. Ce n'était pas comme une audience préliminaire qui pouvait continuer en l'absence d'une des deux parties. À une RLF, absence rime avec suspension. La matinée était perdue et, malgré l'inquiétude professée par Robert Pascale à l'endroit de Mme Joy, tout le monde était bien naturellement énervé, le cadre noble de la Haute Cour ne faisant qu'ajouter à l'émotion ambiante.

Le manque de sérieux et l'égoïsme de Donna ne m'ont pas choquée le moins du monde. Ils n'ont fait qu'accroître ma haine à son égard. Une partie de moi se demandait comment on pouvait être aussi égocentrique et cavalière, et une autre entendait en boucle les mots de Phil Robertson : *Je te parie qu'ils ne veulent même pas divorcer.* Quelque chose me soufflait qu'elle se livrait à un petit jeu, et que j'en étais une victime collatérale.

Jetant un coup d'œil à ma montre, j'ai vu qu'il n'était même pas encore 11 heures. L'audience aurait occupé une grande partie de la journée, aussi avais-je désormais plusieurs heures à tuer. Martin n'était nulle part en vue, et cela m'arrangeait. J'avais réussi à l'éviter toute la semaine. Il m'avait laissé un message le mardi, suggérant de nous retrouver pour dîner, et je lui avais répondu par texto que j'étais à Birmingham, au tribunal, jusqu'au jeudi, faisant exprès de rater ses appels et de le rappeler quand il ne pouvait pas décrocher, jusqu'à notre téléconférence de dernière minute avant l'audience, où un professionnalisme sec avait semblé de rigueur.

« On débriefe rapidement ? a demandé David d'un ton alerte.

— Je ne suis pas sûre qu'il y ait grand-chose qui mérite discussion, ai-je répliqué en pinçant les lèvres. De toute façon, Martin a disparu.

— Je suppose qu'on va juste obtenir une autre date, alors. »

J'ai hoché la tête.

« Vous n'avez qu'à m'appeler plus tard. Au moins, ça a l'air d'avoir coupé la chique à Pascale. »

Le seul point positif de cette affaire avait été de voir ce dernier ramper devant l'avocat qu'il avait saisi de l'affaire.

Quittant le tribunal, j'ai regagné le cabinet. Mon entrée préférée de Temple était un trou dans le mur dans Fleet Street. Parfois j'y voyais une porte enchantée, une machine à remonter le temps qui vous arrachait au tohu-bohu du Londres du XXIe siècle pour vous transporter dans un endroit magique où le temps n'existait pas. Marchant d'un pas vif, je suis passée devant une boutique de robes d'avocat, une ancienne écurie reconvertie d'aspect maussade et les Dr Johnson's Buildings, ma colère et mon agacement évidents dans chacune de mes enjambées. Puis je suis arrivée devant l'église, qui ne manquait jamais de m'inspirer l'humilité. Sa splendeur discrète, ses neuf siècles d'histoire liés aux aventures des Templiers. Je ne me considérais pas comme particulièrement croyante, mais j'y entrais souvent, et j'ai ralenti, hésitant à le faire à cet instant pour m'abreuver de son calme.

En m'arrêtant, j'ai senti une main sur mon épaule. J'ai poussé un cri de surprise et fait volte-face.

« Martin ! » me suis-je exclamée, le cœur battant.

Il m'a touché la manche et j'ai tressailli.

« Pourquoi est-ce que tu m'évites ? m'a-t-il demandé doucement.

— Je t'évite ? ai-je répondu en fronçant les sourcils.

— Toute la semaine. Et à l'instant, au tribunal.

— Je n'ai rien fait de tel. Qu'est-ce que tu attendais de moi ? Que je t'enfourche devant le juge ?

— Ha, ha », a-t-il répliqué avec l'ombre d'un sourire.

Il a commencé à pleuvoir. J'ai levé les yeux vers le ciel afin de m'accorder un moment pour reprendre mes esprits.

« Je t'ai cherché après la suspension de séance, ai-je menti.

— J'étais en colère. Je suis sorti faire un tour.

— Ça va être le déluge d'une minute à l'autre, ai-je annoncé, pressée d'échapper à cette conversation.

— Alors viens là-dessous », a-t-il fait en m'entraînant vers le cloître, où une pile de bureaux s'entassait contre le mur.

Il faisait frais et sombre sous les arches, comme si une éclipse soudaine venait de se produire. Le vrombissement lointain des voitures dans Fleet Street était devenu inaudible et la température semblait avoir baissé de plusieurs degrés. L'air était si immobile qu'il miroitait presque.

« Je n'arrive pas à croire qu'elle ne soit pas venue, ai-je fini par dire.

— Moi, si. Elle s'est probablement barrée en Thaïlande pour une détox. Je peux te garantir que d'ici à mercredi elle sera de retour à Chelsea avec cinq kilos en moins, toute bronzée et intarissable sur les bienfaits de quelque traitement à base d'algues – que, soit dit en passant, j'aurai payé.

— Elle ferait vraiment ça, en plein milieu de sa procédure de divorce ? ai-je demandé en regardant un avocat vêtu de noir nous jeter discrètement un coup d'œil curieux en passant.

— Je pense que tu as compris maintenant qu'elle est complètement imprévisible. »

J'ai serré mon sac à main contre mon flanc comme pour me protéger.

« Quand as-tu eu de ses nouvelles pour la dernière fois ? ai-je demandé en essayant de garder une voix ferme.

— Elle m'a appelé la semaine dernière. Dimanche, ou peut-être lundi. Pour me prévenir de ne pas jouer les mâles dominants idiots à l'audience. »

Ce qui m'effrayait, ce qui me faisait vraiment peur, c'était l'aisance avec laquelle il était capable de mentir.

« Donc elle avait l'intention de venir à la RLF ?

— Oui, même si notre conversation s'est terminée en dispute.

— Et c'est la dernière fois que tu as eu de ses nouvelles, ai-je insisté, en m'efforçant de ne pas trahir ma crainte.

— Oui », a-t-il répondu d'un ton définitif.

Menteur, a fait une voix dans ma tête.

Il a glissé une main sous mon manteau pour la poser au creux de ma taille.

« Viens là, a-t-il chuchoté.

— Non. »

J'ai reculé jusqu'à ce que je me retrouve acculée au mur de brique froide.

« Personne ne va nous voir.

— Arrête, s'il te plaît.

— Fran, quel est le problème ?

— Le problème, c'est qu'on n'aurait pas dû entamer cette relation. Je suis ton avocate. Il y a des codes de déontologie qui s'y opposent.

— Ça ne t'a pas arrêtée, chez Selfridges. »

J'ai détourné la tête et il m'a pris le menton dans ses doigts en coupe.

« Je suis désolé, a-t-il dit en me caressant le bas de la joue. La façon dont on s'est rencontrés n'est pas idéale. La situation dans laquelle on se trouve n'est pas idéale non plus… Mais je pensais qu'on ressentait la même chose. Tu me rends heureux. »

Mais tu as couché avec elle.

C'était ce que je voulais répondre, mais je n'ai pas réussi. Je ne pouvais pas révéler que je les avais suivis et espionnés sous la pluie ; et si j'attendais de la part de Martin des aveux sur ce qu'il avait fait le lundi soir, je savais au fond de moi qu'ils n'arriveraient jamais.

Il a laissé glisser ses doigts le long de mon cou jusqu'à la fine étoffe de mon chemisier, puis sur mon sein, effleurant de la paume mon téton qui se redressait. Je détestais le fait qu'il puisse obtenir de moi une réaction aussi rapide, et en même temps j'adorais ça. J'ai fermé les yeux, et senti une chaleur palpitante naître entre mes cuisses. J'avais envie de ce qu'il offrait ; tellement envie de lui que je me sentais faible, prête à tout.

« Personne ne nous regarde », m'a-t-il murmuré, effleurant le lobe de mon oreille de ses lèvres chaudes. Mais j'ai brutalement repris mes esprits.

« Arrête, ai-je dit en attrapant son poignet. Je pense qu'on devrait arrêter de se voir pendant quelque temps.

— Fran, je t'en prie. C'était frustrant, aujourd'hui. Personne n'en a plus conscience que moi. Personne ne veut plus que moi voir cette affaire terminée. Je veux juste qu'elle sorte de ma vie pour pouvoir continuer la mienne.

— Vraiment ? » ai-je répliqué alors qu'un vent froid et humide m'effleurait la joue.

Je n'ai pas attendu sa réponse. Me dégageant de son étreinte, j'ai repris ma route. Il m'a appelée mais j'ai continué d'avancer sans un regard en arrière, les talons de mes chaussures produisant sur les pavés un cliquetis semblable à un signal de détresse en morse ; ce qu'il aurait pu être, supposais-je.

J'ai passé le reste de l'après-midi à la bibliothèque d'Inner Temple, ne refaisant même pas surface pour un sandwich ou un café. Je ne me rappelle presque rien de ce laps de temps, si ce n'est que je suis revenue au cabinet peu avant 17 heures. J'étais assise à mon bureau, en train de feuilleter mon agenda en me demandant ce que je pouvais faire d'autre pour occuper ma semaine et ainsi détourner mes pensées de Martin Joy, lorsque mon téléphone fixe a sonné.

« C'est Dave. Dave Gilbert, a dit la voix au bout du fil. J'ai pensé qu'il fallait que vous sachiez, a-t-il ajouté, et j'ai remarqué une inflexion inquiète dans sa voix. Robert Pascale vient de m'appeler. Il a essayé de localiser Donna Joy toute la journée, et il vient seulement de réussir à joindre sa sœur, qui s'inquiète aussi pour elle. Personne n'a vu Donna ou eu de ses nouvelles depuis des jours. Hier, elle a raté un dîner. Personne n'arrive à la joindre, que ce soit par téléphone ou par e-mail. Robert a même envoyé un stagiaire chez elle, mais personne n'a répondu là-bas non plus. La sœur de Donna s'inquiète tellement qu'elle s'apprête à contacter la police pour signaler sa disparition. »

15

La plupart des gens qui disparaissent sont retrouvés dans les quarante-huit heures. Ç'a été le cas pour moi.

J'avais dix-huit ans quand j'ai fugué de chez moi, quelques jours après avoir passé mes *A-levels*. Il y avait eu une fête dans le gymnase pour célébrer la fin du lycée, un dernier tour de piste avant de partir chacun de notre côté – pour entrer en apprentissage, à l'université ou dans des postes d'employé de bureau subalterne.

La soirée avait été présentée de façon optimiste comme un bal de promo – peut-être quelqu'un avait-il regardé un peu trop de films de John Hughes –, et j'avais mis une robe pour l'occasion, une nouveauté à cette époque où j'aimais me donner un look subversif. Je n'étais pas jolie. Pas du tout – j'avais les cheveux teints en noir et un anneau dans le nez. Je n'étais pas populaire non plus, mais ce soir-là j'avais reçu beaucoup d'attention : sourires, propositions et tentatives de flirt maladroites par des garçons qui m'avaient jusqu'alors ignorée. Je pensais que la raison en était ma robe années cinquante en soie verte ou l'alcool qui circulait discrètement à la fête, mais avec le recul, c'était probablement ma réputation.

Stuart Masters était l'une des rares personnes à avoir continué au lycée avec moi après le collège. Je l'avais toujours bien aimé, mais Joanne, sa petite amie de longue date, le surveillait de près. Ce soir-là, nous nous étions retrouvés seuls dans un coin. Nous avions parlé du bon vieux temps et, pendant le buffet, nous avions filé discrètement par la sortie de secours. Nous avions ri, nous nous étions embrassés, et avant que j'aie réalisé ce que je faisais, nous étions derrière les labos de sciences et j'étais tellement concentrée sur mes lèvres autour de son pénis que je n'ai même pas remarqué que quelqu'un nous avait vus.

J'entends encore le « Salope ! » hurlé à mon adresse à travers la piste de danse improvisée, et ç'a été la première fois que j'ai eu honte de mon comportement. De mes aventures d'un soir et de mes coups rapides tirés dans les toilettes des boîtes de nuit de Bolton et de Manchester. Vingt-quatre hommes, deux femmes dont je me rappelais à peine le nom.

On ne m'avait pas encore diagnostiqué de trouble bipolaire, ni mise en garde contre le lien entre psychose maniaco-dépressive et hypersexualité. À l'époque, je ne pensais pas que mon comportement sortait de l'ordinaire. Je découvrais mon corps et je m'amusais. Je faisais ça parce que je le pouvais et que je le voulais.

Je savais que je ne pouvais pas rentrer chez moi ce soir-là. Pas dans la chambre que je partageais avec ma sœur de douze ans, Denise, et pas avec la possibilité très réelle que la mère de Joanne ait téléphoné à la mienne lorsque je me réveillerais le lendemain.

Le dimanche matin, ma mère a laissé ses enfants à la garde d'une voisine et s'est rendue au poste de police du quartier pour signaler que je n'étais pas rentrée. Les policiers lui ont posé quelques questions, lui ont demandé une photo récente et lui ont dit que c'était plus courant qu'on ne l'imaginait. Les adolescents émotifs et en colère n'étaient généralement pas kidnappés. Ils fuguaient.

Mais lorsque mon amie Jenny Morris en a été informée, elle s'est inquiétée. Petite chose tenace à l'ambition adolescente de devenir journaliste, elle a appelé le service des informations du *Sun* et l'a pressé de confier l'histoire à quelqu'un. Aucun article n'a jamais été publié, et encore aujourd'hui je ne sais pas si c'est parce qu'on m'a retrouvée au petit matin du lundi, ou parce que ma disparition n'était pas aussi importante que je l'avais cru.

À cette époque, je me considérais comme originale et excentrique, mais récemment j'ai lu un rapport d'un psychologue criminologue qui disait que les filles disparues étaient plus susceptibles d'être retrouvées à l'intérieur, tandis que les garçons avaient tendance à être retrouvés dans la rue. Loin de me démarquer, je suis restée fidèle au stéréotype.

C'est Jenny elle-même qui a remonté ma piste jusqu'à un studio de Fallowfield. Il lui a suffi pour cela de quelques coups de téléphone ; pas étonnant qu'elle ait fini au *Daily Mail*. L'appartement appartenait à un musicien avec lequel j'avais couché quelques semaines plus tôt. Après m'être sauvée du bal de promo, j'avais pris le bus pour aller le voir dans le sud de Manchester. Il était sur le point de sortir, déjà défoncé, et m'avait laissée attendre son retour dans sa chambre miteuse et défraîchie. Il n'était pas revenu avant le dimanche, mais c'était un mec bien et il ne m'avait pas virée de chez lui quand je lui ai dit que j'avais des problèmes familiaux. Et le temps qu'il me donne de quoi m'acheter un ticket de bus pour rentrer « affronter l'orage », Jenny m'avait déjà retrouvée.

Après ça, maman et son nouveau petit ami m'ont laissée avoir ma chambre pour moi toute seule. Bébé Danny est retourné dormir avec eux, sur un petit lit dans un coin de la pièce, et j'ai récupéré la chambre d'enfants, couvrant le papier peint à nounours d'affiches de films français jusqu'à mon départ pour Birmingham, dix semaines plus tard. La vie a continué. Ç'avait juste été un faux pas. J'avais voulu recevoir un peu d'attention et me sentir aimée, et j'étais sûre que c'était aussi ce que recherchait Donna Joy.

16

Grâce à une dose de Zolpidem, j'ai dormi jusqu'à 11 heures le lendemain matin. En ouvrant les yeux, j'ai vu que mon téléphone clignotait d'une lumière bleue sur ma table de chevet. Lorsque je l'ai attrapé, j'ai découvert que j'avais sept messages et trois appels manqués de Martin me demandant de le contacter.

Ça n'a pas été facile d'ignorer ses sommations, mais je l'ai fait. À la place, je me suis assise en tailleur dans mon lit et j'ai appuyé sur l'icône Google, tapant *Donna Joy disparue* dans la barre de recherche sans trop savoir à quoi m'attendre. À un gros titre dans le *Daily Mail* ? À un reportage de la BBC ? À un buzz sur Twitter ? Mais j'ai été presque déçue de ne rien trouver, à part les mêmes liens et images que j'avais dénichés lors de mes recherches précédentes.

J'ai fermé les yeux un moment pour laisser mon appréhension se dissiper, prête à parier, à cet instant, que Donna Joy avait « refait surface ». J'y avais bien réfléchi depuis l'appel de David Gilbert, et la seule explication logique qui m'était venue était qu'il s'agissait d'un stratagème, d'une tactique pour reconquérir Martin. Cette pensée m'avait procuré un moment de satisfaction jubilatoire à l'idée que, peut-être, leur partie de jambes en l'air du lundi soir n'avait pas été aussi explosive que je l'avais imaginé.

Reposant mon téléphone, je suis sortie de mon lit pour aller dans la salle de bains. Je me suis brossé les dents et me les suis minutieusement nettoyées avec du fil dentaire avant de terminer avec une brosse interdentaire. La salive que j'ai crachée dans le lavabo était mouchetée de sang. J'étais en train de me rincer la bouche lorsque l'Interphone en bas s'est mis à sonner avec insistance.

« C'est moi. Est-ce que je peux entrer ? » a-t-il demandé.

J'ai jeté un coup d'œil autour de moi, me sentant acculée. Je ne voulais pas qu'il me voie comme ça, vêtue seulement d'un tee-shirt qui me couvrait à peine les cuisses. La cuisine était à deux pas. M'y précipitant, j'ai trouvé dans le sèche-linge une culotte et un jean que j'ai enfilés avant de descendre pieds nus au rez-de-chaussée.

J'ai hésité avant de lui ouvrir. Je voyais son visage à travers la vitre, triste, préoccupé, plein d'espoir.

Lentement, j'ai tourné le loquet et ouvert la porte, sans pour autant le laisser entrer.

« Est-ce que tu as eu mes messages ? a-t-il fini par demander.

— Je viens de me lever. »

Il a baissé les yeux sur ses chaussures avant de les relever.

« Tu es au courant pour Donna ? »

J'ai hoché la tête et croisé les bras.

« J'ai entendu quelque chose. Sa sœur s'inquiétait de ce que personne ne l'ait vue de la semaine et elle est allée voir la police.

— Elle n'a toujours pas refait surface.

— Je suis désolée, ai-je répondu en sentant mon pouls s'accélérer un petit peu.

— La police m'a appelé ce matin. M'a posé des questions.

— À quel sujet ?

— Son état d'esprit.

— Ils ne traitent pas sa disparition comme suspecte, quand même ? ai-je demandé, incrédule.

— Je ne sais pas. Je ne crois pas.

— Et maintenant, quoi ? Qu'est-ce qu'ils font pour la retrouver ?

— La police va passer chez elle. Sa sœur Jemma a une clé.

— Et après ?

— Écoute, je me disais qu'on pourrait faire quelque chose, aujourd'hui. »

J'ai froncé les sourcils.

« Martin, tu as entendu ce que j'ai dit hier.

— S'il te plaît. Viens juste faire un tour en voiture. J'ai besoin de me vider la tête.

— Ta femme a *disparu*, ai-je répliqué, me demandant si je l'avais bien entendu.

— Elle n'a pas disparu. On va la retrouver quelque part », a-t-il répondu.

L'éclair de froideur dans son regard m'a surprise. Ne voyait-il donc pas qu'aller se promener, s'amuser de quelque façon que ce soit, serait déplacé ? D'un autre côté, Martin connaissait Donna mieux que personne, mieux que la police en tout cas, et même que sa sœur. S'il ne s'inquiétait pas, il devait y avoir une bonne raison. Je me suis dit de ne pas prendre sa désinvolture pour de l'insensibilité.

« Allez, viens, Francine. Ça nous donnera l'occasion de parler.

— Parler ?

— S'il te plaît », a-t-il insisté avec ferveur.

J'ai essayé de ne pas penser à l'image déplaisante et douloureuse de Donna et lui en train d'entrer dans la maison de Chelsea, ni aux mensonges qu'il m'avait racontés devant Temple Church.

« Attends là », ai-je répondu avant de monter chercher mon manteau, incapable de dire non.

Son Aston Martin était garée dans la rue. Je suis montée côté passager et me suis appuyée contre la vitre, regardant la circulation du samedi. Il a mis de la musique, ce qui nous a dispensés de parler.

« Où est-ce qu'on va ? ai-je demandé alors que nous traversions Hackney.

— Sur la côte », a-t-il répondu en tournant la tête pour m'adresser un sourire en coin.

Une semaine plus tôt, cette réponse m'aurait rendue folle de joie. Je nous aurais imaginés assis devant des cabines de plage rose pastel avec un cornet de frites, ou en train de manger des moules dans un café en bord de quai.

Mais là, ça me semblait horriblement loin comme destination de promenade, et horriblement long pour éviter de poser les questions dont j'avais brûlé de discuter toute la semaine.

Nous sommes sortis de Londres et, quatre-vingt-dix minutes plus tard, nous avions quitté l'autoroute pour nous engager sur une route secondaire plus tranquille.

Le ciel s'était assombri, le soleil avait disparu, et tout autour de nous était gris à des kilomètres à la ronde : nuages, salants et mer se fondaient les uns dans les autres comme un drap de lin chiffonné et passé – un paysage désert peint en chrome.

J'avais vu plusieurs panneaux de signalisation au cours des derniers kilomètres, mais nous nous trouvions dans une région qui ne m'évoquait rien.

« Où est-ce qu'on est ? ai-je demandé en avisant un blaireau mort, écrasé et sanguinolent, au bord de la route.

— Dans l'Essex. Cette route mène à la maison, a-t-il répondu en prenant un virage serré à droite, là où la chaussée se rétrécissait encore plus, les bas-côtés laissant place à des garde-fous, puis à de l'eau des deux côtés.

— Merde alors. C'est une île ?

— Parfois. À marée haute. »

Nous avons traversé un village calme composé de maisons à bardeaux, d'une église et d'une poignée de pubs, puis avons continué sur un boulevard côtier. Encore un virage, et une maison est apparue au bout d'une large allée gravillonnée. Elle était de style Arts & Crafts, avec un toit en tuiles d'un rouge passé, des pignons pointus et au moins une douzaine de cheminées en terre cuite qui se dressaient tout droit dans le ciel gris étain. Des arbres décharnés, qui commençaient à bourgeonner, bordaient le mur d'enceinte couvert de mousse, et de robustes mauvaises herbes, formant des enchevêtrements de tiges et de feuilles solides, s'enroulaient autour du portail rouillé. L'endroit était manifestement à l'abandon – et d'une splendeur envoûtante.

« Elle est à toi, n'est-ce pas ? C'est Dorsea House », ai-je dit, me rappelant les détails de son patrimoine immobilier.

Martin a hoché la tête tandis que la voiture s'arrêtait avec un grondement sur le gravier.

« Je l'ai achetée l'été dernier. C'était censé être un projet. Un manoir reconverti en hôtel, comme Babington House, à moins de deux heures de la ville. J'avais un architecte et une entreprise de design prêts à commencer, mais j'ai mis les choses en attente.

— En attente ?

— À cause du divorce. Je ne veux pas accroître sa valeur. Pas tout de suite. »

Je suis sortie de la voiture, claquant la portière. Des mouettes tournoyaient au-dessus de nous, le vent faisait bruisser les haies. J'ai pris une grande bouffée d'air marin salé et me suis efforcée de résister à la fascination de l'endroit.

« Elle est grande.

— C'était une maison de retraite, avant. Il y a beaucoup de travaux à faire, mais j'aime son aspect fatigué, en ruine. Viens. Laisse-moi te faire faire le tour du propriétaire. »

Il s'est attardé comme s'il voulait me prendre la main, mais je suis partie en avant pour éviter toute gêne.

Le parquet a grincé lorsque nous avons passé le seuil. Haut au-dessus de nos têtes, sous les plafonds en voûte, il y a eu un nuage de poussière et un bruit qui m'a fait sursauter : le battement d'ailes d'un pigeon que nous avions dérangé.

L'air sentait le renfermé ; l'odeur d'une bâtisse délaissée. Boutonnant ma veste, j'ai retenu un éternuement et avancé lentement, presque sur la pointe des pieds, vers l'arrière de la maison. Ses pièces, ai-je remarqué, étaient meublées ; les vestiges usés de sa vie antérieure. Mais si Dorsea House était froide et mal-aimée, la vue disponible à l'arrière, sur toute l'étendue monochrome de l'estuaire, était d'une beauté lugubre à couper le souffle.

La propriété, et ce que comptait en faire Martin, nous a donné de quoi parler. Une vieille grange serait transformée en bar à huîtres où l'on servirait les *Colchester Natives* et les *Mercy Island Rocks* pour lesquelles la région était connue. Une ribambelle de cabines de plage seraient transformées en villas de luxe pour cadres stressés. Une piscine extérieure serait creusée dans l'enfilade du porche façon demeure de plantation à l'arrière.

Une porte sur le côté du solarium donnait sur une terrasse en bois.

« Sortons », a dit Martin en cherchant une clé.

Comme il n'en trouvait pas, j'ai exercé une dure poussée sur la porte et elle a branlé dans son encadrement pourrissant avant de céder.

« Petite maligne, a-t-il fait, les yeux fixés sur moi.

— Tu devrais la faire réparer. Avant d'avoir des squatteurs », ai-je répondu, savourant mon bref moment de triomphe.

Nous avons pris un chemin qui suivait les méandres de la rive. La marée clapotait et bruissait sur les galets.

Fermant les yeux, j'ai pris une grande inspiration et laissé l'odeur d'iode et d'algues me calmer, comme du menthol.

« Tu voulais parler, ai-je finalement dit, rouvrant les yeux mais les gardant fixés devant moi.

— Je t'ai menti, hier », m'a-t-il répondu avec un manque d'assurance dans la voix qui ne lui ressemblait pas.

J'ai gardé le silence et me suis préparée psychologiquement.

« Tu m'as demandé quand j'avais eu des nouvelles de Donna pour la dernière fois, et je t'ai répondu dimanche ou lundi, a-t-il enfin repris. Mais c'était lundi. Je l'ai vue lundi. »

Je ne l'ai pas regardé, gardant les yeux fixés sur l'horizon pâle et liquide.

« Alors pourquoi est-ce que tu m'as menti ?

— Elle m'avait envoyé un texto disant qu'elle voulait qu'on se revoie. Qu'on devrait parler en privé avant la RLF. On a dîné ensemble, et on est retournés à la maison.

— Et après ? l'ai-je aiguillonné.

— On a parlé, on a bu un verre…

— Et après vous avez couché ensemble, ai-je déclaré, terminant sa phrase à sa place.

— Oui. »

Je n'ai rien dit d'autre pendant au moins une minute.

« Pourquoi est-ce que tu me dis ça maintenant ? Je suppose qu'il y a une raison. »

Ma voix avait pris les intonations que j'adoptais au tribunal lorsque je voulais faire une remarque légèrement condescendante.

« Fran, ne réagis pas comme ça. » Il a ralenti le pas. « C'était une erreur et je la regrette.

— Ce n'est pas l'impression que j'ai eue. »

Que j'ai. J'espérais qu'il n'avait pas relevé mon lapsus.

« J'avais bu, elle m'a fait du rentre-dedans… Je ne te l'ai pas dit hier parce que je sais de quoi ça a l'air.

— Est-ce que tu as pris ton pied ? ai-je demandé, pinçant aussitôt les lèvres.

— Fran, ne rends pas les choses plus difficiles que nécessaire. »

Dans la lumière bleuâtre, il avait l'air pâle, comme si tout le sang s'était vidé de ses veines.

« Est-ce qu'elle a joui ? »

Je voulais soudain connaître tous les détails les plus intimes. Il n'a pas répondu.

« Je crois que tu as encore des sentiments pour elle. »

Ma voix était un murmure emporté par la brise, mais il m'a entendue quand même.

Il s'est arrêté et m'a effleuré les doigts, mais j'ai écarté la main en tressaillant.

« C'est avec toi que je veux être », a-t-il affirmé.

Je me suis laissée tomber sur un banc et j'ai regardé la mer au loin. L'estomac noué, je me suis forcée à mettre de l'ordre dans mes idées.

« La dernière fois, elle voulait juste parler. Est-ce que tu l'as baisée, aussi ?

— Non.

— Dis-moi la vérité, Martin.

— C'est la vérité.

— Alors pourquoi est-ce que tu n'as pas répondu à mes appels, ce soir-là ? »

J'avais la tête qui tournait. Je voulais des réponses, mais je n'étais pas sûre de pouvoir les supporter.

« Mon téléphone m'avait lâché ; je te jure que c'est vrai. Écoute, ça n'a aucun intérêt pour moi de mentir sur ça maintenant. Je veux juste être complètement honnête avec toi parce que j'ai envie que ce truc entre nous mène quelque part.

— Tu aurais dû penser à ça lundi.

— J'ai été stupide.

— Oui. »

Ramassant un morceau de bois flotté, je l'ai jeté à la mer. J'ai regardé une vague l'attraper et le ballotter de-ci de-là, avant de repartir en direction de la maison.

« Fran, s'il te plaît. Donne-moi une autre chance. Être avec elle m'a fait réaliser à quel point je préfère être avec toi. »

Je me suis tournée vers lui.

« Je ne peux plus te faire confiance », lui ai-je dit d'une voix rauque, des larmes roulant sur mes joues.

Je détestais me sentir comme ça, me suis-je rendu compte ; comme une copie sans défense de moi-même que je reconnaissais à peine.

Il s'est rapproché et m'a pris le visage entre ses mains.

« Je suis amoureux de toi », m'a-t-il dit alors que je fermais les yeux, savourant la caresse de ses mots et y puisant de la force.

J'ai serré les paupières plus fort pour me retenir de pleurer. Il a fait un pas de plus et a posé le menton sur ma tête. Lorsqu'il m'a enveloppée de ses bras, j'ai été incapable de m'écarter.

« Je t'aime », a-t-il murmuré dans mes cheveux.

J'ai appuyé la joue sur la laine douce de son manteau, ma colère et ma frustration laissant place à une profonde satisfaction.

Nous sommes restés là, immobiles, pendant ce qui m'a paru être une éternité. Puis il a laissé retomber ses bras le long de mon corps et, lorsqu'il a pris mes mains dans les siennes, il m'a paru tout naturel de refermer mes doigts sur les siens.

« On ferait mieux de rentrer », a-t-il dit en regardant par-delà les marécages parsemés de roseaux.

Au-dessus de nous, les nuages devenaient sombres et menaçants. Le vent avait commencé à fouetter la surface de l'eau, y formant des pics blancs semblables à de la meringue, et, en arrivant sur le rivage, la mer bruissait sur les oyats comme des serpents à sonnette.

« Il y a une tempête qui se prépare », a-t-il remarqué alors que nous accélérions le pas.

Nous avons franchi un portail, réintégrant le domaine de Dorsea House. Il y avait au bord de l'eau une cabane en bardeaux peinte en noir, décorée de bouées orange et de corde bleue.

« Qu'est-ce que c'est que ça ? ai-je demandé alors qu'il soulevait une brique pour récupérer une clé.

— Une ancienne baraque à huîtres. J'aime y dormir quand je viens à Dorsea.

— On se sent trop seul dans la demeure principale ? ai-je fait avec un sourire. C'est ce qui arrive aux gens riches quand ils achètent des maisons trop grandes pour eux.

— J'aime écouter le bruit de la mer et faire des feux sur la plage.

— C'est une raison suffisante. »

Mon sourire s'est accentué alors que Martin ouvrait la porte et me faisait signe d'entrer.

La pièce était sobrement meublée. Un bureau et une chaise, un poêle à bois et un lit de fer arrangé en banquette.

Martin a pris du petit bois et des pages chiffonnées du *Financial Times* dans un seau en métal pour allumer le feu. J'ai apprécié la scène. Sa posture de fauve à l'affût, sa concentration, ses mains masculines, lisses et bronzées, auxquelles une entaille sur les articulations conférait plus de rudesse virile.

« C'est super, ici », ai-je murmuré en regardant les flammes prendre vie. Avec chaque crépitement du bois en train de brûler, la cabane devenait plus chaude, plus lumineuse.

« Restons ici ce soir, a-t-il suggéré en me regardant.

— Je n'ai apporté aucune affaire », ai-je répondu avec un rire, me rappelant que je ne portais même pas de soutien-gorge.

La pluie a commencé à tambouriner sur le toit en fer-blanc.

« On ne va peut-être pas avoir le choix, a-t-il répliqué en souriant.

— Est-ce qu'on va être coupés du continent ? ai-je demandé, émoustillée par cette idée.

— Peut-être. »

Nous avons enlevé nos manteaux et il y a eu un moment de silence.

« Je suis vraiment désolé.

— Ne me mens plus jamais », ai-je murmuré, en essayant de ne pas penser au secret malhonnête que je gardais moi-même : le fait que je savais qu'il avait retrouvé Donna à Chelsea le lundi soir, parce que je les avais vus ensemble.

Il faisait encore un froid glacial dans la cabane, et je sentais mes tétons se dresser au garde-à-vous sous mon tee-shirt. J'ai regardé Martin tirer le matelas du sommier et le lâcher par terre devant le feu. Il s'est avancé vers moi, et une seconde plus tard nous étions en train de nous embrasser. Lorsqu'il a tiré mon tee-shirt par-dessus ma tête, j'ai gémi de désir.

Fermant les yeux, j'ai écouté le hurlement du vent et le cri discordant des cormorans au-dessus de nous. Du bout des doigts, il a suivi les ondulations de mon dos. J'ai défait mon jean et l'ai enlevé précipitamment, m'agenouillant sur le matelas pour le regarder se déshabiller.

Il s'est avancé vers moi et je l'ai pris dans ma bouche. Il me tenait la tête, ses poils rêches me chatouillaient le visage, et j'ai inspiré profondément pour m'emplir de son odeur musquée de sueur et de sexe, et de son goût, aigre, humide et chaud.

« Allonge-toi », m'a-t-il dit en se retirant.

Avec un sourire, je me suis étendue sur le dos tandis qu'il m'enjambait.

« Est-ce que tu veux qu'on soit coupés du continent ? »

Il parlait d'une voix basse et voilée par le plaisir anticipé de ce qui était sur le point de se passer.

J'ai acquiescé, écartant les jambes pour le recevoir.

Il y avait un bout de corde enroulé près du poêle. Le ramassant, il a étiré mes bras au-dessus de ma tête et agrippé fermement mes poignets. Après les avoir ligotés ensemble, il les a attachés au pied du lit, puis a approché son visage du mien jusqu'à ce que je sente son haleine sur mes lèvres. Je me sentais à sa merci, comme s'il me possédait. Et à cet instant, c'était la seule chose que je voulais.

« Il y a une nouvelle lune, ce soir, alors la chance est peut-être de ton côté. Tu ne vas peut-être pas pouvoir t'échapper », m'a-t-il murmuré à l'oreille alors que je frissonnais, de froid ou d'appréhension du danger ; je ne savais pas et je m'en fichais.

J'étais perdue en mer, à la dérive, et la seule chose à laquelle je pouvais penser, la seule chose qui m'importait, c'était lui.

J'ai lâché un léger soupir de plaisir soumis alors qu'il faisait courir ses lèvres sur mes seins puis sur mon abdomen, de plus en plus bas, pour enfin introduire sa langue en moi, et caresser ce bouton humide jusqu'à ce que je commence à jouir, le dos arqué, essayant de soulever du sol mes poignets liés. Je ne sentais pas la brûlure de la corde frottant contre ma peau, toute aux sommets de délicieux abandon et de volupté auxquels me portaient ses baisers et ses caresses.

J'ai lâché un cri, et le son s'est mêlé à celui de la pluie et du vent. Relevant la tête d'entre mes cuisses, il a souri et commencé à me détacher.

J'ai pris de petites inspirations contrôlées pour me calmer tandis qu'il s'allongeait à côté de moi.

« Je préférerais vendre le loft plutôt que cet endroit, a-t-il dit, d'une voix si basse que je l'ai à peine entendu.

— On n'en arrivera pas là », ai-je murmuré, sentant l'air froid s'infiltrer dans la pièce par les trous entre les bardeaux.

Une vision de sa femme s'est insinuée dans mes pensées, et, alors que je levais les yeux pour regarder l'ombre des flammes danser sur la peinture craquelée du plafond, j'ai essayé d'oublier que la dernière personne à avoir vu Donna avant sa disparition était l'homme allongé à côté de moi.

17

Je devais m'être assoupie, bercée par le bruit étouffé du vent et de la pluie, mais la sonnerie stridente d'un téléphone portable m'a arrachée à mon sommeil.

J'ai jeté un coup d'œil à Martin, assis tout droit sur le matelas jonché de couvertures, et j'ai immédiatement su que l'appel concernait Donna. J'ai regardé son front se plisser, les muscles de son visage se crisper ; encore une fois, elle avait le pouvoir de doucher mon plaisir.

Du côté de Martin, la conversation était brève, concise et professionnelle, ce qui rendait difficile de deviner de quoi il retournait. Lorsqu'il a raccroché, il s'est tu, l'air songeur.

« Tout va bien ? ai-je demandé, ne voulant pas être importune, mais anxieuse de savoir ce qui se passait.

— Il faut que j'y aille, a-t-il répondu en évitant mon regard.

— Quoi ? Tout de suite ?

— La police s'inquiète pour Donna, a-t-il expliqué en se levant.

— Plus que ce matin ? »

J'ai attrapé mon tee-shirt, craignant que ce ne soit pas là une conversation que nous voulions avoir nus.

« Apparemment. Ils veulent me parler, alors il faut qu'on rentre à Londres.

— Mais ils t'ont déjà parlé aujourd'hui, ai-je protesté, sentant la panique me tordre le ventre.

— Et maintenant ils veulent me revoir. Ce soir. Quelqu'un vient à Spitalfields à 10 heures. »

Il a ramassé son tee-shirt et passé les bras dans les manches. En regardant son torse nu et son pénis flasque, je me suis demandé ce que penserait la police si elle le voyait à cet instant. Comme s'il avait lu dans mes pensées, il a attrapé le reste de ses vêtements et s'est rhabillé rapidement. Puis il a frotté la vitre pour enlever une couche de poussière et a regardé à l'extérieur.

« Un temps sympa pour reprendre la voiture », a-t-il maugréé.

Et lorsqu'il a ouvert la porte, une furieuse rafale de vent s'est engouffrée en rugissant dans la cabane, la faisant trembler de tous ses murs. J'ai pressenti une fin ; avec une morne certitude, je savais que les choses allaient être désagréablement différentes une fois que nous l'aurions quittée.

Dehors, il faisait nuit. La pluie battante m'a fouetté le visage alors que nous traversions la plage en courant pour regagner la maison. Mes semelles dérapaient sur les galets humides et j'ai glissé à plusieurs reprises, mais chaque fois je me suis redressée précipitamment, anxieuse d'atteindre la voiture.

La maison gémissait lorsque nous nous sommes engouffrés à l'intérieur. J'avais les cheveux plaqués contre mes joues et mon jean humide me collait à la peau, mais nous n'avions pas le temps de nous sécher. Martin a refermé Dorsea House et nous sommes montés dans l'Aston Martin, mon manteau trempé faisant entendre un bruit de succion au contact du cuir pâle de mon siège. Il a allumé les phares, projetant des halos spectraux sur la façade du bâtiment. Le coin de ma bouche s'est redressé en un sombre adieu plein de regret émerveillé. Quelque chose me disait que je ne reviendrais pas ici et je voulais me rappeler sa splendeur fanée.

Démarrant la voiture, Martin a mis les essuie-glaces en route. Malgré la puissance du véhicule et son ingénierie de précision, ils avaient du mal à dessiner deux arcs nets sur le pare-brise.

« Peut-être qu'on devrait attendre un peu, ai-je suggéré alors que les roues faisaient crisser le gravier.

— Ça fait une heure qu'il pleut comme ça. Ça peut durer toute la nuit », a-t-il répondu.

L'obscurité nous a enveloppés alors que nous passions le portail. Des points de lumière perçaient le trou noir formé par la nuit et le mauvais temps, mais autrement les ténèbres étaient complètes.

Plissant les yeux, j'ai cherché les bateaux de pêche que j'avais vus plus tôt, espérant qu'ils étaient tous amarrés en sécurité. Les conditions de conduite étaient horribles, mais les choses devaient être bien pires en mer.

Martin était concentré au volant, mais il maintenait une vitesse stable et je ne savais pas si c'était à cause de la visibilité réduite ou d'une réticence à regagner la ville.

Au loin, je devinais les contours indistincts du continent. Bien qu'à moins d'un kilomètre, il m'avait paru au cours des dernières heures merveilleusement lointain, comme s'il faisait partie d'un autre univers. Nous approchions de la route à présent, et déjà, à la pâle lumière des phares, je distinguais une bande d'eau sale et saumâtre en travers de la chaussée.

« J'y crois pas », s'est exclamé Martin, ralentissant pour presque s'arrêter.

Le bruit de l'eau de mer clapotant contre les pneus était sans équivoque.

Je savais qu'il valait mieux me taire. Martin a fait rugir le moteur, mais celui-ci a fait entendre un vrombissement dangereux, nous rappelant que nous nous trouvions dans une voiture de sport, pas un véhicule tout-terrain.

« On ne peut pas passer », a-t-il murmuré.

Je ne savais pas si j'aurais moi-même pris le risque avec une Aston Martin à cent mille livres.

« Combien de temps est-ce que ça dure ? ai-je demandé alors qu'il commençait à faire demi-tour.

— Je ne sais pas exactement. Une heure, peut-être deux aux marées de printemps, mais qui sait dans un déluge.

— On devrait rentrer à Dorsea, tu crois ? »

Il a secoué la tête.

« Non. Il y a un pub pas loin. On devrait aller attendre là-bas. Ils auront une idée plus précise de quand on peut espérer voir la route dégagée. »

The Anchor était un bâtiment à colombages que j'avais remarqué en arrivant. Nous garant juste devant la porte, nous nous sommes précipités à l'intérieur pour le trouver, sans surprise, presque désert.

Nous avons commandé deux cafés au barman, qui nous a suggéré de les faire irlandais. Je n'ai pas su déterminer à son attitude badine s'il connaissait Martin ou s'il était juste content d'avoir des clients.

Martin m'a conduite vers une banquette en tissu rouge floqué nichée dans un coin. J'ai jeté un coup d'œil aux seuls autres clients : deux vieux qui sirotaient une pinte de Guinness. Le genou tressautant de nervosité sous la table, j'ai attendu que Martin dise quelque chose.

« Comment ça s'est terminé lundi soir, alors ? ai-je fini par demander, en feignant le calme.

— Comment ça s'est terminé ? a-t-il répété en prenant la tasse de café que lui tendait la serveuse.

— Combien de temps as-tu été là-bas ? Chez Donna.

— Enfin, on n'a pas besoin de parler de ça, a-t-il protesté en prenant une gorgée et en évitant mon regard.

— Ce n'est pas pour moi que je pose la question, Martin », lui ai-je chuchoté d'un ton lourd de sous-entendus.

Je ne voulais pas le soumettre à un interrogatoire, mais je sentais la professionnelle en moi reprendre lentement le dessus. Je voulais qu'il soit prêt pour parler à la police et, par ailleurs, je voulais savoir.

« Je suis parti vers minuit, a-t-il enfin accepté de répondre.

— Est-ce qu'elle était réveillée ?

— Elle était au lit. Elle s'est levée au moment où je partais.

— Et elle ne t'a donné aucune indication de ce qu'elle comptait faire le lendemain, ai-je conclu, devenant la personne que j'étais au tribunal.

— Elle n'a rien mentionné d'inhabituel », a-t-il répliqué avec une pointe de mauvaise humeur dans la voix.

J'ai jeté un coup d'œil aux autres clients, prise de la crainte paranoïaque qu'ils puissent entendre notre conversation.

« Tu as dit à la police que tu étais passé là-bas lundi soir, je suppose. »

Il avait l'air mal à l'aise, mais ma propre panique montait alors que mon cerveau s'emballait, cherchant déjà angles d'approche, indices, solutions. Je voyais la direction que prenait cette affaire et cela me faisait peur. La seule façon d'y faire face que je connaissais était de m'y attaquer professionnellement, méthodiquement, même si, à la différence de mes autres affaires, je ne pouvais pas laisser ce casse-tête au bureau.

« Je leur ai dit qu'on avait dîné ensemble. Pour parler du divorce.

— Et est-ce que tu leur as dit que tu avais couché avec elle ? »

Il a froncé les sourcils devant mon franc-parler.

« Non, a-t-il fini par répondre.

— Pourquoi ?

— Parce que ça ne fait pas bon effet.

— Je ne te le fais pas dire. Et ça fera encore plus mauvais effet lorsqu'on aura l'impression que tu leur as caché des informations. Et quand tu es parti ? Où es-tu allé ?

— Je suis rentré chez moi.

— Comment ?

— À pied.

— À pied ? Il doit bien y avoir huit kilomètres jusqu'à ton loft.

— J'avais besoin de réfléchir. »

Rancune, peur, panique ; je les voyais toutes dans son expression.

« Est-ce que tu crois que je devrais parler à un avocat ? »

J'ai vu sa pomme d'Adam faire un bond et un éclair de pitié m'a étreint le cœur.

« Ce n'est pas mon domaine de compétence », ai-je répondu doucement.

Ça m'a brusquement rappelé tous ces amis qui, au fil des ans, avaient voulu de l'aide pour leurs achats de maison, leurs amendes et leurs plaintes de consommateurs. J'étais l'avocate multi-usage qui était censée avoir réponse à tout.

« Un pénaliste. Tu dois bien connaître quelqu'un.

— Mais tu n'as rien fait de mal », ai-je dit prudemment, essayant de deviner sa réaction.

Il a hoché la tête : le mâle alpha se souvenant que tout trouvait une solution quand on y consacrait assez de ressources.

« On va la retrouver quelque part, a-t-il repris avec plus de fougue. Chez une amie en province, à l'étranger.

— Pourquoi est-ce que tu n'appelles pas sa sœur ?

— Mais bien sûr. Elle a probablement dit à la police que j'étais le grand méchant mari qui voulait entuber Donna dans le divorce. Que ça m'arrangerait si celle-ci avait juste disparu.

— Elle veut la retrouver. Comme nous tous. »

Il a jeté un coup d'œil à sa montre. Il n'avait pas besoin de me dire l'heure. La pendule derrière sa tête indiquait 9 heures passées.

« Ça va faire super bonne impression, a-t-il fait remarquer avec sarcasme. Ne pas se présenter à un interrogatoire de police.

— Tu devrais probablement éviter de leur raconter que tu étais enfermé dans une cabane avec ton avocate de divorce, ai-je dit pour essayer de détendre l'atmosphère.

— Je croyais que tu avais affirmé qu'il fallait que je leur dise la vérité, toute la vérité et rien que la vérité. »

Un frisson de peur m'a étreint le cœur. J'étais désormais impliquée, ai-je réalisé avec une froide lucidité. J'avais rejoint la distribution d'une pièce pour laquelle je n'avais pas passé d'audition, et je n'aimais pas mon rôle.

J'ai jeté un coup d'œil autour de nous, brusquement nerveuse à l'idée de trouver des yeux posés sur moi.

« Qu'est-ce que je dois leur dire ?

— La vérité, ai-je répondu avec fermeté. Tu étais dans ta maison de l'Essex et la marée haute a coupé la route qui permettait de rejoindre le continent.

— Je devrais aller téléphoner à Jemma.

— Et peut-être que je devrais aller t'attendre dans la voiture.

— On nous a vus, trop tard », a-t-il répliqué comme s'il avait lu dans mes pensées.

Il a été parti cinq minutes, même si son absence m'a paru beaucoup plus longue. J'ai croisé les doigts pour qu'il revienne le sourire aux lèvres, mais il avait l'air encore plus perturbé que quand il était sorti de la pièce pour passer l'appel.

« Ils ont fouillé la maison, aujourd'hui. Ils ont trouvé son sac à main et son téléphone, m'a-t-il révélé après s'être rassis.

— Je suis sûre que Donna a plus d'un sac à main. Ou qu'un téléphone, d'ailleurs. »

Je disais ça pour le rassurer, mais j'étais consciente que tout ce que je disais pouvait être pris comme une critique de Donna.

« Ils ont aussi trouvé son passeport. Mais pas son portefeuille. Les messages sur sa ligne fixe n'ont pas été écoutés depuis lundi. Elle n'a été admise dans aucun des hôpitaux de la région, aucun de ses amis ne sait où elle est… »

Il s'est interrompu pour tourner sa cuillère dans son café froid, éclaboussant le bord de sa tasse de taches brunes.

« Un inspecteur a pris l'affaire en main, maintenant, et le Bureau des personnes disparues est impliqué. Ils parlent de lancer un avis de recherche à la télévision demain soir. »

J'avais assisté à assez de conférences sur le droit de la famille, assez de séminaires sur les enlèvements d'enfants, pour savoir comment ça fonctionnait. Pour savoir que pendant que nous baisions dans la cabane à huîtres, Donna Joy avait traversé le cyberespace : sa description, son image, les circonstances de sa disparition. Pour savoir qu'une personne d'autorité prenait cette dernière suffisamment au sérieux. Je savais qu'un avis de recherche signifiait que les médias allaient s'en mêler, que des détails allaient être divulgués, que l'information allait devoir être gérée. Je savais que cela ne présageait rien de bon pour Martin et, par voie de conséquence, pour moi.

« Est-ce qu'ils ont une théorie sur ce qui a pu lui arriver ? ai-je demandé au bout d'un moment.

— C'est toujours le conjoint, pas vrai, a-t-il répondu doucement. Une femme disparaît, et c'est son mari qu'on soupçonne en premier.

— Ce n'est pas ce que je voulais dire, ai-je protesté en posant la main sur la sienne. Tu n'as rien fait de mal.

— Je devrais consulter un avocat. Juste pour avoir des conseils sur comment gérer la situation. »

Je venais de remarquer un tic qui agitait sa paupière inférieure gauche lorsqu'une main sur mon épaule m'a fait sursauter. Je me suis vivement retournée pour découvrir le gérant du bar, qui nous a adressé un mince sourire aux dents noircies.

« L'eau sur la route est en train de baisser, nous a-t-il informés en ramassant nos tasses. On dirait que c'est votre jour de chance, finalement. »

J'ai jeté un coup d'œil à Martin, et vu à son expression distraite et préoccupée qu'il n'y croyait pas plus que moi.

18

J'ai été surprise de le trouver chez lui un samedi soir, et encore plus de découvrir qu'il était seul.

« Café ou petit remontant ? » m'a demandé Tom Briscoe en ouvrant la porte de sa demeure dans le quartier de Highgate.

C'était une petite maison mitoyenne qui donnait sur Pond Square, d'un seul étage mais avec un air de splendeur géorgienne approprié.

« Café. Déca », ai-je répondu en entrant, déjà nerveuse, sans m'aventurer à plus de quelques pas du seuil.

La porte donnait directement sur un vaste espace de vie ouvert. J'ai regardé autour de moi et tendu l'oreille, à l'affût d'une tierce personne dans le lieu, mais il y régnait un calme, une obscurité et une immobilité presque aussi complets que sur la place à l'extérieur.

« Je suis vraiment désolée, ai-je dit en agrippant plus fort la sangle de mon sac à main. Je sais qu'il est tard, mais ça ne devrait pas prendre longtemps.

— Pas de souci. Entre donc », a-t-il dit en gardant ses distances mais en me dirigeant vers le canapé d'un geste de la main.

Il a disparu dans la cuisine, et j'ai regardé la pièce à peine éclairée autour de moi. La table à manger était couverte de dossiers et de manuels juridiques, et je distinguais la pâle lueur d'un écran d'ordinateur portable à côté d'un sandwich entamé sur une assiette. J'avais toujours vu Tom un peu comme un escroc, un privilégié qui n'était arrivé là où il était que par copinage, grâce au réseau de relations que lui avait fourni son école privée ; mais la scène que je découvrais brossait un autre portrait. Celui d'un bourreau de travail, qui n'hésitait pas à faire des heures supplémentaires un samedi soir.

« Hannah n'est pas là, ce week-end ? » ai-je demandé en enlevant mon manteau.

Je l'ai posé sur le dossier de son fauteuil club, et j'ai soudain eu une conscience aiguë du fait que je ne portais pas de soutien-gorge. J'ai croisé les bras devant ma poitrine, me demandant si je sentais encore le sexe et la mer. Tout ce que je voulais à présent, c'était en finir avec cette visite.

« Je t'ai déjà dit que ce n'était pas ce genre de relation », a-t-il répondu avec un sourire, en revenant dans le salon pour me tendre un mug de café.

D'habitude, ç'aurait été le signal que j'attendais pour le taquiner, mais la dernière chose dont j'avais envie à cet instant était de plaisanter.

Refermant les doigts sur le mug à rayures bleues et blanches, j'ai senti la vapeur monter devant mon visage. Je me suis assise sur le canapé tandis qu'il s'installait dans le fauteuil en face de moi.

« Alors, est-ce que tu vas me dire ce qui se passe ? » a-t-il fini par demander, devinant que je n'étais pas d'humeur à bavarder.

En marmonnant, je me suis excusée d'avoir été si vague lorsque je l'avais appelé en revenant de l'Essex. Alors que le temps se levait à notre approche de Londres, Martin était devenu plus agité avec chaque kilomètre qui passait. C'était un aspect de sa personnalité que je n'avais encore jamais vu et que, je devais bien l'admettre, je ne trouvais pas particulièrement séduisant.

« Tu dois bien connaître un avocat », avait-il insisté, jusqu'à ce que je sorte mon téléphone pour appeler la seule personne de ma connaissance qui puisse peut-être nous aider, même si cela me mettait très mal à l'aise.

Je n'avais pas pour habitude d'appeler Tom Briscoe tard le samedi soir. En fait, nos chemins se croisaient rarement en dehors du cabinet. Mais Tom et moi nous nous connaissions depuis très longtemps. Nous n'étions pas proches, mais nous étions liés par l'histoire et la géographie. Nous avions commencé notre stage à Burgess Court le même jour, et passé chaque instant de notre vie active ensemble ; si cela ne me donnait pas le droit d'arriver chez lui à cette heure-là, je ne savais pas ce qui pouvait le faire. Cela étant dit, je n'aimais pas être là. Pas alors que j'avais passé l'après-midi à me taper le client dont je venais discuter. Je n'étais venue que parce que Martin était affolé, et que j'étais prête à tout faire pour l'aider.

J'ai pris une gorgée de café avant de répondre.

« Je m'occupe d'un divorce, ai-je commencé prudemment. Et la femme de mon client a disparu. »

Tom a paru se redresser un peu sur son siège, sa curiosité piquée, tandis que je m'efforçais désespérément de garder contenance. Je ne pouvais pas trahir le contexte de ce que j'étais sur le point de lui raconter. Je savais combien ce serait dangereux de le faire.

« Disparu ?

— On ne l'a pas vue depuis lundi, et la police prend l'affaire au sérieux. Il va y avoir un avis de recherche télévisé demain soir, si elle ne réapparaît pas d'ici là. »

Le regardant, j'ai noté qu'il avait l'air fatigué, avec des cernes violets sous les yeux.

« Et quel est ton rôle dans tout ça ? a-t-il demandé en posant son café sur le plancher.

— La police est en train d'interroger mon client à l'instant même. Je constitue la seule représentation juridique qu'il possède à l'heure actuelle, et il s'inquiète.

— Il est nerveux, tu veux dire.

— Elle va presque certainement réapparaître, Tom », ai-je riposté, n'appréciant pas son insinuation que Martin avait quelque chose à se reprocher.

Il n'a rien répondu, et j'ai su que je n'avais pas beaucoup de temps avant qu'il perde patience avec moi.

« J'ai juste besoin de conseils. Martin – mon client – compte sur moi, et je lui ai dit que tu pourrais peut-être nous aider. »

Nos regards se sont croisés, hantés par un souvenir : celui d'un incident cinq ans plus tôt que ni lui ni moi ne pourrions jamais oublier. Tom Briscoe était avocat pénaliste, à l'époque ; c'était le protégé de notre ancien chef de cabinet, désormais à la retraite, et il faisait beaucoup d'aide juridique. Il lui arrivait de faire du droit de la famille en complément, mais c'était le droit pénal et son côté théâtral qu'il aimait – jusqu'à ce que ses services soient retenus par Nathan Adams, un malfrat accusé de coups et blessures. Adams était jugé pour l'attaque brutale de son ex-petite amie, Suzie Willis, qui avait valu à cette dernière une fracture de la colonne vertébrale. C'était un lourd dossier pour quelqu'un qui était inscrit au barreau depuis si peu de temps que Tom, mais sa performance au tribunal avait été dévastatrice. Dans le contre-interrogatoire qu'il avait fait subir à Suzie à la barre des témoins, il avait brossé le portrait d'une alcoolique, détruisant sa crédibilité et réussissant à persuader le jury que son client était innocent.

Six mois plus tard, Suzie était morte – assassinée par Adams. Il l'avait retrouvée et lui avait tranché la gorge d'une oreille à l'autre : sa punition pour avoir osé témoigner contre lui.

Je n'avais jamais eu le courage d'aborder le sujet directement avec Tom. Qu'avait-il su de la relation de Nathan et de Suzie ? De la longue liste de blessures suspectes documentées chez cette dernière sans jamais avoir été signalées à la police ? Des antécédents de violence d'Adams ou de ses liens avec une organisation criminelle de l'ouest de Londres ?

Quoi qu'il ait su de tout cela, ce qui était arrivé à Suzie Willis avait poussé Tom Briscoe à abandonner le droit pénal pour se consacrer entièrement à celui de la famille. Et son regard me disait qu'il n'avait aucune envie de se voir rappeler son passé professionnel.

« Pour commencer, est-ce que tu penses qu'il devrait avoir un avocat avec lui à cet interrogatoire ? ai-je insisté.

— Je croyais qu'il était déjà en train de le passer.

— C'est le cas. Je pense qu'un policier est venu le voir chez lui, bien qu'il ait déjà parlé à quelqu'un plus tôt dans la journée. »

Tom s'est levé pour se diriger vers la table à manger. Prenant son ordinateur, il l'a rapporté sur le canapé.

« Je suppose qu'ils ont déjà fouillé la maison de l'épouse.

— Ils ont trouvé son passeport et son téléphone, mais pas son portefeuille. C'est manifestement bon signe.

— Pas nécessairement, a-t-il répondu d'un air sceptique. Je me souviens d'un procès pour meurtre auquel j'ai assisté quand j'étais stagiaire. Une femme avait disparu du foyer familial ; le mari disait qu'il n'avait aucune idée d'où elle pouvait se trouver. Il a fini par être arrêté et déclaré coupable de son assassinat. Il s'était arrangé pour donner l'impression qu'elle s'était fait la malle en cachant ses affaires personnelles après s'être débarrassé de son corps. »

Je lui ai jeté un regard désapprobateur.

« Comment est-ce qu'elle s'appelle ? L'épouse ?

— Donna Joy. »

Je l'ai regardé taper sur son clavier, faisant cliqueter les touches sous ses doigts.

« Il y a déjà un avis de recherche en ligne. Un numéro à contacter : la brigade criminelle de Kensington. »

Mon cœur battait la chamade lorsque j'ai regardé l'écran par-dessus son épaule. Il y avait une photo de Donna et une description : un mètre soixante-huit, entre cinquante-cinq et soixante kilos, vue pour la dernière fois vêtue d'un manteau rose et d'un pantalon noir. Disparue après avoir été raccompagnée chez elle suite à un dîner au restaurant Green Fields dans King's Road, le lundi précédent.

Je me suis surprise à ajouter mentalement des détails au texte à mesure que je lisais. Je pouvais confirmer qu'elle avait passé quatre-vingt-dix-sept minutes au restaurant, qu'elle y avait bu, et que ses cheveux étaient au moins trois nuances plus sombres qu'ils ne semblaient l'être sur les photos grâce à une visite au salon Josh Wood douze jours plus tôt, qu'elle avait indiscrètement documentée sur Instagram.

L'appel se terminait par l'assertion que la police s'inquiétait à son sujet, mais je doutais qu'elle se fasse autant de souci que moi.

« La plupart des gens qui disparaissent refont surface, m'a dit Tom avec un haussement d'épaules. Et dans le tout petit pourcentage qui reste, la majorité ont des antécédents de troubles mentaux ou de dépression qui les ont poussés à se suicider.

— Donc il est peu probable qu'il lui soit arrivé quoi que ce soit, ai-je fait, anxieuse d'être rassurée.

— Est-ce qu'elle souffrait de dépression ?

— Pas que je sache.

— Les adultes ont un droit légal à disparaître, Fran, tu le sais. Et nous n'avons aucun moyen de savoir ce qui se passait dans leur couple. Peut-être est-ce juste une manigance de sa part. »

J'ai hoché la tête, approuvant cette analyse de la situation.

« Mais peut-être lui est-il arrivé quelque chose, a-t-il poursuivi. Un avis de recherche télévisé signifie qu'elle a été classée à haut risque.

— À haut risque ? ai-je répété en fronçant les sourcils.

— En danger. De se faire du mal, ou que quelqu'un d'autre le fasse. Avec qui était-elle lundi soir, tu as une idée ?

— Son mari, ai-je répondu d'un ton neutre.

— Ton client.

— Ils se sont retrouvés pour dîner. Apparemment, ils ont couché ensemble, mais il dit qu'il n'est pas resté pour la nuit. Personne n'a vu sa femme depuis. Elle a raté son audience de RLF vendredi et l'anniversaire de sa sœur la veille.

— Pas étonnant que la police veuille lui parler. »

Je n'avais pas envie d'entendre ça.

« Comment il est, alors ?

— Intelligent. Très prospère.

— Donc la presse risque de s'en donner à cœur joie. »

J'avais déjà entendu parler du syndrome de la femme blanche disparue, et je savais que cette affaire s'accompagnait d'un ressort dramatique supplémentaire. Donna Joy n'était pas seulement blanche, blonde et belle. Elle était séparée d'un mari banquier d'investissement, millionnaire, ce qui voulait dire que son histoire avait déjà un croquemitaine tout prêt.

« Il n'a pas fait de mal à sa femme, ai-je affirmé, entendant moi-même le mépris protecteur dans ma voix.

— Comment tu le sais ? »

J'ai repensé à notre soirée sur les toits de Spitalfields. *Il faut juste qu'on tienne le coup et bientôt, très bientôt, ce sera juste ça. Nous deux. Pas de Donna, pas de liaison clandestine, rien que toi et moi.*

« Qu'est-ce que je lui dis, alors ? ai-je demandé.

— Ça ne peut pas lui faire de mal de parler à un avoué spécialisé en défense pénale. Matthew Clarkson est très bon. Il a peut-être aussi intérêt à contacter Robert Kelly. C'est un avocat en droit des médias, spécialisé en gestion des réputations. Si les journalistes commencent à faire les cons, ça peut valoir le coup de l'appeler. »

Se relevant, il a tiré son téléphone de sa poche pour chercher dans son carnet d'adresses.

« Je suppose que ton client devrait commencer à s'inquiéter si la police le fait participer à l'appel, a-t-il murmuré tout en notant deux numéros sur une feuille de son bloc-notes jaune d'avocat.

— Pourquoi est-ce que ça devrait l'inquiéter ? Il veut faire tout ce qu'il peut pour aider.

— Je ne suis pas sûr qu'elle demanderait à l'époux séparé de participer à une conférence de presse, si ce n'est pour tester ses réactions. Il va peut-être aussi recevoir la visite d'un agent de liaison avec la famille. Officiellement, la police est là pour aider, mais elle représente également des paires d'yeux et d'oreilles sur le terrain.

— Mon client n'y est pour rien dans sa disparition », ai-je répliqué, d'une voix où j'ai entendu une note d'inflexibilité.

Tom m'a regardée, et, pendant un moment, ni lui ni moi n'avons parlé.

« Comme tu l'as dit, je parie qu'elle aura refait surface d'ici à demain matin. »

L'atmosphère entre nous avait changé. J'avais trop chaud et le simple fait d'être là me mettait mal à l'aise.

« Je ferais mieux d'y aller. »

Il a souri en jetant un coup d'œil à sa montre.

« Il est tard. Comment est-ce que tu es venue ? Tu as conduit ?

— Non, ai-je répondu trop rapidement, songeant au moment où Martin m'avait déposée aux abords de Pond Square. Il faut que j'appelle un taxi.

— Ne sois pas bête. Je vais te ramener.

— Franchement, je vais appeler un taxi.

— Un samedi soir, à l'heure où tous les pubs ferment ? Et Uber aura gonflé ses prix. Allez, viens. Laisse-moi juste prendre mes clés. »

Il m'a escortée dehors, jusqu'à un 4 × 4 garé devant la maison.

« J'espère que tu factures tout ça plein pot à ton client, a-t-il fait avec un sourire en désactivant l'alarme de sa voiture, deux bips aigus qui ont percé le silence de la nuit. Tu parles d'un dévouement professionnel. Il a de la chance de t'avoir. »

Il m'a lancé un regard, un demi-sourire complice, et un sentiment d'appréhension m'a fait m'interroger sur l'étendue de ce qu'il avait deviné.

19

Il était minuit passé lorsque je suis enfin rentrée chez moi. Je n'avais rien avalé depuis le petit déjeuner – je n'avais pas pu manger ces moules ou ce *fish & chips* rêvés avec Martin sur la plage – et j'avais les jambes molles, la tête qui tournait. Il n'y avait pas grand-chose dans mon frigo – un citron fripé et un paquet entamé de jambon qui avait bruni et racorni –, alors je me suis fait du pain grillé et un pot de nouilles instantanées que j'avais trouvé caché dans le placard. Tout en donnant des petits coups de fourchette dans les pâtes sèches, j'ai une fois de plus regardé mon téléphone pour voir si Martin m'avait laissé un message, mais il n'y avait toujours rien.

M'asseyant au bord du canapé, j'ai dévoré mes nouilles encore dures, incapable d'attendre les quatre minutes requises pour qu'elles se ramollissent. J'ai envisagé de me faire couler un bain, mais j'y ai aussitôt renoncé en raison de notre plomberie bruyante. Après tout, il était tard et je ne voulais pas réveiller Pete à l'étage en dessous. C'était quelqu'un à qui je n'avais pas envie de rappeler mon existence.

Mentalement, j'ai calculé le temps qui s'était écoulé, essayant de déterminer si Martin en avait déjà terminé avec la police. Je doutais que ce genre d'interrogatoire dure très longtemps ; à supposer qu'il ait seulement eu lieu. Cela n'a pas empêché un défilé d'images fugaces de s'inviter dans mes pensées. Des scènes de divers films et séries policières. Des suspects menottés et traînés au commissariat, des interrogatoires dans de petites pièces sombres. Je me suis dit que je dramatisais ; mais tout de même, je ne comprenais pas pourquoi Martin ne m'avait pas encore appelée. Alors qu'il m'avait envoyée voir Tom Briscoe pour discuter de ce qu'il devait faire ensuite. Alors que je lui avais envoyé un message depuis la voiture de ce dernier, lui demandant de me contacter.

Traversant la pièce pour aller m'asseoir à mon bureau, j'ai allumé mon ordinateur.

J'ai regardé mes e-mails – sur tous les comptes dont Martin avait l'adresse – et j'ai éteint et rallumé mon téléphone pour vérifier qu'il fonctionnait correctement.

Mon étape suivante sur Internet a été le *Daily Mail.* J'ai survolé du regard la page d'accueil, à l'affût de tout article pouvant se rapporter à Donna Joy. N'ayant rien trouvé d'intéressant, j'ai réitéré l'exercice sur le site de chacun des principaux médias nationaux, avant de retourner sur la page d'appel à témoins de la police pour voir si elle avait été mise à jour, ce qui n'était pas le cas.

Une voix rassurante dans ma tête m'a dit que tant que la disparition de Donna n'était pas mentionnée dans la presse, nous n'avions pas trop à nous inquiéter. Mais j'étais de plus en plus à cran. Je tapais doucement du pied sur le sol et j'étais incapable de m'en empêcher. Je savais que ma conversation avec Tom Briscoe n'avait pas arrangé les choses. En fait, il m'avait énervée à parler de victimes et d'avocats spécialisés en gestion de la réputation, à insinuer indélicatement que Martin était d'une manière ou d'une autre impliqué dans la disparition de sa femme.

Un café m'aiderait à réfléchir, mais je savais que c'était la dernière chose qu'il me fallait.

À la place, je suis montée dans la minuscule salle de bains attenante à ma chambre et j'ai ouvert le cabinet de toilette, où un flacon blanc de comprimés était posé à côté de mon fil dentaire et de mes contraceptifs.

Lorsque j'étais allée voir le Dr Katz quelques semaines plus tôt, il m'avait prescrit des médicaments supplémentaires. Sur le moment, j'avais répugné à les prendre, mais je savais qu'à cet instant, j'avais besoin de quelque chose pour me calmer. Les épisodes maniaques m'effrayaient encore plus que les phases de dépression. J'étais quelqu'un qui aimait être maîtresse d'elle-même, et j'avais organisé ma vie de façon à maintenir un contrôle strict sur celle-ci. Mais ces derniers jours, j'avais senti les Gremlins dans mon cerveau reprendre vie.

Penchant la tête en arrière, j'ai avalé les comprimés avant de me regarder dans le miroir. J'avais le visage pâle et l'air triste. Mes lèvres étaient sèches, mes yeux fatigués bordés de rouge, ma peau marbrée sous la lumière crue du plafonnier.

Tout dans mon apparence indiquait l'épuisement nerveux. J'avais cruellement besoin de sommeil, mais je savais que ce n'était pas une option. La seule chose capable de calmer mon agitation serait un signe rassurant de la part de Martin.

Je suis passée dans la chambre et me suis assise au bout du lit, ce qui n'a fait que me rendre encore plus anxieuse. J'avais besoin d'être là-bas, d'arranger les choses, pas de manger des nouilles instantanées et d'attendre dans le noir.

Je me suis surprise à regretter de ne pas avoir de voiture. Je n'en avais jamais eu. Lorsque enfin j'avais eu les moyens de m'en payer une, cela m'avait paru un luxe inutile. Mais à cet instant, j'avais l'impression qu'une voiture, une petite Fiat couleur menthe ou quelque autre véhicule de jeune citadine branchée et ambitieuse, aurait pu me donner des ailes. Dans la poche de mon jean, mon portable qui me rentrait dans la cuisse m'a rappelé qu'il suffisait d'un coup de téléphone pour trouver une solution.

J'ai appelé un taxi, puis, sans hésiter, Martin. Je suis tombée directement sur sa boîte vocale et j'ai laissé un message, en m'efforçant de rester calme. Allant et venant dans la pièce, j'ai enlevé mon tee-shirt, trouvé un soutien-gorge, pris un chemisier blanc dans mon armoire. Passer les bras dans les manches fraîches d'un chemisier propre me donnait toujours l'impression d'être plus forte, et cette fois-ci n'a pas fait exception.

J'ai attendu le taxi dans l'entrée.

Londres était encore pleine d'animation lorsque nous l'avons traversée. Alors que je regardais, par la vitre, le quartier d'Angel laisser place aux rues chics de l'East End, j'ai senti la jalousie me gagner devant ce que je voyais. Des jeunes insouciants en sortie, leur joie ivre et rieuse me rappelant mon propre plaisir seulement quelques heures plus tôt. Mais un interrupteur avait été actionné, un changement s'était produit dans notre univers, et un chœur antique dans ma tête me prévenait que j'avais tort d'être là. Dans un taxi, en train de foncer vers Spitalfields à 1 heure du matin, alors que Martin n'avait même pas répondu à mes appels.

Il m'a fallu vingt minutes pour atteindre l'entrepôt W H Miller. Il n'y avait nulle trace d'une voiture de police ou d'un « véhicule banalisé » devant chez Martin, ce qui m'a rassurée. J'ai payé le taxi et en suis sortie. J'avais les nerfs à fleur de peau. Trois hommes à la barbe soignée sont sortis en riant d'un bar voisin, me faisant sursauter.

Le taxi s'est éloigné lentement et le trio de dandys a disparu dans le noir, me laissant seule. J'ai traversé la rue pavée en direction de l'entrepôt. Il y avait un arbre devant, que je n'avais pas remarqué avant : mince, noir, décharné. J'ai appuyé la paume de ma main sur son tronc en levant les yeux vers le dernier étage. Une faible lueur était visible à l'une des fenêtres, un signe de vie qui m'a donné la détermination de rappeler Martin.

Cette fois, il a répondu.

« C'est moi, je suis en bas de chez toi, ai-je dit en essayant d'atténuer l'anxiété dans ma voix. La police est partie ?

— Oui. Est-ce que tu as parlé à ton ami avocat ?

— Oui. Il m'a dit des choses utiles. »

J'avais la voix qui tremblait tant je frissonnais de froid.

« Tu ferais mieux de monter. »

En attendant l'ascenseur, j'ai levé les yeux vers le plafond de l'atrium, remarquant qu'il allait jusqu'au toit, comme s'il avait été creusé dans la brique et le métal. Lorsque la porte s'est ouverte, le son est monté en se réverbérant jusqu'au plafond, fort d'abord, puis de plus en plus discret.

Martin avait un verre de scotch à la main quand il m'a ouvert. Il l'a vidé d'un trait et m'a à peine regardée.

« Il fallait que je vienne. Je suis désolée », ai-je dit en essayant de déchiffrer son expression.

Je me suis interrompue. Je ne savais pas pourquoi je m'excusais.

« J'aurais dû t'appeler, a-t-il répondu en posant son verre sur la table. C'est juste que ç'a été un peu stressant, tout ça. La police est restée plus longtemps que je ne m'y attendais. »

La pièce était plongée dans l'obscurité, la seule lumière provenant d'un lampadaire dans un coin.

Martin tournait comme un lion en cage, glissant silencieusement sur le parquet avec ses chaussettes.

« On ne l'a toujours pas retrouvée, m'a-t-il informée en s'essuyant la bouche du revers de la main.

— Alors qu'est-ce que la police voulait de toi ?

— Des détails sur la nuit de lundi. L'heure à laquelle je suis parti de chez elle. Celle à laquelle je suis arrivé chez moi. S'il y avait quelqu'un qui pouvait me fournir un alibi pour ça.

— Tu sais que cent cinquante mille personnes disparaissent chaque année. Ça représente 0,05 pour cent de la population, ai-je dit pour essayer de le réconforter.

— On est allée faire un tour sur Google ? a-t-il répondu avec une aigreur dans son ton qui ne me plaisait pas.

— J'essaie seulement de t'aider », ai-je répliqué en me forçant à me rappeler combien il devait être stressé.

Il s'est laissé tomber sur le canapé et a mis la tête entre ses mains.

« Je suis désolé », a-t-il dit en levant les yeux et tendant le bras vers moi.

Je me suis assise à côté de lui. Nos cuisses se touchaient, mais je voulais me rapprocher encore plus.

« Notre mariage a peut-être été un échec, parfois je me demande même si j'apprécie encore Donna, mais ça…

— Qu'est-ce que tu leur as dit ? ai-je demandé doucement.

— Que j'étais parti à 1 heure du matin. Par la porte d'entrée. Que je ne crois pas qu'elle l'ait refermée derrière moi parce qu'elle était à l'étage lorsque je l'ai laissée. »

J'avais du mal à me concentrer. Le moment semblait mal choisi pour lui demander pourquoi, s'il n'appréciait pas Donna, il avait couché avec elle. Et il y avait des incohérences dans son récit. Il m'avait dit qu'il était parti de chez elle à minuit, pas à 1 heure du matin.

« Ils m'ont même demandé d'où je tenais cette maudite coupure à la main. »

Celle que j'avais remarquée dans la cabane à huîtres.

« Qu'est-ce que tu as répondu ?

— Que j'étais tombé de vélo.

— C'est vrai ?

— Oui, a-t-il dit avec irritation.

— Et donc, pourquoi est-ce qu'ils s'inquiètent à ce point pour elle alors qu'elle part régulièrement en vacances, en visite chez des amis…

— Personne ne sait où elle est. Elle a un compte Instagram dont elle se sert beaucoup, où elle poste des photos de soirées, de ses œuvres, mais il n'a pas été utilisé depuis lundi.

— C'est un peu maigre, comme argument, ai-je fait d'un ton compatissant.

— Demain, ils refouillent sa maison. Des agents spécialisés, apparemment. Avec des chiens.

— Et c'est la police qui t'a dit tout ça ? »

Nous nous sommes regardés et nous avons tous les deux su ce qu'ils allaient trouver. Ses poils dans le lavabo, son sperme sur les draps. J'ai détourné les yeux et essayé de ne pas penser à ce genre de petits détails.

« Et l'appel à témoins ?

— On le filme demain après-midi pour le diffuser plus tard dans la soirée. La police pense que je devrais prendre la parole. En tout cas je vais devoir y aller, c'est sûr. Pour soutenir sa famille.

— Tu devrais parler à un avocat avant de faire quoi que ce soit. Il faut que tu fasses attention.

— Qu'est-ce que ton collègue a dit ? m'a-t-il demandé après un autre moment de silence.

— Tom ? »

Il m'a regardée.

« Tu y es certainement restée longtemps. »

J'ai perçu de la jalousie dans sa voix, et ça m'a plu.

« Il m'a recommandé un ou deux avocats, ai-je répondu en lui donnant les numéros de téléphone que Tom avait notés. Tu devrais contacter Matthew

Clarkson avant de reparler à la police. Et Robert Kelly évite que certaines choses se retrouvent dans la presse.

— Quel genre de choses ?

— Des conjectures. Les journalistes doivent faire très attention lorsqu'ils rapportent quelque chose, de nos jours, mais parfois des insinuations passent entre les mailles du filet. »

Je l'ai entendu lâcher un léger souffle.

« C'est complètement fou, a-t-il dit en secouant la tête. Tout ce que j'ai fait, c'est aller chez elle. Chez nous. »

J'ai hoché la tête, prise de honte et de déception.

Je repensais à ce lundi soir où j'avais suivi Donna jusqu'au restaurant, puis elle et Martin jusqu'à chez elle. Je me voyais dans le pub de l'autre côté de la rue. Mais mes souvenirs au-delà des deux premiers verres n'étaient pas plus clairs que lorsque je m'étais réveillée dans le canapé de Pete. Sur le moment, j'avais été embarrassée par tout le déplorable épisode, honteuse d'avoir fini ivre morte et de m'être réveillée avec des collants déchirés et une jambe en sang, mais à présent, j'étais en colère de n'avoir pas la moindre bribe de souvenir à offrir pour aider Martin.

Si je n'avais pas autant bu, j'aurais peut-être su l'heure exacte à laquelle Martin était parti de chez Donna. J'aurais peut-être vu la porte d'entrée se rouvrir dangereusement ; j'aurais peut-être traversé la rue pour aller la fermer.

« Qu'est-ce qu'ils pensent qu'il lui est arrivé ?

— Je ne sais pas, a répondu Martin d'une voix à peine audible.

— Eh bien, voyons un peu, ai-je fait aussi calmement que possible. Peut-être qu'elle n'a rien, ai-je ajouté après quelques instants de réflexion. Peut-être qu'elle est dans un spa, ou chez une amie, ou à John O'Groats ou à Land's End[1], et qu'elle n'a pas pensé à appeler, ou que justement, elle y a pensé mais ne s'en est pas donné la peine parce qu'elle veut te foutre la trouille.

— Et peut-être qu'il lui est arrivé quelque chose, a continué Martin, en cherchant et en soutenant mon regard.

— C'est une possibilité, ai-je acquiescé avant de poursuivre, la myriade d'explications possibles se bousculant dans ma tête. Peut-être qu'elle s'est levée après ton départ pour essayer de te rattraper. Les rues sont sombres à cette heure-là, vides. Il y a des conducteurs en état d'ivresse sur la route. Elle a pu être renversée, et quelqu'un a paniqué.

— Faut pas penser à ça.

— On n'a pas le choix, ai-je répliqué en sentant mes yeux s'écarquiller. Donna a disparu depuis cinq jours et la police t'interroge. Elle peut aussi avoir été blessée d'une façon ou d'une autre. Agressée. »

Il a laissé échapper un son, le gémissement grave et guttural de ceux qui souffrent, et, lorsqu'il a relevé les yeux, il y avait tellement de douleur dans son regard que je n'ai pas su où poser les miens.

« Je sais que c'est dur, mais il va falloir que tu te blindes, tout de suite. »

Il s'est levé et a lentement arpenté le tapis gris comme un homme mentalement au supplice. Lorsqu'il

1. Ces deux villages, respectivement situés à l'extrême nord-est et à l'extrême sud-ouest de la Grande-Bretagne, sont les deux points habités les plus éloignés l'un de l'autre dans le pays.

m'a regardée, il avait l'air d'être parvenu à une décision.

« Écoute, je suis fatigué. Il faut que je dorme un peu. On ne peut rien faire maintenant. »

Il était brusquement sur la défensive, c'était évident dans son langage corporel, et j'ai su ce qu'il voulait dire par là.

« Je ferais mieux de m'en aller, ai-je dit doucement.

— Ça ne te dérange pas ? »

Je n'ai rien répondu, me contentant de me lever et de ramasser mon sac. Je venais de me faire congédier et je ne pouvais m'empêcher d'être vexée.

« Avec la police qui vient ici et Donna qui a disparu, je me dis juste… Je me dis juste qu'on ferait probablement mieux d'éviter de se voir pendant quelques jours. »

Je savais que ce qu'il disait avait du sens, mais alors que nos regards se croisaient, l'espace d'une seconde, je l'ai haï.

20

J'ai dormi avec mon portable sous mon oreiller – même si « dormi » est un bien grand mot. Plus exactement, je suis restée allongée dans mon lit, crispée et nerveuse, à ressasser toute la situation, l'examinant sous ses moindres facettes avant, enfin, de céder et de chercher à tâtons dans le tiroir de ma table de nuit un somnifère que j'ai avalé sans eau. Et même après cela, je n'ai pas réussi à me détendre. Mes pensées me faisaient l'effet de ce moment où l'eau du bain tourne autour du trou de vidange, de plus en plus vite, formant un tourbillon argenté qui entraîne tout vers le bas, toujours plus bas.

Mais à un moment ou à un autre, j'ai dû m'endormir, parce que le bourdonnement de mon iPhone m'a réveillée en sursaut. Je l'ai attrapé vivement, décrochant d'une glissade du pouce en repoussant mes cheveux de mon visage.

« Oui ?

— Je ne te réveille pas, si ? »

Une voix de femme. Légère et enjouée. J'ai froncé les sourcils, m'efforçant de relancer mon cerveau.

« Clare ? »

Un rire cristallin. Un son issu d'une époque plus heureuse; plus insouciante.

« Il y en a une qui s'est couchée tard.

— On peut dire ça, oui », ai-je répondu en me redressant et en poussant d'un doigt le flacon de comprimés à côté du lit.

L'étiquette disait « Somnovit », ce qui m'évoquait presque quelque chose de sain, comme un tonifiant de l'époque victorienne, mais chaque fois ces petits cachets me remplissaient la tête de paille et m'enfonçaient des éclats de bambou sous les terminaisons nerveuses. Je me les étais vu prescrire des années plus tôt par mon premier médecin, qui m'avait dit que les gens bipolaires avaient souvent du mal à trouver le sommeil. Et parfois, lorsque mes pensées bourdonnaient dans ma tête comme des abeilles dans une ruche, je n'avais pas d'autre solution.

Réalisant pourquoi elle m'appelait, je me suis adossée à mon oreiller, me préparant psychologiquement à ce qu'elle allait dire. Avec un avis de recherche télévisé prévu pour ce soir-là, je ne doutais pas un seul instant que la disparition de Donna soit évoquée dans les journaux du dimanche.

« Je voulais juste savoir à quelle heure tu as l'intention de venir, a repris Clare, d'une voix trop gaie pour ce que je m'attendais à entendre.

— De venir ? » ai-je répété lentement.

J'avais supposé qu'elle m'appelait au sujet de Martin. Qu'elle avait lu un article sur Donna Joy et fait le rapprochement. Deviné qu'il n'était pas juste mon amant, mais aussi mon client. Et que je n'avais pas été honnête avec elle.

« Même si au train où vont les choses, je vais être obligée de te demander d'apporter un pinceau et un bleu de travail, a-t-elle continué d'un ton joyeux. On est restés ici jusqu'à minuit hier, et ce n'est toujours pas fini. On a dû revenir à 8 heures pour fixer des patères dans le vestiaire. Je suis maintenant officiellement une experte dans le maniement des perceuses Black & Decker. »

Il y a eu un déclic presque audible dans ma tête.

« L'inauguration », ai-je fait avec soulagement.

Dom, le mari de Clare, avait repris le bail d'un restaurant et la soirée de lancement était aujourd'hui. Tout m'est revenu d'un coup en tête, les e-mails et les bribes de conversation, la course pour trouver des cuisiniers, des serveurs, et un décorateur d'intérieur qui pour un prix raisonnable donnerait à l'endroit le même genre d'ambiance que The Ivy. Cette affaire occupait tous les moments libres de Clare depuis des mois, à tel point qu'elle n'avait manifestement pas le temps de lire les journaux du week-end. Mais ce soir – oh merde, ce soir – il y avait un cocktail organisé pour la famille, les amis et, chose cruciale, les chroniqueurs culinaires qu'ils avaient persuadés de venir à force de cajoleries et de pots-de-vin.

« Ou alors, tu peux passer boire un verre à la maison avant ? a repris Clare d'une voix où commençait à percer une note de tension. Je suis sûre que je peux laisser Dom tout seul au restaurant un moment, et on pourra se préparer ensemble ?

— À propos de ce soir… ai-je dit lentement.

— Pardon, j'ai oublié, m'a-t-elle taquinée. Martin. Tu veux l'amener ?

— Non, ai-je répondu, trop vite. C'est juste que je ne suis pas sûre de pouvoir venir.

— Tu ne viens pas ? »

Il y avait de la déception dans sa voix, bien sûr. Mais c'était pire que ça. C'était comme si elle s'y était attendue. Comme si on ne pouvait tout simplement pas compter sur certaines personnes.

« J'ai un imprévu, ai-je dit, consciente d'offrir là ce qui ressemblait à une piètre excuse.

— Mais tu es au courant de cette soirée depuis des semaines, et Dom a fait importer un jambon de Jerez spécialement pour l'occasion… »

Je commençais à m'impatienter, mon attention retournant lentement à ce qui l'avait occupée avant que je m'assoupisse. L'iPad abandonné sur la couette demandait avec insistance à ce que je le reprenne, et je savais qu'il n'y avait qu'une seule façon de faire facilement raccrocher mon amie.

« OK, je viens, l'ai-je interrompue, sachant au fond de moi que c'était une mauvaise idée. Il va juste falloir que je me réorganise et que je vienne directement au restaurant. Ça te va ? »

Le soulagement dans sa voix m'a révélé à quel point il était important pour elle que je sois là, et je m'en suis encore plus voulu d'avoir essayé de revenir sur ma promesse.

« Merci, Fran, m'a-t-elle dit avec chaleur. On se voit à 7 heures ?

— OK », ai-je répondu, en me demandant déjà quelle excuse j'allais pouvoir donner pour être repartie à 8.

« C'est là, ma petite dame ? »

Sursautant légèrement, j'ai levé les yeux vers le chauffeur de taxi et aperçu une devanture de restaurant aux fenêtres brillamment éclairées. Même de là où j'étais, j'entendais les pulsations de la musique et le brouhaha des voix ; il y avait des gens devant, sur le trottoir, verres de vin et cigarettes interdites à la main.

« Oui, merci », ai-je répondu, sortant de la voiture et réajustant ma robe du mieux que je pouvais.

C'est à cet instant que j'ai vu l'enseigne au-dessus de la porte maintenue ouverte : Dominic's, en lettres dorées. Je dois admettre que j'ai été momentanément agacée : c'était bien Dom d'avoir donné son propre nom à l'établissement, alors que c'était l'argent et le travail acharné de Clare qui en avaient rendu l'existence possible.

En entrant, j'ai pris une inspiration, balayant du regard la pièce et son océan de visages, de sourires, de rires. Le restaurant tout entier était bondé de gens dont la seule préoccupation était de savoir combien de temps les consommations allaient rester gratuites.

Le soulagement puis la fierté ont atténué mon agacement alors que je repérais le sourire rayonnant de Clare à l'autre bout de la pièce.

« C'est un triomphe ! me suis-je exclamée en la rejoignant et en la serrant fort dans mes bras. Je n'en reviens pas du monde qu'il y a.

— Moi non plus, a répondu Clare avec un rire. On avait réussi à se convaincre qu'il n'y aurait que nous et les serveurs. Tu te rends compte que Sophie Cole a vraiment amené le mec du *Times* ? Je pensais qu'elle disait ça juste pour frimer, mais ils sont là. Dom lui a pratiquement mis le grappin dessus dès leur arrivée, et depuis il l'abreuve de champagne.

— Sophie Cole est là ? »

Je ne savais pas pourquoi cette information me rendait nerveuse. Sophie n'avait montré que cordialité et bienveillance envers moi ; mais c'était aussi une femme extrêmement intelligente et rusée, et cette idée me mettait mal à l'aise.

En plein conciliabule avec le critique, Dom a levé les yeux et m'a adressé un geste distrait de la main. Je m'en suis voulu d'avoir été si peu charitable envers lui à propos du nom – comment était-il censé appeler son restaurant ? – et lui ai rendu son salut.

« Alors, est-ce que tu as pu régler ton problème, quel qu'il soit ? » m'a demandé Clare.

J'ai jeté un coup d'œil à mon amie, étudiant son expression, me demandant ce dont – si elles avaient seulement parlé – elle avait discuté avec Sophie. Était-elle en train de faire innocemment la conversation, ou bien de me sonder ? C'était parfois difficile à déterminer. C'était l'inconvénient d'être amie avec une thérapeute : on ne pouvait jamais se détendre complètement. Pas quand on avait quelque chose à cacher.

« C'était juste quelque chose au boulot, ai-je répondu, contente de voir arriver un serveur portant un plateau de verres de vin.

— Gros dossier ? »

Avec un éclair de confusion dépitée, j'ai réalisé qu'elle ne savait pas. Elle n'était toujours pas au courant de la disparition de Donna. Du supplice de Martin, du mien.

J'ai hoché la tête en prenant ma première gorgée d'alcool.

Mes aveux – que mon amant n'était pas seulement marié, mais aussi mon client – étaient sur le bout de ma langue. Et je ne voulais pas m'arrêter là. Je voulais tout lui raconter : que j'avais suivi Martin et Donna le soir où elle avait disparu. Que j'avais peut-être vu quelque chose d'important, que je possédais peut-être des informations sur sa disparition, mais que je n'arrivais pas à m'en souvenir. Non seulement Clare était ma meilleure amie, mais je savais que c'était le genre de chose pour laquelle elle pouvait m'aider ; après tout, elle avait passé toute sa vie professionnelle à faire face aux complexités de l'esprit humain. Mais comment pouvais-je lui expliquer quelque chose que je ne comprenais pas moi-même ?

Avant que j'aie le temps de dire quoi que ce soit, cependant, elle a continué de parler.

« Tu n'as pas besoin de travailler sept jours sur sept, tu sais. Même moi, j'ai sacrifié à la tradition et pris quelques dimanches de repos. »

Elle a souri en prenant une gorgée de champagne.

Encore autre chose qu'elle ne savait pas : je n'étais pas arrivée en retard à sa soirée parce que je travaillais. J'avais passé tout l'après-midi à la salle de sport, à faire fiévreusement de l'exercice, tour à tour déterminée à oublier le fait que Martin était à ce moment en train de filmer l'appel à témoins de la police, et obsédée par les moindres détails de ce dernier – où Martin pouvait être, ce qu'il pouvait dire. Et pendant tout ce temps, j'avais eu mon téléphone à la main, me demandant s'il allait vibrer, m'annonçant des nouvelles de lui.

« À propos de Martin… ai-je commencé.

— Je suis contente qu'on ne soit que toutes les deux ce soir, m'a-t-elle interrompue avec un sourire. Tu sais, quand tu m'as dit que tu ne venais pas, j'ai cru que tu me laissais encore une fois tomber pour aller t'envoyer en l'air. »

Elle a dit ça d'une voix basse, espiègle, mais je n'ai pas pu ignorer le léger reproche dans son ton. Après tout, la dernière fois que j'avais vu Clare, c'était au vernissage où je l'avais invitée, pour finalement ne rester qu'une heure avant de m'éclipser.

En réalisant que j'avais vécu ces moments tranquilles et insouciants quelques jours plus tôt seulement, j'ai été envahie d'une telle tristesse que l'air m'a semblé disparaître de mes poumons.

« Je ne ferais pas une chose pareille…

— Tu sais, j'ai lu les résultats d'une recherche, l'autre jour. Apparemment, tomber amoureux coûte en moyenne aux gens deux amis proches. Pas assez d'heures dans la journée, semble-t-il ; il faut faire des concessions. Alors je ferais mieux de prendre les miettes que tu peux me donner et de m'estimer heureuse. »

Il y avait une note de ressentiment dans sa voix, et j'ai su qu'il fallait que je désamorce la situation.

« On a été débordées. Ç'a été la folie au boulot, et toi tu devais t'occuper du resto de Dom… »

Ma détermination à lui raconter ce qui se passait avec Martin s'est effondrée. Manifestement, Clare le tenait pour responsable du fait que nous ne nous étions pas beaucoup vues ces dernières semaines, alors la meilleure chose à faire était de ne pas parler de lui.

Elle a secoué la tête et pris une longue gorgée de champagne.

« C'est vrai qu'on n'a pas arrêté une seule minute ; la peinture n'est même pas encore sèche, a-t-elle fait en indiquant le plafond avec son verre. On y était encore cet après-midi. C'est comme cette vieille blague sur la reine qui croit que ça sent partout la peinture fraîche. Ça doit être la même chose pour les critiques gastronomiques.

— Tu as un peu de Dulux juste là, d'ailleurs », ai-je fait en effleurant une moucheture pâle dans ses cheveux.

Elle a levé la main pour toucher la mienne, couvrant mes doigts de sa paume.

« Merci, a-t-elle répondu, les yeux brillants. Ça n'aurait pas été pareil si tu n'avais pas été là ce soir, tu le sais, n'est-ce pas ? »

Son regard était d'une telle intensité que j'ai dû détourner les yeux, et c'est là que j'ai vu Sophie, qui traversait la foule dans ma direction.

Elle était en train d'arranger un châle sur ses épaules, comme si elle s'apprêtait à partir. Je me suis figée, tiraillée entre l'envie de lui parler et celle de me cacher.

« Bonsoir, Fran », a-t-elle dit en m'embrassant.

J'ai cherché Clare du regard, mais elle avait disparu.

« Dom est ravi que vous ayez amené votre ami, ai-je fait en me forçant à sourire. C'est vraiment gentil de votre part d'avoir arrangé ça.

— J'avais dit à Clare que j'essaierais, et j'aime tenir mes promesses. Et puis, j'espérais vous voir.

— Moi ? »

Elle est restée silencieuse un moment, assez longtemps pour me mettre mal à l'aise.

« Je suppose que vous êtes au courant pour Donna, a-t-elle repris en baissant la voix. Qu'est-ce qui se passe ?

— Je ne peux pas répondre à ça, ai-je répondu honnêtement. Personne ne sait. »

Elle m'a longuement regardée et j'ai commencé à avoir l'impression d'être un loir pris dans l'ombre d'un faucon en train de tourner.

« Que savez-vous à son sujet ?

— Donna ? Pas grand-chose.

— Vraiment ? Vous êtes la représentante de Martin.

— Qu'est-ce que vous entendez par là ? ai-je demandé, sans vouloir paraître sur la défensive.

— Vous êtes une excellente avocate, Fran. Je parie que vous avez trouvé tout ce que vous pouviez dénicher sur Donna lorsque vous prépariez sa procédure de divorce.

— Je n'ai aucune idée de la raison pour laquelle elle a disparu, Sophie, si c'est ça que vous voulez savoir.

— Aucune, vraiment ? »

Je l'imaginais très bien en train de faire passer un entretien aux employés potentiels de la société Gassler ; elle devait les déstabiliser complètement. Aucun ne devait oser lui mentir, ou enjoliver son CV, parce que Sophie Cole était le genre de personne qui repérait un mensonge à cent mètres.

J'ai secoué la tête et elle a resserré un peu son châle autour de ses épaules.

« Est-ce que vous l'avez déjà rencontrée ? » m'a-t-elle demandé sans relâcher son regard.

Je ne savais pas s'il y avait une accusation dans sa question, mais j'ai décidé que la meilleure chose à faire était d'éluder. Les deux mots que j'avais échangés avec Donna Joy ce jour-là au tribunal représentaient à peine une rencontre, de toute façon.

« Elle est maligne. Si personne ne l'a vue depuis une semaine, il y a une raison à ça.

— Vous pensez qu'elle essaie de manipuler Martin, d'une façon ou d'une autre ?

— Soit elle cherche à créer des problèmes, soit c'est elle qui en a. Et j'ai beau m'inquiéter pour la société depuis la seconde où elle a demandé le divorce, j'espère que ce n'est pas ce dernier cas. »

J'avais le feu aux joues. J'ai levé les yeux vers les lumières, remarquant deux ou trois endroits du plafond que Dom et Clare avaient oublié de peindre, et lorsque je les ai rebaissés sur Sophie, elle était toujours en train de m'observer.

« Vous n'avez pas l'air bien, m'a-t-elle dit. Vous voulez un peu d'eau ? »

J'ai secoué la tête.

« Bref, a-t-elle conclu. J'étais sur le point de partir. »

Je suis restée clouée sur place. Je n'ai pas osé me retourner pour la regarder sortir du restaurant, mais une part de moi-même sentait ses yeux encore fixés sur moi.

J'ai jeté un coup d'œil à ma montre, me demandant si l'appel télévisé concernant la disparition de Donna était la raison pour laquelle Sophie partait tôt, elle aussi.

19 h 45, déjà. Je ne voyais Clare nulle part et cela m'a arrangée. J'avais fait acte de présence et je pouvais m'en aller, maintenant, même si je n'avais pas le temps de rentrer chez moi. À la place, je me suis éloignée de la pièce principale du restaurant, en direction de l'escalier. Personne n'a fait attention à moi alors que je me frayais un chemin à travers la

foule puis gravissais les marches. J'étais vaguement au courant des projets concernant le premier étage de l'établissement. Clare m'avait dit que si le restaurant marchait, quand il marcherait, ils en feraient une salle à manger privée ou même un appartement design qu'ils pourraient louer pour une somme rondelette afin de subventionner Dominic's.

Mais en explorant l'espace mal entretenu, j'ai su que ni l'un ni l'autre de ces projets n'étaient près d'être réalisés. Il y avait en tout trois pièces, toutes défraîchies et à moitié meublées. Manifestement, quelqu'un – très probablement Dominic – en utilisait une comme bureau et salon. Il y avait un secrétaire avec un téléphone et des piles de papiers en désordre, et une télévision à écran plat posée sur un carton en face d'un vieux canapé, avec une console de jeux cachée dans un coin. Ma première impression avait été la bonne. C'était là la planque de Dom, son antre de mâle où il pouvait passer le temps en jouant à Call of Duty alors qu'il était censé bosser sur le restaurant.

J'ai ressenti une pointe d'autosatisfaction. Mon opinion sur Dom était fondée depuis le début. Je n'avais jamais vraiment aimé le mari de Clare ; au début je l'avais simplement vu comme un charmant flemmard, mais au fil des ans j'avais été de plus en plus agacée par sa façon de jouer les beaux dilettantes : le restaurant n'était que le dernier des nombreux projets prestigieux dans lesquels il lui avait pris l'envie de se lancer, sans jamais qu'il les mène à bout.

D'abord, il y avait eu le roman qui n'avait jamais été publié – en fait les choses n'étaient jamais allées au-delà d'une série de longs déjeuners avec des agents de seconde zone – puis l'espace d'art éphémère, qui semblait conçu pour permettre à Dominic de passer ses soirées à « développer son réseau » dans des réceptions chics de Mayfair, le tout financé par Clare, qui, pour y arriver, travaillait du matin au soir.

Mais cette fois, son hédonisme m'arrangeait. Il avait une télévision, et c'était exactement ce en quête de quoi j'étais montée.

J'ai ramassé la télécommande pour l'allumer et, juchée sur l'accoudoir du canapé, j'ai fait défiler les chaînes jusqu'à ce que je trouve celle des informations. Quelques reportages sans intérêt pour commencer. Un scandale impliquant un homme politique, le rachat par un investisseur chinois d'une aciérie.

« Allez », ai-je murmuré, les yeux rivés sur le bandeau rouge du fil d'actualités au bas de l'écran.

Et puis ce que j'attendais est arrivé. J'ai senti mon pouls s'accélérer en entendant la présentatrice prononcer le nom « Donna Joy ». Un gros plan souriant de la femme de Martin a rempli l'écran : une belle photo de vacances qui m'a fait me demander où elle avait pu être à ce moment-là, et avec qui. Était-ce Martin lui-même qui avait pris ce cliché, à une époque plus heureuse ? Dans leur propriété à Ibiza, peut-être, ou lors d'un de leurs nombreux séjours glamour au soleil. Je n'avais pas envie de m'attarder sur le sujet.

Le ton de la présentatrice était plus sombre, à présent, alors qu'elle accompagnait d'un résumé de la disparition de Donna le montage d'images apparaissant à l'écran : une page Facebook « Trouvez Donna Joy », une vue de la façade de sa maison à Chelsea et une présentation des œuvres visibles dans son atelier, qui, ai-je été agacée de découvrir, n'étaient pas mauvaises.

Un nouveau visage est apparu à l'écran, ressemblant à celui de Donna mais comme une copie de qualité inférieure. Une femme aux cheveux aussi longs que les siens mais d'un châtain terne, et à la peau dépourvue de l'éclat hâlé que pouvait s'offrir une femme de banquier.

Un bandeau d'information donnait son identité : *Jemma Banks – sa sœur.*

« Donna est une femme belle et créative et une sœur attentionnée », disait-elle avec un accent aux voyelles dures bien loin des intonations melliflues de Donna. Sa voix m'en disait tellement plus sur Donna Joy que n'importe laquelle de mes recherches sur Internet n'aurait pu le faire. Elle me révélait ses origines sociales, et confirmait mes soupçons que c'était une aventurière, une parvenue, une Becky Sharp aux coudes pointus, comme beaucoup d'autres femmes de millionnaire que j'avais rencontrées par le passé.

Jemma, en revanche, était une madame Tout-le-Monde qui vivait dans une banlieue ordinaire, à des années-lumière des quartiers prestigieux fréquentés par sa sœur. Mais elle était sincère dans son plaidoyer, et il était impossible de ne pas être touché par ses mots.

« Je l'aime et nous voulons juste qu'elle rentre à la maison. »

J'avais beau détester Donna pour avoir séduit Martin, pour avoir, avec tant de désinvolture, tant d'égoïsme, causé tous ces problèmes, j'ai senti les larmes me monter aux yeux en regardant l'appel à témoins. Sophie Cole avait raison. Si Donna avait disparu dans un spa ou à une retraite de yoga, c'était vraiment une garce. Mais l'alternative, la possibilité qu'il lui soit arrivé quelque chose, était trop épouvantable à envisager.

Si j'avais du mal à me remplir les poumons sous l'effet de l'émotion, j'ai pratiquement arrêté de respirer lorsque j'ai vu Martin, l'air complètement vidé, apparaître à l'écran.

« … Alors si quelqu'un a vu Donna, s'il vous plaît, contactez la police. Donna, tu nous manques. Si tu entends ceci, fais-nous signe dès que possible. »

« Qu'est-ce que tu fous ? » ai-je demandé à voix haute. Je lui avais suggéré de parler à un avocat, mais je doutais que ce dernier lui ait recommandé de dire quoi que ce soit pendant l'appel à témoins. C'était *évident* qu'il ne fallait pas qu'il prenne la parole. Il était le mari d'une femme disparue, et les conjoints étaient toujours les premiers en ligne de mire quand on suspectait un acte criminel, surtout quand ils se trouvaient en plein milieu d'un divorce difficile impliquant beaucoup d'argent.

Et pourtant, il était là, l'air fatigué et mal rasé : pas la barbe de trois jours sexy et virile dans laquelle j'avais passé les doigts lorsqu'il était rentré des Alpes suisses, mais une ombre grisâtre sur ses joues qui lui donnait un air furtif. Suspect. Coupable. Et pour ce qui était de ce *Tu nous manques*, il manquait tellement de… conviction. Non que je souhaite le voir sangloter en se tenant le cœur, mais il fallait qu'il ait au moins l'air sincère et sérieux dans son désir de voir Donna réapparaître saine et sauve.

J'avais la nausée, et ce n'était pas parce que j'avais bu à jeun. Je connaissais évidemment le risque de procès par les masses. J'avais déjà vu des gens en être victimes : les parents de Madeleine McCann,

Christopher Jefferies. Si le public décidait que vous étiez coupable – ou au moins « suspect » –, cela pouvait vous détruire. Si j'avais regardé cet avis de recherche télévisé sans connaître Martin, qu'aurais-je pensé de lui ?

« Dis-nous juste où tu es, a-t-il continué en regardant la caméra. Fais-nous savoir que tu n'as rien. »

« Ne dis pas un mot de plus », l'ai-je supplié, serrant le poing. J'imaginais les journalistes en train de le regarder parler, pertinemment conscients que Donna et lui étaient séparés, et d'affûter leur plume pour composer leurs insinuations de meurtre, voire carrément des accusations. Je voulais entrer dans la télévision pour le protéger. Le prendre dans mes bras. Mettre un terme à tout ça.

« Ne dis pas un mot… » ai-je répété en chuchotant à voix haute.

J'ai fait volte-face en sentant une main sur mon épaule.

« Bon sang, Fran, qu'est-ce que tu fabriques ? »

Dominic se tenait derrière moi, les yeux écarquillés, le front barré d'une ride profonde.

« J'avais besoin de regarder les infos, ai-je balbutié.

— Les infos ? a-t-il répété en regardant la télécommande comme si je lui avais volé quelque chose.

— Un de nos clients est mêlé à une affaire.

— Qu'est-ce qu'il a fait ? a-t-il demandé en essayant de regarder l'écran par-dessus mon épaule. Tué quelqu'un ? »

Me retournant, j'ai éteint la télévision.

« Rien d'aussi intéressant, ai-je répondu en reposant soigneusement la télécommande là où je l'avais trouvée. Je ne voulais pas fouiner, je cherchais Clare.

Superbe soirée de lancement, au fait. Les canapés sont extraordinaires et les cocktails au champagne…

— Oui, eh bien surtout, n'oublie pas de le dire à Clare, a-t-il répondu avec l'esquisse d'un sourire. Ça a bouffé toutes nos économies, alors ça a intérêt à marcher.

— Bien sûr que ça va marcher », ai-je fait, encore gênée d'avoir été surprise à un endroit où je n'étais pas censée être.

Il m'a regardée, les yeux larmoyants, les joues empourprées, et je me suis rendu compte qu'il était ivre.

« J'aurais aimé que tu dises ça à Clare il y a six mois.

— Quoi ? ai-je demandé en essayant de me concentrer sur ce qu'il disait.

— Tu pensais que ce restaurant était encore une de mes combines qui ne mènent à rien. »

Il a lâché un rire enjoué, mais son sourire ne s'est pas reflété dans ses yeux. *Merci beaucoup, Clare*, ai-je pensé, stupéfaite qu'elle ait manifestement révélé mes doutes à son mari.

« Je n'ai jamais dit ça », ai-je objecté en essayant de garder un ton jovial et léger.

Il a haussé les sourcils d'un air interrogateur et j'ai su que je devais anticiper la direction que prenait notre conversation.

« Si j'ai dit quelque chose, à supposer que ce soit le cas, c'est parce que je craignais que tu prennes un risque, c'est tout. Lorsque Clare m'a annoncé que tu étais sur le point de signer le bail pour cet endroit, j'ai songé à cette statistique qui dit que deux restaurants sur trois ferment au cours de la première année. »

C'était la vérité. Et j'avais l'impression que c'était la première fois depuis des semaines que j'étais sincère avec Dom ou Clare. J'avais effectivement prévenu mon amie qu'ils risquaient de perdre des dizaines, des centaines, des milliers de livres pour un projet destiné à satisfaire sa vanité de gourmet dilettante. La carrière de Clare marchait bien, mais elle n'avait pas autant d'argent à perdre. Lorsque je lui avais dit d'être prudente, c'était avec les meilleures intentions du monde.

« Essaie de ne pas créer de problèmes à l'avenir, c'est tout, a-t-il dit en prenant une gorgée de vin d'un geste nonchalant et en m'adressant un regard arrogant, agressif.

— Je ne disais pas ça pour créer des problèmes, Dom. Je tiens à vous. »

Je pouvais entendre un léger tremblement dans ma voix. L'appel à témoins m'avait déjà bouleversée, et la dernière chose dont j'avais besoin était un conflit avec le mari de Clare.

« Vraiment ?

— Un restaurant est un investissement à haut risque, Dom. Je ne serais pas une très bonne amie si je ne l'avais pas fait remarquer.

— Tu ne voulais pas que j'ouvre ce resto, Fran. Tu as fait tout ce que tu pouvais pour en dissuader Clare.

— Quand est-ce qu'elle a dit ça ? »

J'étais sincèrement perplexe. J'ignorais totalement qu'elle avait prêté attention à mes mises en garde.

« Elle t'écoute, Fran. Trop. Plus qu'elle ne m'écoute moi. Mais s'il te plaît, arrête de te mêler de notre vie, parce que parfois j'ai l'impression qu'on est trois dans notre couple. Les choses ne se terminent jamais bien quand il y a trois personnes dans un couple. »

J'ai pensé à Martin, à Donna Joy et à moi, et j'ai acquiescé.

21

C'était lundi matin, tôt. Mon bureau était bien rangé, ma tasse de café noir déjà à moitié bue, lorsque notre premier clerc, Paul, a frappé et est entré avec un dossier sous le bras. D'ordinaire, il le jetait sur mon bureau, tel un chevalier apportant une tête sur un plateau, mais là il a attendu, en le gardant serré contre sa poitrine.

« Alors, avez-vous parlé à Martin Joy ce week-end ? m'a-t-il demandé.

— Brièvement, ai-je répondu, sentant une rougeur diffuse de culpabilité me monter lentement aux joues.

— Et ? a-t-il insisté, insatisfait de ma réponse.

— Il m'a parlé de l'appel à témoins de la police. Je suppose que son divorce est le cadet de ses soucis, en ce moment. »

Paul a haussé les sourcils ; une expression de désapprobation. À l'égard de Martin, et probablement de moi parce que j'étais son avocate. Je doutais fort qu'il se soucie le moins du monde de l'endroit où pouvait être Donna Joy, ou d'ailleurs de sa sécurité ; c'était au cabinet qu'il pensait. Si Martin était soupçonné, cela nous mettrait nous aussi sous le feu des projecteurs, et les histoires scabreuses en une de la presse à scandale étaient certainement mauvaises pour les affaires, surtout lorsqu'on se spécialisait dans les divorces rapides et discrets. Du point de vue de Paul, le dossier Joy était l'iceberg qui pouvait couler son *Titanic*.

« Alors, quelles sont les dernières nouvelles ? a-t-il demandé, les sourcils toujours haussés.

— Mme Joy est toujours portée disparue, ai-je répondu, consciente de ne pas tout à fait le regarder dans les yeux.

Je sais déjà cela, j'écoute Radio 4, figurez-vous. »

J'ai souri, mais l'heure n'était clairement pas à la légèreté.

« Alors, qu'est-ce que vous en pensez ? lui ai-je demandé. Vous avez vu l'appel télévisé ?

— Est-ce que je pense qu'il est impliqué dans sa disparition, voulez-vous dire ?

— Oui », ai-je répondu plus hardiment.

Je l'ai observé avec attention. Il a hésité et changé de pied d'appui, fronçant les sourcils. D'ordinaire, sa loyauté envers les clients surpassait presque son dévouement aux avocats du cabinet, mais Martin Joy avait jeté le discrédit sur celui-ci, alors il était partagé. *Je ne te le fais pas dire*, ai-je songé en le regardant débattre intérieurement.

« Depuis le temps que je travaille dans le droit de la famille, a-t-il fini par avouer, je suis surpris qu'on n'ait pas encore rencontré ce cas de figure.

— Quel cas de figure ?

— La disparition fort à propos de l'épouse.

— *Fort à propos ?*

— Eh bien, ça l'arrange, non ? Combien est-ce qu'il y a en jeu dans ce divorce ? Cent millions, environ ?

Les maths ne sont pas mon point fort, mais j'imagine que cinquante pour cent de cent millions représentent beaucoup d'argent. »

J'ai veillé à ce que mon expression ne trahisse rien de mes émotions.

« La raison pour laquelle on ne le rencontre pas plus souvent, Paul, c'est que tout pénible que ce soit pour le mari de céder la moitié de sa fortune, il trouve l'idée de passer vingt ans derrière les barreaux encore moins attrayante. Sinon, on croulerait sous les cadavres. »

Il a hoché la tête.

« Il n'empêche, la police prend l'affaire au sérieux. Elle ne fait pas un avis de recherche télévisé pour le premier pékin venu. »

Il a jeté un coup d'œil à sa montre et s'est remis en mode rendement.

« J'ai parlé à Vivienne et à Charles, hier soir, a-t-il dit, citant les deux membres du cabinet les plus anciens. Vivienne a suggéré que nous contactions John Cook du groupe Beresford – une agence de relations publiques. Ils s'occupent de gestion de la réputation. Je viens de l'appeler et il est disponible pour une téléconférence dans vingt minutes. Je vous suggère d'y assister. »

Il s'est relevé, son dossier toujours serré contre sa poitrine, et, alors que je rassemblais mes affaires pour aller dans la salle de conférence, je l'ai vu disparaître en direction du bureau de Tom Briscoe, sans doute pour lui confier le travail qu'encore quelques semaines plus tôt il m'aurait donné à moi.

« Vous avez deux options », a annoncé John Cook, dont la voix sortait par le haut-parleur du téléphone au milieu de la table. Pour l'instant, j'avais complètement gardé le silence depuis le début de la téléconférence, simplement soulagée que Vivienne n'ait pas choisi pour expert en gestion de la réputation Robert Kelly, dont j'avais donné les coordonnées à Martin.

« Vous pouvez vous distancier de l'enquête, et couper court à toute question posée par les médias au moyen d'un communiqué de presse court et poli déclarant que vous représentez simplement M. Joy dans une affaire de droit de la famille. Ou alors, vous pourriez utiliser la célébrité inattendue de M. Joy pour promouvoir votre cabinet. La disparition de Donna Joy fait de ce divorce une affaire très médiatisée et, si on ne la retrouve pas, ça peut durer très longtemps.

— Vous voulez dire que toute publicité est bonne à prendre ? » a demandé Paul en buvant son café.

Charles Napier, notre chef de cabinet, l'a regardé par-dessus ses lunettes avec une expression de désapprobation non dissimulée.

« Bien entendu, nous voulons soutenir notre client autant que possible, a-t-il déclaré en reportant son attention sur le téléphone posé au milieu de la table. Parallèlement, il nous faut aussi minimiser tout scandale potentiel. C'est un impératif absolu.

— Y a-t-il quelque chose que je devrais savoir, en dehors des problèmes réputationnels habituels ? » a demandé Cook.

Vivienne a jeté un coup d'œil à Charles, qui était en train d'enlever ses lunettes comme pour mettre l'accent sur un point de droit particulièrement délicat.

« Nous avons deux avocats qui tentent la soie cette année, monsieur Cook. L'une d'eux, Francine, qui se trouve ici, représente Martin Joy dans son divorce.

Bien qu'on s'attende à ce que le système des nominations judiciaires soit scrupuleusement impartial, nous ne pouvons pas nous permettre de laisser une enquête criminelle sur Martin Joy, si elle est lancée, nuire aux chances de nos avocats d'être nommés conseillers de la reine.

— Dans ce cas, nous allons nous distancier autant que possible de Donna et de Martin Joy, a confirmé Cook. Bloquer toute référence à Burgess Court sur les réseaux sociaux, préparer un communiqué de presse. Je vais dire à mon équipe de s'en occuper, et je vous rappelle cet après-midi. »

Tandis que Paul et Charles quittaient la salle de conférence, je suis restée en arrière, espérant parler à Vivienne McKenzie en privé.

« De quoi est-ce qu'il retourne vraiment ? lui ai-je demandé après qu'elle a eu refermé la porte derrière eux.

— "De quoi est-ce qu'il retourne vraiment" ? a-t-elle répété en me regardant d'un air interrogateur.

— Le groupe Beresford facture cinq cents livres de l'heure. Le cabinet est-il vraiment prêt à risquer autant d'argent juste pour nous aider à devenir conseillers de la reine, Tom et moi ? »

Elle m'a adressé un sourire maternel.

« Rien ne vous échappe, pas vrai ?

— Que voulez-vous, je suis cynique », ai-je répondu, réalisant que mon intuition était juste.

Vivienne s'est tue un moment, avant de répondre :

« Il faut que vous sachiez que nous avons été approchés par le cabinet de Sussex Court pour une éventuelle fusion.

— Une fusion ? Cela aurait sûrement dû être soumis à discussion avec les membres du cabinet.

— Il n'y a rien de concret à discuter. Pour l'instant, a-t-elle ajouté de manière appuyée. Et si une telle fusion devait se faire, ce serait incroyablement avantageux pour nous tous. Sussex Court est un cabinet imposant, puissant – et pour être honnête, plus prestigieux que le nôtre. Cependant, nous sommes tous d'accord sur le fait qu'il y a des avantages à tirer d'économies d'échelle. C'est une évolution particulièrement importante pour Burgess Court, car nous savons tous qu'avec le temps, les cabinets les plus petits vont avoir du mal à survivre. »

Le choc d'apprendre que Burgess Court était peut-être en difficulté financière m'a rendu coite un moment.

« Qu'est-ce que tout ça a à voir avec Martin Joy ? ai-je fini par demander avec prudence.

— S'il est arrivé quoi que ce soit à Donna Joy, et si son mari y est mêlé de quelque façon, cela attirera beaucoup d'attention indésirable. Or, Sussex Court est conservateur. Son chef de cabinet, carrément réactionnaire. Un parfum de scandale risque de les faire fuir.

— Mais vous parlez comme si la police avait arrêté et inculpé Martin, ai-je protesté, entendant mon débit s'accélérer. Nous n'avons aucune raison de croire qu'il est seulement soupçonné, ou qu'il est arrivé quoi que ce soit d'horrible à Donna Joy.

— Charles s'est même demandé si vous pouviez, si vous *deviez* laisser tomber Martin comme client.

— Le laisser tomber ? »

Elle a fait un geste impatient de la main.

« C'était juste une réaction impulsive de sa part. Mais… la procédure de divorce ne peut évidemment pas se poursuivre. Même si Mme Joy réapparaît d'ici à demain, nous devrions encourager Martin Joy à renoncer à toute action litigieuse. Dans l'immédiat, du moins.

— Je ne peux pas lui dire ça. »

Elle a esquissé l'ombre d'un sourire.

« Si, vous pouvez, m'a-t-elle répondu en regardant à travers les minces lattes grises des persiennes qui couvraient la baie vitrée de la salle de conférence. Parce qu'à moins que je fasse complètement erreur, Martin Joy vient d'arriver à l'accueil. »

22

Nous étions de retour là où nous avions commencé. La même pièce, la même nervosité qui me nouait le ventre. Mais cette fois, c'était un type d'angoisse différent. J'avais le cœur qui battait à tout rompre, de colère, de frustration, de nostalgie. Je détestais le fait que Martin m'ait laissée dans l'incertitude pendant si longtemps, qu'il m'ait fait passer pour une menteuse.

Le regard surpris de Paul quand il m'avait vue rejoindre mon client controversé à l'accueil ne m'avait pas échappé. C'était un regard qui disait : *C'est curieux. Je croyais que vous connaissiez à peine Martin Joy. Que vous lui aviez à peine parlé. Que le cadet de ses soucis était son divorce.*

Troublée par son arrivée, j'ai hésité près des persiennes, me demandant si je devais les ouvrir complètement ou au contraire les fermer.

« Laisse-les comme ça, m'a ordonné Martin comme s'il pouvait lire dans mes pensées. Ne fais rien que tu ne ferais avec un autre client.

— Tu m'as dit qu'il valait mieux qu'on ne se voie pas », ai-je fini par faire remarquer.

Ma voix était presque un murmure. La pièce était relativement insonorisée, alors je savais que personne ne pouvait nous entendre, mais j'étais à peine capable de respirer, encore moins de parler.

« Je suis en route pour le commissariat, m'a-t-il annoncé en s'asseyant à la table. Il faut qu'on ait une discussion sérieuse avant. »

Du coin de l'œil, j'ai vu que Paul nous observait toujours de l'autre côté de la vitre. Prenant place en face de Martin, j'ai ouvert mon carnet de notes et pris mon stylo dans ma poche, contente de pouvoir m'asseoir.

« Alors, comment s'est passé l'appel à témoins ? ai-je demandé aussi calmement que je le pouvais. Je l'ai vu à la télévision. Est-ce qu'on t'avait conseillé de parler ?

— J'ai engagé Matthew Clarkson, comme tu me l'avais recommandé. On s'est rencontrés avant et il a suggéré que j'y aille seul, sans représentation juridique.

— Est-ce que la famille de Donna était là ? »

Je n'avais vu que Jemma Banks et Martin parler à la télévision, mais je savais que d'autres avaient pu être coupés au montage.

« Sa mère est en croisière et n'a pas pu revenir à temps. Ils ont filmé l'appel chez sa sœur. Jemma et son mari m'ont pratiquement ignoré. Comme tu peux l'imaginer, c'était gênant. »

Je pouvais effectivement imaginer combien ç'avait dû être difficile pour lui, et je me rendais compte que c'était une idée astucieuse de la part de la police. Je me visualisais, auteure d'un crime, en train de filmer un avis de recherche dans une chambre d'hôtel impersonnelle, véritable toile vierge ; ce serait tellement plus facile pour moi de mentir aux caméras sur une scène aussi vide. Faire la même chose chez un parent, dans un espace personnel, devait être très différent, à moins d'être froid comme la glace.

« Est-ce que la police t'a dit pourquoi elle voulait que tu prennes la parole ? ai-je demandé, culpabilisant d'avoir seulement envisagé Martin comme un coupable.

— C'est moi qui ai proposé. Je n'ai rien à cacher. »

Après quelques secondes, une ombre passant dans ses yeux verts, il a ajouté : « Rien, à part toi et moi. »

Je me suis tortillée sur ma chaise, et, quand j'ai relevé les yeux, il me regardait toujours.

« Personne ne peut savoir que nous sortons ensemble, Fran. » Son ton était froid, mais la douleur qu'ont provoquée ses mots, cuisante. J'ai immédiatement compris pourquoi il était là. Lorsque Vivienne m'avait dit qu'il était à l'accueil, je m'étais demandé, l'espace d'un délicieux moment, s'il avait désespérément besoin de me voir ; de goûter le réconfort de ma présence, d'entendre mes paroles sages et rassurantes. Mais maintenant, je savais qu'il était là pour faire place nette, veiller à ce que son histoire se tienne, et il le faisait à la vue de tous.

« Ça n'arrange pas mon image non plus, Martin », ai-je répliqué en me redressant.

Il a hoché la tête.

« Je sais. C'est pour ça que tu dois effacer de ton téléphone tous les messages que je t'ai envoyés. Tous les e-mails dont le contenu peut sembler déplacé.

— Nous sommes protégés, Martin. Par le secret professionnel. Une communication entre avocat et client, quelle qu'elle soit, n'a pas à être divulguée et, si elle l'est, est irrecevable…

— Je ne veux pas prendre le moindre risque », m'a-t-il interrompue.

J'ai jeté un coup d'œil derrière lui et vu que Paul était toujours là. J'avais chaud aux joues sous son regard observateur, et ma main tremblait.

« Donna est portée disparue et le conjoint est toujours soupçonné. Si la police et la presse n'ont pas déjà décidé de me crucifier, ils auront toutes les armes qu'il leur faut quand ils découvriront que je sors avec mon avocate de divorce.

— Martin, je ne sais pas ce que tu as déjà dit à la police, mais tu ne peux pas lui mentir. »

Je sentais une légère palpitation sous mon œil droit.

« Il y a forcément mille détails auxquels tu n'auras pas pensé, et s'ils commencent à s'intéresser à tes déplacements au cours de la semaine dernière, il y a des chances qu'ils me trouvent.

— Donc ça ne te gêne pas d'admettre ouvertement notre relation ? » a-t-il répliqué sur un ton de défi.

J'ai pensé à ma candidature à la soie, à la fusion avec Sussex Court, à mes amis au cabinet que j'avais trahis.

« Je préfère éviter tant que c'est possible, ai-je murmuré.

— Tu es mon avocate, a-t-il repris avec une autorité rassurante. Je suis en plein milieu d'un divorce coûteux, alors c'est parfaitement naturel qu'on passe du temps en compagnie l'un de l'autre. On s'est rendus sur la côte ensemble, mais c'était simplement pour que je te montre mes biens immobiliers.

— Entre autres », ai-je fait en me rappelant notre moment dans la cabane à huîtres, le goût de son pénis dans ma bouche et le picotement de ses poils sur ma peau.

Il n'a pas souri à cette évocation de notre relation intime.

« Tu étais là pour estimer la valeur de la maison, a-t-il continué comme si je n'avais même pas parlé. On est allés dans l'Essex un samedi parce que tu travailles pendant la semaine. On s'est arrêtés prendre un café au pub parce que la marée nous avait coupé la route.

— C'est ça le souvenir que tu en gardes ? »

J'ai senti son pied toucher le mien sous la table et il n'a pas détaché les yeux des miens. C'était un geste presque insignifiant mais complice, un signe que nous étions liés, que nous allions affronter cette situation ensemble. Mon soulagement a été palpable.

« Je donnerais tout ce que j'ai pour qu'on retrouve Donna saine et sauve. Mais s'il lui est arrivé quelque chose, je veux que tu saches que je n'y suis pour rien.

— Je sais », ai-je répondu sans même avoir besoin d'y réfléchir.

23

Martin n'est pas resté longtemps. Je suis retournée dans mon bureau sous les toits de Burgess Court, mais j'avais tellement de mal à me concentrer que je suis sortie déjeuner de bonne heure. C'était une journée froide et grise, le temps peinant à évoluer vers une quelconque fraîcheur printanière, mais je voulais manger dehors. J'ai mis mon manteau, pris un sandwich chez Prêt à Manger dans Fleet Street et me suis assise sur l'un des bancs près de la fontaine devant Middle Temple Hall.

Mon téléphone a fait entendre un gazouillement et j'ai regardé le message qui venait d'arriver. J'ai grimacé en voyant qu'il était de Clare.

> Dispo pour parler ? En train de lire un article sur Donna Joy.

Non, je ne voulais pas parler, ai-je songé, réalisant qu'elle avait enfin fait le lien. Je n'avais certainement pas envie d'un sermon, et j'avais dans l'idée que c'était la tournure que prendrait notre conversation si je la rappelais.

J'ai fourré mon téléphone tout au fond de ma poche et fermé les yeux, écoutant le murmure de l'eau, goûtant pendant quelques secondes fugaces le chatouillement des gouttelettes de brume froide atteignant mon visage. Au loin, j'entendais un récital de piano et, l'espace d'une seconde, à l'ombre des mûriers centenaires, j'ai ressenti un calme et un réconfort que je n'avais pas connus depuis des jours.

Des talons résonnaient sur le pavé froid de la cour. Une paire était plus lourde que les autres, et lorsque je l'ai entendue s'arrêter à ma hauteur, j'ai rouvert brusquement les yeux.

« Ça va ? » m'a demandé Tom Briscoe alors que je levais la tête pour le découvrir devant moi.

Vêtu d'un épais manteau noir, il tenait d'une main sa mallette à roulettes et de l'autre un sac en papier marron provenant de notre sandwicherie de quartier.

« Fatiguée, c'est tout, ai-je répondu, gênée qu'il m'ait surprise ainsi.

— Tu as une tête de déterrée, a-t-il répliqué en s'asseyant à côté de moi sur le banc.

— Merci ! » ai-je fait avec l'approximation de rire la plus crédible que j'avais réussi à produire de toute la semaine.

Il a sorti une cannette de Coca et me l'a tendue.

« Tu veux ça ? Tu en as probablement plus besoin que moi. »

J'ai hoché la tête, réalisant que je n'avais pas acheté à boire chez Prêt à Manger et qu'une dose de caféine pouvait être une sorte d'antidote à mes cinq heures de sommeil, en tout et pour tout, du week-end. Le remerciant, j'ai pris la cannette, qui était fraîche et tentante dans ma main, et j'ai tiré sur l'anneau avant de laisser le liquide pétillant couler dans ma gorge.

« Merci, je te revaudrai ça, ai-je dit avec un lent soupir de satisfaction.

— Il n'y a pas de quoi », a-t-il répondu en fouillant dans son sac pour en sortir un sandwich baguette.

J'étais contente de profiter de sa présence, et alors que je le regardais prendre une bouchée de son déjeuner, je me suis demandé pourquoi nous ne faisions pas cela plus souvent.

« C'est Martin Joy que j'ai vu sortir du cabinet ? » m'a-t-il demandé en indiquant Burgess Court d'un geste nonchalant.

J'ai hoché sèchement la tête, blessée. J'aurais dû me douter que Tom ne s'était pas assis à côté de moi juste pour le plaisir de ma compagnie. Il était là pour les potins. J'ai changé de position, mal à l'aise, et me suis mise sur mes gardes. Si quelque chose définissait Tom, c'était bien l'ambition. Il l'avait dit lui-même : nous étions en compétition, *le premier à obtenir la soie*. Et je ne savais pas jusqu'où il était prêt à aller pour gagner.

« Il est en route pour le commissariat, ai-je répondu.

— J'ai entendu dire qu'il avait engagé Clarkson. Matthew va le tirer de ce mauvais pas », a-t-il dit avec une assurance décontractée.

Malgré ses motivations pour notre pause déjeuner impromptue, malgré sa curiosité évidente à l'égard de Martin Joy, ses paroles m'ont rassurée. Rien ne l'obligeait à promettre que tout allait s'arranger.

« Tu as audience, aujourd'hui ? »

J'ai secoué la tête.

« Alors tu devrais rentrer chez toi.

— Je ne peux pas faire ça », ai-je répondu, songeant à la pile de dossiers qui attendait sur mon bureau.

Il a haussé les épaules.

« Il n'y a pas beaucoup d'avantages à travailler en indépendant. Autant profiter d'un de ceux qu'on a. »

La sceptique en moi a pensé à tout le travail supplémentaire qui arrivait sur son bureau : le dossier que Paul avait tenu le matin même, et probablement quantité d'autres requêtes, injonctions et ordonnances de droits de visite que notre premier clerc ne me jugeait plus capable de prendre en charge. Pas étonnant qu'il m'encourage à sécher.

« Allez, file », a insisté Tom.

Et alors que je pensais à mon agenda vide – pour la première fois depuis des semaines, je n'avais pas d'audience prévue –, j'ai décidé d'oublier toute prudence et de passer l'après-midi au lit.

J'avais sincèrement l'intention de rentrer chez moi. J'ai descendu Kingsway pour rejoindre mon arrêt de bus habituel afin de prendre le numéro 19 en direction du nord, mais lorsque j'ai aperçu celui qui passait en sens inverse, je me suis surprise à traverser la route pour monter dedans.

J'avais l'impression de me lancer dans une aventure, tous les nerfs à fleur de peau. J'aurais aimé être invisible, ai-je songé alors que je m'asseyais sur l'étoffe rêche du siège ; mais dans le bus à moitié vide, je me sentais en exposition, comme si le monde entier me regardait.

Le bus a repris sa route vers le sud, presque jusqu'à sa destination finale, passant devant le doux scintillement du Ritz, traversant la splendeur patricienne de

Knightsbridge et longeant Sloane Street en direction de Chelsea. J'ai deviné quel arrêt était le plus proche de chez Donna et, d'un doigt hésitant, ai appuyé sur la sonnette alors que nous approchions du bas de King's Road.

Il faisait encore un temps sombre et affreux, avec des nuages gris et de la bruine qui m'ont rappelé la dernière fois que j'étais venue là. J'ai resserré mon manteau autour de ma taille, si fort que j'ai eu l'impression d'avoir un corset, et j'ai tourné au coin de la rue où habitait Donna. J'ai immédiatement repéré de l'activité dans la maison. J'ai avancé lentement, mes pas incertains me conduisant vers le pub d'où je l'avais épiée une semaine plus tôt.

Je me sentais trop à découvert pour observer ce qui se passait depuis la rue, alors je suis entrée dans l'établissement. L'air chaud aux effluves de houblon m'a emmitouflée comme une couverture, me protégeant de l'après-midi froid et humide. Les lieux étaient presque vides, mais cela ne m'a pas surprise. On était lundi après-midi. Il ne devait pas y avoir beaucoup d'alcooliques dans le quartier de Chelsea, et même si on y servait à déjeuner, cette clientèle-là était partie, des verres vides et un hamburger entamé sur une assiette constituant la seule preuve d'activité antérieure.

J'avais besoin de boire quelque chose. Alors que je m'approchais du bar, une jolie brune occupée à nettoyer avec une éponge le comptoir éclaboussé de bière a arrêté ce qu'elle faisait pour me demander ce que je voulais.

C'était une question aimable, le genre qu'elle devait avoir posée plusieurs dizaines de fois dans la journée ; mais, à mes oreilles, elle sonnait comme une accusation. *Qu'est-ce que vous voulez ? Qu'est-ce que vous faites ici ?* Même moi, je n'avais pas la réponse à cette question.

J'ai demandé une vodka tonic, et tendu un billet de dix livres d'une main tremblante. Il y avait une rangée de tables devant la fenêtre et j'ai traversé la pièce pour m'asseoir à celle qui offrait la meilleure vue de la maison de Donna. C'était la même table, le même poste d'observation que la semaine d'avant et, en m'asseyant, je me suis clairement souvenue d'avoir fait la même chose le lundi précédent.

Je me rappelais le manteau rose de Donna en train de disparaître dans la maison, la tache sombre du bras de Martin dans le creux de son dos alors qu'il la laissait entrer avant lui.

Je pouvais me représenter une ombre à la fenêtre, la silhouette élancée de Donna en train de fermer les volets, de fins traits de lumière dorée illuminant les minces espaces entre les lattes.

La maison m'avait paru si imposante et calme ce soir-là, mais à présent, elle avait l'air grouillante de monde et profanée. Je pouvais voir les agents de la police technique et scientifique en combinaison blanche, les inspecteurs en costume bon marché et un troupeau de photographes et de journalistes. Je pouvais voir les camions de télévision, les fourgonnettes de chiens policiers et les badauds, à qui un policier frais émoulu de Hendon disait de garder leurs distances. Je ne voyais pas le ruban bleu et blanc censé circonscrire le lieu d'un crime, mais j'ai réalisé brusquement que c'était comme regarder une série policière sans le son. J'en avais vu assez pour pouvoir deviner ce qui se passait à l'intérieur : les agents de la police scientifique à quatre pattes, en train de ratisser les sols et les tapis à la recherche de sang, de salive et de fibres. Les pinces et les sacs de mise sous scellés, les zones passées au peigne fin pour trouver empreintes digitales et cellules cutanées alors qu'ils commençaient à reconstituer ce qui était arrivé à Donna Joy. Et la scène devant moi me disait qu'ils ne la croyaient pas disparue. Ils la croyaient morte.

J'ai sorti mon téléphone de mon sac. Appuyant sur l'icône des messages, j'ai fait défiler ceux de Martin. Des textos évoquant dîners et dispositions pour se voir. Des textos de lendemain matin, intimes. Des textos qui disaient des choses que nous ne pouvions parfois pas nous dire en face.

J'aime le goût de ta chatte.

Martin m'avait dit de tous les supprimer. Mais je ne pouvais pas. Je ne voulais pas effacer notre histoire. Je ne voulais pas faire comme si nous n'avions jamais existé.

J'ai fermé les yeux pour reprendre mon calme et réfléchir méthodiquement, logiquement, comme je le faisais lorsque j'étudiais mes dossiers. Si j'étais rentrée chez moi vers 2 heures du matin, j'étais probablement restée au pub jusqu'à la fermeture. J'ai essayé d'établir une chronologie de ce qui s'était passé à l'intérieur de la maison ce soir-là. Martin et Donna avaient-ils couché ensemble immédiatement ? Avaient-ils fermé la porte et commencé à baiser contre le mur, heureux, grisés et inconscients de tout ce qui se passait autour d'eux, notamment du fait que je les observais ? D'autres fragments de la soirée commençaient à me revenir en tête. Il y avait eu un intervalle entre le moment où ils étaient entrés dans la maison et celui où Donna avait fermé les volets. Cela laissait à penser qu'il n'y avait pas eu de scène de passion dans l'entrée – à la différence du soir où j'étais retournée pour la première fois dans le loft de Martin, ai-je songé avec un élan victorieux de courte durée.

Non, il avait dû s'agir d'une séduction plus lente, plus subtile. J'imaginais Donna en train d'ouvrir une bouteille de vin, de s'asseoir sur le canapé et d'enlever ses chaussures tandis qu'ils parlaient en riant du bon vieux temps et des amis qu'ils avaient en commun.

Peut-être qu'elle s'était levée pour servir à nouveau du vin et qu'il l'avait suivie. Je les imaginais dans la cuisine, un espace comme tiré d'une maison témoin, avec un casier à bouteilles pour le bordeaux et un placard vitré pour ses verres à pied en cristal taillé. Je l'imaginais choisissant le vin, ses longs doigts d'artiste caressant les bouteilles de façon suggestive, jusqu'à ce que Martin cède à l'impulsion qu'ils avaient ressentie tous les deux toute la soirée. Peut-être l'avait-il embrassée sur la nuque, avant de retrousser sa robe.

À ce stade, le vin avait dû être oublié. *Allons dans la chambre*, avait-elle dû lui murmurer, et il l'avait soulevée, légère comme une plume, pour la porter dans la chambre principale, leur chambre, un endroit où ils avaient fait l'amour des centaines de fois par le passé. Et encore ce soir-là.

Martin disait qu'il était reparti de chez elle à 1 heure du matin, mais je ne gardais aucun souvenir de cela. J'étais probablement déjà en train de rentrer à Islington. Je ne me rappelais rien au-delà des volets en train de se fermer et de la lumière tamisée qui me narguait.

J'ai jeté un coup d'œil à la serveuse, hésitant à lui demander si elle avait été de service cette nuit-là.

Le personnel avait-il été obligé de virer une malade d'amour ivre morte et de lui trouver un taxi ? L'alcool m'avait-il rendue furieuse et vociférante, ou bien étais-je restée assise à fulminer en silence près de la fenêtre ?

Je voulais savoir si quelqu'un au pub se souvenait de moi, mais j'avais soudain trop peur de la réponse.

Ma respiration s'accélérait de nouveau, et j'étais impuissante à la calmer. L'angoisse commençait à me suffoquer et mes émotions étaient comme les eaux vives d'une descente en rafting à laquelle j'étais incapable d'échapper.

« Vous en voulez une autre ? »

La serveuse était à côté de moi, en train de prendre mon verre vide sur la table.

Pendant un moment, je n'ai pas pu parler, et elle a posé la main sur mon épaule avec douceur.

« Ça ne va pas ? m'a-t-elle demandé, et sa voix a semblé me ramener à la réalité.

— Si, si. La tête me tourne un peu, c'est tout, ai-je répondu.

— Je vais vous apporter de l'eau. La cuisine a arrêté de servir, mais nous avons des chips derrière le comptoir si vous pensez que ça peut aider. C'est probablement de l'hypoglycémie. »

Je l'ai regardée remplir une carafe au robinet derrière le comptoir et l'apporter à ma table.

« Vous observez le spectacle dehors ? m'a-t-elle demandé en me tendant un verre propre.

— Qu'est-ce qui se passe ? ai-je fait d'un ton aussi innocent que j'ai pu.

— C'est cette dame qui a disparu. On a eu des journalistes ici toute la journée.

— La femme de banquier ? J'ai lu quelque chose à ce sujet. Elle habite dans cette rue ? »

Elle a hoché la tête.

« Je la voyais passer dans le quartier. Belle femme, un vrai top model. J'espère qu'elle n'a rien. »

Je lui étais reconnaissante pour le verre d'eau, mais j'aurais pu me passer de son observation sur le physique de Donna, qui me donnait l'impression d'être petite et quelconque.

J'ai bu mon eau à grands traits et, lorsque j'ai eu vidé mon verre, j'ai su que j'en avais assez vu, que rien de plus éclairant sur les événements du lundi soir précédent n'allait me venir, et que je ferais mieux de rentrer chez moi.

Mais alors que je regardais un chien policier sortir de la maison de Donna, j'ai également su que je ne pouvais pas rester sans rien faire. Je n'avais jamais été du genre à m'effacer, j'avais toujours détesté jouer les victimes. Je m'étais hissée des quartiers pauvres d'Accrington jusque dans les hautes sphères des cols blancs et de la haute bourgeoisie fréquentée par Charles Napier et Vivienne McKenzie à la seule force du poignet, et je ne pouvais pas laisser ces gens de l'autre côté de la rue – la police, les experts scientifiques, les médias – mettre la pression sur Martin. J'avais besoin d'être là pour lui, de l'aider. Parce qu'un coup d'œil à la maison de Donna m'avait suffi pour savoir que tous ces gens qui essayaient de la retrouver pointaient Martin du doigt. Je devais l'aider, et je devais m'y mettre immédiatement.

J'ai pris mon téléphone, espérant trouver un message de lui. Quelques mots rassurants pour me dire qu'on ne lui avait posé que deux ou trois questions de pure forme avant de le laisser rentrer chez lui.

Mais il n'y avait rien : ni appel manqué ni message non lu. Alors au lieu de ranger mon téléphone, j'ai envoyé un texto à Phil Robertson, lui demandant de me rejoindre aussi vite que possible.

Phil n'habitait pas loin, à Battersea, aussi l'ai-je vu arrêter sa moto devant le pub moins de vingt minutes après.

« Tu as fait vite, ai-je remarqué en le saluant de la main.

— Ce n'est pas pour rien qu'on appelle mon coin Little Chelsea », a-t-il répliqué avec un grand sourire en prenant une chaise.

Nous savions tous deux qu'un monde séparait son appartement de ce quartier privilégié. Je n'avais jamais été chez lui, mais j'imaginais très bien. Un trois-pièces en location dont il s'était plaint à de multiples reprises de ne même pas être le locataire premier, conséquence d'un divorce difficile qui avait laissé à sa femme infidèle l'usage de la maison familiale avec leur fille de six ans, tandis que lui-même était forcé de payer sept cents livres par mois à un cuisinier du nom de Sean pour sous-louer un F3 derrière la station de Queenstown Road.

« Je croyais qu'on se retrouvait pour prendre un café, mais si je comprends bien, c'est une surveillance, a-t-il dit en levant un sourcil.

— Je me suis dit que j'allais venir voir ce qui se passe », ai-je répondu, brusquement soulagée d'avoir un complice.

Phil a pris une bière, j'ai demandé une pinte de limonade, et je lui ai expliqué que j'avais vu Martin plus tôt dans la journée et qu'il était au commissariat pour un interrogatoire plus approfondi.

Il s'est contenté de m'écouter en silence, en sirotant lentement sa Stella.

« Il faut qu'on l'aide, Phil », ai-je conclu, fortifiée par sa présence et m'attendant à ce que Phil le divorcé, et pas seulement Phil l'enquêteur, adhère avec enthousiasme à mon idée.

Mais il est resté adossé à sa chaise, indifférent à mon plaidoyer.

« Je sais que tu es brillante dans ta carrière, Fran, mais tu es l'avocate de divorce de Martin Joy, et ça, ça doit être le boulot de son équipe de défense pénale, maintenant. »

J'ai pris ses mots comme un affront personnel. Je n'arrivais pas à croire qu'il puisse être aussi prosaïque.

« Mais on a de l'avance sur eux, ai-je protesté, entendant la panique dans ma voix. Je ne connais pas du tout son avoué, Matthew Clarkson, mais si ça se trouve, ils ne pensent même pas à mener leur propre enquête. Et même s'ils le font, nous, on a commencé il y a une semaine. »

J'avais un calepin dans mon sac – le sac de Martin – et je l'ai posé sur la table, ouvrant mon stylo avec un clic satisfaisant.

J'aimais écrire les choses. Cela m'aidait à réfléchir et à mettre mes pensées au clair.

« Lorsque nous nous sommes rencontrés l'autre jour, tu m'as dit que tu pensais que Donna voyait quelqu'un. Qu'il y avait eu des escapades d'un week-end et plusieurs nuits où elle n'était pas rentrée chez elle. Tu m'as dit que tu pensais qu'elle voyait son mari, mais si c'était quelqu'un d'autre ?

— Quelqu'un d'autre que Martin Joy ?

— C'est possible, ai-je insisté en me forçant à garder un ton détaché. Elle est séparée. À ses yeux, elle est libre et célibataire. C'est une femme séduisante… »

Je me suis interrompue juste avant d'ajouter *belle*.

« Elle avait sûrement des admirateurs. Nombreux.

— Ça a du sens, a-t-il fait en hochant la tête.

— Tu devrais étudier cette piste. »

Il m'a regardée par-dessus le rebord de son verre en fronçant les sourcils.

« Est-ce que le client l'a autorisé ? Dave Gilbert ne voulait pas que je cherche à en savoir plus sur les escapades à l'étranger…

— C'était dans le cadre du divorce de Martin. De l'espionnage en vue de négocier l'accord financier. Là, c'est différent, ai-je déclaré, laissant mes mots planer lourdement entre nous.

— Donc c'est Martin qui veut que nous enquêtions, a-t-il répondu lentement.

— Je lui en parlerai plus tard, mais oui, il veut que nous fassions tout ce que nous pouvons pour l'aider. »

Phil avait l'air sur le point de secouer la tête, mais finalement il a haussé les épaules.

« Veille à prévenir son équipe de défense pénale de ce qu'on fait, c'est tout. Je ne veux marcher sur les plates-bandes de personne, d'accord ?

— Bien sûr », ai-je répondu en me levant pour descendre aux toilettes.

Dans la pénombre fraîche de ces dernières, je me suis immédiatement trouvée mieux. Ç'avait été une bonne idée de venir là, ai-je décidé. Une bonne idée de rencontrer Phil. Même si je n'arrivais pas à me rappeler le moindre autre détail sur ce que j'avais vu le soir où Donna et Martin s'étaient retrouvés pour dîner, j'avais l'impression de m'être légèrement éloignée du bord du gouffre. Je me sentais plus forte, et enfin capable de distinguer un chemin dans les ténèbres.

J'ai posé les mains de part et d'autre du lavabo en émail froid, puis tourné le robinet pour m'asperger le visage d'eau. En me regardant dans le miroir, j'ai vu de minces traînées de mascara qui coulaient du coin de mes yeux, sombres et expressives comme des larmes de Pierrot. Je les ai essuyées du coin d'un mouchoir, j'ai remis du rouge à lèvres et je me suis sentie prête à ressortir. J'avais l'impression d'avoir retrouvé le contrôle de moi-même ; mon corps tout entier frémissait d'émotion et d'excitation, et les possibilités d'action se bousculaient dans ma tête.

Mon estomac a gargouillé et je me suis rendu compte que j'avais faim. Je ne voulais pas rester plus longtemps dans ce pub, et je me suis demandé si Phil voudrait bien m'accompagner dîner quelque part dans King's Road.

Je suis remontée des toilettes et, en approchant de notre table, j'ai remarqué que Phil était en train de lire un journal, l'*Evening Standard* du jour.

« Tu as vu ça ? » m'a-t-il demandé en levant les yeux.

Il avait une expression sérieuse, et cela m'a immédiatement mise sur mes gardes. Je me suis assise et il a tourné le journal pour que je puisse le lire.

« La police a publié un portrait-robot de quelqu'un à qui elle souhaiterait parler », m'a-t-il informée en m'indiquant l'image du doigt.

Il m'a fallu une seconde pour en réaliser la signification, mais lorsque je l'ai fait, j'ai été parcourue d'une vague de panique si forte qu'elle a failli me faire tomber de mon siège.

« Je suppose que c'est bon signe pour Martin, a continué Phil en terminant sa bière. Au moins, ça veut dire qu'ils gardent l'esprit ouvert, qu'ils envisagent l'hypothèse que le mari ne soit pas le coupable – tu sais, s'il est arrivé quoi que ce soit à Donna Joy. »

Je ne l'écoutais qu'à moitié, occupée à lire en diagonale l'article qu'il venait de me montrer. L'article qui révélait que la police souhaitait parler de toute urgence à une femme entre trente et quarante ans qui s'était enquise de l'endroit où elle pouvait trouver Donna Joy le soir où celle-ci avait disparu. Une femme aux cheveux châtains, portant un manteau noir et une écharpe verte, qui s'était présentée à l'atelier de Donna vers 7 heures du soir. J'ai jeté un bref coup d'œil au portrait-robot – des yeux étroits et méfiants, un nez d'une rondeur presque comique – et j'ai été presque vexée de constater qu'il n'était ni très ressemblant ni très flatteur.

24

« Comment ça, c'est toi ?! » s'est exclamé Phil, et, prenant une grande inspiration, je lui ai expliqué de façon aussi désinvolte que possible que j'étais la personne représentée par ce portrait-robot.

J'étais obligée de lui dire, bien sûr. Je savais que je devais le tenir informé et prêt à l'action si je voulais qu'il puisse m'aider.

« Le divorce était litigieux et les négociations s'envenimaient de plus en plus, ai-je continué, regrettant de ne pas avoir une autre vodka tonic devant moi. Donna persistait à se plaindre que Martin ne dévoilait pas tous ses actifs, et parlait de demander une expertise comptable plus vigoureuse de ses affaires. Je craignais que les choses ne soient pas résolues à l'audience de RLF, alors je voulais lui parler, officieusement. Voir si j'arrivais à lui faire entendre raison. »

J'inventais littéralement au fur et à mesure, et je savais que, compte tenu de son expérience personnelle des procédures de divorce, il saurait que c'était extrêmement peu professionnel de ma part d'essayer de parler à Donna de cette façon.

Il avait les yeux fixés sur le journal, mais, quand il les a reposés sur moi, ç'a été avec un regard inquiet.

« Bon sang, Fran ! Il faut que tu le dises à la police », a-t-il fait en refermant le *Standard*.

Pendant une seconde, je me suis tue, même si j'étais tentée de tout lui avouer. Ma liaison avec Martin, la soirée que j'avais passée à cette table à observer la maison, mon arrivée chez moi des heures plus tard, ivre, la jambe en sang et effondrée à la vue et à la pensée de mon amant avec sa femme.

Mais je savais aussi que Martin avait besoin que je sois libre, à le défendre, et non accaparée par l'enquête de la police ou incriminée moi-même. Alors dans l'immédiat, j'ai décidé de garder ces informations pour moi.

« Je sais, je suis d'accord », ai-je simplement répondu, le cœur battant la chamade.

La panique était en train de revenir. Je pensais que Phil essaierait au moins d'en faire une plaisanterie. Qu'il me dirait que le portrait-robot me faisait ressembler à Wallace de *Wallace et Gromit*. Que je devrais peut-être intenter un procès aux portraitistes de la police ; mais il était d'un sérieux inquiétant.

« Tu veux que je t'accompagne ? m'a-t-il demandé alors que j'attrapais mon sac, prête à partir.

— Ne dis pas n'importe quoi, ai-je répliqué avec un sourire, consciente que la seule stratégie d'adaptation dont j'étais capable à cet instant était de traiter la chose à la légère. Je vais passer vite fait au commissariat avant de rentrer. Je ne veux pas que la police croie qu'elle tient une piste solide alors que c'était juste une avocate stakhanoviste qui voulait en faire un peu plus pour son client. »

J'ai été obligée d'appeler Tom Briscoe pour obtenir le numéro de portable de Matthew Clarkson. Je suis tombée directement sur la messagerie de ce dernier, mais lorsque j'ai contacté sa secrétaire par le standard de son étude, il m'a fallu moins d'une minute pour découvrir que les enquêteurs qui s'occupaient désormais de la disparition de Donna étaient basés à Pimlico.

Ce changement de lieu de rattachement ne m'a pas échappé. J'ai passé quelques minutes à googler le nom et le numéro de l'agent qu'on m'avait dit de contacter, et me suis rendu compte que le dossier de Donna n'était plus géré par la brigade criminelle de Kensington et Chelsea, mais par une des MIT – *Murder Investigation Teams* – disséminées dans Londres. J'en connaissais assez sur ces unités pour savoir qu'elles se spécialisaient dans les affaires de meurtres, d'homicides involontaires et de disparitions inquiétantes. Je ne savais vraiment pas pourquoi ils prenaient celle de Donna tellement au sérieux, mais j'étais bien décidée à le découvrir.

L'inspecteur Doyle, l'enquêteur qu'on m'avait conseillé de contacter, était rattaché au commissariat de Belgravia dans Buckingham Palace Road, et je ne pouvais m'empêcher de penser que ça aurait plu à Donna. Pas de brigade basée à Ealing ou à Barking, pour elle. Même sa disparition était traitée dans le plus royal des quartiers de Londres.

Le bâtiment en lui-même était quelconque, d'architecture brutaliste des années 1970, en brique brune.

J'ai lentement relâché mon souffle, essuyé mes mains moites sur mon manteau et me suis présentée à l'accueil. Tous les sièges étaient occupés, et j'ai essayé de me changer les idées en me demandant pour quelle raison chacun était là. Le costard-cravate à l'air furieux s'était probablement fait voler sa Porsche ; la retraitée coincée venait signaler une atteinte à l'ordre public ; et je n'avais aucune idée de ce pourquoi la femme au visage tatoué, qui berçait un enfant dans sa poussette tout en hurlant dans son portable, était là, mais je n'ai pas attendu assez longtemps pour avoir le loisir d'imaginer son histoire.

Peut-être le bureau de Clarkson les avait-il prévenus par téléphone, mais au bout de quelques minutes à peine, une agente de police en uniforme m'a invitée à la suivre dans un dédale de couloirs. Elle n'a presque pas parlé, ne m'a donné aucune indication sur ce qui était sur le point de se passer, et j'étais trop occupée à me demander ce que j'allais dire en arrivant à destination pour faire la conversation.

Elle a ouvert la porte d'une salle de réunion, m'a demandé si je voulais une tasse de thé et a disparu, revenant quelques minutes plus tard avec un gobelet en plastique rempli d'une décoction à l'aspect anémique. Je l'ai regardée ressortir et j'en ai pris une gorgée avec gratitude ; j'avais chaud et les nerfs en pelote. Je me suis retenue de regarder mon téléphone : j'avais l'impression d'être observée dans cet espace clos et stérile, et je voulais rester parfaite et irréprochable.

Il s'est écoulé encore quelques minutes avant que la porte se rouvre, laissant entrer une bouffée d'air frais bienvenue.

Un homme brun en costume, plus jeune que je ne m'y attendais – la trentaine – et dont la veste peinait à contenir la musculature, m'a tendu la main.

« Rob Collins, s'est-il présenté en posant son mug de café infiniment plus alléchant sur la table. Je suis un des sergents détectives qui travaillent avec l'inspecteur Doyle. Merci d'être venue. »

Je ne savais pas si j'étais soulagée ou déçue de n'avoir pas eu droit au chef de l'équipe, mais une voix me disait qu'il fallait juste que je déballe mes excuses et que je file de là.

« Vous êtes une collègue de Matthew Clarkson, a-t-il continué, plus comme une affirmation que comme une question.

— Non, ai-je répondu en secouant la tête. Mais je suis l'avocate de Martin Joy. L'une d'eux, du moins.

— De combien est-ce qu'il a besoin ? »

Il a dit ces mots avec l'ombre d'un sourire, un geste de complicité qui m'a donné de l'assurance, même si je détectais une insulte à l'égard du riche banquier qu'ils avaient interrogé.

« Bref. Qu'est-ce qui vous amène ici ? » a-t-il enfin demandé, et j'ai su que le moment était venu pour moi d'avancer sous le feu des projecteurs.

J'avais déjà ressenti cela des milliers de fois : la trépidation, la nervosité, le trac, qui me saisissaient avant de prendre la parole au tribunal. Chaque fois que je devais prendre la parole au tribunal, pour être honnête. Je n'étais pas une oratrice-née ; même quand j'avais pour moi ma connaissance de la loi et ma conviction d'avoir raison dans l'affaire en jeu, je les ressentais toujours : cette terreur, ce doute, ce frisson de pure peur.

J'avais la main posée sur le genou, et bien que je porte un pantalon, je pouvais sentir la moiteur de ma paume à travers l'étoffe.

« Un portrait-robot a été publié dans l'*Evening Standard* cet après-midi, ai-je dit d'un ton aussi calme que possible. La police souhaitait parler à une femme qui a été aperçue à l'atelier de Donna Joy la semaine dernière.

— Exact, a répondu Rob Collins en s'animant.

— C'était moi, ai-je révélé en essayant de trouver la note juste entre désinvolture et compréhension de la gravité de la situation.

— Vous ? »

Il a pris une autre gorgée de café et a ouvert le bloc-notes A4 qu'il avait apporté. Son visage était plus détendu que lorsqu'il était entré. Il allait recevoir des félicitations pour cet entretien : peut-être qu'après ça, il se verrait confier des tâches plus intéressantes que celle d'interroger les quidams qui se présentaient avec des « informations ».

« Enfin, je crois que c'est moi, ai-je ajouté. Je suis partie du travail vers 18 heures et je me suis rendue à l'atelier de Mme Joy. J'ai dû y arriver vers 18 h 45, et je portais un manteau noir et une écharpe verte, comme il est précisé dans votre avis de recherche. Personnellement, je ne trouve pas que ce portrait-robot me ressemble vraiment, mais j'ai effectivement parlé à une dame – les cheveux gris, la cinquantaine – qui m'a dit que Donna était partie, ayant fini sa journée.

— Joanna Morrison, selon toute probabilité, a fait remarquer Collins en notant tout ce que je venais de dire.

— Qui est-ce ?

— Elle est venue faire une déposition. C'est une artiste qui travaille à l'atelier. Elle a donné une description à notre portraitiste. Évidemment, nous avons jugé intéressant que quelqu'un se soit enquis de Donna le soir où elle a disparu.

— Comme je vous l'ai dit, c'était moi. »

J'ai bu ce qu'il restait de mon thé froid.

« Que veniez-vous faire là-bas ? a-t-il hasardé.

— Il faut que je sois prudente, ai-je répondu lentement. Secret professionnel. J'ai une obligation vis-à-vis de mon client de garder confidentiels certains détails.

— Dites-moi ce que vous pensez avoir le droit de me dire », a répliqué Collins d'un ton un peu plus dur.

Prenant une inspiration, j'ai répété l'explication que j'avais donnée à Phil Robertson. Ç'a été plus facile de mentir cette fois, tellement facile que ça me faisait déjà l'impression d'être la vérité.

« Je fais ce métier depuis longtemps, et je savais que les choses n'allaient pas se régler à la résolution des litiges financiers dans l'affaire Joy contre Joy. Les audiences finales litigieuses ne sont jamais utiles, elles sont stressantes, coûteuses, et je ne voulais pas que mon client, M. Joy, ait à vivre ça. Les avocats de divorce de Mme Joy faisaient de l'obstruction. Je voulais juste voir si je pouvais lui parler. De femme à femme. »

Je me suis interrompue pour donner plus d'impact à mes mots. L'espace d'un instant, j'avais oublié que je me trouvais dans une salle d'interrogatoire étouffante et non au tribunal. Je me suis rendu compte que je jouais un rôle et j'ai été impressionnée par mon interprétation ; contente, aussi, d'avoir eu un galop d'essai avec Phil Robertson et d'avoir devancé les doutes que Collins aurait pu avoir.

« Et c'est pour ça que vous vous êtes rendue à son atelier ? a-t-il demandé en essayant de me regarder droit dans les yeux.

— Ce n'est pas la façon orthodoxe de procéder mais, à mon avis, c'est la plus efficace, ai-je répondu avec l'expression réfléchie et informée que j'avais si souvent travaillée devant mon miroir.

— Mais vous n'avez pas du tout vu Mme Joy ?

— Comme je vous l'ai dit, la dame aux cheveux gris m'a dit qu'elle était déjà partie.

— Alors qu'est-ce que vous avez fait, ensuite ? »

J'ai pris une inspiration discrète avant de répondre.

« Je suis rentrée chez moi.

— Vous êtes rentrée chez vous.

— Oui, ai-je répété de la voix la plus claire et la plus assurée que j'ai pu trouver.

— Et vous n'avez pas vu Donna Joy ni parlé avec elle après cela ?

— Non », ai-je confirmé, consciente que je venais de m'engager sur une voie où il me serait impossible de faire demi-tour.

25

J'ai appuyé la tête contre la vitre froide du taxi tout en revenant encore et encore sur l'entretien, me demandant si j'aurais dû faire les choses différemment. J'avais menti à un représentant de la loi. Un sergent détective travaillant sur la disparition, fortement médiatisée, d'une personne que la police croyait très probablement morte, ou du moins en danger. En tant qu'avocate, je savais mieux que quiconque que cela constituait une entrave à l'exercice de la justice, un délit passible – en théorie – d'une peine de prison pouvant aller jusqu'à la perpétuité.

L'espace d'une seconde, je me suis imaginée en combinaison de détenue, mais je me suis forcée à revenir à la réalité. Je n'avais pas complètement menti au sergent Collins, ai-je tenté de me convaincre. Je ne lui avais simplement pas tout dit.

Une conversation officieuse avec Donna Joy à son atelier *aurait pu* être constructive, et j'étais vraiment rentrée chez moi ce soir-là. Même si c'était plus tard que je ne l'avais laissé entendre.

Non. Ce que j'avais dit à Rob Collins était une version simplifiée de la vérité, qui valait mieux pour toutes les parties concernées. Pour l'enquête. Et les informations que j'avais fournies étaient utiles. C'était Collins lui-même qui me l'avait dit : il m'avait remerciée d'être venue au commissariat et d'avoir résolu l'énigme de la mystérieuse visiteuse de Donna ce soir-là.

J'ai essayé de ne plus penser à rien, regardant défiler les bâtiments londoniens et les lumières nocturnes – de simples taches rouges et blanches à travers la vitre mouchetée de pluie – sans vraiment les voir. Les motifs colorés ainsi formés étaient hypnotiques ; mais au bout d'un moment, ils ont semblé conspirer avec la confusion qui régnait dans mes pensées pour me donner la nausée. J'ai été soulagée de voir le taxi s'arrêter enfin devant chez moi, et j'ai posé les pieds sur le trottoir avec gratitude, comme si je venais de descendre d'une attraction de fête foraine particulièrement désagréable.

Mon immeuble offrait une apparence ténébreuse et désolée. L'appartement du dernier étage était inoccupé depuis des mois, et, bien que nous ayons entendu dire qu'un locataire allait venir s'y installer, il n'y avait aucun signe de vie là-haut depuis Noël. Celui de Pete Carroll, au rez-de-chaussée, était également plongé dans le noir. Lorsque j'étais sortie de chez lui une semaine plus tôt, il avait mentionné qu'il s'en allait quelques jours en voyage de recherche, sans préciser combien de temps il serait parti. J'étais contente qu'il ne soit pas là.

Insérant ma clé dans la serrure, je suis entrée dans le vestibule. J'ai allumé la lumière mais l'ampoule a fait entendre un léger crépitement, et, après un bref éclair de lumière, je me suis de nouveau retrouvée dans l'obscurité. Il y avait du courrier partout sur le paillasson. Je l'ai ramassé pour le poser sur la table de l'entrée, à côté des deux piles d'enveloppes, la mienne et celle de Pete, que j'avais formées le vendredi.

Mes jambes fatiguées ont à peine eu la force de me hisser jusqu'à chez moi, et, lorsque je suis entrée dans mon appartement, je suis allée droit au salon, m'écroulant sur le canapé et repliant un bras sur mes yeux.

J'avais désespérément envie de dormir, mais mon cerveau était en ébullition. Je songeais à Martin, à ce qu'il faisait à cet instant même – des informations que Rob Collins, lorsque je lui avais posé la question, n'avait pas pu – ou pas voulu – me donner. Je songeais à l'équipe d'agents de la police scientifique que j'avais vus à Chelsea, et à qui j'avais même donné des noms : Julia, Tony et Helen. Ils devaient tous être rentrés chez eux, maintenant. Avoir enlevé leur combinaison, pris une bonne douche et retrouvé le réconfort de leur vie ordinaire, que la pensée des victimes et des criminels ne venait pas troubler. Et je songeais à Donna. Où était-elle, et que pouvais-je faire pour aider à la retrouver ? La police la croyait peut-être morte, mais je ne voulais même pas envisager l'idée. Nous allions la retrouver, et tout reviendrait à la normale. Mon travail, ma vie, ma relation avec Martin.

J'ai laissé mes pensées vagabonder. Je me suis autorisée à m'imaginer, une main sur mon ventre lisse et rond, l'autre serrée dans celle de mon amant. Je nous ai imaginés en train de marcher sur une plage, ou peut-être dans une prairie, en discutant de noms à donner à notre bébé. Je nous ai imaginés en train de rire, de nager, de boire, de manger, de baiser. Je nous ai juste imaginés ensemble. Inséparables.

Et puis je me suis dit qu'il fallait que je me calme. Que les émotions qui déferlaient en moi commençaient à ressembler à un épisode maniaque. Quand j'étais plus jeune, avant l'université, avant qu'on donne un nom à mes sautes d'humeur, avant que les choses s'aggravent, j'aimais cette sensation. C'était comme une drogue, une euphorie naturelle qui me donnait des super pouvoirs. Je me souviens d'avoir été capable de rester éveillée pendant des heures pour réviser, et sans ça, je ne suis même pas sûre que j'aurais obtenu les notes aux *A-levels* nécessaires pour étudier le droit.

J'avais envie d'un verre, mais je savais que je ferais mieux de boire une infusion.

Allumant la lumière, je suis allée dans la cuisine. J'ai ouvert le placard pour prendre un sachet de tisane, mais la bouteille de vodka était là où je l'avais rangée la veille, cachée derrière des conserves de soupe. L'attrapant, je l'ai posée sur la table de la cuisine et j'ai gonflé les joues. L'heure n'était pas à l'abstinence.

La dose de Smirnoff que je me suis servie était importante, et la petite bouteille de tonic que j'y ai mélangée a pétillé de façon gratifiante.

J'en ai pris une grande gorgée et, dans un effort pour me sentir plus vertueuse, je suis retournée dans le salon chercher ma mallette.

J'en ai sorti quelques dossiers que j'ai posés sur la table basse, et suis allée mettre un bas de pyjama. En revenant, je me suis lovée sur le canapé et j'ai pris le premier dossier de la pile, une affaire dont je m'occupais bénévolement pour le centre d'aide juridique gratuite de Hackney.

Celui-ci ne manquait pas de volontaires, de l'avoué en stage au conseiller de la reine à la retraite, mais je culpabilisais quand même de ne pas y être allée depuis longtemps, et me suis promis d'y retourner cette semaine. J'avais du retard à rattraper sur beaucoup de sujets, ai-je songé en feuilletant un rapport sur l'augmentation des mariages forcés dans l'East End, et un communiqué de presse sur un nouveau centre pour les victimes de violences conjugales, dont certaines avaient besoin de conseils juridiques pour se séparer de leur conjoint.

J'avais bu la dernière goutte de ma vodka lorsque j'ai entendu frapper à la porte. J'ai sursauté, et puis mon cœur s'est mis à battre à tout rompre. Martin n'avait pas les clés de mon appartement, pas encore. Mais peut-être n'avais-je pas bien fermé la porte de l'immeuble et s'était-il permis d'entrer.

J'ai reposé le dossier et me suis dirigée vers la porte. Je n'avais pas le temps de me remaquiller mais je me suis humecté les lèvres et lissé les cheveux.

J'ai été stupéfaite de découvrir Pete Carroll. Il avait bonne mine, un léger hâle faisant ressortir un chapelet de taches de rousseur pâles sur son nez.

« Salut, a-t-il dit en enfonçant les mains dans les poches de son jean. J'ai été absent quelques jours. Je voulais savoir comment tu vas.

— Où est-ce que tu étais ? ai-je demandé sans ouvrir la porte complètement. Tu es bronzé.

— À Rome. Un programme d'échange scientifique avec l'université, là-bas. »

Nous nous sommes tus tous les deux et il n'a pas montré d'intention de partir. J'étais mal à l'aise, mais après sa gentillesse de la semaine précédente – il avait payé le taxi, m'avait laissée dormir sur son canapé –, ça me paraissait impoli de le laisser planté là.

« Tu veux entrer une minute ? lui ai-je proposé. J'étais sur le point de faire du café. »

Il m'a suivie dans la cuisine, un petit espace où, avec une deuxième personne dans la pièce, je me suis soudain sentie à l'étroit. Il est resté près de la porte pendant que je prenais deux mugs dans le placard. Le rituel pour préparer un vrai café allait prendre trop longtemps, ai-je décidé en voyant que la pendule au mur indiquait 10 heures passées, aussi ai-je sorti deux sachets Starbucks d'une boîte en fer.

« Alors, qu'est-ce qui s'est passé à Rome ? ai-je demandé en versant les granulés de café dans les tasses et en allumant la bouilloire.

— Trois doctorants de chez eux sont venus chez nous juste avant Noël – alors on était invités là-bas en échange. On était juste là pour observer leur travail, en fait, et échanger des idées.

— Dans combien de temps est-ce que tu finis ton doctorat, Pete ? ai-je demandé avec un sourire, essayant d'être aussi chaleureuse que possible.

— Il me reste un an, a-t-il répondu en haussant les épaules. Peut-être plus. »

Il s'est interrompu pour me regarder.

« Et toi alors, ça va ? Tu es allée voir le médecin la semaine dernière ?

— Oui. Ça va, ai-je fait avec un geste désinvolte de la main.

— J'ai googlé “bipolaire”. Il faut que tu fasses attention avec l'alcool. »

Il a jeté un coup d'œil à la bouteille de vodka, et j'ai senti l'embarras me gagner.

« Je sais, ai-je répondu en détournant les yeux.

— Bref, je voulais juste vérifier que tout allait bien. J'ai lu les journaux dans l'avion. La femme de banquier qui a disparu… » Il a marqué un temps avant de le dire. « Ce n'est pas la femme de ton ami, si ? »

Il a légèrement mis l'accent sur le mot « ami », et l'atmosphère a aussitôt changé dans la pièce exiguë et confinée. Il ne m'a pas donné la chance de nier.

« J'ai reconnu sa photo dans le journal. C'est le mec que j'ai vu avec toi l'autre soir à l'arrêt de bus, a-t-il continué d'une voix plus lente, plus délibérée. Tu m'as dit qu'il était séparé de sa femme, mais que c'était compliqué. »

L'espace d'un instant, je suis restée pétrifiée. Je ne savais pas quoi dire, et j'ai accueilli avec gratitude le glougloutement de l'eau en train de bouillir.

Je me suis détournée de lui pour la verser dans les tasses, mais je sentais le poids de ses yeux sur moi.

« J'ai vu ton portrait à toi aussi dans le journal. »

Il avait baissé la voix, et la note de malveillance dans son ton était impossible à rater. J'ai mélangé le café avec une cuillère, regardant le liquide noir tourbillonner alors que je le sentais faire un pas vers moi.

« Le portrait-robot, tu veux dire ? ai-je répondu d'une voix affectée d'un léger tremblement malgré mes efforts pour garder un ton posé. Oui, c'était moi. Je suis allée à son atelier pour essayer de lui parler. À Donna Joy. La police est au courant.

— Donc tu as dit à la police que Martin et toi… »

J'avais le souffle de plus en plus court. L'impression de voir les murs grandir autour de moi, faisant de la cuisine un canyon vertigineux. Un canyon dont les parois se rapprochaient inexorablement, au point que j'arrivais à peine à respirer.

« Dit quoi ?

— Que tu te le tapes. »

J'ai dégluti.

« C'est mon client, ai-je répondu doucement.

— Les bruits que j'ai entendus en provenance de ton appart n'avaient pas l'air très professionnels », a-t-il répliqué avec un mince sourire qui me mettait au défi de tout nier.

J'ai fermé les yeux un moment, me rappelant le soir où Martin et moi étions allés chez Ottolenghi et avions croisé Pete Carroll en revenant chez moi. J'étais un peu ivre, et le désir s'était ajouté au vin orange pour achever de me tourner la tête. Nous avions baisé dans tout l'appartement avant d'atteindre enfin la chambre : sur la table basse, dans l'escalier et sur le plancher du salon, où j'avais eu un orgasme si intense que j'avais mordu dans un coussin pour essayer d'étouffer mes cris. Trop tard pour éviter que Pete Carroll, à l'étage en dessous, les entende.

J'ai rouvert les yeux brusquement pour le regarder.

« Où veux-tu en venir, Pete ? » ai-je demandé, sentant tous les muscles de mon corps se crisper.

Il a fait un autre pas vers moi, se rapprochant tellement que j'ai pu voir la dilatation avide de ses pupilles.

« Nulle part, a-t-il répondu simplement. J'ai juste remarqué quelque chose de curieux : la nuit où la femme de ton amant a disparu est la même que celle où tu les as vus ensemble et les as suivis. La nuit où tu as perdu connaissance et es revenue ici incapable de te rappeler quoi que ce soit, mais malgré tout bouleversée, éperdue, divagante. Comment va ta jambe, au fait ? Cette entaille avait un sale aspect.

— Ma jambe va bien », ai-je répliqué.

Il a marqué un temps.

« Je suppose que tu n'avais pas beaucoup d'amitié pour Mme Joy. Les choses semblaient aller si bien entre M. Joy et toi. Les dîners chez Ottolenghi, les promenades au clair de lune. Et puis sa femme revient sur le devant de la scène… » Le lourd sous-entendu derrière ses mots m'a fait frissonner.

« Qu'est-ce qui s'est passé, cette nuit-là ? m'a-t-il demandé plus directement.

— Rien du tout, ai-je répondu, en luttant pour garder un ton posé.

— Je ne suis pas sûr que la police te croie, a-t-il rétorqué en fixant sur moi un regard d'une telle intensité que j'étais incapable de détourner les yeux. En fait, je pense qu'il vaut mieux qu'elle n'en entende jamais parler, tu n'es pas d'accord ? »

Il s'est encore rapproché. « Les choses pourraient devenir difficiles, sinon. Embarrassantes pour tout le monde. Surtout toi. »

Je voulais le défier, mais je n'ai pu qu'acquiescer.

« Ne t'inquiète pas, je suis ton ami. Ce sera notre petit secret », a-t-il chuchoté en passant la main autour de ma taille.

Il m'a attirée contre lui et j'ai senti son haleine sur mon visage, son érection à travers son jean. Il avait la main au creux de mon dos et a glissé les doigts sous l'élastique de mon pyjama.

Fermant les yeux, je me suis forcée à respirer. Je cherchais éperdument un moyen d'échapper à cette situation, mais je savais que parfois il valait mieux capituler. Au moins temporairement, le temps de trouver une solution. Une décision stratégique, comme le sacrifice d'un pion.

« Tu vas adorer », a-t-il murmuré d'un ton lascif.

J'en doutais, et ses mots m'ont donné la chair de poule. Je savais que je pouvais le repousser, hurler, simplement m'écrier « non ». Mais je ne l'ai pas fait. Je ne l'ai pas fait. Et alors qu'il se penchait pour m'embrasser dans le cou, je me suis punie avec l'idée que je ne pouvais m'en prendre qu'à moi-même.

26

Je me suis réveillée lentement, un rayon de lumière grise et terne perçant par la fente entre les rideaux et éclairant juste assez la chambre pour indiquer que la nuit était finie. À cet instant, encore, c'était à peine le début d'une nouvelle aube, d'une nouvelle journée que j'allais accueillir lentement, paresseusement, avec ma routine habituelle, qui consistait à me dire que je pouvais rester couchée encore cinq minutes, à profiter de celles-ci pour me rappeler ce qu'il y avait dans mon agenda, puis à me sortir enfin du lit pour me faire un café. Pendant un innocent et délicieux moment, tout est allé bien, jusqu'à ce que brusquement, comme si un plancher pourri venait de céder sous mon poids, mon estomac se retourne et je me rappelle ce qui s'était passé la veille.

Les mains de Pete sur mon corps.

Mes mensonges à la police.

Ses lèvres sur ma peau.

Mon entrave à l'exercice de la justice.

La sensation de ses doigts moites.

Qu'est-ce que j'ai fait ? J'ai senti mon corps se crisper, ma bouche s'emplir de salive chaude, à l'idée qu'*il* puisse être encore dans le lit à côté de moi. Je me suis figée en tendant l'oreille, à l'affût du léger murmure d'un autre souffle que le mien. N'entendant rien, j'ai lentement tourné la tête en entrouvrant les paupières. L'autre côté du matelas était vide. Pete était parti. Quand, je n'en avais aucune idée. Sûrement quelque temps après que je m'étais endormie, même si, à l'issue de nos ébats, j'avais été tellement dégoûtée par moi-même, par lui, par la situation dans laquelle je m'étais mise, que je n'avais pas réussi à trouver le sommeil pendant très longtemps, même après que Pete s'était laissé retomber sur le dos à côté de moi, assouvi et épuisé, se mettant à ronfler doucement au bout de quelques minutes.

Me redressant, j'ai remarqué l'empreinte de tête sur l'oreiller, le cheveu roux étranger sur le drap, et j'ai été prise d'un brusque haut-le-cœur. Portant la main à ma bouche, je me suis précipitée dans la salle de bains et suis tombée à genoux devant les toilettes. J'ai essayé de vomir, encore et encore, secouée de hoquets comme une voiture vétuste dont le moteur est froid, mais rien n'est venu à part un long filet de salive ; c'était presque comme si mon corps ne voulait même pas m'accorder ce soulagement.

Je me suis laissée glisser sur le carrelage froid en fermant les yeux. Il ne servait à rien de me demander si j'avais pris la bonne décision en couchant avec Pete Carroll. Je n'avais même pas eu le temps d'y réfléchir. Tout s'était passé si vite : une minute, j'écoutais ses menaces à peine voilées, et la suivante, sa bouche était sur la mienne, et il m'avait paru plus facile de le laisser faire plutôt que de résister et de devoir faire face aux conséquences immédiates : un Pete Carroll furieux et vindicatif qui, je le savais désormais, était entièrement capable de détruire ma vie. Mais sur le moment, ça n'avait pas été une grande consolation. Je me sentais complètement sonnée et déconnectée du monde autour de moi ; nerveuse et fragile, comme si en touchant ma propre peau, je risquais de la faire tomber en poussière.

Je haïssais Pete Carroll ; je le haïssais. Mais surtout, je me haïssais moi-même, pour toutes les décisions calamiteuses qui m'avaient entraînée sur cette voie de plus en plus étroite, où je me retrouvais coincée de toutes parts, oppressée, sans la moindre lumière au-dessus de moi.

Respire, me suis-je dit. *Il y a toujours une porte de sortie. Réfléchis vite et trouve une solution : tu es douée pour ça. C'est ton domaine.* J'ai hoché la tête. Les choses se résumaient à ça : je pouvais rester là, recroquevillée par terre. Ou je pouvais me bouger, affronter le monde et agir pour essayer de remédier au pétrin dans lequel je me trouvais.

Les jambes à moitié engourdies, je me suis redressée avec peine pour cacher ma nudité sous un peignoir, que j'ai serré autour de ma taille avant de le nouer, les doigts tremblants. Puis, à petits pas chancelants, je suis descendue dans le salon, sur le qui-vive au cas où Pete serait encore dans l'appartement. Heureusement, celui-ci était vide et silencieux, à l'exception du grondement léger de la circulation qui commençait à s'intensifier dans la rue.

La bouteille de vodka de la veille au soir était toujours sur la table de la cuisine, et j'ai été tentée de la vider d'un trait. Mais à la place, je me suis forcée à boire un verre d'eau, puis je me suis lavée, mettant l'eau aussi chaude que j'étais capable de le supporter, puis aussi froide qu'il était possible de le faire. Les deux extrêmes de température m'ont laissé une sensation cuisante sur la peau, mais au moins je me suis sentie plus propre une fois son odeur partie avec l'eau de ma douche.

J'ai trouvé la plus vieille et la plus chaste culotte de mon tiroir, bien loin des bandes de dentelle luxueuse que j'avais achetées pour mes soirées en tête à tête avec Martin, et je l'ai enfilée. J'ai boutonné mon chemisier blanc jusqu'en haut et j'ai mis mes collants noirs les plus opaques sous ma sobre jupe droite.

J'ai essayé de ne pas regarder le lit en m'habillant, mais lorsque l'air vicié de la chambre m'a prise à la gorge, j'ai saisi la couette et l'ai jetée dans le couloir, avant d'arracher le drap du matelas pour le pousser à coups de pied dans l'escalier. Descendant à sa suite, j'ai attrapé un sac-poubelle dans la cuisine et j'y ai fourré le tissu souillé, avant de le refermer en faisant un gros nœud noir.

J'ai lavé mes mains tremblantes et ouvert la fenêtre de la cuisine aussi grand que j'ai pu, prenant d'énormes bouffées d'air londonien, qui ne m'avait jamais paru si frais et si pur. Les mains crispées sur le rebord blanc et craquelé, j'ai baissé les yeux sur la cour minuscule en dessous et j'ai vu le vélo de Pete appuyé au mur. L'espace d'un instant, j'ai envisagé de me jeter dans le vide, mais ensuite j'ai brutalement refermé la fenêtre.

Mon petit havre de tranquillité me semblait soudain étranger, comme s'il ne m'appartenait plus. En même temps, j'y étais prise au piège. L'homme qui avait abusé de moi était en bas, un sourire satisfait aux lèvres après une fructueuse nuit de chantage et de rapport sexuel forcé, à l'affût de mes pas, en train de préparer son prochain coup. Et pourquoi pas ? C'était comme ça que fonctionnait le chantage, n'est-ce pas ? Une fois que la victime avait succombé, on pouvait revenir encore et encore à la charge ; c'était un puits sans fond qui ne se tarissait jamais.

Attrapant mon sac et mon manteau, je me suis ruée vers la porte. Si je réfléchissais plus longtemps, j'allais rester pétrifiée, comme une proie traquée, un lapin pris au piège dans son terrier, sentant l'odeur du renard dans l'air. J'ai descendu l'escalier en grimaçant à chaque pas, les yeux fixés sur la porte en bas, imaginant que j'allais voir apparaître la tête de Pete, un sourire de Polichinelle concupiscent aux lèvres, et ses mains crochues m'attirer à l'intérieur de son appartement. « Tu vas adorer, caquetterait-il. *Adorer.* »

Mais sa porte est restée fermée et je me suis précipitée dans la rue, claquant des talons sur le trottoir, excessivement consciente de la peau de ma nuque, m'attendant à sentir le contact odieux de sa main, la chaleur de son haleine, à entendre sa voix murmurante. Au lieu de ça, j'ai vu un éclair rouge devant moi, les feux stop du numéro 19, et j'ai piqué un sprint, sautant à bord du bus juste au moment où les portes se refermaient en chuintant.

J'ai trouvé une place à l'étage inférieur et j'ai essayé de me concentrer. J'avais une audience importante ce jour-là, et je savais qu'il fallait que je me ressaisisse.

Heureuse d'avoir cette distraction pour empêcher mes pensées de revenir à Pete Carroll, j'ai sorti le dossier de mon sac, posé par terre entre mes jambes, et l'ai placé en équilibre précaire sur mes genoux pour le feuilleter, afin de me familiariser avec l'affaire.

Ma cliente, Holly Khan, essayait d'interdire à son ex-mari Yusef d'emmener leur fils de dix ans, Daniyal, au Pakistan pour un mariage dans la famille, craignant qu'il ne revienne jamais. Comme on pouvait s'y attendre, Yusef Khan contestait vivement son refus, et Holly avait tellement peur de perdre son enfant qu'elle voulait une ordonnance du tribunal pour s'y opposer légalement. N'importe quel autre jour, j'aurais pris plaisir à aider cette jeune femme vulnérable, mais ce matin, ce qui était attendu de moi me faisait l'effet d'un numéro de funambule en pleine tempête. Il n'y avait aucun doute : professionnellement, je m'étais relâchée, et mon manque de préparation pour les affaires que je devais défendre ce jour-là s'est ajouté à la liste des choses dont j'avais honte.

J'avais à peine eu le temps de lire le dossier en diagonale lorsque nous sommes arrivés à Holborn. Ramassant précipitamment mes affaires, j'ai sauté du bus, sentant mon chemisier me coller au dos alors que la sueur coulait entre mes omoplates.

J'ai pris rapidement un café et me suis hâtée de descendre Kingsway.

« Francine ! »

Alors que je passais la sécurité du tribunal, j'ai vu l'avouée qui m'avait confié le dossier, Tanya, agiter vigoureusement les bras. J'ai accéléré le pas et l'ai suivie dans une des salles de réunion.

C'était la première fois que je rencontrais la cliente, ce qui n'avait rien d'inhabituel dans les affaires de droit de la famille.

« Francine Day, je vous présente Holly Khan. »

Ma nouvelle cliente était menue et séduisante, mais son visage était creusé par les soucis et elle semblait au bord des larmes.

« Je suis sûre que Tanya vous a bien briefée, Holly, ai-je dit, passant immédiatement en mode professionnel. Il n'y a vraiment pas de quoi vous inquiéter. »

La jeune femme a tourné les yeux vers Tanya avant de les reposer sur moi. Je pouvais voir combien elle avait envie de me croire.

Bizarrement, la nervosité évidente de ma cliente calmait ma propre anxiété. La nature familière de mon milieu de travail, je suppose, le caractère apaisant du rituel, du fait de suivre toujours le même schéma. La loi était compliquée, mais au moins elle avait des règles ; au moins, on avait une vague idée de ce qui venait ensuite.

« OK, Holly, voici comment ça va se passer… »

J'ai brièvement récapitulé l'affaire et lui ai expliqué que le but de l'audience était double. Nous allions tenter de persuader le juge d'accorder une ordonnance d'interdiction, ce qui empêcherait efficacement son ex-mari d'emmener Daniyal hors du pays, tandis que les avocats de ce dernier allaient essayer d'obtenir une « autorisation temporaire de sortie du territoire ».

« En gros, nous demandons au juge de vous accorder le contrôle légal des déplacements de Daniyal, et Yusef demande la même chose. »

J'ai étudié les documents devant moi.

« Pourquoi est-ce qu'une ordonnance d'interdiction n'a pas été mise en place au moment du divorce ? » ai-je demandé en relevant les yeux.

La jeune femme a eu l'air saisie, comme si elle venait d'être convoquée dans le bureau du proviseur.

« Désolée, ai-je repris plus doucement. Je ne voulais pas insinuer que vous avez fait quoi que ce soit de mal, c'est juste que ce sont là les questions que le juge va poser à huis clos. »

Holly est restée pétrifiée.

« Nous ne voulions pas que la procédure de divorce s'envenime, est intervenue Tanya. Nous avons réussi à obtenir une bonne prestation compensatoire par l'intermédiaire d'un médiateur, et à l'époque nous voulions juste en finir rapidement et proprement. M. Khan peut être un homme difficile.

— Mais maintenant, la situation est différente, a enchaîné Holly d'une petite voix. À l'époque, il avait une raison de rester à Londres, mais maintenant il a perdu tout son argent. Même celui dont il m'avait caché l'existence pendant le divorce.

— Oui, ai-je dit en relisant une section du dossier que j'avais soulignée en rouge. Et si j'ai bien compris, vous pensez que M. Khan a peut-être des gens à ses trousses. Nous n'avons pas de déposition pour étayer cette affirmation, cependant, je me trompe ? »

Tanya m'a lancé une grimace d'excuse en réponse. Elle m'avait une fois écrit une recommandation pour l'annuaire juridique : *Francine Day réussit régulièrement l'impossible.* Et il était clair qu'à cet instant, elle espérait me voir sortir un lapin de mon chapeau.

« Je vous en prie, a dit Holly en nous regardant avec des yeux luisants de larmes. Est-ce que vous pouvez m'aider ?

— Je vais faire de mon mieux », ai-je répondu en essayant de communiquer plus d'assurance que je n'en éprouvais.

La vérité était que je me sentais nauséeuse, mal préparée et fébrile ; pas vraiment la meilleure combinaison pour se présenter à une audience. Certains avocats – comme Tom – semblaient avoir une capacité naturelle à improviser le jour même, se contentant de tirer argument des faits à mesure qu'ils leur étaient présentés, mais j'avais toujours été une bûcheuse, n'étant vraiment à l'aise que lorsque je connaissais le dossier sur le bout des doigts et que je m'étais préparée à toute éventualité. Là, j'avais l'impression d'avoir perdu ma corde de sécurité. Je les ai regardées toutes les deux, consciente qu'il y avait des dizaines de conseils que j'étais censée leur donner, mais incapable d'en trouver un seul. Un silence gêné a régné un moment, puis Tanya a toussé et dit : « Bon, on ferait mieux d'y aller », avant de nous faire entrer dans la salle d'audience.

Je connaissais le juge Sheldon ainsi que l'avocat de Khan, Neil Bradley, qui était professionnel et compétent ; le bruit courait que lui aussi était candidat à la soie cette année. Après avoir échangé des civilités, nous avons pris place et la procédure a commencé, le juge nous écoutant présenter tour à tour les détails de notre requête.

Je m'étais attendue à ne pas aimer Yusef Khan, mais il a été le charme incarné dès notre entrée dans le cabinet du juge. Beau comme un acteur bollywoodien, il était vif, convaincant et poli, à la différence de Holly, qui se montrait hésitante et a regardé son ex-mari de travers pendant toute l'audience. C'était ma faute, je le savais. J'aurais dû voir ça avec elle, la prévenir qu'il allait peut-être se comporter ainsi, que Neil Bradley – l'avocat compétent – lui aurait conseillé cette approche. Déstabilisée, j'ai commencé à expliquer les raisons de Holly pour vouloir empêcher Yusef de faire sortir Daniyal du pays. Je n'entretenais aucun doute sur ce que ma cliente m'avait raconté des problèmes financiers de Khan. Tanya m'avait expliqué que sa ribambelle de restaurants avaient été subventionnés par d'autres entreprises, parmi lesquelles maisons de passe et trafic de stupéfiants, auxquelles il avait mis un terme après s'être brouillé avec des gangsters. Mais ce genre de chose était difficile, presque impossible même à prouver. Ce n'était pas comme si nous pouvions obtenir des dépositions, que ce soit de la part des gangsters ou de celle de ses clients consommateurs de drogue, et Khan avait des comptes récents indiquant que ses restaurants s'en sortaient. Lorsque la séance a été suspendue le temps de déjeuner, je savais que la balance penchait en faveur de la partie adverse, mais malgré le découragement qui se lisait sur le visage de Holly, je savais également que ce n'était pas la fin du monde. Une conclusion solide pouvait fort bien suffire à convaincre le juge de privilégier l'excès de prudence. Après tout, rater un mariage était un désagrément, mais la possibilité qu'un enfant soit enlevé à sa mère représentait un risque sérieux.

« Je ne peux pas le perdre, a dit Holly d'une voix plaintive. Yusef est malin. Il était tellement convaincant à l'instant. J'ai l'impression que le juge croit tout ce qu'il raconte. »

Je me suis approchée pour poser la main sur les siennes.

« Je vais être franche, c'est difficile pour nous de prouver que Yusef ne reviendra pas au Royaume-Uni.

Mais ce que nous avons réussi à prouver, ce sont les conséquences qu'il y aurait si Daniyal ne revenait pas et était retenu au Pakistan par son père. Sa vie serait bouleversée, et le bien-être de l'enfant est la priorité absolue de n'importe quel juge. »

Elle a hoché la tête d'un air crispé et j'ai su qu'elle me faisait confiance, qu'elle mettait tous ses œufs dans le même panier : mon panier. Et j'étais hors d'état de me montrer digne de cette confiance.

Tanya est revenue dans la pièce avec du thé et m'a attirée à l'écart, hors de portée de voix de Holly.

« Alors, vous êtes confiante ? » m'a-t-elle demandé en me regardant du coin de l'œil tout en soufflant sur sa boisson.

Clairement, elle ne l'était pas. Je ne pouvais pas vraiment lui en vouloir.

« Il nous faut quand même une position de repli, ai-je répondu d'un ton alerte. Le voyage à Karachi est prévu pour la semaine prochaine. Il n'y aura peut-être pas le temps de faire appel. Alors nous devrions mettre en place des clauses de sauvegarde au cas où le juge les autoriserait à se rendre au mariage.

— Comme quoi ?

— Si Yusef ne ramène pas Daniyal chez lui, ce sera un cas d'enlèvement, pas de doute là-dessus. Cependant, le Pakistan ne fait pas partie de la convention de La Haye et, par conséquent, négocier son retour peut s'avérer compliqué, parce qu'il n'y a pas d'accords internationaux pour nous aider. Mais nous pouvons demander que Yusef fournisse un cautionnement, ou exiger qu'il laisse le passeport de Daniyal au Haut-Commissariat britannique d'Islamabad. »

Tanya a émis un grognement de dérision.

« Un cautionnement. Autant lui demander de jurer sur son honneur. S'il part pour le Pakistan, il ne reviendra pas, vous le savez.

— On n'en arrivera pas là, Tanya. Faites-moi confiance. »

Elle a haussé les sourcils.

« De toute façon, Holly n'a pas vraiment d'autre choix, n'est-ce pas ? »

Une cloche a sonné, nous informant qu'il était temps de retourner au tribunal. J'ai sorti mon téléphone de ma poche de veste pour vérifier si j'avais des messages. Aucun. Rien de Martin, et rien de Phil. M'armant d'une discrète détermination, j'ai gonflé les joues et regagné le cabinet du juge.

Immédiatement, les choses ont commencé à aller de travers. Il faut dire ce qui est, Neil Bradley s'est montré plutôt brillant lorsqu'il a résumé les arguments de Yusef Khan pour emmener son fils au Pakistan, faisant remarquer que Holly avait autrefois été en faveur d'un tel voyage, lorsqu'ils étaient mariés, et descendant en flammes nos allégations peu convaincantes que son client rencontrait des difficultés dans ses affaires. Il a donné une description détaillée de la vie merveilleuse que Yusef avait en Grande-Bretagne, évoquant notamment une nouvelle relation amoureuse qu'il entretenait avec une femme vivant à Bedford – une information cruciale que nous aurions dû avoir avant. Tout allait comme sur des roulettes pour Yusef, a argumenté Bradley, alors pourquoi est-ce qu'il abandonnerait tout ça ?

« Monsieur le juge, je me dois d'insister sur le fait qu'un non-retour aurait des conséquences bouleversantes sur la vie de Daniyal. Il a de bons résultats à l'école, il vient de gagner une place très convoitée dans un collège public sélectif, il a un vaste cercle d'amis… »

Le juge Sheldon a acquiescé en consultant le dossier.

Neil avait repris la parole. J'essayais de me concentrer, mais mon téléphone vibrait dans ma poche. Ça ne pouvait pas faire de mal d'y jeter un autre coup d'œil rapide, ai-je décidé, en le sortant discrètement pour le poser sur mes genoux. J'ai appuyé sur l'icône des messages pour voir s'il y en avait un de Dave Gilbert.

Les mots ont explosé à l'écran comme une grenade.

Martin Joy a été arrêté.

J'ai relu le message et la tête a commencé à me tourner. Tout le reste s'était estompé autour de moi, de sorte que je distinguais tout juste une voix en arrière-fond – celle de Neil, ou peut-être du juge Sheldon, douce et étouffée comme si nous étions sous l'eau.

« Avez-vous des propositions de garanties à réclamer ? »

La question du juge a flotté jusqu'à moi.

J'ai feuilleté inefficacement mes notes et essayé de parler, mais seul un bredouillement incompréhensible est sorti de ma bouche. Martin arrêté était la seule pensée que mon cerveau était capable de contenir, la seule chose qui semblait importer. Je l'imaginais conduit, menottes aux poignets, dans une cellule froide et sombre ; je l'imaginais essayant de me contacter, sans y parvenir.

Ma respiration s'est accélérée ; une énergie féroce et terrifiante envoyait des décharges jusque dans le bout de mes doigts.

Tanya me tapotait le bras mais c'était comme si j'étais sortie de mon corps. Que je flottais, me noyais, sombrais.

« *Observations finales*, ai-je entendu chuchoter furieusement à mon oreille, mais j'avais l'impression que mon cerveau était en train de s'éteindre.

— Je dois m'en aller », ai-je marmonné en me levant et en ramassant mes affaires.

Tanya a tendu le bras vers moi. J'ai senti sa main toucher ma toge, mais j'ai pivoté pour y échapper.

« Madame Day ? »

Le ton du juge était plus perplexe que fâché. Peut-être n'avait-il jamais vu un avocat se lever brusquement en plein milieu d'une audience pour s'enfuir du tribunal.

« Une urgence », ai-je murmuré.

Et, me frayant précipitamment un chemin entre les tables, j'ai passé la double porte pour finalement arriver dans le couloir, mes talons cliquetant sur le sol de marbre. Mon col blanc me serrait tout à coup un peu trop, et les murs semblaient se rapprocher, s'incliner au-dessus de moi. Je me suis ruée par la porte à tambour dans la lumière éclatante de la rue et j'ai avalé de grandes bouffées d'air frais, prise d'un besoin désespéré d'oxygène. Mais je ne pouvais pas m'arrêter ; il fallait que je continue de bouger, que je rejoigne Martin. J'ai aperçu un taxi et me suis précipitée vers lui, le sol semblant se dérober sous mes pas.

« Où est-ce qu'on va, ma petite dame ? » m'a demandé le chauffeur avec un grand sourire.

Je suis restée bouche bée ; je réalisais seulement à cet instant que je ne savais pas où aller. Je brûlais de voir Martin, d'être près de lui. Mais s'il était en garde à vue, je ne pouvais pas aller là-bas : c'était d'un avocat de droit pénal qu'il avait besoin, et cela semblerait extrêmement curieux que je me pointe à cet instant.

« Mayfair », ai-je répondu.

C'était le seul endroit qui me venait en tête.

27

Les bureaux de la société Gassler se trouvaient à seulement deux pas du célèbre hôtel Claridge's, mais un siècle au moins les en séparait ; au lieu d'une maison de ville en brique rouge évoquant les dandys de l'époque géorgienne, c'était un haut édifice de verre qui les accueillait, avec une façade vitrée qui faisait toute la hauteur du bâtiment et un énorme lustre moderniste pendu au-dessus du hall d'entrée haut de deux étages. En matière de finance liée aux hautes technologies, supposais-je, lignes pures et surfaces miroitantes s'imposaient. Alors que le taxi s'arrêtait devant, j'ai essayé d'appeler Sophie Cole une dernière fois ; elle n'était pas aussi proche de Martin que son mari, Alex, mais au moins j'avais son numéro de téléphone. Lorsque je suis tombée directement sur sa messagerie, j'ai précipitamment tendu de l'argent au chauffeur et failli tomber sur le trottoir dans ma hâte à descendre de voiture.

« Hé ! Votre perruque ! » a-t-il lancé avec un grand sourire.

J'ai fait volte-face pour attraper le postiche de crin argenté sur la banquette arrière et l'ai fourré dans mon sac avant de me ruer dans le bâtiment, manquant trébucher au sortir de la porte à tambour, ce qui m'a attiré un regard lourd d'interrogation de la part du concierge à l'air pincé qui tenait la réception.

J'ai jeté un coup d'œil derrière lui et noté que la société Gassler n'était pas la seule à occuper le bâtiment. À l'évidence, j'allais être obligée de passer par lui avant de pouvoir parler à la réceptionniste de Martin.

« Je viens voir Alex Cole, de la société Gassler », ai-je annoncé, brusquement gênée en me rendant compte que j'avais encore ma toge d'avocate sur le dos.

Même si dans le quartier des tribunaux cela me donnait l'air d'un pilier de l'ordre établi, il m'a regardée avec suspicion, comme si j'étais une ivrogne ou une vagabonde.

« Vous avez rendez-vous ?

— Si vous pouviez juste contacter son bureau pour voir s'il peut m'accorder un entretien, je vous en serais reconnaissante, ai-je répondu en essayant de recouvrer ma dignité. Dites que c'est Francine Day. Je suis sa représentante juridique.

— Je crois qu'il est encore en pause déjeuner », a-t-il répondu sans grand enthousiasme.

J'ai tapoté impatiemment des doigts sur le comptoir en marbre noir pendant qu'il prenait le téléphone pour appeler quelqu'un. Il m'a semblé prendre un malin plaisir à faire s'éterniser la conversation avant de m'annoncer en secouant la tête qu'Alex n'était pas dans ses locaux.

« Est-ce que je peux parler à son assistante, alors ? ai-je demandé en me penchant vers lui.

— Vous avez sa ligne directe ? a-t-il répliqué avec une note de défi dans le ton.

— Non, je n'ai pas son numéro, ai-je admis d'une voix qui commençait à se casser. C'est une urgence et j'ai besoin de parler à Alex Cole, tout de suite.

— Je peux lui laisser un message à l'accueil… »

Ça ne pouvait pas attendre, pas alors que Martin croupissait en prison.

« Trouvez-moi quelqu'un à qui parler immédiatement. »

Je pouvais m'entendre, stridente, agressive, pas convaincante. Le concierge s'est levé et, avant même qu'il ait dit quoi que ce soit, j'ai su qu'il s'apprêtait à me demander de partir.

J'ai jeté un coup d'œil vers l'ascenseur en entendant le tintement qui annonçait l'ouverture imminente des portes, et je me suis lancée à grandes enjambées dans sa direction.

Le bruit de pas précipités derrière moi a fait courir un frisson d'énergie dans tout mon corps.

Mes semelles ont glissé sur le béton ciré. J'ai failli tomber, mais une paire de mains s'est tendue pour m'aider à rester debout.

« Francine ? »

La voix était perplexe, légèrement agacée.

Je n'ai pas reconnu Sophie Cole immédiatement.

« Qu'est-ce que vous faites là ? »

Son visage s'est radouci.

« Je pourrais vous poser la même question, a-t-elle répliqué.

— Martin, j'ai appris pour Martin, ai-je expliqué en reprenant mon souffle. Il fallait que je sache ce qui se passe.

— Tout va bien, madame Cole ?

— Merci, Graham. Oui, tout va bien. Francine est avec moi. »

Elle a appuyé sur le bouton de l'ascenseur pour empêcher la porte métallique de se refermer.

« Allons dans mon bureau », a-t-elle déclaré vivement.

L'espace exigu de l'ascenseur me donnait l'impression de se contracter autour de nous, et je savais qu'il fallait que je dise quelque chose.

« Donc vous avez appris, pour Martin ?

— Bien sûr, a-t-elle répondu sans me regarder.

— Je suis désolée, mais il fallait que je vienne. »

Elle m'a jeté un coup d'œil avant de rebraquer les yeux droit devant elle.

« Vous pourriez commencer par enlever votre toge. »

Un autre jour, dans un autre ascenseur, j'avais enlevé mon chemisier alors que Martin pressait mon dos contre le métal froid de la porte. Cette époque me semblait soudain bien lointaine.

Je n'ai même pas essayé de protester ; j'étais juste soulagée que quelqu'un d'autre prenne les choses en main, soulagée que Sophie fasse montre de cette calme efficacité de chef de classe.

J'ai glissé l'étoffe noire roulée en boule sous mon bras et l'ai suivie hors de l'ascenseur, dans un couloir bordé de petites pièces contenant chacune une personne qui avait le nez collé à son écran d'ordinateur.

Je n'étais jamais venue sur le lieu de travail de Martin, avant, n'avais jamais vraiment imaginé à quoi un bureau de gestionnaire de fonds pouvait ressembler, ayant seulement en tête une vague image de mâles dominants écarlates aux yeux rivés sur des écrans Bloomberg, hurlant « Achète ! » et « Vends ! » au téléphone. Mais il régnait dans ces bureaux un calme déconcertant, le seul mouvement étant celui des yeux qui se levaient brièvement à mon passage devant chaque porte ouverte. Je me suis demandé s'ils savaient.

Sophie m'a fait entrer dans une pièce pleine des signes extérieurs du succès : plus vaste que les autres, avec un grand iMac sur le bureau par ailleurs vide et un canapé design d'où l'on pouvait observer les rues de Mayfair en contrebas.

« Je suis désolée, ai-je répété alors qu'elle refermait la porte derrière nous. J'avais juste besoin de savoir ce qui s'est passé, et je me suis dit qu'Alex était la seule autre personne à qui il pouvait avoir parlé…

— Vous ne pouvez pas faire ça, Fran, m'a-t-elle interrompue. Rien que dans les dix dernières minutes, j'ai dû répondre à deux appels de la presse. Je me rendais dans le hall pour vérifier qu'il n'y avait pas de photographes dans la rue lorsque je vous ai vue. Vous ne pouvez pas débarquer ici en toge et perruque et faire le forcing. C'est dans une entreprise que vous vous trouvez, Fran. Nous pourrions avoir des clients présents – nous en avons, d'ailleurs. Quelle impression ça donnerait si vous vous retrouviez en première page de tous les journaux demain ? Réfléchissez. »

Je savais qu'elle avait raison et j'ai pris quelques secondes pour le lui dire.

« Je sais. Mais quand on m'a prévenue que Martin avait été arrêté, j'ai eu besoin de parler à quelqu'un. »

Elle m'a dévisagée un instant, puis son expression s'est radoucie.

« Si c'était Alex, je serais dans le même état. »

Elle a pris une bouteille d'eau sur la console et rempli deux verres.

« Alors, qu'est-ce que vous savez ? m'a-t-elle demandé en m'en tendant un.

— Rien, ai-je répondu, sentant la panique resurgir. Juste qu'il a été arrêté.

— La police est passée au loft peu avant le déjeuner. Heureusement qu'il avait pris quelques jours de congé, sinon elle serait arrivée ici.

— Mais ils n'ont aucune preuve…

— Ils veulent juste donner l'impression qu'ils font quelque chose. J'imagine qu'à un moment ou à un autre, il pourra leur intenter une action en justice.

— Arrestation arbitraire, ai-je dit avec fermeté, voulant croire qu'il pourrait un jour prétendre à des dommages et intérêts.

— Mais pour l'instant, il n'est pas dans notre intérêt de rendre les choses plus compliquées qu'elles ne le sont déjà. »

Je l'ai regardée, attendant qu'elle développe. J'aimais bien Sophie Cole. J'aimais son côté compétent et pragmatique, même si cela me rappelait la personne que j'étais encore peu de temps auparavant. Elle était incontestablement plus intéressante que la moyenne des épouses que je rencontrais sur le circuit des mariages et des divorces de gens fortunés. Généralement séduisantes, elles étaient toutes également dotées d'une certaine froideur, une certaine détermination. Je suppose qu'elles en avaient besoin. Mais il existait un groupe plus petit dont la beauté n'était pas la caractéristique principale : les épouses intelligentes, les épouses accomplies, les femmes qui étaient aussi « alpha » que leur époux, et Sophie Cole rentrait assurément dans cette catégorie.

« Les gens veulent un coupable, Fran. La presse parce que ça fait vendre des journaux, la police parce qu'elle a un travail à faire et qu'elle veut s'en débarrasser. Je ne crois pas que Martin soit impliqué dans la disparition de Donna, mais si les gens veulent un méchant de l'intrigue, ne leur donnez pas d'armes supplémentaires. Ne leur donnez pas l'histoire de sa liaison avec son avocate. Ne vous pointez pas ici, paniquée et dans tous vos états, si vous ne voulez pas qu'ils posent des questions, parce qu'ils le feront. »

J'ai senti une vague de honte m'envahir. Elle avait raison, bien sûr – et j'étais censée être douée pour tout ça, pour penser quatre coups à l'avance, pour anticiper ce que l'opposition allait dire ou faire. Mais là, je semblais être paralysée, comme une machine grippée.

Je me suis assise sur l'élégant canapé et Sophie m'y a rejointe.

« Ils ne peuvent pas l'inculper, m'a-t-elle dit d'une voix calme et plus rassurante. Ils n'ont aucune preuve. »

J'ai fermé les yeux et acquiescé. Je n'étais pas seulement l'amante, j'étais aussi l'avocate. Ç'aurait dû être moi qui promettais à Sophie que Martin serait relâché sans être inculpé, que son arrestation n'était guère plus qu'un petit obstacle sur le chemin avant qu'on retrouve Donna. Mais je voulais entendre quelqu'un me dire que tout allait s'arranger.

J'ai senti Sophie poser une main rassurante sur mon avant-bras et je suis brutalement revenue à la réalité.

« Alex est là-bas avec son avocat. Il vient de m'envoyer un message. Martin va bien. Il est d'une trempe plutôt solide. Si la police croit qu'elle peut le pousser aux aveux en lui faisant peur, elle s'est trompée d'homme.

— Aux aveux ? ai-je répété en lui lançant un regard.

— À de faux aveux, a-t-elle repris en pesant davantage ses mots.

— Alex va le ramener chez nous et on va l'héberger quelque temps. Ça fait plusieurs jours qu'il est pris en photo dès qu'il entre ou qu'il sort de son appartement à Spitalfields, et je crains qu'il finisse par craquer s'il reste toujours tout seul. Et nous pourrons nous occuper de lui, bien sûr. »

Il était parfaitement logique de vouloir soustraire Martin aux téléobjectifs et aux insinuations, mais en même temps j'étais agacée que cela soit nécessaire alors qu'il était innocent. Et surtout, je savais que cela signifiait qu'il y aurait une barrière entre nous. Pour le protéger – pour nous protéger –, je devais me tenir à distance.

« Ça ne durera pas, m'a-t-elle consolée. C'est juste dans l'immédiat. Et vous savez que c'est mieux pour Martin. »

Mieux pour les affaires, ai-je songé.

« Mieux pour vous, a-t-elle ajouté comme si elle avait deviné mes pensées peu charitables.

— Je ne reviendrai pas ici, ai-je promis sans la regarder.

— Vous êtes sûre que ça va ? »

J'ai acquiescé rapidement.

« J'ai juste eu un moment de panique. Merci d'avoir été la voix de la raison. »

Elle s'est levée pour ouvrir la porte, mais a marqué un temps avant de le faire.

« Je sais que vous l'aimez, mais ne laissez aucun homme détruire votre vie, m'a-t-elle dit d'un ton calmement inflexible. Vous avez rencontré Martin parce qu'il voulait que vous le représentiez. Et s'il vous a choisie comme avocate, ça veut dire que vous êtes la meilleure. Aucun homme ne mérite que vous mettiez cette réputation en danger. »

Je savais qu'elle avait raison avant même que les mots soient sortis de sa bouche.

28

Je voulais rester dans l'orbite d'ordre et d'efficacité de Sophie, mais cette option ne m'a pas été offerte. J'ai été congédiée après qu'elle a reçu l'appel d'un autre journaliste, et j'ai bien vu que ma présence la rendait nerveuse.

Le concierge m'a lancé un regard soupçonneux lorsque je suis revenue dans le hall d'entrée, mais je l'ai ignoré, poussant la porte à tambour pour regagner la rue.

Lorsque le tourniquet de verre m'a déposée sur le trottoir, je me suis sentie comme nue, perdue. Les doigts crispés sur l'étoffe de ma toge, inspirant profondément l'air frais dans l'espoir de m'éclaircir les idées, je me suis demandé ce que j'allais faire à présent. Je savais qu'il fallait que je retourne au tribunal. Ma mallette était restée dans le cabinet du juge, à moins qu'elle ait subi l'humiliation d'être apportée à la sécurité. Mais comme il était presque 16 heures, heure à laquelle la plupart des avocats avaient déjà quitté les lieux, ou s'apprêtaient à le faire, je me suis dit que si je pouvais atteindre le Strand avant la fermeture, je pourrais récupérer mes affaires sans être vue par quiconque de ma connaissance.

Mon portable a sonné à ce moment-là, m'empêchant de réfléchir à l'étape suivante.

« Bon sang, mais qu'est-ce qui se passe, Fran ? » a tonné la voix de Paul dans mon oreille.

J'ai ouvert la bouche pour répondre, mais ses vitupérations n'étaient manifestement pas terminées.

« En trente ans de cléricature, je n'ai jamais eu à ramper autant que je l'ai fait pour vous cet après-midi, a-t-il poursuivi d'une voix tremblante d'émotion, comme si j'étais quelqu'un qui venait d'accrocher sa voiture flambant neuve. Tanya Bryan pense à vous poursuivre pour faute professionnelle, et je ne vous parle pas de la cliente, avec qui Vivienne et moi avons passé près d'une heure au téléphone, et qui demande pratiquement que vous soyez crucifiée sur Parliament Hill. Je veux dire, qu'est-ce qui vous a pris, putain ? »

Il était en colère, déconcerté, frustré, perplexe, et je ne pouvais pas lui en vouloir. Jusqu'à cet instant, j'avais été son élève modèle, qui ne commettait jamais d'impair ; sur qui il pouvait toujours compter, en bonne voie pour obtenir la soie et apporter la gloire au cabinet. Il venait brusquement de découvrir qu'en fait j'étais pourrie jusqu'à l'os. Je n'avais pas seulement été prise en flagrant délit de fumer derrière les abris à vélos, j'étais en chute libre, en route vers la délinquance pure et dure. Je n'ai rien dit pendant au moins cinq secondes.

« Je crois que je suis en train de faire une dépression nerveuse », ai-je fini par répondre.

Ce n'était pas une réplique que j'avais préparée, une excuse que j'avais travaillée, et, bien que ce ne soit pas strictement vrai d'un point de vue médical, c'était ce que je ressentais.

Ç'a été au tour de Paul de rester silencieux.

« OK », a-t-il fini par dire, avant de répéter le mot d'une voix plus ferme, comme si c'était enfin quelque chose qui avait du sens. Il a marqué un temps, puis demandé : « Vous avez vu un médecin ? »

Une moto est passée devant moi en rugissant, alors je me suis réfugiée dans une embrasure de porte pour avoir une conversation plus privée.

« Pas encore. Mais je vais le faire.

— Vous devriez. Aujourd'hui. »

J'avais l'impression d'être une adolescente qui venait d'annoncer à ses parents qu'elle était enceinte, avec Paul dans le rôle du père affligé et déçu. Je l'ai entendu lâcher un long soupir.

J'ai failli ne pas oser poser la question suivante. Je savais ce qu'il allait me répondre, mais il fallait que je l'entende le dire, malgré mes espoirs que mon comportement bizarre ait poussé le juge à ajourner l'audience.

« Qu'est-ce qui s'est passé, Paul ? Au niveau du dossier, je veux dire. Comment s'est terminée l'affaire Khan contre Khan ?

— Le juge a accordé une autorisation temporaire de sortie du territoire.

— Des garanties à donner ?

— Non. Apparemment, vous n'en avez pas demandé, alors la mère a été obligée de céder le passeport du gamin.

— On peut faire appel… ai-je dit, même si je savais qu'il n'y avait pas moyen qu'on me laisse encore approcher de l'affaire.

— Fran, laissez tomber. C'est trop tard. »

J'ai senti des larmes me picoter l'arrière des yeux, toutes les émotions de la journée se cristallisant en une boule de panique et de souffrance.

« Non. Il faut essayer, pour l'enfant. Si vous pouvez envoyer quelqu'un récupérer mes papiers, je peux arranger les choses… Je vais appeler Tanya.

— Ne faites pas ça, s'il vous plaît. »

Je n'avais pas besoin qu'il m'explique que j'étais désormais la dernière avocate au monde qu'elle laisserait toucher à ses dossiers, et à ce fiasco en particulier.

Je l'ai laissé continuer en ne l'écoutant que d'une oreille, mais j'ai quand même retenu le détail le plus important de ses prophéties : *Nous allons devoir travailler très dur pour éviter une accusation de négligence professionnelle. Je ne vois pas sa boîte faire appel au moindre membre de ce cabinet à l'avenir…*

Mais peut-être était-ce une voix dans ma tête qui me disait comment tout cela allait tourner.

« Fran, vous m'écoutez ? a demandé Paul. Où êtes-vous ?

— Dans Bond Street.

— Qu'est-ce que vous faites là-bas ? Il faut que vous rentriez chez vous.

— Je sais, ai-je répondu doucement.

— Est-ce que vous voulez que je passe vous voir après le travail ? »

C'était une proposition touchante, et inattendue au milieu d'une journée assez horrible. J'ai été prise d'une bouffée d'affection pour notre premier clerc. Une bouffée d'affection puissante et accompagnée d'un embarras qui m'a dit que son soutien et son amitié étaient plus que ce que je méritais.

« Ça va aller, ai-je répondu. J'ai juste besoin de faire un break pendant un jour ou deux.

— Il n'y a pas d'urgence. Vous aviez laissé des dossiers au tribunal, mais je me suis arrangé pour les rapporter ici. Je vais les réattribuer. Vivienne supervisera l'affaire Joy. Bien entendu, la procédure est en suspens pour le moment, mais vu les gorges chaudes qu'en fait la presse, il va y avoir quantité de feux à éteindre. »

J'ai senti la nausée me gagner en pensant immédiatement aux documents liés à l'affaire. Vivienne, ou la personne, quelle qu'elle soit, qui allait prendre le relais, allait devoir se familiariser avec ces documents, et j'essayais désespérément de me rappeler ce que j'avais écrit dans mes notes, s'il y avait le moindre élément incriminant dedans, ne serait-ce qu'un gribouillage puéril susceptible de révéler notre relation.

« Ne faites rien pour l'instant, ai-je dit prudemment. Laissez-moi d'abord parler à un médecin. Je crois que j'ai juste un coup de mou. Peut-être qu'un médicament suffira à me remettre sur pied. Tout le monde prend quelque chose de nos jours, pas vrai ? ai-je ajouté, essayant de dédramatiser.

— Vous savez qu'il a été arrêté, a-t-il repris après un moment de silence.

— Qui ? ai-je demandé, un peu trop vite.

— Martin Joy.

— Où est-ce que vous avez entendu ça ?

— C'est Dave Gilbert qui m'a prévenu par e-mail. Il ne vous a pas contactée ?

— Mon téléphone est éteint, ai-je menti.

— S'il est inculpé, ça va être une catastrophe en termes de relations publiques, a marmonné Paul.

— Je sais », ai-je répondu en crispant les doigts sur mon téléphone.

Puis j'ai raccroché.

Paul n'avait pas besoin de savoir que je ne pouvais pas rentrer chez moi. Que mes draps en percale étaient désormais tachés du sperme de Pete Carroll, que si je rentrais et faisais le moindre bruit, mon voisin risquait de revenir en quête d'une répétition de ce qui s'était passé la veille au soir.

Des dizaines de personnes passaient devant moi d'un pas pressé, l'énergie de Londres était aussi entêtante qu'un après-rasage, mais je ne m'étais jamais sentie aussi seule qu'à cet instant précis.

J'ai hésité avant d'envoyer un message à Clare pour lui demander si je pouvais la voir. Avant Martin, c'était toujours la première personne que j'appelais en cas de souci, celle qui m'offrait un refuge et une oreille attentive, mais la distance entre elle et moi ne m'avait jamais paru aussi grande, et je n'avais toujours pas répondu au texto qu'elle m'avait envoyé deux jours plus tôt.

J'ai été soulagée lorsqu'elle a répondu presque immédiatement, et nous avons convenu de nous retrouver chez elle à Queen's Park. Sur le chemin de la station d'Oxford Circus, j'ai acheté un paquet de cigarettes, et fourré ma toge et ma perruque dans le sac en plastique à cinq pence que j'avais demandé avec ma dose de nicotine.

Une pile d'*Evening Standard* était posée devant la bouche du métro. J'ai tendu le bras pour en prendre un puis me suis ravisée, consciente que je ne ferais que me torturer en lisant un autre article sur Donna Joy.

Je me suis jointe au flot des voyageurs qui se bousculaient pour entrer dans la station et me suis dirigée vers la ligne Bakerloo. Alors que j'attendais au bord du quai, j'ai senti le vrombissement familier de l'électricité qui commençait à courir le long des rails, rapidement suivi de la bouffée d'air chaud poussée par le train fonçant dans le tunnel. J'ai regardé les phares approcher, me demandant vaguement à quelle vitesse roulait une rame de métro lorsqu'elle arrivait dans une station, si on sentait la décharge électrique avant d'être heurté par le véhicule en mouvement. Est-ce qu'on était tué sur le coup ? Traîné sur plusieurs mètres, mis en pièces, pour ne laisser qu'une longue tache rouge qu'un employé du métro ou un pompier traumatisé devait nettoyer avant l'heure de pointe du lendemain matin ? Mais le temps que je pense à tout cela, la rame était déjà arrivée dans la station, un mur solide qui obturait tout le quai. Les portes se sont ouvertes et j'ai laissé passer le flot de travailleurs zombifiés et de touristes désorientés avant d'entrer pour m'asseoir d'un air hébété sur un strapontin inconfortable.

Je ne prenais généralement pas le métro – je préférais l'anonymat du bus, où tout le monde vous tournait le dos, et j'aimais le fait de pouvoir regarder Londres défiler sans être vue. Dans le bus, personne ne faisait jamais attention à vous. Dans le métro, les gens semblaient prendre plaisir à vous dévisager, c'était presque un sport, pour eux. Heureusement, le wagon était presque vide, à l'exception d'un couple d'amoureux qui se bécotaient, indifférents au reste du monde, et d'un vieil Africain aux yeux fermés, qui se balançait au rythme des oscillations. Je voyais mon reflet dans la fenêtre poussiéreuse – les yeux enfoncés dans leur orbite, les joues creuses – et j'ai détourné le regard.

Il commençait à faire nuit lorsque je suis arrivée dans le nord de Londres. J'ai allumé une cigarette et me suis lentement dirigée vers la maison de Clare, hésitant même à y aller.

Je suis arrivée dans sa rue et j'ai écrasé mon mégot du pied sur le trottoir. Il s'était mis à faire froid, aussi, et j'ai relevé le col de ma mince veste noire pour me protéger la nuque d'un frisson. L'espace d'un instant, je me suis laissée aller à m'apitoyer sur mon sort. Mais ensuite j'ai pensé à Martin au commissariat, assailli par l'angoisse et la peur, allongé sur un maigre matelas, n'ayant à respirer qu'un air fétide qui sentait la sueur. Comme j'aurais aimé être avec lui, pouvoir débarquer là-bas en agitant ma nouvelle sacoche et exiger que le sergent de garde relâche mon client ou, à défaut, m'enferme à côté de lui.

Clare habitait une élégante maison mitoyenne, coincée au milieu d'une enfilade de bâtisses identiques dans une rue calme donnant sur Salusbury Road. J'ai frappé à sa porte et pris un moment pour examiner le minuscule jardin devant chez elle. Il y avait une jardinière que je n'avais encore jamais remarquée sur le rebord de la fenêtre, où une poignée de pensées et de crocus commençaient à fleurir. Des bouteilles de lait vides étaient soigneusement alignées sur le pas de la porte, attendant d'être récupérées par le laitier, et l'ordre domestique de la scène m'a fait momentanément oublier le chaos de ma propre vie.

La porte s'est ouverte et la bouffée d'air chaud qui s'en est échappée a semblé m'attirer à l'intérieur.

Je n'ai rien dit, au début, et Clare est sortie pour me prendre dans ses bras.

« Plus rien ne va, ai-je dit, le nez dans son épaule.

— Entre donc, et on pourra d'abord boire une grande tasse de thé. »

Je l'ai suivie dans la cuisine, décor d'innombrables déjeuners dominicaux. Les lumières étaient tamisées et des bougies étaient allumées, répandant une odeur de figue et de fleurs ; je ne savais pas si cela avait été fait exprès pour moi, mais ça a effectivement aidé à calmer ma panique.

« Par où veux-tu que je commence ? ai-je demandé alors que Clare mettait la bouilloire en route.

— Eh bien, j'ai lu les journaux. J'ai deviné certaines des choses que tu ne m'as pas dites. »

Elle avait toutes les raisons d'être en colère contre moi ; elle était censé être ma meilleure amie, et je lui avais délibérément caché les détails de ma relation. Une simple omission, certes, mais ç'aurait aussi bien pu être un gros mensonge. Pourtant, il n'y avait pas de désapprobation ni de déception dans sa voix.

« Donc je suppose que Martin est ton client, a-t-elle continué sans attendre ma réponse. Et la Donna Joy dont parlent les journaux est sa femme, je me trompe ?

— Clare, c'est pour ça que je n'ai rien dit au vernissage ni à la soirée. C'était embarrassant. Et bien sûr, je ne suis pas censée sortir avec mes clients. »

Elle a marqué un temps, l'air gênée.

« L'*Evening Standard* rapporte que quelqu'un a été arrêté.

— Est-ce que c'est Martin, tu veux dire ?

— Je ne veux pas être indiscrète… »

J'ai hoché la tête et fermé les yeux.

« C'est une catastrophe, Clare, ai-je murmuré. Le fait qu'ils l'aient arrêté signifie qu'à tout le moins, ils pensent qu'il leur cache quelque chose. Je me sens tellement impuissante, j'ai l'impression de tourner en rond… »

Je me suis laissée tomber à la table, mettant la tête entre mes mains. L'eau avait bouilli et Clare a préparé le thé. Elle a posé une tasse devant moi et j'ai passé les doigts autour de la porcelaine chaude tandis qu'elle s'asseyait en face de moi.

« Prends ton temps, et raconte-moi tout. »

Alors je lui ai tout raconté. Comment Martin et moi avions fait connaissance, et comment notre relation avait évolué après le soir de notre rencontre chez Selfridges – comme un pétard dont nous aurions allumé la mèche. Je lui ai dit combien il me rendait heureuse, et le désespoir et l'abattement que j'avais ressentis quand Phil m'avait déclaré croire que Donna entretenait encore une relation sexuelle avec son mari. Prenant une profonde inspiration, je lui ai également révélé que j'avais suivi Donna et l'avais vue retrouver Martin au restaurant, parce que j'avais besoin de raconter à quelqu'un ce dont j'avais été témoin.

« Tu as suivi Martin et Donna, a-t-elle répété lentement. Et c'est la dernière nuit où elle a été vue vivante ? »

Je savais l'impression que ça donnait, je voyais l'inquiétude sur son visage, mais je voulais qu'elle sache exactement ce que je ressentais.

« Clare, j'avais besoin de savoir, ai-je plaidé, au bord des larmes. J'avais besoin de savoir si je pouvais lui faire confiance. »

Elle a haussé les sourcils comme pour dire : *Eh bien, tu as eu ta réponse, ça c'est sûr, pas vrai ?*

« Qu'est-ce qui s'est passé ensuite ? a-t-elle demandé. Après le restaurant ? Je veux dire, j'ai lu dans les journaux que Donna Joy s'était simplement volatilisée. Est-ce que Martin t'a dit ce qui s'était passé ce soir-là ? »

J'ai acquiescé, redoutant sa prochaine question.

« Ils sont rentrés ensemble, ai-je répondu.

— Il l'a reconnu ?

— Je les ai suivis. Tu aurais fait la même chose. »

J'ai levé les yeux, la mettant au défi de nier, mais elle n'a pas réagi.

« Et après ?

— Je ne sais pas, ai-je murmuré en repliant les bras contre mon corps. Après ça, je ne me souviens de rien jusqu'au moment où je me suis réveillée, chez moi. Je crois que je me suis évanouie. Je ne me rappelle pas comment je suis rentrée. Pete dit que j'ai pris un taxi.

— Pete ? Qui c'est, ça ?

— Mon voisin du dessous », ai-je répondu rapidement, ne voulant pas parler de lui, ni penser à lui.

À la place, j'ai tendu le bras par-dessus la table pour lui attraper la main.

« Clare, s'il te plaît, j'ai besoin de savoir ce qui s'est passé le soir où j'ai vu Martin et Donna. Si je pouvais juste me rappeler quelque chose, n'importe quoi, ça pourrait peut-être aider Martin. Peut-être que j'ai des infos enfermées là quelque part qui peuvent servir à retrouver Donna, ai-je ajouté en me tapotant la tempe. Peut-être que je l'ai vue partir. Je veux dire, elle est imprévisible, égoïste. Qui sait, il est possible que j'aie vu quelqu'un d'autre entrer chez elle, ou venir la chercher. Un numéro de plaque, peut-être, ou… Je ne sais pas. »

Les mots s'échappaient de ma bouche en torrent et Clare me regardait d'un air sceptique.

« Est-ce que tu avais bu ? » Cette fois, son ton était désapprobateur.

« J'étais mal.

— Francine, tu ne devrais pas boire, avec les médicaments que tu prends ; sans parler de ta maladie elle-même. »

J'ai levé les mains pour l'arrêter dans sa lancée.

« Je sais, je sais. »

Nous avions eu cette conversation assez souvent au fil des ans, je n'avais pas besoin de réentendre ses arguments dans l'immédiat.

« Combien ? a-t-elle demandé. Combien de verres est-ce que tu as bus ?

— Beaucoup. Écoute, Clare, il faut que tu m'aides à retrouver la mémoire, l'ai-je suppliée. Martin a besoin de notre aide.

— Je ne peux pas.

— Parce que tu ne crois pas qu'il est innocent ? ai-je demandé, incrédule.

— Je ne peux pas, a-t-elle répété d'une voix plus ferme.

— Comment ça, tu ne peux pas ? » J'ai froncé les sourcils. « Il y a forcément un moyen. »

Elle a secoué la tête tristement.

« Les souvenirs perdus à cause de l'alcool ne peuvent pas être récupérés.

— Quoi ? Pourquoi ? » me suis-je exclamée, consciente de la note de panique dans ma voix.

Ce n'était pas ce que je voulais entendre. J'avais besoin qu'elle m'aide à fouiller ma mémoire. À retrouver au moins un fragment d'information susceptible d'aider Martin.

« Parce que ces souvenirs n'ont jamais été correctement gravés dans notre cerveau en premier lieu. La théorie est que l'alcool sature le sang et provoque la défaillance de l'hippocampe, cette partie du cerveau responsable de la mémoire à long terme. Alors ces souvenirs ne sont pas perdus, Fran, ils n'ont tout simplement jamais été créés. »

J'ai senti les ténèbres tourbillonner autour de moi, comme des feuilles soulevées par une bourrasque.

« Non, il faut absolument que je l'aide. »

Clare a posé une main sur la mienne. L'espace d'une seconde, j'ai cru qu'elle essayait de me maîtriser.

« Écoute, je sais que tu veux croire que Donna va refaire surface d'une minute à l'autre, que Martin n'est pour rien dans sa disparition. Et peut-être que c'est le cas. Mais il faut aussi que tu te prépares à l'inverse. La police doit avoir de sérieux soupçons si elle a décidé de l'arrêter. Statistiquement, le conjoint est de loin le suspect le plus probable dans un meurtre.

— Un meurtre ? l'ai-je interrompue sèchement. Elle n'est pas morte, Clare. Elle a disparu – en vacances probablement. À Hong Kong, au spa, je ne sais pas. Elle est quelque part. »

Clare a eu un mouvement de recul et je me suis rendu compte que ma réaction avait été trop violente. J'ai radouci le ton avant de poursuivre.

« Écoute, je fais confiance à Martin. Je suis au courant des statistiques, je sais ce que tout le monde pense. J'ai même envisagé cette idée une ou deux fois moi aussi. Mais tu ne le connais pas comme je le connais. Il faut que tu me fasses confiance. S'il te plaît.

— Chuut… a-t-elle murmuré. On va trouver une solution. »

Je l'ai regardée en hochant la tête. C'était ce qu'elle avait dit quand j'avais dix-neuf ans, et qu'elle m'avait découverte dans le bain, des rubans sombres s'échappant de mes poignets. Elle m'avait tenue dans ses bras en attendant l'ambulance et était restée avec moi à l'hôpital, puis avait été inlassable dans sa quête pour m'obtenir l'aide psychiatrique et le soutien dont j'avais besoin à l'université. Elle m'avait vue au plus bas, au plus vulnérable, et m'avait aidée à m'en sortir.

« Est-ce que tu veux rester ici cette nuit ? »

J'ai ouvert la bouche pour lui parler de Pete Carroll mais, en dépit de tout, je n'ai pas pu. Je n'étais même pas encore sûre que tout ça soit vraiment arrivé.

« Si ça ne te dérange pas trop.

— Je serais ravie que tu restes. Je ne vois pratiquement jamais Dom ces derniers temps. Toute sa vie tourne autour du restaurant. J'en suis presque au point de téléphoner à l'horloge parlante pour avoir un peu de compagnie.

— Tu peux m'appeler, ai-je fini par faire remarquer.

— Toi aussi, tu sais. Je suis toujours là pour toi. Je l'ai toujours été et le serai toujours. Il te suffit de braquer un projecteur dans le ciel. »

Nous avons toutes deux souri en nous remémorant le passé. « Braquer un projecteur », à la façon de l'inspecteur Gordon appelant Batman à l'aide, était un nom de code, un pacte que nous avions fait au tout début de mes crises bipolaires, par lequel j'avais promis d'appeler Clare quand j'étais hors de contrôle, pour la prévenir que j'avais besoin de son aide en urgence.

« Je suis désolée qu'on ne se soit pas beaucoup vues ces dernières semaines », me suis-je excusée.

Je m'apprêtais à lui dire que je ne voulais pas être le genre de personne qui disparaît quand elle a un amant, mais au vu des circonstances, ça m'a paru déplacé.

« Allez, je vais appeler Dom pour lui demander de nous faire livrer des plats de son restaurant. »

J'ai hoché la tête, ne trouvant pas les mots pour exprimer ma gratitude. Je n'avais qu'une envie : me pelotonner quelque part, fermer les yeux et prier pour que tous mes problèmes disparaissent.

Tous.

29

Lorsque j'ai ouvert les yeux, j'étais calme. Blottie au chaud sous les draps à l'odeur fraîche, je me sentais, à cet instant du moins, en sécurité. Puis l'appréhension familière est remontée à la surface, menaçant de dégénérer en panique.

Ça va aller, Clare est au courant de tout, me suis-je dit, luttant contre la peur qui me nouait l'estomac, *et elle va t'aider.*

Ça a joué pour apaiser mon angoisse, mais pas de beaucoup.

À ma connaissance, Martin était toujours en garde à vue et pouvait fort bien avoir raconté tous les détails intimes de notre relation à la police, faisant de moi une complice et signant la fin de ma carrière. Non que celle-ci ait beaucoup d'avenir de toute façon, me suis-je rappelé ; pas après ma crise de panique au tribunal. J'aurais de la chance si je trouvais des gens prêts à me confier ne serait-ce que la rédaction de leur testament.

Je me suis forcée à prendre deux ou trois inspirations profondes. Malgré mon envie de rester là sous la couette, je me suis levée d'un bond pour descendre au rez-de-chaussée. Ni Clare ni Dom n'étaient présents : rien d'étonnant, étant donné que la pendule de la cuisine indiquait presque midi. Ça m'a fait un choc, et je me suis immédiatement demandé si Clare avait mis quelque chose dans mon verre la veille au soir, un somnifère quelconque tiré de sa mallette de médecin ; une interrogation rapidement suivie par la prise de conscience que je n'étais pas en retard au travail : je n'avais pas de travail, du moins pas tant que je ne me serais pas reprise en main.

Clare avait laissé un jeu de clés sur la table de la cuisine et un mot pour me dire qu'ils avaient jugé bon de me laisser dormir. Je ne savais pas pourquoi ils avaient pensé cela. J'avais mentionné devant Clare que je prenais quelques jours de congé, mais cela ne voulait pas dire que je n'avais pas plein de choses à faire.

Ma priorité était d'aider Martin, mais il fallait également que je contacte Tanya Bryan et Holly Khan. J'avais honte de m'être enfuie du tribunal en abandonnant ma cliente, et je savais que je devais faire face aux conséquences. Me cacher sous la couette ne résoudrait rien.

Mon sac était toujours sur le canapé, là où je l'avais laissé la veille.

Un clignotement bleu m'a indiqué que j'avais un message. Mon cœur a fait un bond à la pensée qu'il pouvait être de Martin ; mais il s'est avéré être de Sophie Cole, qui voulait savoir si ça me disait de la retrouver pour déjeuner.

J'ai hésité un moment avant de répondre oui. Cela ne servirait strictement à rien de rester à me morfondre chez Clare. Par ailleurs, je voulais voir si Sophie avait d'autres informations à me donner sur Martin.

Mon portable toujours en main, j'ai serré les dents et appelé Tanya à son bureau. La chance me souriait, parce qu'une réceptionniste m'a répondu qu'elle était à une audience et m'a demandé si je voulais laisser un message. J'ai été surprise par le soulagement que j'éprouvais à éviter cette confrontation précise ; j'avais les mains qui tremblaient lorsque j'ai reposé le téléphone. Il y avait un comprimé de lithium solitaire dans mon portefeuille et, en prenant ma dose du matin, j'ai essayé de ne pas penser au fait que j'avais de quoi tenir seulement quelques jours dans mon sac. Ce n'était pas la colère de Tanya que je craignais, mais le fait de devoir affronter mes insuffisances et les conséquences très réelles de mon manque de fiabilité. J'étais contente de pouvoir retarder le moment d'entendre comment j'avais détruit la vie de Holly en plus de la mienne, même si les chuchotements dans ma tête me le rappelaient déjà constamment.

Ces voix internes mises à part, la maison était étrangement silencieuse. Le soleil entrait à flots par le bow-window et j'ai soudain eu envie d'en sentir la chaleur sur mon visage, alors j'ai ouvert la porte de derrière, qui donnait sur le jardin de Clare, un petit carré d'herbe et de gravier. Il était minuscule, mais indéniablement ensoleillé.

M'asseyant sur une des chaises de bistrot, j'ai fermé les yeux et penché la tête en arrière. Pendant un bienheureux moment, j'ai eu l'impression d'être en vacances, une journée d'oisiveté devant moi, lors d'un de mes chers séjours estivaux en Italie. J'ai imaginé que le bruit du vent dans les arbres était la mer raclant le rivage, et le murmure ténu de la circulation, celui de mobylettes et d'une *piazza* lointaine.

Mais seulement pendant un moment. Puis j'ai été de retour à Londres, assise les épaules courbées sur une chaise rouillée, en train d'éviter une longue liste de choses à faire.

Je suis remontée prendre une douche. J'avais entendu parler de voyager léger, mais même moi, je n'ai pu retenir un grognement de dérision en voyant mes maigres possessions étalées sur le lit. Un sac en plastique contenant ma toge et ma perruque, et mes vêtements de la veille : jupe noire, veste et le chemisier blanc à col droit que j'avais mis pour aller au tribunal. J'ai enfilé la jupe et le soutien-gorge, et pris un tee-shirt gris dans une pile de linge propre, en espérant que Clare ne m'en voudrait pas.

Puis je me suis assise au bord du lit et, tout en frottant mes cheveux humides avec une serviette, j'ai cherché « Martin Joy arrestation » sur Internet et consulté les résultats jusqu'à ce que mon téléphone fasse entendre un bip fâché, indiquant qu'il était presque déchargé. D'ordinaire, ce son m'arrachait un soupir agacé, mais là, j'ai ressenti quelque chose qui ressemblait à de la peur. L'idée de ne pas pouvoir recevoir de nouvelles de Martin m'a fait bondir et foncer dans le bureau de Clare, sachant qu'elle était méticuleusement organisée : si quelqu'un était susceptible d'avoir un chargeur à me prêter, c'était bien elle.

J'ai fouillé dans la boîte étiquetée « chargeurs », jetant les câbles dépareillés de part et d'autre et écartant de mes pensées l'idée que je ne devrais pas être là, sans y avoir été invitée, à fouiller dans les affaires de mon amie comme si j'étais à une braderie. J'étais tremblante, suante, sur les nerfs. Il fallait que je trouve ce câble ; il le fallait. C'était comme si mon bien-être dépendait entièrement de cette seule chose. Enfin, avec une exclamation de triomphe, j'ai trouvé un fil dont la prise correspondait et je l'ai enfoncée dans mon téléphone, me laissant tomber avec soulagement sur la chaise de bureau de Clare.

La tentation de passer sur l'ordinateur de Clare pour continuer mes recherches a été trop grande. J'ai tapoté le clavier et il s'est réveillé avec un murmure. L'écran de veille représentant Clare et Dom sur une plage quelque part, bras dessus bras dessous et souriants, l'image même du compagnonnage heureux, n'a pas arrangé mon humeur, mais je l'ai vite oublié lorsque j'ai cliqué sur la page d'accueil d'un des principaux tabloïdes.

Pendant la nuit, une des plus grandes célébrités au monde, une star de la téléréalité américaine mariée à un rappeur controversé, avait été impliquée dans une violente rixe avec un fan. Cela avait complètement affolé les réseaux sociaux, ainsi qu'un nombre affligeant de médias prétendument sérieux.

En toute autre occasion, j'aurais levé les yeux au ciel devant ce genre d'info consacrée à des gens dont je ne comprenais pas la popularité, mais à cet instant, j'étais ravie de l'intérêt insatiable du public pour les riches et célèbres, car il avait chassé Donna Joy des gros titres.

J'ai fait défiler la page et j'ai trouvé l'article que je cherchais : *Disparition de Donna Joy : un homme en garde à vue.*

J'ai cliqué dessus et parcouru le texte des yeux aussi vite que je pouvais. Avec un soulagement grandissant, j'ai vu que l'auteur avait soigneusement évité de citer le nom de Martin ou quoi que ce soit permettant d'identifier « le mari ». La presse était devenue plus prudente dans son traitement de l'information ces derniers temps, notamment dans les affaires où des gens avaient été arrêtés mais pas encore inculpés, mais j'avais dans l'idée que c'était là le travail de Robert Kelly, l'avocat en droit des médias que j'avais recommandé. Bob Kelly était maître dans l'art d'enterrer les articles ou de les caviarder jusqu'à l'opacité. J'ai repris mon téléphone en train de charger, initialement dans le but d'appeler le bureau de Robert pour avoir les dernières nouvelles, mais ensuite j'ai décidé de viser directement le sommet et d'appeler l'avocat en droit pénal de Martin. Mais accepterait-il de me dire quoi que ce soit ? Tout avocat digne de ce nom serait au coude à coude avec son client en salle d'interrogatoire à cet instant, et je ne voulais pas le déranger dans cette tâche, tout impatiente que je sois de savoir ce qui se passait.

Alors que je réfléchissais à mes options, mon téléphone a vibré dans ma main. J'ai ouvert les messages et vu que celui que je venais de recevoir était de Martin. Le cœur battant, j'ai appuyé dessus.

Relâché. Retrouve-moi plus tard. Hôtel ?

Je ne savais pas ce qui m'excitait le plus dans ce texto laconique : qu'il ait été relaxé ou qu'il veuille me retrouver dans un hôtel. J'ai touché mon visage : il était chaud, et je sentais le sang battre dans mon cou. J'étais étourdie, agitée, mal à l'aise. Je ne pouvais pas rester assise, alors je me suis levée pour faire les cent pas dans la pièce minuscule, crispant et décrispant les poings, secouant bras et jambes pour faire disparaître les fourmillements dans mes muscles. Il était libre – et il voulait me voir.

Je suis retournée dans la chambre attraper mon portefeuille, avant de revenir en courant dans le bureau de Clare. J'ai fermé la page du site d'informations et suis passée sur un moteur de réservation en ligne, tapant rapidement : « hôtel centre Londres ». Ma main a hésité au-dessus de la souris lorsqu'il a fallu que je renseigne le nombre de voyageurs. J'ai déroulé la liste et cliqué sur « un ». Je savais qu'il fallait que je commence à anticiper, à effacer nos traces. Sophie avait eu raison, la veille. Ma relation avec Martin ne concernait que lui et moi, mais la révéler à qui que ce soit n'aiderait pas sa cause.

Je devais admettre que j'avais toujours apprécié la nature illicite de ma liaison avec Martin, et j'ai ressenti un frisson d'excitation lorsque le moteur de réservation a produit des centaines d'hôtels londoniens. Pendant un moment, je nous ai imaginés dans un des établissements les plus chics et les plus luxueux : draps frais et blancs, service d'étage qui nous apporterait fraises et champagne. Je ferais couler un bain à Martin et nous nous y glisserions ensemble. Il s'assiérait entre mes cuisses et je lui savonnerais le torse, le débarrassant de la crasse du commissariat, lui déridant le front avec mes baisers.

Mais c'était juste un fantasme, et il fallait que je me montre maligne ; le Savoy et le Ritz étaient trop en vue, trop centraux, trop indulgents avec les paparazzis, même si les tabloïdes semblaient bien s'être désintéressés de l'affaire. Et donc j'ai choisi un hôtel de chaîne bon marché dans l'ouest de Londres : assez bas de gamme pour pouvoir y séjourner incognito mais assez grand pour que personne ne remarque nos allées et venues dans le hall. Puis j'ai envoyé l'adresse à Martin, déjà grisée à la pensée de le revoir.

L'hôtel se trouvait à quelques minutes de Queen's Park en métro, mais il y avait la queue à la réception. Je me suis jointe à la plus longue des files d'attente pour me perdre dans une masse de visages. Un chasseur m'a demandé s'il pouvait m'aider avec mes bagages, mais j'ai secoué la tête en souriant. Je voulais que personne ne se souvienne de moi. Et de toute façon, je n'avais pas de bagages.

La chambre était petite et sombre, cachée à l'arrière du huitième étage. Une chambre pour les hommes d'affaires et les touristes, pas pour des amants. À moins qu'ils soient dans notre cas, ai-je pensé en laissant mes yeux s'égarer sur le lit bas, puis sur les murs, me demandant l'épaisseur qu'ils faisaient. Je suis allée à la porte regarder par le judas, comme si je m'attendais à le voir dans le couloir en train d'attendre. Me sentant bête, j'ai allumé la télévision et essayé de regarder un feuilleton mais je n'arrivais pas à me concentrer dessus.

À la place, j'ai mis la chaîne de la musique classique, j'ai enlevé mes chaussures et je suis allée à la fenêtre regarder Londres, ses poteaux téléphoniques et les briques couleur d'orange de ses minces enfilades de maisons mitoyennes, en regardant ma montre toutes les deux minutes, essayant de deviner où il était à cet instant, dans combien de temps il allait arriver.

Et puis on a frappé à la porte. J'ai arrêté de respirer en traversant la pièce ; je me sentais fébrile, nerveuse, coupable. Pendant si longtemps, j'avais non seulement respecté la loi, mais aussi servi celle-ci. J'avais été une femme probe, fiable, irréprochable. Et pourtant, j'étais là, prête à retrouver un suspect dans une affaire de disparition, un client avec qui il m'était interdit d'avoir une liaison. C'était tellement contraire à notre éthique. Mais il s'agissait de Martin. Les règles habituelles ne s'appliquaient pas.

J'ai ouvert la porte, et pris une brusque inspiration en le voyant. Il avait l'air épuisé, les yeux enfoncés dans leur orbite, les joues mangées par l'ombre noire d'une barbe naissante, les épaules voûtées.

« Salut », a-t-il dit, et je me suis pressée contre lui, me contentant de le tenir dans mes bras, de sentir sa solidité, d'humer son odeur. Puis je l'ai attiré dans la chambre et j'ai refermé la porte, la verrouillant à double tour. Il était à moi désormais, et je ne voulais pas qu'on nous dérange.

« Comment vas-tu ? » ai-je murmuré, consciente du côté dérisoirement inadéquat de la question.

Martin m'a fait un sourire en coin.

« Beaucoup mieux, maintenant. »

Je pouvais voir à présent les demi-cercles violets sous ses yeux, et la façon dont ils faisaient ressortir le vert de ses iris, une explosion de couleur dans un visage pâle.

« Combien de temps est-ce qu'ils t'ont gardé ? »

Une question plus pertinente. Digne, celle-là, de mon expérience en droit.

« Vingt-quatre heures, a-t-il répondu en se dégageant.

— Bon, c'est bien. »

J'ai remarqué la surprise sur son visage. « Je veux dire, c'est bien qu'ils ne t'aient pas retenu plus longtemps. Ils ne peuvent le faire plus de vingt-quatre heures que s'ils te soupçonnent d'un crime sérieux. Ce qui suggère que tu es seulement, au pire, un témoin assisté. »

Il s'est écarté de moi et s'est assis sur le lit.

« L'avocat dit qu'ils n'ont pas encore assez de preuves, mais qu'il y a un gros risque qu'ils m'arrêtent de nouveau… » Il s'est interrompu, comme s'il se retenait d'achever sa phrase. « … quand ils auront retrouvé un corps. »

Il a levé les yeux vers le plafond et j'ai vu sa pomme d'Adam se soulever dans sa gorge crispée. Je me suis assise à côté de lui.

« Pure conjecture. Comme nous savons tous les deux qu'il n'y a pas de corps à retrouver, tu n'as pas de raison de t'inquiéter, pas vrai ? » Je lui ai souri.

« À part le risque d'être surpris avec moi dans une chambre d'hôtel sordide.

— Oui, c'est un problème bien plus important », a-t-il répliqué en me prenant la main.

J'ai levé les yeux pour le regarder.

« Je croyais que tu avais dit qu'il valait mieux éviter de se contacter. »

J'ai dit cela comme si je m'inquiétais, comme si je soulevais un point important, avec pragmatisme. *Peut-être n'est-ce pas une bonne idée ; crois-tu qu'il vaille mieux être raisonnables et rentrer tous les deux chez nous ?* Mais ce n'était pas ça du tout. Je voulais qu'il m'avoue que pendant qu'il attendait dans cette cellule minuscule, toutes ses pensées avaient été tournées vers moi ; que s'il avait survécu à toute cette épreuve, c'était uniquement grâce à moi. Je voulais simplement savoir combien il m'aimait.

« À cet instant, tu es la seule personne à qui j'ai l'impression de pouvoir parler. »

J'ai lutté pour cacher ma déception. Au moins, c'était moi qu'il avait voulu voir ; j'allais devoir m'en contenter dans l'immédiat.

« Comment a été ton avocat ? »

Une autre question pratique. Je ressentais une certaine responsabilité à cet endroit. Il fallait que Matthew Clarkson soit bon – le meilleur. Et même si j'avais foi en l'opinion de Tom Briscoe sur sa qualité, je voulais m'en assurer.

« Je ne peux pas dire que j'aie beaucoup d'expérience en la matière. Mais il m'a bien défendu. Un enquiquineur de première, pour tout te dire. Mais dans le bon sens du terme. Je crois que c'est un bon choix.

— Je suis bien contente », ai-je répondu.

Il a porté la main à sa poche et en a sorti un téléphone d'aspect bon marché.

« Alex est venu au commissariat et m'a donné ça ; c'est un de ces portables jetables. On devrait utiliser ce numéro pour communiquer, à l'avenir. Tu devrais t'en procurer un aussi.

— J'ai l'impression d'être une espionne. »

Il a eu un léger grognement de dérision.

« C'était difficile de voir le moindre glamour à la James Bond dans la situation hier soir, je peux te le dire. »

Il a enlevé sa veste et commencé à se frotter la nuque.

« Laisse-moi faire, ai-je dit en m'asseyant sur le lit derrière lui et en plaçant les mains sur ses épaules. Sophie m'a dit que tu allais dormir chez eux ? »

Il a hoché la tête.

« Elle est entrée en mode limitation des dégâts et plus rien ne l'arrête. Je ne sais pas combien de temps ça va prendre pour se débarrasser de la presse. On fait meilleure cachette que la maison de son associé, mais c'est déjà mieux que de retourner au loft. » Il s'est penché en avant, la tête entre les mains.

« Ça semble tellement irréel, tout ça.

— Dans l'immédiat, le plus important est de retrouver Donna. Lorsqu'elle aura réapparu, tu n'auras plus de souci à te faire.

— Et s'ils trouvent un corps ?

— *Si*, ai-je répliqué en appuyant sur le mot. Et si c'est le cas, alors ils auront des indices. ADN, empreintes, fibres, tout un tas de choses qui pourront aider la police à trouver la personne responsable – et qui prouveront que tu n'as rien à te reprocher. Parce que pour l'instant, ils courent après un fantôme, or les fantômes ne laissent pas de traces, et c'est pour ça qu'ils s'en prennent à toi. »

Je me suis relevée pour m'approcher de la bouilloire. « Bon, maintenant, est-ce que tu veux du thé ? »

Enfin, il a souri.

« Merci, a-t-il dit en me rejoignant. Je savais que je pouvais compter sur toi pour garder la tête froide. »

Si seulement tu savais, ai-je songé en mettant des sachets de thé dans deux tasses.

« Étant donné qu'il n'y a ni corps ni indices, est-ce que la police t'a dit pourquoi ils t'avaient mis en garde à vue ? »

Il a baissé les épaules et détourné le regard.

« Ils n'arrêtaient pas de dire que ça reste une enquête pour disparition. Mais je sais qu'ils la croient morte.

— Pourquoi ?

— Elle a disparu, Fran, a-t-il répondu, cédant à l'agacement. Elle est introuvable – et ça fait plus d'une semaine, maintenant. Je suis le dernier à l'avoir vue. En toute justice, je devrais la haïr. On est en train de divorcer, elle veut la moitié de mon fric – et pour beaucoup de gens, ça représente *beaucoup* de fric. Si j'étais la police, je m'arrêterais aussi. Qui d'autre veux-tu qu'ils accusent ?

— Donc ce que tu dis, c'est qu'ils n'ont aucun élément.

— Ils en ont assez, Fran ! s'est-il emporté. J'ai reconnu l'avoir raccompagnée chez elle, et il n'y a rien qui permette de confirmer l'heure à laquelle je dis être reparti. Ni chauffeur de taxi, ni caméras de sécurité – et même s'il y en avait, qu'est-ce que ça prouverait ? Combien de temps est-ce que ça prend de tuer quelqu'un ? »

Il m'a regardée sans ciller, comme s'il attendait que je lui donne une réponse.

Je savais que je devais lui raconter. J'avais gardé ça en réserve comme un diable à ressort, mais il était temps désormais de me ressaisir et d'aider Martin, et cela ne voulait pas dire garder pour moi tout ce que je savais, même si le révéler promettait d'être gênant.

« Je crois que Donna avait un amant », ai-je fini par avouer.

Il a écarquillé les yeux.

« Quoi ? » s'est-il exclamé sèchement.

L'eau commençait à bouillir, alors j'ai éteint la bouilloire et me suis occupée de préparer le thé pour éviter son regard.

« J'ai engagé un détective privé, un mec du nom de Phil Robertson, ai-je expliqué, avant d'ajouter, en lui tendant sa tasse avec une expression de défi : par tous les moyens, n'est-ce pas ? Phil a suivi Donna et en est venu à penser qu'elle avait une liaison. Au final, il a supposé que c'était avec toi.

— Pourquoi moi ?

— Il avait deux éléments. Il vous avait photographiés ensemble, et il a remarqué que Donna n'était pas rentrée chez elle deux ou trois fois. La conclusion la plus probable était qu'elle avait passé la nuit chez toi.

— Donna n'est jamais restée dormir chez moi. »

J'ai soigneusement étudié son expression.

« Alors si elle n'était pas chez toi, elle était ailleurs, ai-je repris lentement. Avec quelqu'un d'autre. » Je me suis assise à côté de lui.

« Pour moi, il y a trois possibilités. Soit Donna est avec ce mystérieux inconnu en ce moment même, cloîtrée dans un chalet privé quelque part, et elle ignore complètement l'émoi que cause sa disparition. Soit il est tout à fait possible qu'elle ait parfaitement conscience de ce qui se passe, ayant lu l'info en ligne, mais ne soit pas pressée de rentrer.

— Pourquoi est-ce qu'elle ferait une chose pareille ?

— Par rancune, par malice… Elle essaie de récupérer la moitié de ton fric, n'oublie pas. Ça n'aiderait pas sa cause qu'on apprenne qu'elle s'est déjà remise avec quelqu'un d'autre. »

Martin a digéré mes mots et j'ai vu un peu d'espoir entrer dans son cœur.

« Et la troisième possibilité ? »

J'avais longuement ruminé cette théorie.

« Peut-être que le mystérieux amant a découvert que ta relation physique avec Donna n'était pas complètement terminée, ai-je avancé prudemment. Peut-être que ça l'a rendu jaloux.

— Et c'est lui qui l'aurait tuée ? »

J'ai hoché la tête lentement, attendant qu'il comprenne en quoi c'était une mauvaise nouvelle. Il ne lui a pas fallu longtemps.

« Mais je resterais le suspect numéro un, a-t-il dit en fermant les yeux. S'ils trouvent un corps, je reste celui qui avait un mobile.

— Et l'occasion de passer à l'acte. »

Il a réfléchi pendant un moment en buvant son thé, puis s'est interrompu.

« Tu as une idée de qui ça peut être ?

— Je me demandais si tu savais.

— Bien sûr que non, a-t-il répliqué en fronçant les sourcils.

— Phil est en train d'essayer de le découvrir. Est-ce que tu es allé à Paris avec Donna ?

— Paris ?

— Ou en Belgique. Ou n'importe quel endroit accessible en Eurostar.

— Non, je prends toujours l'avion pour aller en Europe, a-t-il répondu avec un certain agacement. En plus, je ne suis allé nulle part avec Donna depuis l'été dernier. Quand est-ce qu'elle est censée y être allée ?

— Les dates exactes sont dans un dossier au bureau. Mais Phil l'a vue entrer dans le terminal international à St Pancras. Il n'avait pas de billet de train, alors il n'a pas pu la suivre.

— Elle était toute seule ?

— Oui, mais il est possible qu'elle ait retrouvé quelqu'un.

— Où ça ? À Paris ? Dans le train ? Pourquoi ne pas se retrouver directement à la gare ?

— Parce qu'elle ne voulait pas être vue.

— Donc Phil, ton détective privé, il enquête là-dessus ? »

J'ai acquiescé.

« Il travaille seul ?

— Oui, toujours. C'est mieux comme ça, quand on s'intéresse à des choses qui touchent à la vie privée.

— Eh bien, elle n'est plus privée, a-t-il répliqué en se levant pour arpenter la pièce comme un lion en cage. Dis-lui de monter une équipe – peu importe combien ça me coûte. Si la police est convaincue que c'est moi, elle ne va pas chercher un autre suspect. On va devoir le faire nous-mêmes.

— Il faut que je t'avoue autre chose. »

Il a remarqué mon ton et a arrêté de faire les cent pas.

« Je t'ai vu entrer chez Donna ce soir-là. » J'ai marqué un temps. J'avais redouté ce moment. « Lorsque Phil m'a dit que tu continuais à voir Donna, ça m'a blessée. Je voulais savoir si c'était vrai, alors je l'ai suivie jusqu'au restaurant où vous vous êtes retrouvés. Puis je t'ai vu la raccompagner chez elle. »

S'il trouvait quoi que ce soit de bizarre dans ce comportement, il ne l'a pas montré.

« Et est-ce que tu m'as vu ressortir ?

— Je n'arrive pas à me rappeler. J'avais trop bu.

— Tu n'arrives pas à te rappeler ? a-t-il répété avec une colère brusque. Qu'est-ce que ça veut dire, putain ?

— J'avais trop bu. J'avais attendu dans le pub de l'autre côté de la rue. Je ne sais pas comment je suis rentrée chez moi. Lorsque je me suis réveillée le lendemain matin, je ne me souvenais de rien. »

Il s'est laissé tomber à genoux devant moi, me prenant par les épaules.

« Fran, il faut que tu essaies de te rappeler, m'a-t-il implorée. Il le *faut*.

— Je le ferais si je pouvais, ai-je répondu, la voix tremblante de frustration.

— Alors il faut que tu te creuses davantage la cervelle, a-t-il répliqué d'un ton plus dur, plus insistant.

— Je le ferais si je pouvais », ai-je réitéré dans un murmure à peine audible.

Je l'ai regardé et j'ai pu voir une idée prendre forme dans sa tête. Je savais qu'il se faisait la même réflexion que moi.

Que je pouvais mentir pour lui. Répéter à la police tout ce que je venais de lui raconter, mais conclure en disant que je me rappelais l'avoir vu partir.

« Je suis désolée de t'avoir suivi », ai-je dit avant qu'il me demande de le faire.

Il m'a adressé un infime sourire.

« Je suis content que tu l'aies fait, a-t-il répondu en s'asseyant au bord du lit.

— Pourquoi ?

— Parce que ça veut dire que tu m'aimes. »

Ses mots m'ont fait frissonner. Lorsqu'il m'a regardée, j'ai juste voulu le sentir en moi.

« Viens là, a-t-il repris d'une voix plus douce, en tendant la main vers moi. Je n'avais qu'une seule envie aujourd'hui, c'était de te voir.

— Moi aussi.

— Même si je ressemble à ça ? J'ai sérieusement besoin de me changer.

— Ça peut attendre », ai-je répliqué, prise d'audace.

J'ai commencé à déboutonner sa chemise et l'ai attiré contre moi. Plaçant mes mains sur ses cheveux alors qu'il enfouissait la tête dans ma jupe, je l'ai entendu inhaler mon odeur, et j'ai voulu sentir ses lèvres sur ma peau.

J'ai passé les mains dans mon dos pour défaire ma jupe, qui est tombée par terre avec un bruissement.

Je n'avais pas eu de culotte propre à mettre le matin, alors je n'en portais pas.

Se relevant, Martin a défait son pantalon et s'est vite retrouvé nu, aussi magnifique que dans mon souvenir. Montant sur le lit, il s'est retourné et a placé un oreiller sous sa tête pour me regarder finir de me déshabiller.

Je me suis avancée en rampant sur le lit pour venir l'enfourcher. Pour la première fois depuis des jours, je me sentais pleine d'énergie et de puissance. Je me suis assise sur ses cuisses et, tandis que nous nous embrassions, j'ai pressé mes seins contre le poil rêche de sa poitrine.

Lorsque nous avons repris notre respiration, il a émis un gémissement grave avant de m'attraper pour me renverser sur le dos. Il m'a sucé le téton puis, se plaçant au-dessus de moi, s'est lentement abaissé entre mes jambes.

Le haut de son crâne s'est mis à taper contre la tête de lit, tout doucement d'abord, puis de plus en plus fort.

J'étais agrippée à lui, les doigts enfoncés dans la chair de son dos, sentant ses muscles durs et bandés sous sa peau ; je n'avais jamais vraiment remarqué jusqu'alors à quel point il était vigoureux, mais là, sa force brute me clouait au lit. Je ne pouvais rien faire d'autre que suivre son rythme. Je me sentais pleine de lui et, alors qu'il écartait mes cuisses, j'ai commencé à avoir mal.

J'ai poussé une légère plainte pour lui demander d'être plus doux, mais une part de moi-même savourait le fait d'être complètement à sa merci. C'était comme s'il voulait me dévorer, et je souhaitais de mon côté qu'il me possède, qu'il entre si profondément en moi que nous ne ferions plus qu'un, nous fondant l'un dans l'autre, à tout jamais.

Ses halètements sont devenus plus durs, plus sauvages alors qu'il allait et venait en moi. Je sentais sa colère, sa frustration dans chaque furieux coup de rein. D'une main brutale, il a écarté mes jambes encore davantage et j'ai senti un muscle entre mes cuisses se distendre brusquement. J'ai essayé de pousser un cri mais je pouvais à peine respirer, encore moins lui demander d'arrêter.

Le désir qui montait lentement en moi a commencé à se dissiper lorsque j'ai réalisé que je ne prenais plus plaisir à la chose.

Il m'a agrippé les cheveux et j'ai senti mon cuir chevelu menacer de se décoller de mon crâne. Il avait la bouche pressée contre mon oreille et des postillons me mouillaient la peau à chacun de ses grognements.

Je voulais juste que ça se termine, et je me suis convulsée contre lui, haletant de plus en plus fort pour simuler l'orgasme.

Les veines sont apparues en relief sur son cou et il a serré les paupières.

« Donna », a-t-il gémi, et je l'ai senti exploser en moi.

Je ne voulais pas croire ce que j'avais entendu, au début, mais l'écho de son nom résonnait encore dans ma tête, et j'ai bien été obligée d'admettre ce qu'il venait de crier.

Je suis restée complètement immobile, les yeux fixés au plafond tandis qu'il se laissait retomber sur le dos à côté de moi. Alors que sa respiration revenait à la normale, il a tendu la main pour la poser sur ma cuisse, mais je ne voulais pas être près de lui. Je me suis levée pour aller à la fenêtre.

Le ciel était complètement couvert, ce qui assombrissait la pièce. J'ai croisé les bras contre ma poitrine et rivé les yeux sur une antenne de toit au loin.

Je suis restée là jusqu'à ce que j'entende un bruit de pas derrière moi. Je ne me suis pas retournée pour le regarder, mais j'ai senti son haleine sur ma nuque. Il a passé les bras autour de ma taille et j'ai tressailli.

« Qu'est-ce qui ne va pas ? m'a-t-il demandé doucement.

— Tu as été trop brutal, ai-je murmuré.

— Je suis désolé. J'ai perdu le contrôle.

— Ne dis pas un mot », ai-je répliqué alors qu'il me forçait lentement à me retourner.

J'ai détourné les yeux de lui. « Tu m'as appelée Donna. » J'étais raide et crispée, et je sentais la chair de poule se former sur ma peau nue dans la fraîcheur de l'air conditionné.

« Ne démens pas, ai-je chuchoté, l'entendant presque se creuser les méninges pour trouver une excuse.

— Je suis désolé. Je ne voulais pas. »

Un autre silence.

« Pourquoi ? Pourquoi est-ce que tu m'as appelée Donna ? »

Je me suis écartée de lui, écœurée, un goût de bile dans la gorge.

« Parce que je n'arrive pas à penser à autre chose. Depuis vingt-quatre heures, je n'entends que son nom. Je ne l'ai pas dit pour les raisons que tu penses.

— Et qui sont ? »

L'espace d'une seconde, une vision de Martin et de Donna au lit a envahi mes pensées. Des ébats bruts, débridés, du désir à l'état pur. Je le vois lui tenir les poignets, fermement, si fermement qu'elle en a la peau qui devient violacée. Je vois les yeux de Martin étinceler de désir, de souffrance et de fureur. Je vois combien il lui serait facile de lui plaquer un oreiller sur le visage, d'étouffer ses cris, et je le vois se laisser retomber à côté de son corps sans vie. Je peux soudain visualiser toute la scène.

« Fran », a-t-il murmuré en portant la main à ma joue. Un court instant, j'ai arrêté de respirer.

« Fran, s'il te plaît. Je voulais te voir aujourd'hui parce que je t'aime. Parce que j'ai besoin de toi.

— Je crois que tu ferais mieux de partir. »

Il a hoché la tête comme s'il comprenait, et a ramassé sa chemise par terre.

Nous nous sommes tous deux rhabillés en silence.

« Où est-ce que tu vas aller ? lui ai-je demandé.

— Chez Alex. »

Je rêvais d'un verre ou d'une cigarette, et j'avais à peine la patience d'attendre qu'il parte pour ouvrir le minibar.

« Tu vas appeler Phil ? » a-t-il enfin demandé en s'arrêtant, hésitant, sur le pas de la porte.

J'ai acquiescé, les bras toujours repliés contre moi, et je l'ai regardé fermer la porte, contente, pour la toute première fois, de le voir s'en aller.

30

J'ai décidé de passer la nuit à l'hôtel. Non parce que j'avais payé pour, même s'il y avait une part très prudente de moi, celle qui me poussait toujours à surveiller mes dépenses, qui trouvait dommage de ne pas en profiter. Mais parce que, après tout ce qui s'était passé avec Pete Carroll et l'heure que je venais de connaître avec Martin, je ne voulais pas avoir à croiser le regard de Clare au petit déjeuner, ou gérer une autre escarmouche avec Dom ; je voulais juste être seule.

J'ai noté deux ou trois idées pour un appel éventuel dans l'affaire Khan contre Khan, je me suis couchée tôt et, en me réveillant le lendemain matin, j'ai appelé la réception pour prolonger mon séjour avant de sortir, ayant réalisé que sans même une brosse à dents à compter parmi mes possessions, il était temps d'aller faire les magasins.

L'hôtel était situé à quelques pas du centre commercial de Westfield. À 10 h 30 du matin, celui-ci était déjà bondé. Dans l'état d'esprit où je me trouvais, c'était étourdissant : les bavardages, la musique de fond et l'écho de milliers de pas se fondaient en un grondement assourdissant, les innombrables corps allant et venant semblaient me couper la route où que je me tourne. Cependant, il y avait de la méthode dans ma folie : la virée shopping que j'envisageais était plus proche dans l'esprit du cambriolage éclair, et un gigantesque centre commercial était le moyen le plus rapide d'y arriver. J'ai acheté des produits de toilette chez Boots et des articles de base chez Gap : sous-vêtements, pantalon, quelques tee-shirts et un petit sac à dos pour tout mettre dedans. Puis j'ai regagné la rue ensoleillée, me faisant l'effet d'une fugitive sur le point de partir en cavale.

Je descendais Holland Park Avenue quand mon téléphone a sonné. J'ai été surprise de voir que c'était Phil Robertson : je lui avais laissé plusieurs messages depuis ma conversation avec Martin, mais il ne m'avait jamais rappelée.

« Je commençais à croire que tu avais fui le pays.

— Pas encore, a-t-il répliqué. Mais c'est toujours une possibilité. J'ai deux ou trois infos à te donner avant, cependant. »

Je savais que ce n'était pas la peine de lui demander de me les donner au téléphone. Comme la plupart des détectives qui passaient leur vie à soutirer des informations aux gens et à exploiter les failles des systèmes de sécurité, il était paranoïaque au quotidien.

« Qu'est-ce que tu dis de se retrouver dans le jardin japonais de Holland Park ? »

En plein air, mais pas trop à découvert : exactement le genre de lieu qu'aimait Phil.

« Ça marche », a-t-il répondu.

Après avoir tué le temps dans un café du coin, j'ai été surprise de le trouver déjà en train de m'attendre sur un banc près de la fontaine.

« Je ne connaissais pas cet endroit, a-t-il dit en prenant une gorgée de son café à emporter. Je n'ai jamais eu envie d'aller au Japon, mais c'est sympa.

— Comment est-ce que tu peux ne pas vouloir aller au Japon ?

— Tu y es allée ?

— Non.

— Eh bien tu vois, a-t-il fait en souriant de toutes ses dents. Tu ne dois pas avoir à ce point envie d'y aller non plus.

— Si. Mais j'ai toujours voulu voir les cerisiers en fleur au printemps ou les feuilles d'automne en octobre. Or ce sont les époques de l'année où j'ai généralement le plus de travail, alors je suis coincée au bureau.

— Je ne savais pas que le divorce était saisonnier », a-t-il répliqué avec un sourire cynique.

J'ai éclaté de rire. Il ne semblait pas y avoir grand-chose qui prête à sourire dans mon boulot ces derniers temps, mais j'avais toujours aimé l'approche terre à terre que Phil avait de la vie.

« Étonnamment, c'est le cas. Beaucoup de gens rompent après Noël ou après la rentrée scolaire.

— Nouveaux départs », a-t-il fait en hochant la tête avec sagesse.

J'ai lentement relâché mon souffle, essayant de m'imprégner du calme du jardin. Un soleil pâle essayait de percer à travers les nuages, mais l'endroit était encore désert et j'entendais assez clairement le murmure de la cascade.

« Je voulais te parler, ai-je fini par reprendre. Martin Joy a été arrêté et il n'est pas convaincu que la police recherche qui que ce soit d'autre. Il faut qu'on trouve avec qui Donna avait une liaison, pour qu'il ne soit plus le seul suspect.

— Et c'est pour ça que je t'ai évitée tant que je n'avais pas quelque chose à te donner. »

Je me suis penchée vers lui pour l'écouter, parcourue d'un tressaillement d'espoir.

« Sans avoir accès à la maison de Donna, ni à son téléphone, le seul moyen pour moi de trouver la réponse à cette question était de sonder son entourage. J'ai utilisé ses comptes sur les réseaux sociaux et des coupures de magazines people pour tisser une trame de son cercle social. Puis j'y ai ajouté des soirées, des événements auxquels j'avais découvert qu'elle avait participé et j'ai commencé à parler à des gens. Certains ont refusé de me dire quoi que ce soit. D'autres avaient déjà été interrogés par la police. Finalement, j'ai trouvé quelqu'un. Quelqu'un qui l'avait vue avec quelqu'un avec qui elle n'aurait pas dû être.

— *Avec quelqu'un ?*

— En train de l'embrasser. »

J'ai écarquillé les yeux.

« Quand est-ce que c'était ? Tu sais de qui il s'agit ?

— C'était à une soirée l'été dernier. Et c'était Alex Cole. »

J'étais sidérée, mais lorsque j'ai pris un moment pour y réfléchir, ça ne m'a plus paru si difficile à croire. Combien de liaisons étaient entretenues au nez et à la barbe des conjoints ? Collègues, amis, voisins… C'étaient là les gens à qui on avait toutes les raisons de faire confiance, ce qui faisait d'eux les personnes dont il était le plus facile de s'éprendre.

« Ça donne un mobile à Alex, ai-je réfléchi à voix haute.

— Tu crois ça ? a répondu Phil. J'aurais plutôt dit l'inverse. La police va estimer que ça donne à Martin un mobile *supplémentaire* pour tuer Donna.

— Personne n'a dit que Donna avait été tuée », ai-je fait d'une voix sèche.

Son expression disait le contraire.

« Dans tous les cas, il faut que tu en parles à la police. »

J'ai hoché la tête, même si je savais que c'était un risque.

« Elle va vouloir questionner Alex. »

Il s'est redressé, l'air inquiet.

« Fran, tu as bien compris que ce n'est pas nécessairement une bonne nouvelle pour Martin Joy, n'est-ce pas ?

— Ça veut dire qu'il y a un autre suspect, Phil.

— D'accord, mais tu peux imaginer ce que les flics vont en penser. Ils suspectent déjà Martin, et ça ne va faire que confirmer leurs soupçons.

— Comment ça ?

— Voici comment ils vont voir les choses, m'a-t-il expliqué patiemment. Martin revient chez Donna pour un peu de réconciliation sur l'oreiller. Donna lui avoue pour Alex. Il y a dispute, ça s'envenime, et Martin perd le contrôle de lui-même. Une minute plus tard, elle est morte. Oubliée, l'idée qu'il s'est débarrassé d'elle pour garder sa fortune ; un simple crime passionnel est l'une des plus vieilles raisons qui existent.

Du point de vue de la police, Martin fait maintenant un suspect encore plus plausible.

— Mais si Alex couchait avec Donna… »

Il s'est tu un moment, comme s'il écoutait le vent dans les arbres, puis m'a regardée.

« Est-ce que tu avais une liaison avec lui, Fran ? Avec Martin ? »

Je n'ai hésité qu'une demi-seconde. Rien ne servait de cacher la vérité à Phil.

« C'est si évident que ça ?

— Accorde-moi un certain esprit de déduction, a-t-il répliqué avec un sourire contrit, avant d'ajouter en posant la main sur mon genou : Va voir la police, Fran. Avant qu'elle vienne à toi. »

31

Michael Doyle, l'inspecteur chargé de l'enquête sur Donna Joy, voulait qu'on se retrouve au Pizza Express de Pimlico à 20 heures, ce qui ne m'a pas paru très orthodoxe ; mais j'étais contente que ça se fasse dans un lieu neutre, soulagée de ne pas avoir à retourner dans une des salles d'interrogatoire du commissariat de Belgravia. J'avais déjà menti à un agent de police cette semaine, et j'espérais que l'absence de formalité d'un Pizza Express rendrait les choses plus faciles. Par ailleurs, je n'avais rien mangé de la journée et je mourais de faim.

Doyle avait entre quarante et cinquante ans, les cheveux bruns et l'œil avisé, ce à quoi on pouvait s'attendre de la part d'un haut gradé de la police. Le fait qu'il soit en train de manger une salade et de boire ce qui avait l'odeur d'une tisane était plus surprenant.

« Francine Day, me suis-je présentée en lui tendant la main.

— Michael Doyle. Merci d'être venue. »

Il m'a invitée à m'asseoir d'un signe de tête.

« Si c'était une série policière, nous serions dans un boui-boui en train de manger des œufs, du bacon et des saucisses », ai-je fait, essayant de lancer la conversation sur une note décontractée. Mais il a eu l'air vexé.

« Mon chef vient de prendre une retraite anticipée. Quarante-neuf ans, problèmes cardiaques et diabète. Tout le service essaie d'avoir une vie plus saine », a-t-il répliqué en haussant un sourcil.

J'ai demandé un café à la serveuse, en me demandant si j'avais une chance d'être ressortie de là avant même qu'il arrive.

« Alors, de quoi vouliez-vous parler ? »

L'éclairage était fort au-dessus de nos têtes, et j'ai regretté que nous ne soyons pas à une table plus reculée. Lorsque j'avais appelé le numéro que m'avait donné le sergent Collins, j'avais décidé que c'était la meilleure façon de procéder. Ma première étape aurait pu être d'informer Martin au sujet d'Alex, mais comme il logeait chez les Cole, je n'étais pas sûre que ce soit une bonne idée, d'autant que son comportement à l'hôtel m'avait montré qu'il était imprévisible et à bout de nerfs. J'aurais pu appeler Matthew Clarkson, son avocat, mais comme je ne le connaissais pas, je n'étais pas certaine de pouvoir obtenir des informations de lui en échange de ce que j'étais sur le point de révéler.

Je me suis adossée à ma chaise et j'ai regardé Doyle attendre que je dise quelque chose. Je me suis demandé si la formation à Hendon comprenait des cours sur l'évaluation psychiatrique de la culpabilité. Je venais de me rappeler une série sur un expert dans l'art d'interpréter le langage corporel, et j'aurais aimé savoir ce que Doyle pouvait lire à cet instant dans mon attitude.

« Je ne sais pas ce que vous savez du travail que je fais, ai-je commencé.

— En tant qu'avocate de divorce ? a-t-il répliqué en prenant une autre gorgée de tisane. Je peux deviner. J'ai de l'expérience dans le domaine. »

Je lui ai rendu son sourire, sachant que je devais procéder avec précaution. La moitié des flics que j'avais rencontrés dans ma vie étaient divorcés. Si sa femme avait obtenu la maison et la garde de ses enfants, Michael Doyle n'avait probablement pas beaucoup d'affection pour les gens comme moi. De manière générale, de toute façon, les policiers n'aimaient pas les avocats, ce qui ne me donnait pas l'avantage.

« J'ai affaire à beaucoup d'individus fortunés dans le cadre de la dissolution de leur mariage, ai-je repris prudemment. Cela ajoute une dimension supplémentaire à mon travail : nous procédons à des expertises comptables et à d'autres types d'investigations qui ne sont peut-être pas nécessaires dans le cas de divorces plus courants.

— Et ?… a-t-il fait avec un mouvement circulaire de sa fourchette.

— Il y a plusieurs semaines de ça, j'ai demandé à un collègue d'enquêter sur la vie personnelle de Mme Joy. C'est une pratique relativement courante dans les divorces de haut vol, lorsque nous essayons de trouver l'accord financier le plus équitable pour nos clients.

— C'est un autre monde, pas vrai ?

— Mon enquêteur a trouvé des preuves que Mme Joy entretenait une relation avec quelqu'un.

Il a découvert qu'elle fréquentait l'associé de Martin Joy, Alex Cole.

— Je sais », a répondu Doyle en plantant sa fourchette dans une tomate.

Je suis restée abasourdie.

« Vous savez ?

— Beaucoup des amis de Donna nous ont contactés avec des informations qu'ils espéraient être utiles.

— Qu'est-ce qu'ils ont dit ? »

Il a fait une grimace mais n'a pas répondu immédiatement.

« Quelqu'un avait été témoin d'un *épisode romantique* entre Mme Joy et M. Cole, a-t-il fini par répondre.

— Ce qui veut dire ? »

Il a fixé sur moi un regard d'acier qui m'a indiqué qu'il n'allait pas me révéler plus d'informations sur le sujet.

« Vous allez bien interroger Alex Cole, n'est-ce pas ? ai-je demandé, le cœur battant déjà la chamade.

— C'est déjà fait », a-t-il précisé en s'essuyant le coin de la bouche avec une serviette.

Je suis restée bouche bée, prise une nouvelle fois par surprise.

« Et qu'est-ce qu'il a dit ?

— Madame Day, vous êtes l'avocate de divorce de M. Joy, et ceci est une enquête de police, a-t-il répondu, sans même chercher à déguiser la mise en garde dans sa voix, m'invitant à me mêler de ce qui me regardait.

— Mais je suis ici pour essayer de vous aider dans votre investigation », ai-je protesté en m'efforçant de retrouver mon sang-froid.

Il a poussé un léger soupir.

« Alex Cole était avec sa femme lundi soir. Ils sont sortis dîner puis sont rentrés chez eux.

— Donc il a un alibi. »

Visiblement à bout de patience, il a examiné ce qui restait de sa salade comme si c'était une option légèrement préférable à celle de poursuivre sa conversation avec moi.

« OK, dans ce cas, est-ce que vous pouvez me dire pourquoi mon client a été arrêté, alors que vous n'avez manifestement aucune preuve qu'un crime a seulement été commis ? »

Il a de nouveau soupiré.

« Madame Day, je n'étais pas obligé de vous rencontrer. Je suis sûr que vous pouvez interroger l'autre équipe juridique de M. Joy si vous voulez savoir autre chose.

— Si vous êtes convaincu que je vais obtenir ces informations de l'avocat en droit pénal de M. Joy, pourquoi ne pas me faire économiser sur ma facture de téléphone en me disant simplement ce que je veux savoir ? »

Il a bruyamment relâché son souffle alors que la serveuse m'apportait mon café.

« Qu'est-ce que vous voulez ? a-t-il fini par me demander.

— J'ai besoin de savoir ce qui se passe. De savoir pourquoi mon client a été arrêté, alors qu'il y a certainement d'autres suspects à qui vous devriez vous intéresser. »

Il a gardé un visage de marbre.

« Je ne comprends toujours pas ce que cela a à voir avec vous, a-t-il déclaré. Je suppose que la procédure de divorce est suspendue pour le moment, étant donné l'infime probabilité que Mme Joy se présente au tribunal ? »

Il n'avait pas tort, mais j'avais une réponse toute prête.

« Je peux comprendre que vous vous moquiez complètement d'un tas d'avocats, mais c'est de mon travail qu'il s'agit ici, et nous avons besoin de savoir à quoi – à qui – nous avons affaire. Je sais que le risque d'une atteinte à la réputation de notre cabinet est le cadet de vos soucis, mais… »

Il a hoché la tête.

« Vous ne voulez pas continuer à défendre Martin Joy s'il est coupable, c'est ça ? »

Ce n'était pas exactement ce que je voulais dire, mais si ça pouvait m'obtenir les informations dont j'avais besoin, j'étais prête à jouer le jeu.

« Alors, l'est-il ? Ou plutôt, pouvez-vous prouver qu'il l'est ? »

Il a posé sa serviette et m'a regardée.

« Laissez-moi vous présenter les choses comme ça : Donna Joy a disparu depuis dix jours. Il n'y a eu aucune activité sur les comptes de réseaux sociaux qu'elle fréquentait régulièrement auparavant. Son téléphone, ses cartes bancaires n'ont pas été utilisés. Nous ne pouvons pas partir du principe qu'elle est saine et sauve, à moins d'avoir un élément qui nous l'indique. Et s'il est arrivé quelque chose à Donna Joy, nous voulons découvrir quoi le plus rapidement possible, et qui est impliqué.

— Je pense que nous sommes tous d'accord sur le fait que nous voulons savoir ce qui lui est arrivé.

— Alors que dites-vous de m'aider en retour, madame Day ? »

J'ai haussé les épaules sans m'engager.

« Si je peux.

— Donna a cité un comportement déraisonnable comme cause de sa demande de divorce. Sa sœur Jemma Banks nous a aidés dans notre enquête. Elle affirme que Martin avait une certaine tendance à s'emporter. Étiez-vous au courant du moindre incident de violence domestique dans leur couple ?

— Vous n'avez jamais entendu parler du secret professionnel ? » ai-je répliqué en le regardant pardessus ma tasse.

Il a accueilli cette réponse avec le plus infime des sourires.

« Je sais que vous n'êtes pas tenue de me dire quoi que ce soit. Mais je n'ai pas besoin d'avoir cette conversation avec vous non plus. »

Je l'ai fait patienter, ce qui m'a aussi donné le temps de réfléchir.

« Il n'y a rien eu de cette nature, ai-je fini par répondre. Pas de menaces, pas de violence. Leur relation s'était étiolée et il y avait les causes habituelles d'agacement mutuel, mais il n'a jamais levé la main sur elle.

— À votre connaissance.

— Je serais au courant, ai-je répondu sobrement.

— Et pourtant, ce n'est pas ce qui nous a été dit. »

J'ai été incapable de respirer un moment. Je sentais mes émotions échapper à mon contrôle, mon besoin d'information prendre le pas sur la raison, qui me soufflait de ne pas insister.

« Par qui ? L'avocat de Donna ? Sa sœur ? »

Ç'a été au tour de Doyle de hausser les épaules. Il n'avait manifestement pas l'intention de me révéler ce petit détail.

— *Quid pro quo*, inspecteur : pourquoi l'avez-vous arrêté hier ?

— *Quid* quoi ?

— Allons. Je vous ai donné une information, maintenant c'est à votre tour. »

Il a gardé le silence.

« Allons, inspecteur, vous savez que l'équipe juridique de M. Joy va me le dire, ce n'est pas un secret. »

Il a repoussé son assiette sur le côté et m'a regardée.

« Martin Joy avait une entaille suspecte sur la main quand nous l'avons interrogé. Il a dit qu'elle était due à un accident de vélo, mais nos agents ont affirmé que son vélo avait l'air flambant neuf. Qu'il semblait n'avoir jamais servi.

— Je ne suis pas sûre qu'il soit possible de prouver que…

— Des chiens détecteurs de cadavres ont fouillé la maison de Donna, hier, a-t-il ajouté après un autre temps de silence. Nous avons découvert des traces de sang. »

J'ai senti une boule se former dans ma gorge et j'ai pris une inspiration pour me ressaisir.

« Où ? ai-je demandé en essayant de garder une voix posée.

— Sur le lit. Dans la salle de bains.

— Menstruel ? »

Il a souri.

« C'est ce que Martin Joy a dit. »

Je me sentais faible et glacée, comme si j'étais en train de me vider lentement de mon propre sang.

« Nous le saurons bien assez vite, a continué Doyle. Le sang menstruel contient des traces de tissu endométrial que la police scientifique saura découvrir. S'il ne s'agit pas de sang menstruel, alors nous serons obligés d'envisager la possibilité qu'il se soit passé quelque chose dans cette maison ce soir-là.

— Est-ce que vous pouvez savoir depuis combien de temps il est là ? Je veux dire, si c'est bien le sang de Donna Joy, est-ce qu'on peut déterminer la nuit précise où il a été versé ? »

Doyle a souri de nouveau, percevant mon malaise et y voyant probablement, encore une fois, la preuve que l'avocate de divorce de Martin Joy perdait foi en son client.

« Ce sont des malins, ces types de la police scientifique. Il faudra voir ce qui revient du labo.

— D'accord. Mais vous n'avez pas répondu à ma question principale : est-ce que Martin Joy est coupable ? Est-ce qu'il a tué sa femme ?

— Vous avez raison, nous n'en avons pas encore la preuve, mais si vous me demandez ce que me souffle mon intuition, après toutes ces années d'expérience, madame Day… »

J'ai acquiescé, sentant ma poitrine s'emplir d'appréhension.

« … je dirais qu'il est cent pour cent coupable. »

32

Après être sortie du restaurant, j'ai marché un moment au hasard des rues, en ressassant ma conversation avec Doyle. Il était 2 heures du matin lorsque je suis enfin rentrée à l'hôtel, gelée et les pieds douloureux à cause de mes chaussures qui avaient commencé à me serrer. Et pourtant, je n'ai pas réussi à dormir. Ce n'était même pas la peine que j'essaie : j'étais trop en colère et frustrée de voir chacune de mes tentatives déboucher sur une impasse, ou sembler sèchement confirmer l'idée que Donna Joy était morte.

C'était un truc auquel j'avais recours dans les affaires particulièrement épineuses, lorsque l'argument juridique imparable semblait décidé à m'échapper : j'arrêtais de travailler, et je relançais la machine. Je lisais, je nageais, j'allais à la salle de sport, sans jamais arrêter de penser, de réfléchir à ma prochaine stratégie, mais en donnant à mon cerveau le temps de souffler. Cette nuit-là, j'ai marché et marché, et j'ai attendu l'aube pour envoyer un texto à Martin sur notre numéro spécial. J'ai fait simple et concis : je voulais le voir, seul. Lorsqu'il m'a répondu presque immédiatement, j'ai su qu'il n'arrivait pas à dormir non plus.

Alex et Sophie Cole habitaient une grande maison mitoyenne en stuc blanc dans une rue arborée de South Kensington, le genre qu'on croit appartenir à un cheikh du pétrole, un ancien aristo ou un banquier bling bling en quête de respectabilité. Tout cela faisait d'Alex Cole un homme plus prévisible que Martin Joy avec sa cachette dans les rues pavées de l'époque dickensienne, mais je n'en étais pas moins nerveuse en remontant l'enfilade de portes d'entrée noires et lustrées. J'étais préparée psychologiquement à trouver paparazzis et journalistes en train d'attendre sur le trottoir, mais un groupe de bonnes d'enfants philippines et une blonde soignée en tenue de sport qui se dirigeait à grands pas vers son 4 × 4 ont été tout ce que j'ai vu de plus menaçant. C'était une oasis de calme urbain raffiné ; pas étonnant que Martin ait voulu y dormir.

J'ai lentement monté les marches pour sonner, me demandant qui allait m'ouvrir. Martin n'avait pas voulu sortir en public mais avait suggéré, dans notre échange de textos de l'aube, que nous nous retrouvions là dans la matinée, une fois Alex parti au travail et Sophie au tennis. Il n'empêche, venir là, alors que je savais ce que je savais – qu'Alex et Donna avaient entretenu une liaison –, me donnait plus l'impression d'ouvrir la boîte de Pandore que d'appuyer sur un bouton de sonnette.

« Salut. »

Martin m'a regardée nerveusement par l'entrebâillement de la porte, puis l'a ouverte juste assez pour me laisser entrer.

Nous avons échangé une étreinte empruntée, le souvenir de la gêne avec laquelle nous nous étions quittés à l'hôtel encore suspendu entre nous.

« Tu as bien meilleure mine », ai-je déclaré.

Meilleure mine que l'homme chiffonné et persécuté qui était entré en traînant des pieds dans cette chambre d'hôtel bas de gamme, en tout cas. Il s'était douché et rasé, et portait pull en cachemire bleu marine et jean sombre. Cependant, même s'il ressemblait davantage au Martin que je connaissais, il avait gardé les cernes violacés sous ses yeux, comme un boxeur après un combat difficile.

« Entre, m'a-t-il dit en me faisant traverser le haut vestibule.

— Waouh, ai-je fait avec un sifflement admirateur. Sympa, la baraque. »

Dans mon métier, il m'arrivait de devoir rendre visite aux riches chez eux et leurs demeures étaient toujours impressionnantes, mais celle des Cole avait quelque chose de plus. Il y régnait un calme doux, presque spirituel, comme si je venais d'entrer dans la salle de relaxation d'un spa extrêmement sélect. Il y avait des tableaux aux murs – des huiles représentant des motifs abstraits dans un camaïeu de blancs et de crème, avec des éclaboussures de couleur qui leur conféraient un dynamisme brut ; des œuvres originales, ai-je supposé, même si je ne reconnaissais pas l'artiste.

« Oui, Sophie a plutôt bon goût. »

J'ai hoché la tête, mais c'était vraiment un euphémisme.

J'avais passé toute ma vie professionnelle à me battre pour des propriétés qui ressemblaient beaucoup à celle-ci, à disputer mobilier et œuvres d'art, murs et pierres. C'était incroyable le genre de choses sur lesquelles pinaillaient les gens une fois l'amour envolé. J'avais vu des milliers de livres de frais de justice accumulés pour s'assurer l'obtention d'objets sans réel intérêt – collections de magazines, tables basses, ustensiles de cuisine, des choses de peu de valeur financière ou sentimentale, juste pour marquer des points. Pour gagner. Mais cette maison était différente ; je comprenais qu'on puisse vouloir lutter pour garder un endroit comme ça.

« J'aime bien ces tableaux, ai-je dit en indiquant trois grandes toiles sur le mur.

— C'est Donna qui les a peints, a-t-il répondu, presque en s'excusant.

— Elle a du talent. »

Et c'était vrai. J'ai essayé d'ignorer la contrariété que m'inspirait le fait qu'ils soient si bons. Même quand j'avais vu l'ex-femme de Martin en chair et en os, vu combien elle était belle, j'avais toujours réussi à ne pas la prendre au sérieux, à la voir seulement comme une femme de millionnaire gâtée et égoïste, qui barbouillait en dilettante pour passer le temps entre un saut à la salle de sport et une excursion à la boutique bio. Même quand j'avais vu Donna et Martin rire ensemble dans le restaurant par cette nuit pluvieuse et floue, je m'étais consolée en me disant que je valais mieux qu'elle : que j'étais plus intelligente, plus maligne, plus accomplie. Peut-être m'étais-je trompée sur ce compte aussi.

J'ai suivi Martin dans le salon, qui s'étendait de l'avant de la maison jusqu'à un large bow-window à l'arrière. J'entendais des oiseaux chanter à l'extérieur, mais je ne ressentais rien de leur joie simple.

« Café ? m'a proposé Martin.

— Non, merci. »

J'ai attendu qu'il m'accorde toute son attention avant de reprendre.

« Il faut que je t'informe de quelque chose.

— Je me disais bien que ce n'était pas une visite de courtoisie.

— Je suis allée voir la police », ai-je enfin révélé.

Il a froncé les sourcils sans comprendre.

« La police ? Pourquoi ?

— Pour parler.

— De quoi ? »

Je savais que je devais me débarrasser des éléments qui me mettaient mal à l'aise en premier. Les éléments que je cherchais désespérément à refouler à l'arrière-plan de mes pensées depuis que Michael Doyle les avait mentionnés.

« L'inspecteur Doyle a évoqué de la violence domestique.

— Quoi ?! »

Il y avait de la stupéfaction dans sa voix. « Tu veux dire entre moi et Donna ? »

J'ai acquiescé.

« C'est n'importe quoi. Je te le jure, Fran, je n'ai jamais levé la main sur elle. Je ne ferais jamais une chose pareille.

— C'est ce que j'ai dit à Doyle », ai-je répondu, rassérénée par son air dérouté.

Il a pressé une main contre sa bouche. Je me suis rapprochée d'un pas pour poser une main rassurante sur son bras.

« Écoute, je suis allée voir Doyle parce que j'ai enfin réussi à joindre Phil – mon détective privé. »

Cela a éveillé son intérêt et il s'est avancé vers moi, mais je l'ai arrêté d'une main levée.

« Ce n'est pas nécessairement une bonne nouvelle, l'ai-je prévenu. Donna voyait quelqu'un. Quelqu'un d'autre que toi. »

J'ai étudié son expression, cherchant une réaction, mais il n'y avait que de la confusion sur son visage.

« Est-ce que c'est la personne avec qui elle est allée à Paris ? a-t-il demandé.

— On ne le sait pas encore.

— Alors qu'est-ce que vous savez ? »

J'ai pris un moment pour essayer de m'imprégner du calme de la pièce autour de moi.

« Donna avait une liaison avec Alex. »

Les mots ont semblé prendre forme dans l'air entre lui et moi et j'ai détourné les yeux, incapable de regarder le déferlement d'émotions sur son visage.

« Alex ? a-t-il répété. Mon Alex ? »

J'ai hoché la tête.

« Est-ce que ce Phil est sûr de ce qu'il avance ?

— Il n'a pas de fluides corporels ou d'enregistrements vidéo à l'appui, mais…

— Alors comment est-ce qu'il sait que c'est vrai ? » m'a-t-il interrompue d'une voix pressante, un peu trop forte.

Je pouvais presque le voir se ramasser comme un ressort, prêt à bondir.

« Je n'y crois pas, a-t-il continué en secouant la tête. Donna et Alex ne s'entendent même pas particulièrement bien. »

J'ai noté l'incrédulité sincère sur son visage et senti le soulagement m'envahir. La mise en garde de Phil lors de notre rencontre dans le jardin japonais avait fait son chemin dans ma tête comme un ver de terre déterminé. Une liaison avec Alex aurait donné à Martin un mobile plus plausible pour se débarrasser de Donna. Elle aurait pu lui avouer, et lui, céder à l'emportement. Un crime passionnel. Mais à moins qu'il ait pris des cours à l'Académie royale des arts dramatiques, Martin n'avait rien soupçonné de la relation d'Alex et de Donna, quel que soit le temps que celle-ci avait duré. Ce qui invalidait complètement ce mobile.

Je culpabilisais d'avoir ne serait-ce qu'envisagé la théorie de Phil, mais je me suis forcée à répéter tout ce que ce dernier m'avait raconté, tout en laissant à Martin le temps de digérer ce que je disais.

« Et tu as parlé de ça à la police, a-t-il fait en se frottant le front.

— Je voulais qu'elle le sache le plus vite possible. »

Il m'a jeté un regard.

« Avant moi ?

— Ce n'est pas une compétition, Martin. Et comme ton avocat m'a dit qu'ils risquaient de t'arrêter de nouveau, je voulais m'assurer que la police ait dès que possible conscience de l'existence d'autres suspects au mobile plausible. »

Il a réfléchi un instant et hoché la tête.

« Alors ils vont lui demander de venir pour un interrogatoire ?

— Ils lui ont déjà parlé. »

Cette partie de la conversation n'allait pas bien se passer non plus, je pouvais le deviner.

« Est-ce que tu crois que c'est pour ça qu'ils m'ont relâché ? Que je n'ai pas été inculpé ? » J'ai secoué la tête tristement.

« Ils lui ont parlé lundi. »

La brève lueur d'exultation qui éclairait son visage s'est éteinte. Il a pincé les lèvres et je l'ai vu récapituler les informations qu'il avait et parvenir à la conclusion que j'avais atteinte des heures plus tôt. Alex avait été interrogé *avant* que Martin soit arrêté, ce qui voulait dire qu'ils l'avaient éliminé de leur liste de suspects.

« Écoute, ai-je dit gentiment, ça ne change rien. Les flics ne t'ont pas inculpé parce qu'il n'y avait pas assez de preuves – et avec un corps non existant, il n'y en aura jamais. S'ils questionnent d'autres personnes, c'est qu'ils sont encore ouverts à d'autres pistes d'investigation, ce qui signifie qu'ils ne sont pas convaincus que tu sois leur homme. Et ils sont obligés de l'être avant d'inculper quelqu'un. Ou du moins, d'être sûrs que le service des poursuites judiciaires aura un dossier d'accusation assez solide pour espérer réalistement obtenir une condamnation.

— Mais comment est-ce que la police peut être certaine qu'Alex n'y est pour rien dans la disparition de Donna ? »

Il a marmonné la question comme s'il se la posait plus à lui-même qu'à moi, et qu'il essayait d'intégrer tout ça dans sa tête. J'ai remarqué un spasme sous son œil gauche, palpitant comme un cœur minuscule. En dépit de ce qui s'était passé dans la chambre d'hôtel, j'avais envie de le prendre dans mes bras et de lui dire que tout allait s'arranger. Mais je n'étais toujours pas sûre d'y croire moi-même ; pas après ma conversation avec l'inspecteur Doyle. Je savais que la police n'allait pas se tuer à essayer de sortir Martin de ce mauvais pas, alors quelqu'un d'autre allait devoir le faire. J'avais toujours adoré les énigmes et les séries policières, et j'aimais reconstituer des puzzles. N'était-ce pas ce que je faisais au quotidien : chercher des angles d'attaque et des failles, jouer au plus malin avec la partie adverse ? Et à cet instant, Martin n'avait pas besoin de Francine Day l'avocate ou même l'amante. Il fallait que je sois la détective.

« La police affirme qu'Alex avait un alibi pour lundi soir, la dernière nuit où Donna a été vue, ai-je fait, tirant un plaisir morbide de la situation. Mais éliminer Alex de la liste des suspects suppose de partir du principe qu'il est arrivé quelque chose à Donna ce fameux lundi. Pourquoi pas le mardi, ou le mercredi ? Ou n'importe quel autre jour depuis ? Quels ont été les déplacements d'Alex depuis lundi ? »

Martin a relevé les yeux.

« Je suis à peu près sûr qu'il était à une conférence de technologie financière le mardi et le mercredi. Je peux me renseigner. »

J'ai hoché la tête.

« Et il y a autre chose, a-t-il ajouté. J'ai dormi ici deux nuits depuis qu'Alex a été interrogé par la police, et il ne m'en a pas parlé. Tu ne crois pas que ça suggère qu'il a quelque chose à cacher ? »

J'étais moins convaincue que lui.

« Je doute que le sujet de sa liaison avec ta femme soit quelque chose qu'il ait envie d'aborder au dîner. »

Il m'a regardée quelques secondes avant de hausser les épaules, me concédant ce point.

« Je passe vraiment pour un imbécile, dans cette histoire. Tout le monde était au courant, sauf moi.

— Je ne suis pas sûre que la police croie que leur relation était sérieuse.

— Tu parles d'une consolation. »

Pendant un moment, ni lui ni moi n'avons parlé.

« Comment est-ce que les flics ont découvert ça, au fait ?

— C'est une amie de Donna qui leur a dit. Mais Doyle est resté vague. C'est peut-être la même personne que mon détective privé a interrogée. Il est peu probable que celle-ci ait accepté de parler à Phil mais pas aux autorités, sachant que Donna est portée disparue et que la police a demandé à toute personne susceptible d'avoir des informations de se faire connaître.

— Et les allégations de violence domestique ? a-t-il demandé plus nerveusement.

— Je crois que c'est la sœur de Donna.

— Jemma ? a-t-il fait en haussant le ton. Mais elle parle à peine à Donna. Elles ne sont pas proches du tout.

— D'après Doyle, elle aide la police dans l'enquête. »

Martin s'est relevé et s'est approché de la fenêtre.

« Quand est-ce que ça a commencé ? Est-ce qu'elle leur a dit ? Quand, exactement, est-ce que mon associé a commencé à se taper ma femme ?

— Oui, j'aimerais bien avoir la réponse à cette question, moi aussi. »

Mon cœur a bondi au son de la voix derrière moi, et j'ai fait volte-face.

« Sophie, ai-je soufflé. Je n'avais pas réalisé que vous étiez là.

— Non, a-t-elle répondu sèchement. Apparemment pas. »

Elle était en tenue de sport, avec un sac de gym sur l'épaule. J'étais sûre que, n'importe quel autre jour, elle aurait pu être l'incarnation d'une vie saine, mais là, elle était blême. Une gêne palpable a empli la pièce. Martin se tenait près de l'accoudoir du canapé comme un adolescent pris en flagrant délit de voler un billet dans le portefeuille de sa mère.

« Je croyais que tu étais au tennis.

— La partie a été annulée. Je me suis dit que je devrais revenir te voir, mais visiblement je me suis trompée. »

Il y avait un léger tremblement dans sa voix, et c'était difficile de ne pas éprouver de la compassion à son égard.

« Qu'est-ce que vous avez entendu de cette conversation ? ai-je articulé lentement.

— Assez.

— Je suis désolée si vous ne saviez pas.

— Je savais, a-t-elle répondu en se redressant, comme si elle essayait de recouvrer sa dignité. Du moins, je savais de quoi Alex avait été accusé. Comme vous pouvez l'imaginer, c'est quelque chose que la police a évoqué lorsqu'elle m'a interrogée ; pure fiction, bien entendu. »

Le fait qu'il avait questionné Sophie n'était pas quelque chose que l'inspecteur Doyle avait mentionné dans notre *quid pro quo*, mais je supposais que j'aurais dû m'en douter, étant donné que Sophie avait apparemment fourni son alibi à Alex.

« Ce n'est pas de la pure fiction, Sophie », ai-je dit doucement.

La brèche était ouverte, et je savais que je devais profiter de cette opportunité pour obtenir d'elle autant d'informations que possible. C'était le genre de comportement de prédateur qu'on développait lorsqu'on faisait du droit. On repérait le défaut dans la cuirasse et on bondissait.

« Un de mes investigateurs a découvert la liaison d'Alex et de Donna dans le cadre d'une enquête pour déterminer le montant de l'accord financier entre les Joy. J'ai estimé que Martin avait le droit de savoir.

— C'est à ça que se résume le droit de la famille de nos jours ? » a-t-elle répliqué, les yeux étincelants de colère, toute la chaleur de nos précédentes rencontres disparue.

Je ne pouvais guère lui en vouloir pour ça.

Elle s'est tournée vers Martin.

« Alex dément, a-t-elle repris sur un ton de conviction absolue. À toi de voir qui tu crois. »

Je l'ai regardée avec une admiration momentanée. Elle protégeait son homme, tout comme j'avais fait de la défense de Martin ma mission.

« Mais je suis désolée qu'on ne t'ait pas dit qu'on avait tous deux parlé à la police, a poursuivi Sophie d'une voix plus mesurée. On n'essayait pas de te tromper ou d'être malhonnêtes. C'est juste qu'on a pris la décision de ne pas rendre cette situation encore plus difficile qu'elle ne l'était déjà.

— Difficile ?! s'est emporté Martin. On ne parle pas d'un putain d'impair en société, Sophie. La police

– la *police* – a dit qu'Alex entretenait une liaison avec Donna. S'il est arrivé quoi que ce soit à cette dernière, ça lui donne un mobile, à lui.

— C'est des conneries ! a-t-elle répliqué. Alex dit qu'ils n'ont jamais été plus qu'amis. Et ce n'est pas comme si tu étais toi-même un parangon de vertu, n'est-ce pas ? »

Je ne savais pas ce qu'elle entendait par là. À cet instant précis, je n'avais pas envie de savoir.

« Vous insulter ne sert à rien. Peut-être faut-il juste que nous échangions ce que nous savons sur l'emploi du temps de Donna dans la semaine qui a mené à sa disparition. Par exemple, combien de temps a duré votre dîner avec Alex ce lundi soir ?

— Vous avez un sacré culot, a fait Sophie en secouant la tête. Vous venez chez moi accuser mon mari d'avoir une liaison avec une de mes meilleures amies, et après vous insinuez qu'il a peut-être eu un créneau dans son emploi du temps pour s'éclipser afin d'aller la tuer. »

J'ai cru voir une larme miroiter au coin de son œil, mais je n'en avais aucune certitude.

« Je sais que c'est difficile, mais nous voulons juste déterminer ce qui est arrivé à Donna.

— Ce n'est pas de Donna que vous vous souciez », a-t-elle répliqué en jetant un coup d'œil à Martin.

Elle n'avait pas tort, mais je n'allais pas m'arrêter maintenant.

« S'il vous plaît, Sophie. Répondez juste à la question. Donna était votre amie. »

Elle a posé son sac et s'est laissée tomber sur l'accoudoir du canapé. Prenant une profonde inspiration, elle a expulsé tout l'air de ses poumons et ses épaules se sont affaissées.

« OK, a-t-elle dit, laissant ensuite s'écouler quelques secondes avant de reprendre. J'ai retrouvé Alex après le travail. Le lundi est généralement le soir où on sort. On est allés dîner chez Locatelli's, on est revenus vers 23 heures et on a un peu regardé la télévision.

— À quelle heure êtes-vous allés vous coucher ?

— Vers minuit. Et avant que vous commenciez à vous demander si Alex a d'une manière ou d'une autre réussi à s'éclipser de la maison quand je me suis endormie, j'étais réveillée, parce que je suis sortie de la chambre pour téléphoner à ma mère. Elle habite à Chicago, avec mon beau-père. C'était son anniversaire. Je ne l'avais pas appelée et je ne voulais pas laisser passer le grand jour sans lui parler. Il devait être 1 heure et demie lorsque je suis enfin retournée me coucher. Alex était profondément endormi. »

Elle a marqué un temps et pincé les lèvres. « Quant au reste, cette prétendue liaison : je n'ai jamais remarqué quoi que ce soit d'étrange dans le comportement de Donna et d'Alex. C'est une femme magnifique, à l'évidence, et je mentirais si je disais que je n'ai jamais été un peu nerveuse quand elle était avec nous. Ces semaines d'été qu'on a passées à Ibiza, en Ombrie, tous ces après-midi au bord de la piscine ? Peu d'épouses ne se sentiraient pas du tout menacées par Donna à côté d'elles, avec ses petits bikinis et son corps parfait. Mais on choisit de faire confiance à ses amies et à son mari. Il n'y a pas d'autre solution, n'est-ce pas ? » Elle a dit ces mots d'une voix froide et posée, puis a regardé Martin. « À ce propos, tu devrais parler à Alex, dès que possible, pour tirer les choses au clair. On ne voudrait pas que la gêne s'installe entre vous, ici ou au travail, n'est-ce pas ? »

Martin a secoué la tête, les yeux baissés.

« Je ferais probablement mieux de rentrer chez moi. »

La réaction de Sophie a été immédiate.

« Ne fais pas l'enfant, a-t-elle répliqué en retrouvant son attitude compétente et dynamique. Tu as dit toi-même que l'endroit grouille de journalistes. D'accord, tu vas devoir affronter une conversation embarrassante avec Alex, mais dans l'immédiat, il faut que tu restes ici, ça nous arrange tous. »

Je l'ai regardée, ne sachant si je devais éprouver de la pitié ou de l'admiration pour elle. Elle était soit dans le déni le plus complet – ce dont je doutais, étant donné son pragmatisme presque pathologique –, soit d'une impressionnante loyauté envers eux deux : Alex, l'homme qui l'avait presque certainement trompée, et Martin, celui qui avait fort bien pu tuer son amie. Je l'ai regardée se lever, lisser sa jupe et redresser le menton d'un air de défi.

« Bien, je pense qu'on gagnerait tous à boire une bonne tasse de thé, qu'en dites-vous ? »

33

J'ai quitté la maison des Cole avant qu'on me demande de partir. De toute façon, je ne pouvais pas rester. Vivienne McKenzie m'avait envoyé un e-mail en tout début de matinée pour me demander de la retrouver au cabinet, et, même si j'appréhendais de lui parler, je savais que je n'avais d'autre choix que de retourner au travail.

Mon intention était de me faufiler dans Burgess Court, sans me faire repérer, à l'heure du déjeuner. C'était un vendredi, et la plupart des membres du cabinet avaient pour habitude de se disperser dans les pubs environnants. Je me disais que je pourrais passer rapidement dans mon bureau, prendre des nouvelles auprès de Paul, parler à Vivienne et être repartie avant que le plus gros de mes collègues reviennent à 15 heures. La dernière chose dont j'avais envie était de devoir éluder des questions apitoyées sur mon effondrement au tribunal alors que j'avais plus important à faire.

J'étais dans le bus, en train d'approcher rapidement de Piccadilly, lorsque mon téléphone a sonné.

« Francine ? »

Je n'ai pas reconnu sa voix aussitôt, et Alex Cole a été obligé de se présenter officiellement.

« Il faut qu'on parle. »

Je n'étais pas vraiment surprise qu'il m'appelle, même si mon cœur battait la chamade. Il a été calme, mais a insisté pour qu'on se voie. J'étais agacée que cela contrarie mon projet de passer en coup de vent au cabinet, mais lorsqu'il a dit qu'il pouvait être là dans l'heure, j'ai estimé que ça me laissait quand même le temps de retrouver Vivienne à 14 h 45 et de repartir de Middle Temple avant que mes collègues rentrent du pub.

L'endroit où nous nous sommes donné rendez-vous, Riojas, était un bar à vin situé dans une ruelle du quartier des théâtres. Il tenait à la fois du *gentleman's club* et du bistrot populaire : murs intérieurs lambrissés de bois sombre, fauteuils de capitaine branlants et tables abîmées qui donnaient l'impression de ne pas avoir été remplacés depuis l'époque où les frères Kray régnaient sur Soho.

Alex était déjà là, à une table d'angle. Il y avait une bouteille de vin rouge devant lui, et un verre à moitié plein. Je me suis approchée de lui avec le nœud à l'estomac que j'avais, étant plus jeune, chaque fois qu'on m'envoyait chez le principal me faire passer un savon.

« Bonjour, Alex », ai-je dit en m'asseyant.

Il a pris la bouteille pour me proposer du vin, mais j'ai secoué la tête.

« Je croyais que vous buviez, maintenant ? a-t-il fait avec un regard qui donnait à sa remarque le sens à la fois d'une accusation et d'une critique.

— Je suis sûre qu'il est bon, mais je suis en route pour le cabinet. »

Ses lèvres étaient tachées de rouge, mais il n'avait pas l'air détendu, bien au contraire.

« Sophie m'a dit que vous étiez passée à la maison, aujourd'hui », a-t-il fini par dire.

J'ai pensé au discours plein de maturité de Mme Cole sur la nécessité de se tenir les coudes, mais je savais que j'avais eu raison : sa loyauté allait à Alex et je ne pouvais pas le lui reprocher, même si je n'étais pas sûre que j'aurais fait le même choix.

« C'est exact, ai-je répondu en hochant la tête. J'avais des informations à donner à Martin. Je suppose que vous savez ce qu'elles étaient.

— Les mêmes que celles que vous avez données à la police », a-t-il répliqué d'un ton acerbe.

Il a vidé d'un trait ce qui restait dans son verre, soulevant la bouteille pour se resservir avant même d'avoir avalé.

« J'aurais pu moi aussi dire des choses à la police, Fran. Sur votre relation avec Martin. Mais nous ne l'avons pas fait.

— "Nous" ? ai-je répété en haussant un sourcil.

— Sophie m'en a dissuadé.

— Je suppose que ce n'était pas un geste purement altruiste de sa part.

— Non, a-t-il répondu simplement. Nous l'avons fait pour notre société. »

Une serveuse est venue prendre ma commande, l'air mal à l'aise comme si elle s'immisçait dans une querelle d'amoureux. Je lui ai demandé un verre d'eau et elle s'est hâtée de regagner le comptoir, nous jetant de petits coups d'œil jusqu'à ce qu'elle juge sans danger de revenir.

« La société Gassler gère un milliard de livres d'actifs, le saviez-vous ? m'a demandé Alex d'une voix légèrement pâteuse. Nos actionnaires sont des noms que vous avez probablement entendus. Nous avons une méthode de *trading* algorithmique qui fait l'envie de toute la profession. Mais surtout, nous avons notre réputation. » Il a serré le poing sur la table en disant ces mots. « Notre réputation de gestionnaires de fonds est liée au retour sur investissement que nos clients nous croient capables de leur obtenir. Sans cela, nous ne sommes rien. Alors qu'est-ce qui se passe, à votre avis, quand un des associés est arrêté dans le cadre de la disparition de sa femme, et qu'un autre est traîné au commissariat parce que quelqu'un a dit qu'il se tapait la femme de son collègue ? C'est la ruine. »

Des postillons de colère s'étaient déposés sur sa lèvre et il l'a essuyée tout en s'efforçant de reprendre son calme. L'espace d'un instant, j'ai vu le côté obscur du mâle dominant.

« Pensez-vous que c'en soit arrivé là ? » lui ai-je demandé avec calme.

J'avais représenté beaucoup de banquiers, mais je ne connaissais pas grand-chose du secteur financier et ses subtilités de fonctionnement.

« Nous avons au moins deux groupes d'investisseurs privés qui envisagent d'acquérir des parts minoritaires, a répondu Alex en baissant le ton mais en levant l'index pour appuyer ce qu'il disait. Ils hésitent encore. Mais l'un d'eux a déjà laissé entendre qu'il retirerait son argent s'il y avait le moindre autre "incident embarrassant" – il a dessiné des guillemets en l'air avec ses doigts –, et il suffira de pas grand-chose pour que le château de cartes s'écroule. Il faut que nous gardions le contrôle de tout ce qui est dit, Fran. Absolument tout. »

Il s'est penché vers moi, scrutant mon regard.

« Ne faites rien sans en parler d'abord à Martin ou à moi, pour que nous puissions soumettre l'idée à notre équipe de gestion de crise. Je suis sérieux. »

J'ai haussé les épaules puis acquiescé, en réfléchissant à l'expression qu'il avait choisie. *Château de cartes*.

« Dans ce cas, est-ce que je peux vous poser une question ? »

Il a haussé les épaules, ses yeux se réduisant presque à deux fentes noires.

« Est-ce que vous aviez une liaison avec Donna ?

— Non, a-t-il fini par répondre.

— Ce n'est pas à votre femme que vous vous adressez à cet instant. Ni à la police. »

Il a gonflé les joues et baissé les yeux sur la nappe tachée de rose avant de les reporter sur moi.

« Écoutez, il s'est passé quelque chose entre nous. Une fois. Un baiser sous l'emprise de l'alcool, il y a un an, peut-être. C'était à une soirée d'été chez un ami, à la campagne. J'avais pris de la coke, elle aussi. C'était une nuit chaude, et il y avait plein de ces lanternes accrochées partout pour créer une ambiance *romantique*. »

Il a prononcé ce mot avec dédain et son regard s'est perdu dans le vide, comme s'il repensait à cette soirée avec le même mépris.

« Nous n'avons pas couché ensemble, a-t-il continué en reposant les yeux sur moi. Pour être franc, nous n'avons pas eu le temps. Et il n'y a pas eu de relation entre nous après notre retour à Londres. Je ne suis pas stupide. Donna est la femme de mon associé. Et je suis moi aussi marié. Risquer le divorce et la dissolution de ma société pour une aventure sans lendemain ne me semble pas être un très bon plan. Et puis j'aime ma femme, et Martin est comme un frère pour moi. »

Je n'ai pas pris la peine de relever ce qu'il venait de dire.

« Alors où est Donna ? ai-je demandé. Qu'est-ce qui s'est passé cette nuit-là, d'après vous ? »

J'avais eu cette conversation avec moi-même je ne savais combien de fois. J'en avais parlé avec Clare et Phil, mais aucun de nous ne connaissait Martin aussi bien qu'Alex.

Il avait l'air moins sûr de lui à présent, comme si le vin l'avait vidé de sa confiance au lieu de la renforcer.

« Martin est un homme brillant, a-t-il répondu, les yeux fixés sur le pied de son verre. Je l'ai su dès le jour où je l'ai rencontré à la fac. Dans notre groupe, il se démarquait tout simplement. Il avait plus d'assurance que les diplômés d'Eton, plus d'intelligence que les cracks de troisième cycle. On a été pris en stage par la même banque. Au début, j'ai maudit le sort de faire partie de sa promo, de ne jamais pouvoir me distinguer quand il était parmi nous, mais après, j'ai décidé de rester dans son sillage pour profiter de son succès. »

Il a fait tournoyer ce qui restait de son vin dans le fond de son verre.

« Martin était plus motivé que nous tous, a-t-il ajouté doucement. C'est ça qui lui donnait toujours l'avantage. Il était toujours prêt à travailler plus dur que tout le monde, à en faire juste un peu plus.

— Qu'est-ce que vous êtes en train de dire, Alex ?

— Ce que je dis, c'est que je n'ai pas envie de penser à ce qui a pu se passer cette nuit-là.

— Vous croyez possible qu'il ait fait du mal à Donna ? »

Il a émis un léger grognement de dérision.

« Demandez ça à certains de nos collaborateurs. Si vous leur disiez que Donna convoitait la moitié de sa fortune, ils ne seraient pas surpris qu'elle ait disparu.

— Quels collaborateurs ? »

Alex avait presque fini sa bouteille de vin rouge. Il a jeté un regard inquiet vers le comptoir, comme un junkie en quête de sa prochaine dose.

Je l'ai regardé, l'exhortant silencieusement à se concentrer.

« Les fonds de couverture misent sur le marché, a-t-il cédé. Le nôtre investit de différentes façons : obligations, actions, devises, or… Nous achetons, nous vendons, y compris à découvert. Les algorithmes nous aident – ils nous permettent de repérer les anomalies du marché. Mais en réalité, ce sont nos renseignements qui nous rendent bons. »

Il a hésité un moment.

« Il y a deux ans, on a failli avoir un tuyau. Martin avait un ami. Richard Chernin. Celui-ci lui a promis des informations sur une fusion à un milliard de dollars en échange d'un prêt. Martin lui a donné l'argent, mais le tuyau n'est jamais venu. Il a dû se dégonfler à l'idée d'enfreindre la réglementation des autorités financières. Mais il a gardé l'argent de Martin. »

Il a marqué un temps pour donner plus de poids à ce qui allait suivre, vidant le reste de son vin. Je me suis mordu la lèvre et j'ai attendu.

« Chernin a affirmé avoir été intimidé et menacé d'être dénoncé à la police. Quelques jours plus tard, il a été renversé par quelqu'un qui ne s'est pas arrêté. Il s'est retrouvé avec deux jambes cassées.

— Vous êtes en train de me dire que Martin a quelque chose à voir avec ça ? »

Il a continué comme si je n'avais pas parlé.

« Chernin s'est arrangé pour me rencontrer de façon confidentielle. Il était persuadé que c'était Martin qui avait commandité l'accident, m'a dit que ce dernier l'avait menacé de le tuer s'il ne lui rendait pas l'argent. Avec intérêts. »

Je l'ai dévisagé, alarmée de le trouver aussi convaincant.

« Si vous croyez vraiment ça de Martin, pourquoi est-ce que vous le laissez dormir chez vous ?

— Qu'est-ce que j'étais censé faire ? Lui dire non ? Et puis, on n'est pas encore sûrs qu'il soit arrivé quelque chose à Donna. Peut-être qu'elle va parfaitement bien. »

Il a dit cela d'un ton suggérant qu'il n'y croyait pas lui-même. « Si je vous raconte tout ça, c'est uniquement parce que vous êtes son avocate et que je veux que vous connaissiez tous les faits. Un homme averti en vaut deux, blablabla. Si vous savez quelles informations négatives circulent au sujet de Martin, vous saurez comment les contenir. Je vous serais reconnaissant de me rendre la pareille. Si vous apprenez que Martin est sur le point d'être arrêté. J'ai besoin de savoir. »

Il a tiré son portefeuille de sa poche et en a sorti deux billets de vingt livres qu'il a posés sur la table pour payer sa bouteille de vin.

« L'amour fait mal, a-t-il conclu en se levant et en me touchant l'épaule. Ça m'a fait plaisir de vous voir, Fran. »

Et il est sorti du bar.

34

Il y avait du monde dans Fleet Street lorsque j'ai entrepris de me rendre à Middle Temple. Les gens étaient déjà en train de sortir du travail et je repérais facilement les avocats à leur costume sage et leur mallette à roulettes remplie de dossiers emportés pour le week-end ; leur journée de travail encore loin d'être terminée, et seulement interrompue par une délocalisation de leur bureau à chez eux. *C'était ma vie à moi aussi, il n'y a pas si longtemps.* Cette pensée m'était venue distraitement, mais elle m'a frappée si violemment que je me suis arrêtée net, manquant me faire bousculer par l'homme d'affaires rougeaud qui me suivait.

J'ai marmonné des excuses et me suis remise en marche, avec une nervosité grandissante à mesure que j'approchais de Burgess Court. Vivienne McKenzie m'avait demandé de venir pour « discuter de la situation actuelle ». Au moins, elle me voyait comme « actuelle », ce qui valait mieux que « terminée et effacée des archives », mais tout de même, je n'envisageais pas notre conversation avec réjouissance.

L'idée m'était venue que, toute polie que se soit montrée Vivienne dans la formulation de son e-mail, il existait une possibilité très réelle qu'elle me demande de quitter le cabinet. Ce ne serait ensuite qu'une question de temps avant que le bruit se répande que j'avais été virée et, une fois cela fait, il me serait presque impossible de trouver un autre cabinet prêt à m'employer. Tout ce à quoi j'avais travaillé au cours de ces années, tous ces échelons que j'avais péniblement gravis, tous ces volumes de procès-verbaux abrutissants que j'avais potassés, deviendraient brusquement une perte de temps totale. J'avais tout gâché – *tout* – pour une aventure avec un homme que je connaissais à peine.

Je me suis attachée à mettre un pied devant l'autre en essayant d'ignorer le ciel gris et la pluie imminente, de ne pas les voir comme de mauvais présages, jusqu'à ce que j'atteigne Burgess Court. La première personne que j'ai vue en entrant dans le bâtiment a été Helen, notre réceptionniste. Au moins, c'était un visage ami.

« Qu'est-ce que vous faites ici ? m'a-t-elle demandé en se débattant pour enfiler son manteau. Paul a dit que vous étiez en vacances. Je pensais que vous seriez dans quelque endroit agréable.

— Non, je suis juste restée chez moi. Attendez, laissez-moi vous aider, ai-je répondu en tirant sur le col de l'habit pour le redresser.

— Des vacances à domicile, a-t-elle répliqué avec un grand sourire, avant d'ajouter en haussant un sourcil : J'adorerais ça. Traîner simplement au lit en regardant des comédies romantiques et en mangeant de la pizza : parfait.

— Un truc de ce genre », ai-je répondu, distraite.

Je ne voyais pas Paul dans le bureau des clercs, mais il avait l'habitude perturbante de surgir de nulle part.

« Tous vos messages sont sur votre bureau, sauf les tout derniers qui sont ici, m'a dit Helen en attrapant deux ou trois Post-it rose vif pour me les tendre. Il faut que j'y aille. J'étais censée avoir tout l'après-midi libre, aujourd'hui, mais le temps passe si vite. Mon nouvel homme m'emmène à Brighton ce week-end. Je le retrouve à la gare Victoria dans environ… merde, dix minutes. Bonnes "vacances" ! »

J'ai souri et l'ai regardée sortir en courant du cabinet. Puis j'ai mis mes messages dans ma poche et suis montée à toute vitesse dans mon bureau sous les toits.

J'ai pris un moment pour parcourir du regard la pièce minuscule : mes crayons méticuleusement alignés sur la table, le bol en métal martelé trouvé à Amalfi – souvenir d'une époque plus heureuse – où je rangeais mes élastiques et mes trombones, la colonne de livres soigneusement empilés à la verticale pour utiliser chaque centimètre carré d'espace, tout me rappelait l'ordre minutieux qui avait autrefois régné dans ma vie. Je me suis laissée tomber sur ma chaise, la tête baissée, en me demandant si je retrouverais un jour cette vie tranquille et sans surprise.

Puis j'ai reçu un texto de Vivienne, m'annonçant qu'elle aurait un peu de retard.

Heureuse d'avoir ces quelques minutes supplémentaires, j'ai ouvert mes tiroirs et pris le dossier de Phil sur Donna Joy pour le fourrer dans mon sac avec quelques calepins, y ajoutant après coup le ruban en gros-grain noir et blanc qui avait entouré la boîte dans laquelle mon sac haute couture, le cadeau de Martin, m'avait été livré.

Les classeurs à levier contenant les documents relatifs à l'affaire Joy contre Joy étaient encore sur les étagères où je rangeais tous mes dossiers. Peut-être y avait-il, enfoui dedans, quelque détail qui m'avait échappé. Je savais que je ne pouvais pas tous les prendre ; ils étaient trop lourds, pour commencer, sans parler des questions qui seraient posées lorsqu'on remarquerait leur absence. J'ai rapidement feuilleté le plus gros et, décrochant les déclarations les plus importantes, en ai fait des photocopies avant de les remettre à leur place. Puis j'ai parcouru la pièce du regard une dernière fois, me demandant ce que je devais prendre d'autre, me rappelant que c'étaient mes affaires, du moins pour la plupart.

Je me suis assise à mon bureau et j'ai dévissé le bouchon d'une bouteille d'Évian à moitié entamée. Il y avait plein de bulles le long du plastique. En même temps, elle devait être ouverte depuis une semaine. J'étais en train de perdre toute notion du temps.

Portant la main à ma poche, j'en ai sorti les messages que Helen m'avait donnés à la réception. Le premier disait de rappeler un avoué à qui j'avais promis une invitation à déjeuner. Je doutais que quiconque ait envie de me confier un dossier, même si je l'emmenais dans le meilleur restaurant du monde, une fois qu'il ou elle aurait entendu parler de mon attitude au tribunal. Chiffonnant le Post-it, j'ai regardé le suivant – et suis restée pétrifiée.

14 h 55 Pete Carroll. Vous dit à ce soir à la maison.

Helen avait dessiné un petit smiley sous ces mots : le message codé taquin d'une femme à une autre.

Enfin, je comprenais ses allusions au fait de rester au lit en mangeant de la pizza ; j'imaginais très bien ce qu'elle s'était dit en prenant le message : Francine Day se trouve enfin un petit ami – pas étonnant qu'elle veuille une semaine de congé.

Je me suis soudain sentie sale, parcourue de démangeaisons, comme si mon bureau était le théâtre d'un déversement de déchets toxiques qui avaient noirci les murs et colonisaient peu à peu le sol, telles des milliers d'araignées minuscules s'avançant vers moi dans un bruissement de pattes.

J'ai fermé la porte et pris la fuite en gardant les yeux fixés sur les marches, craignant de regarder les murs où, je le savais, se trouvait une enfilade de portraits à l'huile : les membres fondateurs du cabinet, enveloppés dans leur toge noire et leur expression sévère, en train de me fusiller du regard, de me juger. *Nous savions que vous étiez faible, madame Day. Nous vous avons accordé une chance et regardez ce qui s'est passé. Vous nous avez tous déçus – une fois de plus.*

« Fran, c'est vous ? »

Vivienne se tenait au pied de l'escalier, comme si elle savait où j'étais depuis le début et m'attendait en embuscade pour m'empêcher de fuir. Je m'étais souvent demandé si Paul avait secrètement installé des caméras de surveillance partout dans le bâtiment, et si Vivienne, Charles Napier et lui consultaient quotidiennement leurs écrans pour nous contrôler.

J'ai senti mes joues s'empourprer alors que je m'approchais d'elle.

« Allons dans la bibliothèque », m'a-t-elle dit avec une attitude moins brusque et expéditive que d'habitude.

Vivienne n'était pas vraiment mon employeur. En tant qu'avocats, nous étions tous indépendants, mais du fait de son statut de co-chef de cabinet, elle restait ma supérieure. Pressentant que je n'allais pas aimer ce qu'elle s'apprêtait à me dire, j'ai serré mon sac plus fort contre moi en m'asseyant à la grande table en noyer.

« Yusef Khan a fait sortir Daniyal du pays, m'a-t-elle annoncé sans préambule. Holly Khan menace de vous poursuivre en justice pour négligence. »

Je suis restée presque immobile alors que Vivienne me regardait, attendant ma réaction.

« J'ai eu tort de quitter le tribunal, ai-je fini par répondre. Je suis partie avant la conclusion de mon plaidoyer, mais je ne suis pas sûre que la décision du juge aurait été différente si j'avais... »

Je me suis interrompue, écœurée d'avoir seulement essayé de justifier mes actions. J'avais abandonné ma cliente et elle avait perdu son fils. Elle était parfaitement en droit de déclarer que je l'avais délaissée ; c'était ce que j'avais fait, de la pire façon possible, au moment le plus crucial. Vivienne s'est passée de commentaire.

« Paul a vérifié votre police d'assurance, a-t-elle dit à la place. Tout est à jour. Donc si elle obtient gain de cause, vous devriez être couverte. J'ai également rendez-vous avec Tanya Bryan, lundi ; elle n'a pas indiqué si son étude a l'intention de vous payer, mais vous devriez vous préparer à cela aussi. C'est peut-être le moment de demander un certificat médical à votre médecin, même si, j'en suis sûre, vous êtes consciente que tout problème de santé mentale risque d'avoir une incidence sur votre carrière. »

Je pouvais le sentir venir. Elle s'apprêtait à me donner mon préavis. J'étais sur le point de me faire renvoyer du cabinet.

Au lieu de ça, son expression s'est radoucie et j'ai senti ma respiration s'arrêter dans ma poitrine.

« Maintenant, je vais enlever ma casquette de chef de cabinet, d'accord ? »

Elle m'a adressé un petit sourire que j'ai accueilli avec gratitude. Elle aussi avait quelque chose à perdre dans cette affaire : ma disgrâce allait également ternir l'image de Burgess Court. Les avocats appréciaient autant que les autres un bon ragot, et j'imaginais très bien la délectation de la profession devant le scandale d'une action en justice contre la représentante de Martin Joy.

Je ne savais absolument pas où en était la fusion avec le cabinet de Sussex Court, mais si la mauvaise presse entourant la disparition de Donna ne l'avait pas fait tomber à l'eau, les rumeurs de ma conduite professionnelle irresponsable risquaient de le faire.

« Prenez des vacances, Fran, m'a-t-elle dit plus gentiment. De vraies vacances. Quittez la ville. Allez voir votre famille. J'ai un cottage dans le Devon que je serais ravie de vous prêter. Il a vue sur la mer et est entouré de kilomètres de chemins de randonnée. Obtenir la soie n'est pas important. Votre santé, si. »

La soie. C'était le cadet de mes soucis, ces derniers jours. Pendant si longtemps – près de quinze ans – ç'avait été mon objectif, mon graal personnel, et désormais c'était comme de la poussière qui me filait entre les doigts. Mais soudain, assise là en face de Vivienne, une femme, une avocate que j'admirais depuis si longtemps, je voulais l'obtenir plus que jamais.

« Les entretiens de nomination n'ont lieu qu'en septembre. Si je prends un congé pour publier des articles, puis que je travaille dur pour réparer les dégâts que j'ai faits à ma réputation…

— L'épuisement professionnel est partout autour de nous, et n'est pas à prendre à la légère », a-t-elle répliqué d'un ton calme et ferme.

J'ai détourné les yeux, honteuse, me rappelant une anecdote qu'on racontait encore dans tout le quartier juridique, et que j'avais entendue lorsque j'étais en stage. Celle d'un avocat junior particulièrement prétentieux d'un cabinet voisin, se vantant de réussir à devenir juge de la Haute Cour avant quarante ans, qui avait discrètement pris sa retraite au même âge, ayant été retrouvé en train de courir tout nu dans Middle Temple une veille de Noël en chantant « Good King Wenceslas ». Je ne voulais pas devenir le sujet d'une autre histoire édifiante, une autre grosse tête qui n'avait pas pu tenir le rythme des journées de douze heures pendant quinze ans d'affilée. Je n'avais pas fait tout ce chemin, combattu tant de préjugés, pour échouer maintenant.

« Savez-vous pourquoi j'ai pris un congé sabbatique de six semaines, l'année dernière ? »

Je n'avais même pas su qu'elle en avait pris un. Je me rappelais vaguement le récit de vacances fabuleuses incluant un trajet en *Orient-Express* et une croisière sur le Mékong, mais j'avais supposé que c'était pour célébrer un anniversaire important, le sien ou celui de son mari.

« J'étais au bout du rouleau, m'a-t-elle confié. Il fallait que je prenne de la distance. » Le visage le plus insondable de la profession a rougi.

« Ce métier n'est pas facile, Fran. Mais si nous refusons d'accepter l'idée que nous ne sommes pas parfaits, que nous ne sommes pas des robots, que nous sommes juste des gens qui veulent avoir une vie en dehors du travail, si nous ne lâchons pas un peu la bride, c'est nous qui finissons par craquer.

— Donc vous n'êtes pas en train de me demander de partir ?

— Partir ?

— Vous ne me virez pas du cabinet ?

— Bien sûr que non. Vous pensiez que c'était là où je voulais en venir ? »

J'ai hoché la tête, étourdie de soulagement.

« Fran, de tous les jeunes avocats qui ont rejoint ce cabinet, de tous ceux que j'ai essayé de soutenir ou de guider, vous êtes celle dont je suis le plus fière.

— Mais la fusion…

— Prenez des vacances, Fran. Laissez quelqu'un qui s'est ressourcé sur le Mékong s'inquiéter de ça. »

Je suis ressortie du cabinet, inspirant à pleins poumons l'air de la fin d'après-midi.

Fountain Square commençait déjà à disparaître dans le crépuscule, même si je savais que l'époque des nuits longues et chaudes approchait à grands pas. Un bar à champagne éphémère s'installerait bientôt là, entretenant la réputation de lieu de divertissement luxueux qu'avait eue Middle Temple autrefois. La rumeur disait que la toute première représentation de *La Nuit des rois* avait été donnée dans le bâtiment d'époque Tudor au coin de la place. J'avais étudié le texte au lycée et je ne me rappelais presque rien de l'intrigue, à part qu'il y était question d'erreur sur la personne. Bizarrement, c'était le thème que j'avais le plus apprécié dans la pièce : celui que les gens n'étaient pas ce qu'ils semblaient être. Ironique, ai-je songé, étant donné que j'avais passé ces dernières semaines à me tromper sur eux.

Je venais de hisser mon sac à dos sur mon épaule lorsque j'ai vu Tom Briscoe traverser la place à grandes enjambées.

Il m'a fait signe de la main et nous nous sommes retrouvés au milieu, devant la fontaine.

« Déjeuner tardif ? » lui ai-je lancé avec un sourire.

J'avais un peu retrouvé le moral après ma conversation avec Vivienne, et j'étais sincèrement heureuse de le voir.

« Quelque chose comme ça », a-t-il répondu en repoussant ses cheveux en arrière. Au bout d'un moment, il a repris. « Donc, te revoilà. Bien. Je me demandais où tu étais passée. »

Je n'avais aucune idée de ce qu'il savait sur ce qui était arrivé dans l'affaire Khan contre Khan, alors j'ai éludé en disant :

« On dirait que je t'ai un peu manqué, Tom.

— Comment ne pas regretter ma dose quotidienne d'insultes lorsque je me prépare un café le matin ? »

J'ai remonté la sangle de mon sac sur mon épaule et souri.

« Comment vas-tu ? m'a-t-il demandé avec une expression sincère de sollicitude.

— Pas très bien, ai-je répondu avec honnêteté. Mais un week-end à ne rien faire suffira peut-être à me remettre d'aplomb.

— Il y a une pièce au Hampstead Theatre, si ça te dit, a-t-il proposé sans me regarder dans les yeux. C'est mon frère qui l'a mise en scène. J'ai promis de passer. Tu devrais venir.

— Moi ? ai-je fait avec surprise. Je ne veux pas m'imposer. Tu vas être avec ta famille… Hannah ?

— Justement, non. »

J'étais certaine que Tom essayait seulement de faire preuve de gentillesse, mais je ne voulais pas compliquer encore davantage les choses en voyant mes collègues en dehors du travail.

« Je dors chez une amie, en ce moment. Une autre fois, peut-être ? » J'ai senti une goutte de pluie me tomber sur le front, et j'ai accueilli avec gratitude ce prétexte pour m'en aller.

« Il va bientôt pleuvoir à verse. Il faut que j'y aille.

— Tu as raison. Et je ferais mieux de faire signe à Paul avant qu'il envoie la cavalerie au Devereux. »

Je me suis rapidement éloignée de lui, regrettant instantanément d'avoir rejeté l'opportunité de passer une soirée normale.

« Francine. »

J'ai fait volte-face, espérant que c'était Tom qui me rappelait. Je me suis arrêtée net en le voyant.

J'aurais dû reconnaître la voix de Pete Carroll. Dû savoir qu'il risquait de venir ici.

Il s'est avancé vers moi, puis a écarté les pieds pour se camper bien droit sur les pavés.

« Qui était cet homme ? a-t-il voulu savoir en enfonçant les mains dans les poches de sa doudoune.

— Bonjour, Pete », ai-je répondu, ignorant les grosses gouttes de pluie qui s'écrasaient sur mes épaules.

Je n'allais pas lui donner la satisfaction de voir à quel point j'étais perturbée.

« Est-ce que tu as eu mon message ? » m'a-t-il demandé avec un sourire froid.

Le Post-it. J'avais supposé qu'il avait téléphoné, mais il avait dû venir me voir à Burgess Court.

« Il y a quelques minutes seulement, lorsque je suis passée au cabinet. Je ne travaillais pas, cette semaine.

— Qu'est-ce que tu faisais, alors ? Tu n'étais pas chez toi.

— J'ai dormi ailleurs. »

Je me suis maudite intérieurement. Je ne lui devais pas la moindre information.

« Chez qui ? Martin Joy ?

— Non, pas Martin, ai-je répondu en soupirant.

— Alors qui ? Cet homme avec lequel je viens de te voir ?

— C'est juste un de mes confrères, ai-je répliqué en me retenant d'utiliser le nom de Tom.

— Il n'avait pas l'air d'un collègue. En fait, je dirais que tu as un genre de prédilection.

— Pete, arrête, l'ai-je coupé, l'agacement l'emportant sur mon malaise. Qu'est-ce que tu fais ici, d'abord ?

— Ça fait deux nuits que tu n'es pas rentrée à la maison. Je m'inquiétais pour toi.

— Eh bien ça va.

— J'allais nous faire à dîner mardi mais tu n'es jamais arrivée. Je me suis dit que tu étais peut-être vexée parce que j'étais parti sans te dire au revoir, l'autre jour. Tu avais l'air tellement paisible, je n'ai pas voulu te réveiller.

— Pete, j'ai une vie bien occupée, ai-je répondu en essayant de garder un ton calme. Mon travail m'oblige parfois à quitter la ville, j'ai des amis qui veulent me voir….

— Bien. Parce que pendant un moment, j'ai cru que tu m'évitais. Ce qui fait mal, étant donné que la dernière fois que tu m'as vu, j'étais en toi. »

Ses mots m'ont fait frémir, mais j'ai caché ma réaction en resserrant mon manteau autour de moi.

« Comment va Martin, au fait ? a continué Pete sans rien remarquer. Je pensais qu'il aurait été arrêté pour de bon, depuis le temps. Mais bon, peut-être que la police est plus intelligente qu'on ne le croit. Peut-être qu'elle soupçonne que Martin n'était pas le seul à se trouver chez Donna Joy, ce soir-là. »

Je n'ai pas répondu. Pete Carroll était imprévisible et je ne voulais pas le provoquer plus que nécessaire.

« Est-ce que tu rentres à la maison, ce soir ?

— Je ne crois pas, ai-je répondu en commençant à frissonner. Comme je te l'ai dit, je dors ailleurs… »

Il s'est penché vers moi, tellement près que j'ai senti son haleine aigre sur mon visage.

« J'irai vraiment voir la police, Francine. Si tu ne reviens pas à l'appartement ce week-end, j'irai voir l'inspecteur Doyle. »

Je me suis retenue de faire la moindre remarque. Je n'allais pas perdre mon temps à lui demander comment il connaissait le nom du policier chargé de l'enquête sur la disparition de Donna. Pete Carroll était malin, et un monde d'information se trouvait à portée de clic sur Internet.

« Et alors ? ai-je répliqué en essayant de prendre un ton de défi. J'étais ivre, pas vraiment un témoin fiable. Tu penses sincèrement que ça va l'intéresser ? »

Il a éclaté de rire.

« Oh, je crois que oui. Réfléchis : tu avoues avoir été présente le soir où Donna Joy a disparu, pour ne jamais être retrouvée. Je pense qu'il comblera les trous et tirera la conclusion qui s'impose. Je sais que c'est ce que j'ai fait. »

J'étais déterminée à ne pas lui laisser voir qu'il avait réussi à m'ébranler.

Les choses qu'il disait étaient ce que j'essayais de refouler depuis dix jours, les noires pensées qui mijotaient dans mon subconscient depuis que j'avais appris la disparition de Donna. J'étais toujours incapable de me rappeler quoi que ce soit de cette nuit-là, de dire avec certitude qui était entré dans la maison et quand il (ou elle) en était ressorti. Mais ce que je savais, c'était que moi, j'avais été là. En fait, c'était la seule chose dont j'étais sûre. J'avais observé depuis le pub en face, puis attendu tapie dans l'obscurité. J'étais la seule constante de la scène. Mais si je ne pouvais pas dire quand Martin et Donna étaient repartis, je ne pouvais pas non plus rendre compte de mes propres déplacements, n'est-ce pas ?

« Il pleut, ai-je murmuré en relevant mon col. On devrait y aller.

— Bien. Je savais que tu finirais par entendre raison. On devrait prendre un taxi. Se dépêcher de rentrer. Il n'est jamais trop tôt pour entamer une soirée tranquille à la maison. »

Je savais combien il serait facile de capituler. De céder à ses manipulations pour le faire taire. Mais je ne pouvais pas. Plus maintenant que j'avais le soutien de Vivienne McKenzie et que je faisais des progrès dans mes efforts pour aider Martin. Je pouvais gérer la situation. Trouver une solution.

« Pete, ai-je dit, je ne vais pas rentrer chez moi ce soir.

— OK, je comprends. »

Il a hoché la tête. « Tu es très occupée. Mais je te vois demain, hein ? »

Sa capacité à sauter d'une tactique à l'autre me perturbait plus encore que ses paroles : il déformait la réalité pour qu'elle s'adapte à sa propre vision des choses. J'ai tressailli lorsqu'il a tendu la main pour prendre la mienne. Elle avait beau être froide et moite, son contact m'a brûlé la peau.

« Je sais que la différence d'âge t'inquiète un peu, Fran, m'a-t-il dit à mi-voix. Mais on a tellement de choses en commun, toi et moi. J'ai jeté un coup d'œil dans ton armoire à pharmacie quand j'étais chez toi. J'ai vu ce qu'il y avait dedans. Moi aussi, j'ai eu des soucis quand j'étais plus jeune, même si un petit séjour au Maudsley[1] m'a guéri. On pourra en parler demain. Je ferai à manger et je te raconterai tout ça.

— D'accord », ai-je répondu en dégageant ma main.

Je ne voulais pas lui mentir, mais il fallait que je lui échappe.

« À bientôt alors, chérie », a-t-il conclu en souriant.

J'ai aussitôt fait volte-face pour me diriger vers la rue, sentant ses yeux dans mon dos, m'attendant à ce qu'il m'agrippe à tout moment. Mais lorsque j'ai osé jeter un coup d'œil par-dessus mon épaule, le banc et la place étaient déserts. Dès que j'ai eu tourné au coin d'une rue latérale, je me suis pliée en deux pour vomir dans le caniveau.

---

1. Hôpital psychiatrique londonien.

35

J'ai pris un taxi pour retourner chez Clare, trop nerveuse pour utiliser le métro ou le bus, parano à l'idée que Pete me suive. Le chauffeur était du genre silencieux, ce qui m'a arrangée parce que je pouvais à peine respirer et encore moins parler.

J'avais encore un jeu des clés de mon amie, mais j'ai sonné plutôt que d'entrer de moi-même.

« Fran, je ne t'attendais pas, s'est-elle étonnée en m'ouvrant la porte. Je pensais que tu étais rentrée chez toi. »

Elle portait des chaussons et un bas de pyjama molletonneux couvert de personnages de dessin animé. Je la voyais rarement vêtue autrement que de façon très citadine et glamour. Encore un aperçu du monde de la normalité, et ç'a été la goutte d'eau qui fait déborder le vase : j'ai fondu en larmes.

« Hé, hé, a-t-elle fait en m'attirant à l'intérieur. Qu'est-ce qui ne va pas ?

— Tout », ai-je sangloté, tremblant de tout mon corps.

Elle m'a rapidement emmenée dans son salon et a allumé la cheminée à gaz, baignant l'espace douillet d'une lueur orange. Je me suis assise au bord du canapé. Je m'y étais installée des dizaines de fois par le passé, pelotonnée dans le coin avec un verre de vin, les pieds sous un plaid doux. Je me rappelais à peine ces moments, désormais. C'était comme si ces souvenirs appartenaient à quelqu'un d'autre.

« Pete Carroll est venu me voir au cabinet.

— Le mec qui vit en dessous de chez toi ? »

J'ai hoché la tête.

« Il me fait chanter.

— Quoi ?! À quel sujet ? »

J'ai baissé les yeux sur mes mains, prise de honte, et su qu'il était temps de tout lui raconter. J'ai pris une profonde inspiration et commencé à parler.

« Donc il te menace d'aller voir la police ? » m'a bientôt interrompue Clare.

J'ai acquiescé en m'essuyant les yeux du revers de la main.

« Il insinue que j'ai peut-être quelque chose à voir avec la disparition de Donna. » J'ai entendu la peur dans ma voix lorsque j'ai enchaîné.

« Et soyons honnêtes, la police risque d'être d'accord avec lui.

— Le petit salaud, a fait Clare d'un ton venimeux. Qu'est-ce qu'il veut ? De l'argent ? »

J'ai fixé sur elle un regard morne.

« Du sexe. »

Elle a lentement écarquillé les yeux.

« Et… tu l'as fait ? »

J'ai hoché la tête. En voyant le dégoût qui se peignait sur son visage, j'ai essayé de me justifier.

« Oui, je n'avais pas le choix. Il est dangereux, Clare, sérieusement. Je suis sûre qu'il a des sentiments pour moi depuis un bout de temps, en fait il a essayé de m'embrasser le jour de mon anniversaire et j'ai dit non. Et maintenant, c'est comme s'il voulait se venger. Il m'a dit qu'il avait été soigné au Maudsley. Je ne sais pas pourquoi. Peut-être qu'il était perturbé. Et maintenant je crois qu'il me suit partout… »

J'ai pris une grande inspiration pour contrôler mon hystérie, puis j'ai mis la tête entre mes mains. Je voulais éclater en sanglots, pleurer toutes les larmes de mon corps, mais c'était comme si tous mes muscles étaient paralysés. Clare est venue s'asseoir à côté de moi, passant un bras autour de mes épaules, mais j'ai été incapable de la regarder.

« Fran, il faut que tu ailles voir la police, m'a-t-elle dit doucement.

— Je crains qu'il ne me prenne de vitesse, ai-je répondu avec amertume.

— Non, il ne le fera pas. Et quand bien même : et alors ? Il a une théorie bancale à ton sujet ? La belle affaire. C'est lui qui a commis un crime. Il t'a *violée*, Fran. »

Quelque part dans ma tête, je savais qu'elle avait raison, mais le mot m'a quand même fait reculer. Un viol était quelque chose qui était perpétré dans une ruelle sombre par un détraqué, pas dans votre propre chambre par un voisin séduisant. Rationnellement, je savais bien sûr qu'un rapport sous la contrainte était un rapport non consenti. Ce n'était pas mon domaine d'expertise, mais j'en voyais les retombées dans les pièces voisines quand je travaillais dans les centres de conseil juridique : coincées entre les procédures de faillite et les poursuites devant le tribunal d'instance, des adolescentes pâles et effrayées. Des filles qu'on avait menacées de diffuser massivement leurs photos de nu ou leurs vidéos porno si elles refusaient de continuer à s'y plier, des femmes mariées manipulées ou forcées par un beau-frère ou un collègue. Je ne gérais pas ce genre de cas ; c'étaient des volontaires avec de l'expérience en droit pénal qui s'en occupaient et, chaque fois, leur conseil était le même que celui de Clare. « Allez voir la police. » Mais en vérité, la justice aimait les choses claires, et la situation présente ne l'était pas. Dans ma tête même, elle était floue.

« Ce dont j'ai le plus peur, c'est qu'il ait peut-être raison, ai-je avoué, d'une voix à peine audible.

— C'est n'importe quoi ! s'est exclamée Clare. Tu n'y es absolument pour rien dans la disparition de Donna.

— Mais si j'y suis pour quelque chose, au contraire ? » ai-je répliqué, les yeux fixés sur elle, essayant de lui faire voir la culpabilité que je portais en moi.

J'avais détesté Donna Joy – ce soir-là plus que tout autre – et, au cours de ma vie professionnelle, j'avais vu quelle terrible force de destruction pouvait être la haine.

« Je me rappelle le moment où je me suis réveillée chez Pete, et celui où je surveillais la maison de Donna. Mais des quatre heures qui se sont écoulées entre les deux, rien du tout. Je ne me rappelle pas ce que j'ai fait, Clare, ai-je dit d'une voix où perçait le désespoir.

— Fran, tu ne crois quand même pas sérieusement avoir pu faire quoi que ce soit à Donna Joy ?

— Pete pense que si.

— Pete déforme les choses dans ta tête pour obtenir ce qu'il veut.

— Mais est-ce que tu me crois capable de violence ?

— Fran. Ça devient ridicule.

— Non, sérieusement, Clare. Je sais qu'il y a un lien entre troubles bipolaires et violence. C'est vrai, n'est-ce pas ? »

Elle s'est écartée de moi en secouant la tête.

« J'ai passé la moitié de ma vie à lutter contre la stigmatisation des patients atteints de maladies mentales et contre les conneries que les gens y associent, a-t-elle dit avec colère. Tu as entendu ce qu'ils chuchotaient à ton adresse : schizo, tarée, cinglée. Aucun de ces termes n'est flatteur, tous sont incorrects et insultants.

— Je sais bien tout ça. Mais on est entre nous, Clare. S'il te plaît, dis-moi : est-ce possible ? »

Elle a poussé un bruyant soupir de désapprobation.

« Au cours d'un grave épisode maniaque, c'est possible, oui. Un individu peut devenir violent.

— Qu'est-ce qu'il peut faire ? S'il perd complètement le contrôle, je veux dire.

— J'ai entendu parler d'actes de force surhumaine, a-t-elle répondu avec réticence. Plus fréquemment, mais ça reste rare, c'est juste des comportements agressifs. Parfois des gens doivent être internés quand ils connaissent un épisode maniaque, et l'abus d'alcool ou de drogue peut augmenter le risque de violence et d'agression physique. Mais ça reste très peu probable. »

Elle a posé la main sur la mienne. « Et j'évoque ces possibilités seulement parce que tu insistes : ce sont des cas extrêmes, Fran. De plus, ce que tu décris est tout autre chose. Tu n'as pas pété un plomb et dû être maîtrisée, tu as perdu la capacité de créer des souvenirs pendant quelques heures – ça n'a rien à voir. »

Elle m'a regardée et la sollicitude a laissé place à l'agacement, l'amie l'emportant sur la psychiatre.

« Enfin franchement, Fran, qu'est-ce que tu t'imagines exactement ? Que tu as démoli la porte fermée de Donna, l'as tuée d'un coup de karaté, puis t'es débarrassée de son corps, tout ça avant de rentrer à Islington à 2 heures du matin ? Oh, et ce après avoir passé l'aspirateur et nettoyé toutes les surfaces au M. Propre avant de partir ! Je suppose que la police scientifique a passé la maison de Donna au peigne fin et n'a rien trouvé à part des traces de Donna – et de Martin. »

Je n'ai pas apprécié cette mention du fait que l'ADN de Martin avait été prélevé sur le lieu du crime, mais je devais admettre que ce qu'elle disait avait du sens.

« Ça laisse quand même trois heures, après la fermeture du pub, dont je n'ai aucun souvenir. Qu'est-ce que j'ai pu faire pendant ce temps-là ? Si seulement je pouvais retrouver. Si seulement je pouvais me rappeler. »

Clare s'est levée et s'est approchée de la fenêtre, fixant les yeux, à travers la vitre, sur les ombres noires de la rue.

« J'ai un ami qui peut peut-être t'aider, m'a-t-elle dit au bout d'un moment. Il s'appelle Gil. Il travaille au centre, c'est un psychiatre clinicien spécialisé dans les traumatismes. »

Je l'ai regardée, sentant une pointe d'espoir grandir en moi.

« Mais je croyais que tu m'avais dit qu'on ne pouvait pas récupérer les souvenirs perdus à cause de l'alcool ?

— Ce n'est pas une science exacte, et je ne suis pas sûre que ça puisse être fait dans ton cas. Mais s'il y a un moyen, Gil le connaîtra. Je pense qu'on devrait au moins essayer de voir si c'est possible, tu ne crois pas ? »

Je me suis levée d'un bond pour la prendre dans mes bras.

« Merci, Clare. Tu es vraiment géniale.

— Hé, c'est normal », a-t-elle murmuré en me serrant contre elle et en me caressant les cheveux.

L'espace d'un instant, un souvenir m'est revenu. Une nuit à l'université. Le soir du bal de fin d'année. La journée avait été si chaude qu'il faisait encore doux, et les petites bourges du comité événementiel avaient fait un travail splendide, transformant le parc où se dressaient nos résidences en un pays des merveilles constellé de lampes tempête. C'était comme si l'endroit tout entier avait été saupoudré de poussière d'étoile et de lucioles ; exactement comme la nuit qu'Alex m'avait décrite, celle où il avait embrassé Donna. Et Clare et moi avions nous aussi laissé la prudence à la porte. Nous étions ivres et heureuses, et les attractions de l'autre côté de la pelouse nous avaient encore plus tourné la tête. Je m'étais sentie belle ce soir-là, avec ma longue robe vintage trouvée dans une friperie. Un an plus tôt, j'avais été la fille derrière l'abri à vélos, la traînée du lycée qui fumait et se tapait toute la ville, essayant de se faire remarquer. Mais cette nuit-là, j'avais eu l'impression d'être une princesse de conte de fées, et Clare avait été sous l'effet du même enchantement. Je me suis demandé s'il lui arrivait de se rappeler cette nuit-là. Cette époque insouciante, désinvolte de notre jeunesse – oh, comme j'en étais nostalgique.

36

Le centre d'aide psychologique de l'ouest de Londres offrait une apparence parfaitement quelconque en ce samedi matin pluvieux. Le petit parking devant était vide, à l'exception d'un monospace trempé de bruine garé sur une place marquée : « réservé aux médecins ».

« Ça a l'air désert, ai-je fait remarquer, brusquement agacée. Tu penserais que s'il y a un endroit qui devrait être ouvert le week-end, c'est une clinique comme celle-ci. Tous ces gens qui sont coincés toute la semaine dans un boulot stressant, pourquoi est-ce qu'ils ne... »

Clare m'a coupé la parole.

« Tu es impatiente, m'a-t-elle dit en tapant le code d'accès sur un pavé numérique près de la porte. Je comprends. Mais garde à l'esprit que Gil ne pourra peut-être pas t'aider. Ne te fais pas d'illusions : il est peu probable qu'il se passe quoi que ce soit aujourd'hui. Une thérapie est quelque chose qui se fait sur le long terme, pas en un claquement de doigts. Ça peut te prendre six mois de séances. Tu en es consciente, n'est-ce pas ?

— Dans six mois, Martin sera en prison si je ne peux pas l'aider, ai-je répondu en entrant et en secouant le col de mon imperméable. Tu es consciente de ça, n'est-ce pas ? »

Elle a eu l'air sur le point de répliquer, mais a préféré se taire et hocher la tête, esquissant un sourire las avant de m'entraîner dans les couloirs blancs. Je savais qu'elle était disposée à tolérer ma loyauté envers Martin, mais que celle-ci ne lui plaisait pas. C'était moi qu'elle aidait, pas lui.

« Par ici, m'a-t-elle dit en utilisant une carte magnétique pour ouvrir une porte. Gil travaille au dernier étage. »

La cage d'escalier était une boîte en verre sillonnée de haut en bas par des rubans argentés d'eau de pluie, qui donnaient au monde extérieur une apparence déformée, décalée. Je pouvais entendre s'élever l'écho de chacun de nos pas.

Clare semblait nerveuse, elle aussi ; mais je trouvais ça rassurant. Au bout d'un long couloir, une porte unique était ouverte, laissant échapper un quartier de lumière grise.

« Gil ? a fait Clare en tapant poliment sur le chambranle.

— Oh, bonjour, bonjour. »

Un homme de haute taille s'est levé d'un bond pour sortir de derrière son bureau. « Entrez, entrez toutes les deux. »

Il avait dans les quarante-cinq, cinquante ans, le visage fin et le front dégarni, mais était vêtu étonnamment à la mode, comme un professeur de lycée branché. L'élément le plus frappant de son apparence, cependant, était ses yeux : noirs comme du charbon et pleins de malice. Gil Moore m'a plu immédiatement.

« Vous devez être Fran », a-t-il dit en me serrant la main.

Je me suis demandé ce que Clare lui avait raconté sur moi, puis, immédiatement, ce que je devais lui dire moi-même, et ce que je devais lui cacher.

« Excusez la pièce, a-t-il dit en ramassant un sandwich entamé pour le jeter dans la corbeille à papier. C'est le pire bureau du bâtiment, mais je ne suis ici que deux jours par semaine.

— Ne vous inquiétez pas, ai-je fait. Le mien ne vaut pas mieux. Où exercez-vous, le reste du temps ?

— À l'hôpital de Baverstock, a-t-il répondu en rangeant distraitement son bureau comme une ménagère surprise par des visiteurs. Je travaille surtout avec des patients souffrant de troubles de stress post-traumatique – beaucoup d'ex-militaires, comme vous pouvez l'imaginer. »

Il y avait des diplômes encadrés au mur, à côté d'une collection de CD sur une étagère. Penchant la tête, j'ai vu qu'il écoutait les Smiths, Jesus Jones, Royal Blood. Je ne sais pas à quoi je m'étais attendue : à un vieux fossile en col roulé noir, avec de la musique classique douce en arrière-fond, peut-être.

« Je ferais mieux de vous laisser, a dit Clare, qui était restée sur le seuil. Mon bureau a bien besoin d'un peu de rangement, lui aussi.

— Dit la personne la plus maniaque de tout le centre », a fait Gil avec un sourire.

Clare a baissé les yeux en rougissant légèrement.

« Tu me connais trop bien », a-t-elle murmuré, avant de lever les sourcils en me regardant et de disparaître.

Intéressant, ai-je pensé avec un pincement de regret. En partie parce que je me rendais compte qu'il y avait tout un pan de la vie de ma meilleure amie dont je ne connaissais rien, et en partie parce que j'étais déçue que Clare n'ait pas fait sa vie avec quelqu'un comme cet homme intelligent et plein de compassion. Au lieu de ça, elle avait choisi Dom ; ou plutôt, elle s'était laissé choisir.

Gil a pris mon manteau trempé pour le pendre à une patère près de la porte. Puis il m'a fait signe de m'asseoir sur un canapé en tissu gris – Habitat, il y avait bien longtemps, me suis-je dit – et a fait rouler sa chaise pour s'installer en face de moi.

« Donc vous êtes la meilleure amie de Clare ?

— Je suppose que oui, ai-je répondu en m'asseyant d'un air gauche au bord du canapé. Je suis surprise que nous ne nous soyons jamais rencontrés avant.

— Je ne suis ici que depuis six mois, d'où la plus petite pièce du bâtiment, m'a-t-il expliqué. Avant ça, j'ai été en Amérique pendant très longtemps. »

Il a changé de position, s'appuyant sur son accoudoir.

« Clare me dit que vous avez un trou de mémoire ? »

Donc on commençait direct la séance. Efficace, droit au but : un psy comme je les aimais. Clare avait bien choisi.

« J'ai besoin de me rappeler ce qui s'est passé », ai-je déclaré, l'observant pour voir sa réaction – de la désapprobation, peut-être, ou de l'hésitation.

Mais il s'est contenté d'acquiescer. Amie de Clare ou non, ai-je supposé, j'étais juste une patiente, un autre problème à résoudre.

« D'accord, eh bien pourquoi ne commencez-vous pas par me raconter ce dont vous vous souvenez ? »

D'une voix hésitante, je lui ai fait un bref compte rendu de mon arrivée chez mon voisin à 2 heures du matin, stressée et agitée, avec très peu de souvenirs de ce qui s'était passé avant. Pensant que mes troubles bipolaires pouvaient avoir joué un rôle, je l'en ai informé aussi.

« Est-ce que vous avez des antécédents de pertes de mémoire ? m'a-t-il demandé.

— Pas vraiment. Pas depuis l'université. Ma première année de fac, je buvais régulièrement à l'excès – rien de très extraordinaire, j'imagine, mais il m'arrivait d'aller à une réunion du club d'amateurs de vin et de me réveiller le lendemain matin, tout habillée, sans le moindre souvenir de ce qui s'était passé. Pendant un temps, j'ai cru que c'était seulement l'alcool, mais après j'ai eu la chance de tomber, au cabinet de la fac, sur un généraliste qui a fait attention à mes symptômes, notamment après un épisode d'automutilation. On a fini par me diagnostiquer un trouble bipolaire. »

Il a hoché la tête en notant quelque chose sur le calepin qu'il avait sur les genoux.

« Je suppose que vous avez laissé tomber le club des amateurs de vin ? a-t-il dit en souriant.

— Je me suis mise au badminton, à la place. »

J'aimais la facilité avec laquelle j'arrivais à lui parler, mais il y avait quelque chose qui me travaillait.

« Clare m'a dit que si c'était parce que j'avais trop bu, je ne pourrais jamais me rappeler. C'est vrai ? »

Il a légèrement soupiré et s'est laissé aller contre son dossier, croisant les doigts derrière sa tête.

« La vraie réponse à cette question est : ça dépend. Le problème avec la thérapie, c'est que le cerveau est d'une infinie complexité. Quand on est chirurgien cardiaque, on travaille en gros avec quelques tuyaux. Si on les connecte tous bien comme il faut, on peut raisonnablement espérer que tout fonctionne une fois le patient recousu. Il n'en va pas de même avec l'esprit, je le crains. »

Il a dû percevoir ma détresse, parce qu'il m'a adressé un sourire rassurant.

« Ce n'est pas pour autant qu'on n'a pas compris quand même deux ou trois trucs au fil des ans, a-t-il continué. Oui, Clare a raison de dire que, parfois, les souvenirs perdus à cause de l'alcool ne peuvent pas être récupérés, mais c'est supposer que votre perte de mémoire est liée à votre consommation d'alcool.

— Donc il y a d'autres possibilités ?

— Plein. Par exemple, beaucoup de cas isolés de trous de mémoire mineurs chez des patients bipolaires me sont rapportés. Psychoses, fugues dissociatives, toutes formes de dissociation, en fait – ce qui est mon domaine d'expertise, heureusement. »

Il a affiché un sourire ironique.

« Ou pas si heureusement, ça dépend du point de vue. Les chirurgiens cardiaques ont rarement affaire à des patients en pleurs.

— C'est parce qu'ils sont généralement endormis.

— Très juste. »

Son sourire s'est élargi. « Je devrais faire plus attention à ce que je dis avec une avocate, hein ? OK, parlez-moi de la nuit dont vous n'arrivez pas à vous souvenir. »

J'ai hoché la tête, les yeux fixés sur mes mains pressées l'une contre l'autre, surprise par ma nervosité. J'avais tellement voulu me rappeler cette nuit, mais à présent que le moment était venu, j'avais peur. Peur de ne pas réussir à me souvenir, et peur de réussir à le faire. Par-dessus tout, je voulais aider Martin à prouver son innocence, mais avais-je vraiment envie de revivre la vision de mon petit ami avec sa femme ? Voulais-je vraiment obtenir confirmation qu'il avait si peu de considération pour moi qu'il avait couché avec elle ? Et bien sûr, il y avait l'accusation que Pete Carroll avait ajoutée à la liste : mon implication dans la disparition de Donna. Je n'avais certainement pas envie de revivre cela, si c'était vrai.

« Détendez-vous, m'a dit Gil d'une voix profonde et douce. Donnez-moi juste les grandes lignes, pour l'instant. Histoire que je me fasse une idée. »

Je n'avais d'autre choix que de lui raconter. Je lui ai décrit comment j'avais suivi mon petit ami jusqu'à chez son ex-femme, puis les avais espionnés du pub situé en face. Comment je m'étais réveillée chez un voisin, après qu'il avait apparemment dû m'y traîner, sans le moindre souvenir, comme un livre aux pages manquantes.

« Combien de verres aviez-vous bus ce soir-là ?

— C'est bien le problème : je ne me rappelle pas. Rien au-delà du premier, en tout cas.

— Et je suppose que vous étiez contrariée que votre petit ami se rende chez sa femme pour une relation sexuelle ? »

J'ai cherché son regard, mais il n'y avait pas de jugement dans celui-ci, juste de la curiosité et de la perspicacité. Cela m'a désarçonnée et, de nouveau, je me suis demandé ce que j'étais prête à révéler à cet inconnu.

« Avez-vous entendu parler de ce phénomène, la “dissociation” ? » a-t-il continué.

J'ai secoué la tête.

« C'est la séparation d'avec la réalité, m'a-t-il expliqué en reposant son stylo. Ça peut être aussi bénin que le fait de rêvasser, ou aussi extrême que celui d'avoir plusieurs personnalités. Je la constate souvent chez les anciens combattants et les victimes d'abus : ils bloquent ces souvenirs perturbants. C'est la façon qu'a le cerveau de se protéger des émotions pénibles : il fait tout simplement comme si les choses en question n'étaient jamais arrivées.

— Et vous pensez que c'est à ça qu'est due mon amnésie ? À une dissociation ? »

Il a hoché la tête.

« C'est ce qu'on appelle une fugue dissociative – et c'est un événement ponctuel. Généralement, elle est provoquée par un traumatisme, mais elle peut aussi être causée par l'alcool ou la drogue. Le patient a des souvenirs, mais son esprit lui en a pour ainsi dire interdit l'accès. Le cerveau est dans le déni.

— Et donc, dans ces cas-là, il est possible de récupérer les souvenirs. Comment ? »

J'étais impatiente de commencer.

« En enfonçant les portes », m'a-t-il répondu en se levant.

Il s'est approché d'un coin de son bureau et, avec un grognement discret, a ramassé une sorte d'appareil qu'il a entrepris de monter. L'objet ressemblait à un écran de projecteur portable, en plus high-tech.

« Le problème avec le subconscient se trouve dans son nom, m'a-t-il expliqué tout en le dépliant. Il est *sub*-conscient, sous notre conscience. Il se passe toutes ces choses intéressantes là-dessous, mais on ne peut pas y accéder. Alors il faut trouver un moyen de pousser le cerveau à s'ouvrir. Voilà, je pense que c'est bon comme ça. »

Il a reculé pour admirer son travail : un long boîtier noir posé sur un trépied, avec des fils électriques qui pendaient derrière.

« Ce qu'on va faire ici aujourd'hui est une version de cela, a-t-il continué en traversant la pièce pour aller fermer les stores. C'est ce qu'on appelle l'EMDR : *eye movement desensitization and reprocessing*, en français "intégration neuro-émotionnelle par les mouvements oculaires". Ce qui est juste un nom sophistiqué pour ça. »

Il a cliqué sur une télécommande et des lumières bleues ont commencé à pulser sur le devant du boîtier, de gauche à droite, accompagnées chacune d'un faible « zip ». Un autre clic, et elles se sont arrêtées.

« C'est tout ?

— Ça a l'air stupide, mais c'est très efficace, je vous assure. Ce qui se passe, c'est qu'on imite les mouvements des yeux pendant le sommeil paradoxal – la phase du sommeil où on rêve, où le cerveau brasse les données et essaie d'analyser ce qu'on a vu et fait au cours de la journée. Une fois cet état atteint, on a tendance à voir les souvenirs ressortir en cascade. »

J'ai regardé le boîtier avant de reposer les yeux sur lui, l'estomac noué.

« Vous êtes anxieuse, a-t-il remarqué en s'asseyant. Il n'y a pas de quoi. L'intérêt de l'EMDR, c'est qu'on demande au cerveau de regarder ces souvenirs de façon détachée. C'est comme si vous les voyiez sur un écran de cinéma, sans le traumatisme associé. Nous utilisons cette méthode avec les anciens combattants et les victimes de viol : il ne serait pas très productif de leur faire revivre toutes ces horreurs ; ça ne ferait que les retraumatiser, qu'aggraver leur terreur. Mais l'effet peut rester spectaculaire : j'ai vu des victimes de sévices retomber en enfance, et même leur élocution redevenir enfantine. »

Il a levé un doigt.

« Mais j'insiste, ce n'est pas traumatisant. Lorsque ça marche, c'est même généralement assez libérateur. »

J'ai hoché la tête ; je pouvais le faire, me suis-je dit.

« OK, installez-vous confortablement, a-t-il poursuivi. Aussi confortablement que possible, et parlez-moi de Martin. »

Il avait une voix grave et douce, apaisante. Et pourtant, j'avais les nerfs en pelote et l'envie irrésistible d'essuyer mes mains moites sur ma jupe. J'ai fermé les yeux et essayé de m'habituer aux ténèbres. J'étais désorientée, comme si des heures m'avaient encore été volées et que j'étais soudain replongée dans la nuit.

« Martin est mon petit ami, ai-je commencé lentement. Enfin, si on veut. C'est un de mes clients. On ne devrait pas vraiment sortir ensemble.

— Je suppose que c'était une source d'anxiété. Une relation interdite.

— Oui. Et je postule aussi pour être nommée conseillère de la reine – ce serait une grosse promotion, pour moi. Il faut être bon, responsable. Une liaison avec un client, qui de plus est encore officiellement marié, ne rentre pas vraiment dans la description du poste. »

J'ai tenté un sourire, mais il n'était pas vraiment à sa place sur mon visage.

« Vous êtes amoureuse ? » m'a demandé Gil sobrement.

J'ai éclaté d'un rire nerveux, mais j'ai soudain ressenti le besoin d'avouer la force de mes sentiments à quelqu'un.

« Oui. Je l'aime tellement que ça me fait peur. C'est la première fois que je ressens une chose pareille ; c'est comme si je venais de me réveiller et de ressentir toutes ces émotions pour la première fois.

— Est-ce que vous avez parfois l'impression que vos émotions sont hors de contrôle ?

— Oui. »

C'était presque un murmure, mais dans le noir, dans cette pièce intimiste, ça m'a fait l'effet d'un hurlement. J'ai continué d'une voix tremblante.

« La plupart du temps, j'ai l'impression d'être une voiture sans freins. Quand je suis avec lui, c'est comme si je roulais en roue libre, avec le vent dans les cheveux, et je suis tellement heureuse. Mais je ne suis jamais vraiment calme.

— Et c'est pour ça que vous étiez stressée, ce soir-là ?

— J'étais stressée parce que je le soupçonnais de coucher encore avec sa femme. C'est pour ça que je les ai suivis.

— OK, décrivez-moi ce qui s'est passé. Avec autant de détails que vous pouvez. Qu'est-ce que vous portiez ? »

J'ai ouvert les yeux pour le regarder.

« Qu'est-ce que je portais ? » J'ai froncé les sourcils, surprise de découvrir que je ne me souvenais pas. Je me rappelais le manteau rose de Donna, mais moi ? Rien.

« Je ne sais pas.

— OK. »

Il a cliqué sur sa télécommande. Les lumières bleues ont commencé à pulser sur l'écran. Zip... zip... zip.

J'ai ri. Ça avait l'air tellement idiot ; j'avais l'impression d'être dans un film des années soixante où un mégalomane cabotin essayait de faire un lavage de cerveau au héros.

« N'y pensez pas, laissez-vous faire », m'a dit Gil.

Hochant la tête, j'ai pris une grande inspiration. Il fallait que je le fasse. Pour Martin, au moins. J'ai regardé les flashs bleus passer d'un bout à l'autre du boîtier. C'était assez reposant, comme une guirlande lumineuse sur un sapin de Noël. Zip... zip... zip.

« OK, a repris Gil en cliquant sur sa télécommande pour éteindre les lumières. Maintenant, dites-moi ce que vous portiez.

— Un manteau noir. »

Évidemment que je portais mon manteau noir. Je portais toujours mon manteau noir.

« Ne vous inquiétez pas, a-t-il dit en rallumant les lumières. Rien ne presse, contentez-vous de vous détendre et de suivre les lumières des yeux. »

Je me suis laissée aller contre le dossier du canapé en les regardant défiler : zip... zip... zip. Elles n'étaient pas brillantes mais d'un doux bleu azur, comme la mer sur une affiche de publicité pour la Grèce ou l'Italie. Santorin, ai-je pensé brusquement.

J'y étais allée quand j'avais la vingtaine, et les plages étaient extraordinaires…

« Manteau noir, écharpe verte… » ai-je repris, sans trop savoir si c'étaient des détails que j'avais glanés dans la description accompagnant le portrait-robot de l'*Evening Standard*, ou si je commençais à me souvenir. Je me suis concentrée davantage, et d'autres détails ont pris forme. Je pouvais presque me voir marcher dans la rue. « Je portais ce que je mets habituellement pour aller au travail. Chemisier blanc, jupe sombre. »

Il a éteint les lumières.

« Maintenant, décrivez-moi le temps. »

J'ai froncé les sourcils, donnant tout ce que j'avais. Je le sentais presque, mais il restait obstinément derrière le rideau.

« Non, je… je n'arrive pas tout à fait…

— Pas de souci. »

Il a rallumé le boîtier. « Aidez-vous encore des lumières. »

Zip… zip. C'était devenu apaisant de les regarder bouger, comme de l'eau sur des rochers.

« Il était horrible – le temps, je veux dire, ai-je laissé échapper, les mots se formant sans que je les pense. Il pleuvait, et il faisait froid, si froid que j'ai mis mon bonnet. Je me rappelle avoir pensé que la pluie allait faire couler mon maquillage. »

Il a éteint les lumières.

« Vous vous en sortez très bien. Alors, qu'avez-vous vu en premier ? »

J'ai plissé les yeux, scrutant l'obscurité.

« J'ai vu Donna. Je l'ai suivie depuis son lieu de travail et je l'ai vue retrouver Martin dans un restaurant. Ils riaient, buvaient du vin. Ils sont retournés chez elle. Je suis allée au pub. J'ai commandé à boire et me suis assise près de la fenêtre.

— Et après ?

— Je ne me rappelle pas, ai-je répondu, prise d'angoisse.

— Ce ne sont que des images, Fran. Rien ne peut vous atteindre, ici », m'a dit Gil d'une voix qui était chaude dans les ténèbres.

Les lumières se sont rallumées. Zip… zip. Bleues et douces, bleues, vertes, bleues, prenant de nouvelles nuances ici et là.

« Je me rappelle la main de Martin au creux de son dos, ai-je repris d'une voix hésitante. J'ai vu cette… cette confortable familiarité entre eux, quelque chose que je n'avais pas. »

Oh, Seigneur, il était tellement décontracté avec elle. Zip… zip. Puis de nouveau la voix de Gil, rassurante, solide.

« Et qu'est-ce que vous avez ressenti en voyant ça ?

— Ça m'a fait réaliser que Martin ne m'avait raconté que des mensonges depuis le début.

— Quoi d'autre ? Quoi d'autre, Fran ?

— Je ne lui en ai pas voulu. Pourquoi se priver de coucher avec deux femmes, si on arrive à le faire impunément ? »

J'ai ouvert les yeux pour regarder mon nouveau confident avec provocation, le mettant au défi de réagir, mais son visage est resté impassible.

« Qu'est-ce que vous vous rappelez du pub ? »

Il semblait allumer et éteindre les lumières de façon aléatoire désormais, ou peut-être était-ce moi qui ne suivais plus leur enchaînement. Je ne sais comment, j'avais l'impression d'être à deux endroits à la fois : dans la clinique, en sécurité et détendue, et dans le pub, les yeux fixés sur l'autre côté de la rue.

« Il y avait du monde. Plus qu'un lundi soir normal. Je crois qu'il y avait une fête ou une soirée quiz à l'étage. Quand je suis allée au comptoir, quelqu'un m'a demandé si je connaissais la réponse à une question. J'aime bien les quiz. Et je connaissais la réponse, mais il fallait que je retourne à ma place surveiller la maison. »

Les souvenirs remontaient à la surface, mais je me sentais devenir de plus en plus stressée. Ou plutôt, je percevais ma détresse de ce soir-là, le nœud dans mon estomac lorsque j'avais regardé Martin la toucher, les palpitations de mon cœur – zip, zip, zip –, mais en même temps, ce n'était pas moi qui étais là-bas, c'était quelqu'un d'autre.

« Qu'est-ce qui vous donne à penser que Martin vous a menti ? m'a demandé Gil.

— Il s'est tapé sa femme », ai-je répondu amèrement, d'une voix un peu pâteuse.

Bon sang, j'avais besoin d'un verre.

« Comment est-ce que vous le savez ? Peut-être qu'ils n'étaient pas en train d'avoir une relation sexuelle.

— Si, ai-je rétorqué catégoriquement. Je me rappelle la façon dont elle l'a regardé lorsqu'ils sont arrivés devant la maison. La façon dont il lui a touché l'épaule, la poussant à l'intérieur. Il y avait une lumière allumée. »

Une lumière bleue qui clignotait. Encore et encore.

« Quoi d'autre, Fran ? Laissez-vous porter.

— Une lumière s'est allumée. À la fenêtre de l'étage. De sa chambre.

— Pourquoi pensez-vous que cela voulait dire qu'ils étaient en train d'avoir une relation sexuelle ? »

Je connaissais les tactiques qu'il utilisait, et elles fonctionnaient, mais je ne pouvais pas pour autant m'y abandonner complètement. Il m'avait dit que les gens pouvaient revivre le traumatisme, ressentir les mêmes émotions, et c'était vrai. Je pouvais sentir la bile qui me remontait dans la gorge, la brûlure de la vodka, la douleur dans ma poitrine alors que je prenais conscience des implications de ce que je voyais. Je ressentais tout cela, comme si j'étais assise là-bas dans le pub, mais en même temps ça ne me semblait pas réel. Le chagrin était là, la colère et le sentiment de trahison, mais c'était plus comme si je les remarquais, comme si je les observais.

« Je *sais* ce qu'ils faisaient », ai-je dit d'une voix basse mais assurée.

J'avais la tête qui tournait et le col de mon tee-shirt me serrait la gorge, mais je me sentais quand même bien ; c'était comme si l'image était en train de devenir nette sous mes yeux. Je pouvais les voir à l'intérieur de la maison, tout comme je les avais vus ce soir-là, comme j'avais assisté à chaque acte de plaisir que j'avais moi-même connu avec Martin ; sauf qu'au lieu de mon visage, de mon corps nu dans ce diaporama, c'étaient ceux de Donna que je voyais. Mais Gil avait raison. Je n'avais rien observé, réellement, de tout cela. Tout ce que j'avais vu, c'était une lumière. Une *lumière*.

« C'est ça que j'ai vu, ai-je fait en me levant d'un bond.

— Fran, attendez – s'il vous plaît.

— Non, je ne peux pas, ai-je répondu, me sentant soudain pleine de force et libérée. Gil, je sais ce qui s'est passé. »

Il s'est levé pour rouvrir les stores, inondant la pièce de soleil, éclairé lui-même à contre-jour – comme Martin. Et soudain, tout m'est revenu en tête. Pas seulement des fragments, mais toute la soirée : un souvenir d'un seul tenant, que je pouvais saisir et ne pas lâcher.

« Je me souviens. »

Je me souvenais qu'il avait fait sombre et froid. Que Donna et Martin étaient entrés dans la maison. Je me rappelais le pub, la vodka tonic, la place à la fenêtre. La question du quiz : « Comment s'appelle le bassiste de Queen ? » La lumière de l'étage qui s'était allumée, et toutes les conclusions que j'en avais tirées. Et puis je me rappelais la porte d'entrée en train de s'ouvrir, et cette lumière au-dessus du porche qui avait éclairé Martin de dos alors qu'il descendait les marches en courant pour disparaître dans les ténèbres.

« Il est parti, Martin est parti », ai-je annoncé.

Et je me rappelais avoir reporté mon regard sur le haut bâtiment blanc, et avoir vu les minces lattes des volets s'ouvrir, révélant un nuage de cheveux et des traits délicats. Donna Joy était venue à la fenêtre regarder Martin s'en aller. Elle était encore en vie quand il était parti de la maison. Ce qui voulait dire, de façon presque certaine, qu'il ne l'avait pas tuée.

Qu'il était innocent.

37

J'ai dit au revoir à Gil et suis restée debout à l'accueil du centre d'aide psychologique, un gobelet d'eau entre les mains, à écouter une portière claquer et la voiture du psychiatre s'éloigner.

Alors que je commençais à siroter le frais liquide, je me suis rendu compte que mon anxiété avait été remplacée par quelque chose de plus déterminé. Un désir de régler rapidement la situation, parce que je savais désormais détenir la clé.

Clare est apparue dans l'escalier. Elle devait avoir vu Gil s'en aller depuis la fenêtre de son bureau.

« Comment ça a été ? m'a-t-elle demandé lorsque nous nous sommes retrouvées face à face.

— Intense.

— Ça va ?

— J'ai l'impression d'être ivre.

— Ivre ?! a-t-elle répété avec inquiétude.

— Je suppose que tu n'as pas de bonbons à la menthe dans ton sac ?

— Peut-être qu'on devrait aller faire un tour à pied. Prendre l'air », a-t-elle suggéré, déconcertée.

J'ai hoché la tête, me tournant vers la sortie.

« Qu'est-ce qui s'est passé ? m'a-t-elle demandé après une autre pause.

— Il a fait sauter les putains de portes », ai-je répondu en jetant mon gobelet à la poubelle.

Clare a secoué la tête, incapable de comprendre pourquoi je citais *L'or se barre*.

« Écoute, il faut que je parle à Martin, ai-je dit, parcourant la pièce des yeux jusqu'à ce que mon regard s'arrête sur le bureau de la réception. Ça te gêne si je me sers du téléphone du centre ?

— Bien sûr que non. Fran, qu'est-ce qui se passe ? Est-ce que Gil a pu t'aider ? Tu as bu ou quoi ? »

J'étais déjà assise à la place de la réceptionniste absente, en train de me servir du standard pour composer le numéro du téléphone jetable de Martin, que j'avais noté sur un bout de carton.

Attrapant un stylo rouge dans le pot à crayons, j'ai entrepris de gribouiller, le cœur battant, en attendant avec impatience qu'il décroche.

« Allô !

— C'est moi.

— Tout va bien ?

— Oh oui, ai-je répondu en me mettant à rire. Les choses commencent vraiment à aller mieux.

— On devrait se voir.

— Retrouve-moi maintenant, ai-je chuchoté d'un ton pressant. Ne dis rien à personne, mais retrouvons-nous dès que tu le peux. Quelque part où on peut discuter en privé. Juste toi et moi, et personne d'autre. »

Quelque part au fond de moi, je commençais à me faire l'effet d'une espionne. Mon instinct d'utiliser le téléphone du centre plutôt que mon propre mobile, ma suggestion de nous retrouver à Hampstead Heath, tout cela faisait très George Smiley. Pendant un moment, je me suis dit que ça valait peut-être le coup de postuler aux services secrets si ma carrière juridique tombait à l'eau. Mais en même temps, j'étais sûre que le MI5 serait tout aussi clairvoyant que le barreau.

Clare m'a déposée sur le parking près de Kenwood House. J'avais la tête qui tournait en traversant les vastes étendues herbeuses de Hampstead Heath, excitée à l'idée de revoir Martin, de lui annoncer ce que ma séance avec Gil m'avait appris.

Je ne connaissais pas particulièrement bien le parc. J'étais sûre qu'on pouvait y venir tous les jours pendant des années sans jamais en découvrir tous les coins et recoins.

Il y avait eu une courte période, quelques années plus tôt, où j'avais décidé d'abandonner le tapis à la salle de sport pour aller courir au grand air. J'avais la vague ambition de m'inscrire à un quart de marathon. Ma carrière semblait en perte de vitesse et j'étais en quête d'un nouveau défi. Alors tous les dimanches, je prenais le bus pour remonter Holloway Road, puis Archway Road et enfin la colline qui menait au parc, et là je courais, encore et encore.

C'était à cette époque que j'avais découvert Wood Pond. Comme son nom l'indique, c'est un plan d'eau bordé au sud par un bois. Il était moins connu que les célèbres bassins de baignade et, même s'il devenait fréquenté en été, je doutais d'y trouver beaucoup de gens par un samedi gris et lugubre.

« Tu es sûre que tu ne veux pas que je t'accompagne ? m'a demandé Clare alors que je sortais de la voiture.

— Ne sois pas bête, ai-je répliqué en boutonnant le manteau qu'elle m'avait prêté la veille.

— Je peux t'attendre ici », a-t-elle insisté.

Pendant un instant, je me suis demandé pourquoi elle me couvait ainsi, puis j'ai compris qu'elle ne voulait pas me laisser seule avec Martin dans un endroit désert et reculé. Malgré le souvenir que Gil avait débloqué, et que j'avais raconté à Clare sur le chemin de Hampstead Heath, je savais qu'elle ne lui faisait pas confiance.

Enfonçant les mains dans mes poches, j'ai laissé Kenwood House derrière moi pour descendre la colline en direction des arbres. J'ai trouvé un banc près de l'étang et m'y suis assise pour attendre, jusqu'à ce que je voie quelqu'un s'approcher de moi ; rien de plus qu'une silhouette sombre au départ, puis j'ai distingué son visage.

Il portait un jean, une casquette de base-ball et un pardessus bleu marine que je n'ai pas reconnu. Il avait l'air bizarrement ordinaire, comme un homme du coin en train de promener son chien. J'ai supposé que c'était le but.

Un grand sourire aux lèvres, je me suis retenue de courir vers lui, les bras écartés.

« Tu es arrivée avant moi, a-t-il constaté en s'asseyant lui aussi sur le banc couvert de mousse. Comment est-ce que tu es venue ?

— Clare m'a déposée.

— Il va falloir que je te trouve une voiture », a-t-il dit nonchalamment.

Je suppose que dans le monde de Martin, c'était le genre de choses que faisaient les hommes. Ils offraient des voitures aux femmes.

« La seule chose qu'un homme m'ait jamais achetée dans un garage, c'est un bouquet de fleurs à moitié fanées. »

Il m'a regardée en haussant un sourcil.

« Il y a vraiment des hommes qui font ça ?

— Il y a bien des acheteurs pour ces œillets, ai-je répondu avec un haussement d'épaules. Et les Ferrero Rochers.

— Ça n'a jamais été mon style », a-t-il fait, laissant porter son regard de l'autre côté de l'étang.

Deux femmes équipées de bâtons de marche nordique se sont arrêtées à côté de nous pour admirer la vue, appuyées sur ces derniers et gonflant les joues comme si elles venaient de faire l'ascension de l'Everest.

« Marchons un peu », ai-je proposé en le prenant par la main pour l'entraîner à l'écart de l'étang.

J'ai fermé les yeux, savourant la sensation de nos doigts entrelacés.

« J'ai retrouvé un souvenir », ai-je annoncé lorsque nous sommes arrivés sous les arbres. Il y faisait plus frais et la lumière était plus douce, plus intime. « Je me rappelle t'avoir vu sortir de chez Donna. Et avoir vu Donna à la fenêtre, en train de te regarder partir. »

Il s'est arrêté net pour me prendre par les bras, ses yeux d'un vert sombre écarquillés.

« Tu me fais marcher. Je croyais que tu étais incapable de te rappeler quoi que ce soit ?

— Je suis allée voir un thérapeute, ce matin. »

J'ai senti un grand sourire se dessiner sur mes lèvres. « Il avait des techniques qui m'ont aidée à me souvenir. »

Il m'a fixée comme si j'étais la seule chose qui existait au monde, avant de me serrer fort dans ses bras. Puis il s'est écarté pour me regarder à nouveau, avec une joie évidente sur son visage.

« Tu es mon alibi », a-t-il dit en m'agrippant les doigts.

Je voulais me joindre à son euphorie, mais je savais qu'il fallait que je le rappelle un peu à la réalité.

« Je ne suis pas exactement un témoin fiable, n'oublie pas. J'étais ivre.

— Ça, c'est aux experts d'en décider. »

Nous avons continué de marcher, nous enfonçant de plus en plus loin dans les bois. J'ai failli poser le pied sur un préservatif usagé, un rappel que d'autres personnes utilisaient le parc comme lieu de rendez-vous secret. Le vent a bruissé dans les feuillages et j'ai entendu un corbeau croasser dans les branches au-dessus de nous.

« Merci de ne pas avoir douté de moi, m'a dit Martin.

— J'ai eu des doutes, ai-je répondu honnêtement. Du moins, j'ai envisagé la possibilité. Parce que tu avais menti.

— Je n'ai menti sur rien, a-t-il protesté en fronçant les sourcils.

— Tu as dit que tu étais tombé de vélo. Que c'était comme ça que tu t'étais entaillé la main. Doyle ne te croit pas parce que les pneus avaient l'air propres.

— C'est vrai, je ne suis pas tombé de vélo, a-t-il reconnu, les yeux fixés sur une ligne entre les arbres.

— Alors pourquoi est-ce que tu as dit ça ? »

Il m'a jeté un coup d'œil.

« Parce que je ne me rappelle pas comment je me suis fait cette entaille. Mais ça me paraissait tellement bidon que j'ai juste cherché une excuse plausible à leur donner. J'ai pensé que c'était mieux que de simplement admettre que je ne savais pas.

— Tu n'étais pas obligé de me mentir à moi.

— Je sais, et j'en suis désolé. Je crois que j'ai juste réussi à me convaincre que c'était vrai. Mais cette entaille n'a rien à voir avec Donna. Ça au moins, je le sais. »

Il m'a pris la main. Le temps était froid mais ses mains étaient chaudes. Il a passé ses doigts entre les miens et m'a entraînée encore plus loin dans les bois.

« Alex m'a appelée après que je t'ai vu hier, l'ai-je informé alors que les sous-bois autour de nous devenaient plus épais et que l'air semblait se refroidir. Sophie lui avait manifestement dit que j'étais allée voir la police, alors j'ai accepté de le voir.

— Qu'est-ce qu'il avait à dire ? »

J'ai haussé les épaules.

« Des choses. Rien de très important. Je ne lui fais pas confiance. »

Martin a secoué la tête.

« Moi non plus. »

Je me suis tournée vers lui.

« Est-ce que tu as un peu examiné les lieux quand tu étais chez eux ?

— Qu'est-ce que j'étais censé chercher ? Un pic à glace ? »

Une tentative de plaisanterie, mais il n'y avait pas d'humour dans sa voix.

« Est-ce que tu as vérifié s'il était bien allé à cette conférence le mardi et le mercredi ?

— Il y est resté les deux jours et a dîné avec des clients le soir. Deux ou trois personnes présentes là-bas m'ont dit qu'il avait eu un comportement un peu étrange le mardi. L'une d'elles lui a demandé si tout allait bien, mais il lui a répondu que ce n'était rien. Qu'il avait juste la gueule de bois. »

Je n'étais pas sûre que cette information soit importante, mais je voyais bien que Martin essayait lui aussi de faire le tri dans sa tête.

« Enfin bref, concernant ce problème de confiance, je voulais te prévenir que j'ai demandé au juriste de notre entreprise de me faire parvenir mon contrat par coursier, a-t-il repris d'un air grave. Je savais qu'il y avait une clause de moralité dedans, mais je ne me rappelais pas à quel point elle était stricte.

— Il s'agit d'un contrat entre Alex et toi ? »

Il a hoché la tête.

« Si l'un ou l'autre des partenaires jette le discrédit sur la société, c'est matière suffisante à résilier le contrat, et le partenaire en faute doit offrir ses parts à l'autre.

— Le "discrédit" ? C'est vague, comme terme.

— Merci pour le conseil juridique.

— Qu'est-ce que tu penses que ça veut dire, en pratique ?

— Que si je continue à être impliqué dans la disparition de Donna, je risque de me voir évincé de la société Gassler.

— Quoi, même si tu n'es pas inculpé de quoi que ce soit, Alex a le droit de garder tes parts ?

— Il peut me les racheter, mais il existe toutes sortes de façons d'en faire baisser le prix, en particulier si Alex encourage certains investisseurs à retirer leur argent.

— Il peut être dangereux. Il sait des choses sur toi. »

Martin a froncé les sourcils.

« Nous avons tous notre part d'ombre, et Alex connaît probablement la tienne mieux que personne, ai-je poursuivi sans m'arrêter. S'il a une raison de vouloir te discréditer, il est tout à fait possible qu'il utilise cette information.

— Quelle part d'ombre ?

— Un certain Richard Chernin ? ai-je répondu après un moment d'hésitation. Apparemment, Alex pense que tu lui as fait "régler son compte" pour obtenir un tuyau. »

Je l'ai regardé, espérant qu'il allait tout nier, mais il a mis les mains dans ses poches et fixé les yeux droit devant lui.

« Gagner de l'argent peut être une affaire douteuse. Parfois il faut se montrer dur en négociation. Est-ce que j'ai fait des choses que je regrette ? J'en ai bien peur. »

Il s'est tu.

« Comme quoi ? Qu'est-ce que tu regrettes ? »

J'avais besoin de savoir tout ce dont il était capable.

Il a secoué la tête et détourné le regard.

« Je veux savoir, ai-je insisté.

— Qu'est-ce que tu veux savoir exactement, Fran ? a-t-il répliqué sèchement, en s'empourprant. Que je me suis tapé des prostituées parce que je ne voulais pas offenser un client ? Que j'ai acheté des informations pour pouvoir court-circuiter le marché, que j'ai conspiré avec d'autres banquiers, que j'ai conclu des accords avec des despotes et des tyrans africains à bord de leur jet privé ? Des accords payés, je le savais, avec une fortune bâtie sur des vies sacrifiées ? Oui, je l'ai fait. Non, je n'en suis pas fier. Mais c'est comme ça. L'appât du gain fait tourner le monde.

— Et maintenant, je sais. Je connais moi aussi ta part d'ombre. »

J'ai attendu de voir si mon sens moral allait m'interdire d'aimer cet homme imparfait, mais tout ce que j'ai ressenti, c'était le même désir farouche que j'éprouvais toujours en sa présence.

« Alors qu'est-ce qu'il faut qu'on fasse, d'après toi ? a-t-il repris après un moment de silence. Si tu dis à la police que tu m'as vu sortir de chez Donna à minuit, ils vont te demander ce que tu faisais là-bas. Je ne veux pas te mêler à tout ça, Fran. Je ne veux pas qu'ils te traitent comme ils me traitent moi-même. Comme un criminel.

— Je suis sûre qu'ils ont déjà leurs doutes à mon sujet », ai-je répondu.

Et je lui ai parlé du portrait-robot, de ma rencontre avec le sergent Collins et des mensonges que je lui avais servis. Il a juré discrètement et passé la main dans ses cheveux.

« Bon sang, je parie que tu regrettes de m'avoir rencontré, a-t-il murmuré.

— Pas un seul instant », ai-je répliqué en lui prenant la main.

Il est resté silencieux, comme s'il réfléchissait.

« Puisqu'on ne peut pas dire à la police ce que tu as vu, il va falloir qu'on trouve un autre moyen de le faire, a-t-il déclaré d'un ton plus résolu. Il faut qu'on trouve Donna et qu'on s'assure que la police suspecte d'autres personnes. Parce que je n'ai rien à voir avec sa disparition.

— Moi non plus, ai-je chuchoté.

— Je n'ai jamais pensé le contraire », a-t-il déclaré en se tournant vers moi.

J'avais le dos collé au large tronc d'un sycomore. Je me suis laissée aller contre son écorce fripée et j'ai senti les lèvres douces de Martin se poser sur les miennes, son pouce et son index me caresser tendrement le lobe de l'oreille.

« Je t'aime, a-t-il murmuré.

— J'ai envie de toi », ai-je dit doucement, sentant l'excitation monter lentement en moi.

Il m'a enveloppée dans son manteau et dès que j'ai été cachée entre les pans de laine, j'ai déboutonné son jean. Lorsque son sexe a jailli de sa prison, je l'ai pris dans ma main, lui arrachant des gémissements de désir en faisant aller et venir mes doigts. J'ai écarté mes propres vêtements avec des gestes fébriles, retroussant ma jupe pour le guider en moi. J'ai tendu le cou pour voir un enchevêtrement de branches et un bout de ciel gris au-dessus de moi, et je ne me suis plus souciée de rien : ni d'Alex, ni de Donna, ni de la police. Tout ce qui comptait, c'était lui et ce moment d'unité.

Lorsque nous avons eu fini, nous nous sommes laissés tomber sur la mousse et les feuilles mortes. Il a passé les bras autour de mes épaules et pendant quelques minutes qui m'ont fait l'effet d'une éternité, nous sommes restés assis là, presque immobiles.

Après, nous avons fait tout le tour du parc, main dans la main comme deux jeunes amoureux, passant devant les bassins de baignade et le kiosque à musique à l'extrémité sud, puis remontant vers l'ouest, sa jolie pergola et enfin le Spaniards Inn, où nous nous sommes assis dehors à côté de la route, avec deux pintes de bière artisanale, et nous sommes délectés des anecdotes au verso du menu : la mention du pub dans *Les Papiers posthumes du Pickwick Club*, de Dickens, et ses liens avec le bandit de grand chemin Dick Turpin. Si nous étions tous les deux conscients que c'était une bêtise de se montrer ensemble dans un endroit public, nous n'avons pas évoqué le sujet. Cela dit, personne n'a eu l'air de se retourner sur nous, et encore moins de faire remarquer que l'homme à la casquette de base-ball était celui qui avait fait la une des journaux en relation avec la disparition de sa femme.

Il était presque 19 heures lorsque nous sommes enfin revenus devant Kenwood House. J'ai suivi Martin jusqu'à une élégante Audi noire sur le parking.

« C'est à toi, ça ? ai-je demandé alors qu'il désactivait l'alarme avec un double bip.

— À Sophie. La police a pris la mienne. Je suppose qu'elle espère trouver un coffre plein de sang.

— Ce n'est pas drôle. »

Il a haussé les épaules et nous sommes montés dans la voiture.

« Où est-ce que je te dépose ? » m'a-t-il demandé.

J'ai réalisé que je n'avais nulle part où aller. Ni au travail ni chez moi, et l'idée d'affronter le regard désapprobateur de Clare m'enchantait moyennement.

« Tu crois que Sophie sera contrariée si on fait un tour en voiture ? ai-je fait.

— Où est-ce que tu as envie d'aller ?

— Chelsea ? »

La destination me semblait appropriée pour un tel véhicule, avec ses sièges en cuir couleur crème et son tableau de bord en noyer lisse. Dans le coin du pare-brise se trouvait un macaron de stationnement pour une des salles de sport les plus sélectes de Londres. Je voulais moi aussi une voiture comme ça, un abonnement à ce genre de salle. Pendant tant d'années, j'avais raillé les femmes de banquiers et leurs choix : de renoncer à leur vie, de ne pas utiliser leur cerveau, d'accepter de n'être rien de plus que le bien meuble d'autrui. Et pourtant, malgré mon travail acharné et ma réussite professionnelle, je faisais du sport à la salle pourrie à côté de chez moi et je me déplaçais en bus. Je voulais la vie de Sophie. Celle de Donna. Je voulais la superbe maison des Cole avec ses couleurs calmes et ses rideaux faits sur mesure, et je voulais la garde-robe de Donna, ses sacs et sa beauté naturelle et gracieuse. Je voulais être la femme de Martin.

« Où ça dans Chelsea ? m'a demandé Martin, interrompant ma rêverie en faisant gronder le moteur.

— Chez Donna, ai-je répondu en le regardant du coin de l'œil.

— Fran, allons, ça n'aide pas.

— Fais-moi confiance. »

Il m'a regardée un moment, puis a hoché la tête et pris la direction du sud. Les bouchons du samedi soir paralysaient la ville, et une bruine persistante huilait le macadam. Il nous a fallu une heure pour atteindre King's Road. Martin s'est garé juste après le pub où je m'étais réfugiée le soir de la disparition de Donna. Nous avions une vue indirecte de la maison et j'ai remarqué que les fourgons de la police scientifique étaient partis.

Il a éteint le moteur et nous sommes restés assis en silence.

« On a acheté la maison à cause de ces lampes à gaz, m'a-t-il dit en me montrant du doigt les réverbères caractéristiques au-dessus de nous.

— Il y a les mêmes à Spitalfields. Tu as manifestement un style de prédilection. »

Du coin de l'œil, je l'ai vu sourire. Je me suis concentrée sur ce que j'étais venue faire.

« Donc tu penses que tu es reparti de chez Donna vers minuit ? ai-je fait. Pete dit que je suis revenue à Islington à 2 heures du matin.

— Pete ? Qui c'est ? » a-t-il demandé sèchement.

Je n'en revenais pas d'avoir été prise en défaut aussi facilement. Je commençais à oublier ce que j'avais dit et à qui.

« Mon voisin. On l'a croisé à l'arrêt de bus le soir de notre premier rendez-vous, ai-je répondu, essayant de passer rapidement sur le sujet. J'avais tellement bu après t'avoir vu entrer chez Donna ce soir-là que je n'ai même pas réussi à trouver mes clés. Le chauffeur de taxi a été obligé de tambouriner à la porte pour réveiller Pete.

— Il a les clés de chez toi ? a demandé Martin avec une désapprobation qui semblait hérisser l'air entre nous.

— Non. Il m'a laissée dormir sur son canapé. »

J'étais contente qu'il fasse sombre. Je ne voulais pas que le moindre signe, que ce soit la rougeur de mes joues ou la sécheresse de mes lèvres, lui révèle que je ne lui disais pas toute la vérité. Nous avions passé un si bon après-midi tous les deux, et tant partagé. Nous n'avions pas seulement parlé du côté obscur de ses relations d'affaires, des choses douteuses qu'il avait dû faire pour réussir, qu'il avait déballées avec le soulagement embarrassé de quelqu'un qui se confie à un prêtre. Nous avions parlé de notre passé, de nos souvenirs heureux, de l'époque où nous étions élèves : deux enfants futés et intellos qui avaient désespérément besoin d'attention.

« Tu as dormi chez Pete, cette nuit-là ?

— Je n'ai pas vraiment eu le choix. J'étais trop bourrée pour trouver mes clés, et il ne pouvait pas exactement me laisser sur le trottoir.

— Il n'aurait pas pu t'aider à trouver tes clés et à regagner ton propre appartement ?

— Eh bien, il ne l'a pas fait, ai-je répliqué d'une voix ferme, espérant mettre un terme définitif à cette conversation. Peut-être que c'est un peu louche, mais j'étais tellement dans le coaltar que je n'ai pas pu émettre d'objections. »

Cela a semblé le faire taire momentanément. Je ne voulais rien lui raconter d'autre. Je me rappelais ce qu'Alex m'avait dit au sujet de Richard Chernin, et je ne voulais surtout pas penser à ce que Martin était susceptible de faire s'il apprenait que Pete Carroll me faisait chanter. S'il savait que nous avions couché ensemble dans mon lit, je craignais qu'il ne le tue.

« Je veux juste sortir un petit moment, voir si je peux faire remonter à la surface des souvenirs d'où je suis allée après la fermeture du pub. »

J'ai expiré profondément en sortant dans le froid. Je ne me suis pas retournée vers la voiture. Je savais sans avoir besoin de regarder que Martin avait les yeux fixés sur moi.

Il m'a fallu un moment pour m'orienter. Le pub était au coin de la rue, et la maison de Donna à droite.

Certaines des demeures sur le trottoir opposé étaient précédées de minuscules jardins. Certains étaient séparés de la rue par un muret, d'autres par une haie, d'autres encore par de minces clôtures noires. J'ai essayé de me remémorer la vision de Donna qui m'était revenue dans le bureau de Gil, pour déduire l'endroit d'où je l'avais eue. J'ai repéré une maison qui avait l'air inhabitée avec ses fenêtres sombres et opaques. Elle était dotée à la fois d'une courte haie et de quelques marches menant à un appartement en sous-sol.

Je me suis positionnée à l'entrée et me suis accroupie sur la pierre froide en levant les yeux pour regarder la maison de Donna. Si celle-ci s'était trouvée à cet instant à la fenêtre, j'aurais vu exactement la même image que dans mon souvenir. Je devais être venue là pour espionner l'édifice après être sortie du pub. J'ai pris un moment pour voir ce que je pouvais me rappeler d'autre.

Rien ne m'est venu immédiatement. J'ai regardé à gauche, où je pouvais voir un flot de voitures passer au bout de la voie, puis à droite, où une barre de métal en travers de la route empêchait les véhicules de rejoindre la rue avoisinante.

Après quelques minutes, je me suis relevée ; l'expérience ne m'avait rien apporté à part des fesses engourdies.

J'ai regagné la voiture et suis remontée dedans.

« Est-ce que tu te rappelles autre chose, alors ? m'a demandé Martin avec plus d'enthousiasme.

— Non. Mais j'ai trouvé où je devais m'être cachée pour observer la maison. »

Nous sommes restés assis dans un silence que ponctuaient seulement le bruit de notre respiration et le faible grondement de la circulation au loin.

« Dis-moi pourquoi tu as raccompagné Donna chez elle, ai-je dit au bout d'un moment.

— Fran, je t'en prie.

— Quand est-ce que vous vous êtes mis à baiser ? Aussitôt, ou il y a eu une petite phase de séduction ? »

Martin n'a pas répondu.

« Est-ce que ça vous excitait tous les deux ? De jouer les inabordables alors que vous êtes mariés ?

— Ne fais pas ça. Ne te torture pas ainsi, m'a-t-il dit en tendant la main par-dessus le levier de vitesse.

— C'est exactement ce que je cherche à faire, ai-je murmuré sans le regarder. C'est ce que j'ai fait avec Gil ce matin. Ça aide à débloquer les souvenirs. »

Il m'a observée avec intensité puis a hoché la tête.

« On s'était donné rendez-vous pour parler de la résolution des litiges financiers, a-t-il fini par dire. On s'est retrouvés pour dîner. Dans un resto qu'on aimait tous les deux. On a pris une bouteille de bon vin. Elle flirtait, faisait des blagues. C'était un soulagement après l'animosité qu'il y avait eue entre nous. Alors je l'ai raccompagnée chez elle.

— Tu devais passer un bon moment.

— Donna a toujours été très douée pour te donner l'impression que tu vaux le détour.

— C'est ça qui t'a plu chez elle lorsque vous vous êtes rencontrés ?

— Lorsqu'on s'est rencontrés, j'ai juste pensé qu'elle était magnifique. Sexy, aussi. Vulnérable, mais avec l'air d'en savoir plus, comme si elle faisait semblant. Elle m'a intrigué. Trois semaines plus tard, on était fiancés. Trois mois après, mariés.

— Où est-ce que vous vous êtes rencontrés ?

— Dans un bar près du magasin où elle travaillait. Elle m'a offert de lui payer un verre. Puis de la ramener chez elle. »

Je voulais lui demander pourquoi les hommes se laissaient prendre à ce genre de suggestion, mais peut-être était-ce évident. Les hommes aimaient les évidences.

« Est-ce que c'était un bon coup ? »

Il m'a regardée, me demandant implicitement si j'avais vraiment envie de savoir.

« Alors ? ai-je insisté.

— Elle aurait pu passer pro, a-t-il répondu doucement. Elle était aventureuse. Elle aimait faire des choses que d'autres n'aiment pas. Elle aimait le risque. Les jeux. Elle savait dire des cochonneries mieux que personne. Avec elle, j'avais l'impression d'être un roi. »

J'ai repensé aux messages qu'il m'avait envoyés au fil des semaines. Ceux qui m'avaient donné envie de me toucher. Je me suis rappelé mes réponses timides et j'ai compris, à cet instant précis, ce qu'il avait essayé de me pousser à faire. Il voulait que je lui dise des cochonneries moi aussi. Il voulait que je sois Donna. Et j'avais déçu ses attentes.

J'ai senti ma respiration devenir superficielle, mon cœur s'accélérer.

« Est-ce pour ça que tu es retourné auprès d'elle ce soir-là ? Parce que je ne te satisfaisais pas ? ai-je demandé, persuadée qu'il trouvait notre relation sexuelle trop conventionnelle.

— Non, a-t-il répondu avec fougue. C'est juste une nuit qui est partie en vrille.

— Raconte-la-moi, ai-je dit froidement. Raconte-moi cette nuit-là. Est-ce que tu as décidé que tu allais la baiser dès le dîner ?

— Je ne sais pas. Je ne lui ai pas donné rendez-vous dans cette intention.

— Qu'est-ce qui s'est passé quand vous êtes arrivés chez elle ? »

Il a discrètement relâché son souffle, comme s'il essayait de se rappeler une par une les étapes de la soirée.

« On a pris un verre. Elle est montée. Lorsqu'elle n'est pas redescendue, je suis monté voir ce qu'elle faisait. Elle était sur le lit, en tenue sexy.

— C'est-à-dire ?

— Lingerie, talons.

— Et après, qu'est-ce qui s'est passé ?

— Je l'ai rejointe sur le lit. On a commencé à s'embrasser. Une chose en a entraîné une autre.

— Comment vous l'avez fait ?

— Fran, s'il te plaît, arrête.

— Non. Je veux savoir », ai-je insisté, sentant la pression augmenter.

J'avais l'impression de brûler de jalousie, de rage et de désir. J'étais au bord du gouffre, comme une pièce de dix pence dans une de ces machines à sous que j'adorais étant enfant. Celles dans lesquelles on glissait des pièces jusqu'à ce que les piles instables ainsi formées s'effondrent et tombent dans le vide, dans un satisfaisant fracas d'argent.

« On l'a fait dans toutes les positions, Fran. Et après, on a recommencé et on y a pris encore plus plaisir que la première fois.

— Alors pourquoi est-ce que tu es parti ? Si vous y preniez autant de plaisir, pourquoi tu n'es pas resté dans son lit toute la nuit ?

— Ce n'était pas une bonne idée.

— Est-ce que c'est elle qui t'a demandé de partir, ou toi qui as pris l'initiative ?

— Ça n'a pas d'importance…

— Dis-moi. Qui l'a suggéré ?

— Elle », a-t-il fini par avouer ; une autre gifle pour moi.

Nous n'avons rien dit pendant au moins une minute. J'ai fermé les yeux et essayé de les imaginer dans cette chambre au dernier étage. J'ai agrippé la portière et, l'espace d'une seconde, un souvenir m'est presque revenu, tourmentant par sa proximité, comme un mot oublié qu'on a au bout de la langue. Mais mon cerveau a refusé de me laisser l'explorer. Lorsque j'ai rouvert les yeux, Martin regardait droit devant lui.

« J'ai lu une citation, une fois, a-t-il fini par dire. La description de la femme idéale par un P-DG célèbre. Il a dit : "C'est quelqu'un qui pourrait me tirer d'une prison du tiers-monde." »

Je n'ai pas répondu. Je ressentais encore la morsure de ce qu'il avait dit avant. « Je crois qu'il voulait dire que sa femme idéale aurait du cœur, du cran et un cerveau. Et c'est ce que j'ai pensé de toi la première fois que je t'ai vue. C'est ce qui m'a tellement plu chez toi. Pas simplement le fait que tu es belle. » Il s'est tourné vers moi. « Quand toute cette histoire sera terminée, est-ce que tu veux venir habiter avec moi au loft ? »

Il a dit cela d'une voix tellement hésitante que je me suis sentie ramollir.

« Tu n'as pas besoin d'avoir pitié de moi juste parce que j'ai un voisin louche, ai-je répliqué, relevant ma garde.

— Un pauvre type qui en pince pour toi habite l'appartement en dessous du tien, donc oui, je préférerais que tu ne restes pas là-bas une minute de plus que nécessaire. Mais ce n'est pas pour ça que je veux que tu emménages avec moi. »

Il a marqué un temps avant de reprendre. « C'est parce que je me dis que ça pourrait être sympa de vivre avec moi *sans* être mariée avec moi. On peut habiter ensemble sans être mariés pendant un petit moment, et après voir comment ça se passe. »

Mon cœur a commencé à battre la chamade. Je n'arrivais pas à déterminer si c'était là une suggestion pragmatique, dictée par le fait qu'il n'aimait pas Pete Carroll, par un sentiment de solitude et de peur, par le besoin d'avoir quelqu'un de son côté, à ses côtés, ou s'il était vraiment en train de préparer une demande en mariage.

Mme Martin Joy. J'avais l'impression d'être faite pour porter ce nom.

38

Il était 22 heures passées lorsque nous sommes arrivés dans Queens Park. Je me sentais encore survoltée, les nerfs à fleur de peau ; la journée avait été trop bizarre, trop chargée en émotions, et je voulais une cigarette pour me calmer. Je ne fumais pratiquement plus, et je ne voulais sûrement pas que Martin me voie faire, mais il y avait un petit balconnet dans la chambre d'amis de Clare, et je me voyais déjà ouvrir la porte-fenêtre, allumer une clope et regarder la braise orange luire dans l'obscurité.

« J'ai besoin d'acheter deux ou trois trucs, ai-je annoncé alors que l'Audi s'engageait dans Salusbury Road. Tu peux me déposer ici.

— Je ne vais pas te lâcher dans le noir comme ça. Où est-ce que tu veux aller faire des courses à une heure pareille ?

— Je crois qu'il y a un petit supermarché près de la gare. Tu n'as qu'à te garer dans une des rues latérales et je vais y passer en vitesse. »

Le magasin était étonnamment plein, des gens qui sortaient des pubs ou déferlaient du métro avec tous la même idée en tête : acheter des cigarettes et de l'alcool pour ces soirées impromptues ou ces longues veillées calmes et mélancoliques.

C'est avec plaisir que j'ai arpenté les rayons éclairés au néon, ayant l'impression d'être une personne normale pour une fois, qui vivait une vie normale. Ou presque, en tout cas. J'ai acheté un paquet de Marlboro Lights, que j'ai fourré dans mon sac, et une cannette de Coca ainsi qu'un rouleau de bonbons gélifiés pour donner le change. *Une vraie reine du crime*, me suis-je dit.

En ressortant dans la rue, j'ai vu le restaurant de Dom de l'autre côté de la route et me suis arrêtée pour regarder. Les fenêtres étaient toutes éclairées et les tables à l'intérieur semblaient bondées. Peut-être Clare allait-elle vraiment obtenir un retour sur son investissement dans le dernier projet narcissique de Dom, pour une fois. J'ai regardé deux couples en sortir bras dessus bras dessous, en riant et en bavardant. Puis, derrière eux, j'ai vu quelqu'un d'autre qui enfilait son manteau et relevait son col. Le dépit m'a envahie lorsque j'ai reconnu Dom : j'avais espéré me glisser chez Clare sans être vue, et me détendre avec ma dose de nicotine illicite. Mais à présent, Dom allait rentrer avant moi et serait assis dans le salon ou la cuisine lorsque j'arriverais. Je ne pourrais pas les éviter, lui et son regard torve. Mais il n'a pas tourné à gauche, en direction de la maison. Il est parti dans l'autre sens, puis a disparu dans la calme rue résidentielle où Martin s'était garé. Bizarre.

J'ai attendu qu'il se soit évanoui dans le noir avant de traverser la rue en courant, slalomant entre les voitures, pour regagner l'Audi.

« Tu as tout ce qu'il te faut ? m'a demandé Martin en démarrant.

— Fais demi-tour et va par là, ai-je répondu en me retournant sur mon siège.

— Quoi ?

— J'ai vu quelque chose – quelqu'un. Je veux voir où il va. »

Haussant les épaules, Martin a obtempéré. À la lumière de ses phares, j'ai scruté la rue, mais je n'ai pas vu Dom. Soit il était entré dans une des maisons, soit il s'était glissé dans une des voitures garées.

« Va doucement », ai-je chuchoté, et l'Audi a ralenti pour rouler au pas.

Devant nous sur la droite se trouvait une voiture à hayon argentée dont la lumière intérieure était allumée, avec deux personnes assises à l'avant.

« Qu'est-ce qui se passe ? » a voulu savoir Martin, mais j'étais trop distraite pour lui répondre.

La rue était plongée dans l'obscurité, de sorte que j'ai pu voir à l'intérieur de la voiture en passant : un couple en train de s'embrasser, mais nous avons continué d'avancer et je n'ai pas pu en voir davantage.

« Fais demi-tour, ai-je dit alors que Martin atteignait l'extrémité de la rue. Reviens, reviens. »

Avec un léger soupir, Martin a fait demi-tour en trois temps et entrepris de remonter la rue que nous venions de descendre. La voiture argentée arrivait en face.

« Range-toi pour la laisser passer », ai-je ordonné, et il a glissé l'Audi sur une place de stationnement.

La voiture est passée en grondant et je n'ai pas eu besoin de la lumière du réverbère au-dessus de nous pour voir que c'était bien Dom sur le siège passager. Au volant se trouvait une femme : blonde, jeune. Jolie.

« Est-ce que tu vas te décider à me dire ce qui se passe ? »

Pendant un moment, je n'ai pas réussi à répondre tant j'étais en colère à la pensée de Clare, si loyale, si naïve, finançant les multiples combines égotistes de Dom et attendant patiemment à la maison.

« C'est Dom qui vient de passer, ai-je répondu doucement. Le mari de Clare. Il embrassait cette blonde dans la voiture.

— Et cette blonde n'était pas Clare, si je comprends bien ?

— Je ne l'ai pas bien vue. Mais une chose est sûre, ce n'était pas Clare.

— Eh ben, a-t-il fait en me regardant. Du coup, tu veux quand même que je te dépose chez elle ou pas ? »

J'ai hésité un instant, puis hoché la tête. Clare avait toujours été là pour moi et à présent, c'était elle qui avait besoin de mon soutien, qu'elle le sache ou non.

Martin m'a embrassée pour me souhaiter bonne nuit et j'ai enfoncé ma clé dans la serrure avec appréhension. Le silence régnait dans la maison de Clare. Toutes les lumières étaient éteintes à part une lampe dans le salon. Un mug et un thriller au format poche avaient été laissés sur la table basse, mais autrement il n'y avait trace de personne au rez-de-chaussée. J'ai monté l'escalier à pas de loup. La porte de la chambre parentale était légèrement entrouverte et j'ai distingué la forme de Clare sous la couette, profondément endormie. Il était à peine 22 h 30 : encore tôt pour un samedi soir, et je m'en suis voulu de ne pas avoir été là pour lui tenir compagnie.

J'ai gagné la chambre d'amis à l'arrière de la maison, mon envie de cigarette passée. Je me suis couchée et j'ai fermé les yeux, mais j'avais les pensées trop en ébullition pour pouvoir dormir. Je venais juste de m'assoupir quand j'ai été réveillée par des voix. J'avais le cerveau embrumé, mais je les ai reconnues comme celles de Dom et de Clare. Il m'a semblé entendre cette dernière pleurer. Je suis restée aussi immobile que possible jusqu'à ce que le bruit se calme. Bien qu'ayant les yeux fermés, j'ai senti une présence à ma porte. S'ils avaient été ouverts, j'aurais vu le visage de Dom dans l'entrebâillement, les yeux posés sur moi.

39

Lorsque je me suis réveillée, j'avais les idées assez claires pour savoir que je ne pouvais pas rester dans la maison toute la matinée. Il n'y avait aucun doute sur le fait que Clare et Dom s'étaient disputés la veille au soir, et je ne pouvais qu'imaginer combien ce serait gênant de les voir tous deux au petit déjeuner.

Sortant du lit, j'ai lissé la couette et déversé dessus le contenu de mon sac à dos. Je n'arrivais pas à croire que j'en étais arrivée là : à passer toutes mes nuits hors de chez moi, l'intégralité de mes affaires – dont seulement deux culottes propres – tenant dans un sac à dos. Chose plus préoccupante, je n'avais plus de comprimés de lithium que pour deux ou trois jours. Si je devais sortir de chez Clare pour me procurer quoi que ce soit, je savais qu'il me fallait retourner chez moi me réapprovisionner, même si cela signifiait courir le risque de tomber sur Pete.

Entrouvrant la porte pour jeter un coup d'œil dans le couloir, je me suis demandé si quelqu'un était déjà debout. J'étais gênée à l'idée de voir mes hôtes, l'un comme l'autre, mais il était évident que je ne pouvais pas rester enfermée dans cette chambre à tout jamais.

Attrapant ma trousse de toilette, j'ai vivement traversé le couloir pour aller me brosser les dents dans la salle de bains. Je rêvais de prendre une douche, mais je ne voulais réveiller personne avec les bruits d'eau. Au moins, un bain de bouche à la menthe et une rapide toilette m'ont aidée à me sentir mieux, prête à affronter la journée.

Quoi qu'apporte celle-ci, ai-je songé en me regardant dans le miroir.

Je me suis habillée et suis descendue, m'attendant à être seule, mais Clare était assise au bar, encore en pyjama, les cheveux tirés en un chignon négligé et le visage nu. Je n'arrivais pas à déterminer si elle avait l'air fatiguée, triste, ou si je n'étais tout simplement pas habituée à la voir sans maquillage.

« Seigneur, tu m'as fait peur, ai-je dit en me tenant le cœur. Je pensais que personne d'autre n'était levé.

— Le livreur de journaux l'était avant nous tous, a-t-elle répliqué en poussant un tabloïde dominical à travers le comptoir. Tu ferais mieux de lire. Je crois que c'est ce qu'on appelle un démolissage. »

J'ai retourné le journal et parcouru des yeux la page qu'elle avait laissée ouverte. C'est la photo que j'ai vue en premier : un grand cliché en couleurs de Donna en train de rire, dans un pré. L'image était légèrement pixellisée, comme si la photo était vieille ou avait été trop agrandie. Je la soupçonnais d'avoir été prise des années auparavant, car Donna avait l'air très jeune et heureuse. Les cheveux en queue-de-cheval, un grand sourire un peu niais aux lèvres. Elle n'avait pas l'air d'une femme de banquier : il n'y avait rien en elle de cette *froideur*[1] qui semblait dire : « Vous pouvez admirer mais pas toucher. » Si on cherchait un parfait outil de publicité positive, cette photo n'en était pas loin ; tout ce qui lui manquait était un chiot. Le titre de l'article était simple :... *Mais où a disparu Donna ?* Le texte, lui, était plus compliqué.

Au premier abord, c'était juste une resucée des événements qui avaient précédé et suivi la disparition de Donna. Mais la juxtaposition des photos complémentaires – Martin à un dîner mondain à dix mille dollars l'assiette, Martin sortant de son loft à Spitalfields, l'air fuyant et débraillé – présentait le couple Joy comme un cas de « Belle et la Bête ».

Leur procédure de divorce était mentionnée, mais heureusement ni le cabinet ni moi n'étions cités. Du point de vue de Martin, cependant, Clare avait raison : c'était un démolissage. Soigneusement contrôlé par un avocat, mais un démolissage quand même. L'article n'allait pas jusqu'à accuser ouvertement Martin du moindre méfait, mais il brossait le portrait d'une belle femme bohème et de son impitoyable financier de mari, rappelant au lecteur, par trois fois au moins, que les banquiers enrichis sur le dos des autres étaient responsables du marasme économique mondial et de pratiquement tous les problèmes sociaux depuis. C'était là l'argument de l'article : Martin Joy le méchant banquier contre son adorable et bienveillante épouse, Donna. Une demi-page était consacrée à son travail de bénévole auprès des enfants et des animaux, travail dont je n'avais pas entendu parler auparavant, sans oublier ses dîners de charité et son immense bonté de manière générale.

1. En français dans le texte.

« Il y a un article dans le *Times*, aussi, m'a prévenue Clare d'un ton contrit. Il ne parle pas vraiment de Martin, mais dit le même genre de chose sur Donna en laissant entendre que sa disparition est extrêmement suspecte. »

Je suis allée à l'évier me faire couler un verre d'eau, consciente du regard attentif de Clare posé sur moi.

« Est-ce que tu as déjà parlé à la police de ce que tu t'es rappelé ? » m'a-t-elle demandé.

J'ai secoué la tête, même si je savais que le temps pressait pour Martin. L'attention des médias allait mettre la pression sur la police, qui allait vouloir procéder à une autre arrestation ou au moins donner signe qu'il y avait des développements dans l'enquête.

Seigneur, quelle galère. Ce n'était pas du tout comme ça que je pensais que la journée allait tourner, et il n'était même pas 8 heures du matin. J'ai jeté un coup d'œil à l'escalier derrière moi.

« Où est Dom ?

— Sorti. Courir, je suppose.

— Tout le monde s'est mis à la course, ai-je fait avec un sourire pâle.

— Je doute que Dom soit vraiment en train de courir », a-t-elle répondu d'une voix crispée.

Elle a levé les yeux et j'ai vu quelque chose dans son expression avant qu'elle se détourne pour allumer la bouilloire.

« Tout va bien ? Entre Dom et toi, je veux dire ?

— On a eu une petite prise de bec, hier soir. Désolée si ça t'a réveillée.

— À quel sujet ?

— Ce n'était rien, a-t-elle fait en balayant l'air de la main. On était à bout de nerfs, c'est tout. Personne n'a dit qu'ouvrir un restaurant était facile. »

J'ai fait un pas vers elle.

« Clare, allons, l'ai-je encouragée avec douceur. Tu peux me parler, tu sais.

— Tu as déjà assez de soucis comme ça, a-t-elle répondu en me faisant signe de ne pas insister.

— Clare, je suis ton amie. »

Elle a secoué la tête, réticente à montrer sa faiblesse.

« J'étais juste énervée parce qu'il est rentré tard. Je sais que c'était un samedi soir et qu'il devait travailler, mais j'ai appelé le restaurant à 10 heures et demie et la serveuse à qui j'ai parlé m'a dit qu'il était parti une demi-heure plus tôt. Je voulais juste savoir où il était allé.

— Qu'est-ce qu'il a dit ? ai-je enchaîné, curieuse de savoir à quel point il lui avait menti.

— Que tout ce temps, il avait été dans l'appartement à l'étage, en train de s'occuper de la paperasse. Il m'a accusée d'être fatiguée et grincheuse. »

Elle a esquissé un mince sourire. J'ai hésité avant de reprendre la parole. J'en avais assez de mentir et je détestais voir mon amie dans cet état. Et je voyais bien qu'elle savait que l'excuse de Dom était bidon.

« Clare, j'ai vu Dom dans une voiture, hier soir. Avec une femme. Une blonde que je n'ai pas reconnue. »

Elle a plissé les yeux.

« Quand ça ?

— Un peu après 10 heures. Martin m'a ramenée en voiture. Je me suis arrêtée au Sainsbury's de Salusbury Road. J'ai vu Dom sortir du restaurant. Il est monté dans une voiture garée dans une des rues transversales.

— Comment est-ce que tu sais ça ?

— Je l'ai suivi.

— Ça devient une habitude chez toi, pas vrai ? a-t-elle dit d'un ton acerbe.

— Clare, je ne fais que te raconter ce que j'ai vu.

— Oh, et tu es une source sûre d'information, ces derniers temps, hein ? »

Ses mots m'ont blessée, mais je me suis forcée à rester calme. À sa place, je n'aurais pas voulu entendre ce que j'avais à dire non plus.

« Et après, alors ? m'a-t-elle demandé, les bras croisés. Ils sont partis ensemble en voiture ?

— Au bout d'un moment.

— Au bout d'un moment ? »

J'ai pris une grande inspiration. Je ne voulais pas faire souffrir Clare, mais je ne voulais pas non plus que Dom traite mon amie aussi mal en toute impunité, comme elle l'autorisait à le faire depuis tant d'années.

« Je les ai vus s'embrasser dans la voiture, ai-je fini par répondre.

— Il embrassait cette blonde ? »

Elle a porté la main à sa gorge, dessinant des cercles avec ses doigts comme si elle essayait de forcer manuellement l'air à entrer dans ses poumons.

« Tu en es certaine ?

— Il faisait nuit, mais oui, je pouvais voir à l'intérieur de la voiture.

— Alors qu'il faisait nuit ? »

Je savais qu'elle me testait, alors j'ai marqué un temps pour réfléchir. Je voulais m'assurer de lui dire exactement ce que j'avais vu.

« Tu n'es pas sûre, n'est-ce pas ? a fait Clare avec un rire dans la voix. Tu n'es pas sûre qu'il s'agissait de Dom. Ce n'est peut-être qu'un tas de conneries, tout ça.

— Il y a une possibilité que je me trompe sur ce que j'ai vu, mais je ne pense pas. Je n'ai pas bien vu la femme, mais c'était clairement Dom. »

Elle a serré le poing et l'a abattu sur le comptoir.

« Ne dis pas ce genre de chose à moins d'en être certaine, m'a-t-elle dit d'un ton dur. Ce n'est pas parce que tu es malheureuse et que tu as fait de mauvais choix que tu as le droit de montrer du doigt les relations des autres.

— Je t'ai dit ça parce que je tiens à toi, ai-je répondu doucement. Tu travailles si dur, Clare. Tu entretiens Dom depuis le début pour lui permettre de se consacrer à ses projets, et tu penses l'aider en faisant ça, mais le fait est qu'il t'en veut. Parfois, on ne veut pas voir ce qu'on a sous les yeux et on a besoin que quelqu'un d'autre nous dise la vérité.

— La vérité ? a-t-elle aboyé. Tu devrais jeter un œil à ta propre vie, Fran ! »

Elle a attrapé l'un des journaux pour me l'agiter sous le nez.

« Lis ce que disent les gros titres sur ton nouveau petit ami de rêve.

— S'il te plaît, Clare, j'essaie juste de t'aider. Si tu ne veux pas que je le fasse…

— Quoi ? Tu vas encore t'en aller ? Tu es très forte pour ça, pas vrai ? Et tu ne reviens que quand tu es sur le point de craquer, la queue entre les pattes. »

Je suis restée bouche bée, incapable de croire ce qu'elle était en train de dire.

« Pourquoi est-ce que tu ne vas pas te faire foutre, et retrouver tes nouveaux amis ? a-t-elle ajouté avec mépris. Ils semblent avoir plein de temps à te consacrer – du moins quand ça les arrange.

— Clare, s'il te plaît… »

La férocité de ses paroles me faisait peur.

« Va-t'en », a-t-elle craché en s'essuyant les yeux.

J'ai hoché la tête. Je la connaissais depuis suffisamment longtemps pour savoir qu'elle avait un système de défense automatique. Qu'elle finirait par se calmer, mais que dans l'immédiat, la meilleure chose à faire était de la laisser seule.

« D'accord, ai-je répondu. Mais au moins, réfléchis à ce que je t'ai dit. Interroge le personnel du restaurant, interroge Dom. Demande-toi si tu as la relation de couple que tu veux. »

Elle a croisé les bras, ses yeux pleins de défi brillant de larmes retenues.

« Certaines d'entre nous n'ont pas le choix, a-t-elle répliqué.

— Il y a toujours le choix.

— Pas pour moi, a-t-elle fait en secouant la tête. Je suis enceinte.

— Oh, Clare. »

Je me suis avancée pour la prendre dans mes bras, mais elle m'a repoussée.

« Non ! s'est-elle écriée en reculant, les mains levées devant elle. Laisse-moi tranquille, c'est tout, tu veux bien ? Dégage, va voir Martin et Sophie, et laisse-nous vivre notre vie sans nous juger, putain.

— Clare, je ne voulais pas dire…

— S'il te plaît, a-t-elle insisté en m'indiquant la porte. Va-t'en. »

Alors j'ai fait ce qu'elle s'était clairement toujours attendue à ce que je fasse. Je suis partie.

40

J'ai pris la direction du sud, sans vraiment savoir où j'allais. J'aurais voulu être en colère, me sentir trahie, mais en vérité je comprenais la réaction de Clare. Pourquoi me croirait-elle ? Pourquoi se tournerait-elle vers moi quand les choses allaient de travers ? Elle avait raison, je ne l'avais pas traitée comme une amie, mais comme une parente lointaine, n'apparaissant sur son seuil qu'une fois mes autres options épuisées. Clare m'avait toujours aidée, avait toujours pris soin de moi, et j'avais récompensé sa loyauté en l'ignorant, en gros, chaque fois que les choses allaient bien.

Donc j'étais blessée, mais pas totalement surprise, que Clare ne m'ait pas informée plus tôt de sa grossesse. Depuis Martin, il y avait eu des secrets entre nous – je lui avais certainement caché des choses. Quand nous étions plus jeunes, nous avions toujours échangé des confidences, et partagé l'excitation l'une de l'autre. Je me rappelais le lendemain matin du soir où elle avait rencontré Dom, dans un bar à Islington où ils regardaient un match de Coupe du monde sur grand écran. Elle m'avait raconté comment ils s'étaient embrassés lorsque l'Angleterre avait marqué, puis avaient passé le reste de la soirée collés l'un à l'autre, se retrouvant dans un club de jazz underground à Camden pour enfin retraverser lentement le nord de Londres et terminer, à l'aube, dans la maison de Kentish Town où il habitait en colocation. Seigneur, elle avait eu l'air tellement heureuse, je voyais encore le pétillement dans ses yeux alors que nous discutions de la marche à suivre : fallait-il qu'elle le rappelle, qu'elle attende qu'il le fasse, ou qu'elle orchestre une autre rencontre ? Il s'était trouvé que Dom l'avait rappelée, et ils étaient ensemble depuis ce jour. Peut-être pas heureux pour toujours comme dans un conte de fées, mais il y avait eu une époque où ils étaient tous les deux éperdument amoureux. Clare et moi ne riions plus autant ces jours-ci, et nous ne passions certainement pas des heures à disséquer et à suranalyser nos relations comme autrefois ; mais qui le faisait ?

Et pourtant. Ça me faisait mal de voir combien nous nous étions éloignées l'une de l'autre, juste au moment où Clare avait enfin besoin de moi. Non que je sois le moins du monde une experte dans ce domaine.

J'avais décidé des années plus tôt que je n'aurais jamais d'enfants – ou plutôt, mon trouble bipolaire avait décidé pour moi. Il n'était pas recommandé d'essayer d'avoir un bébé quand on était sous lithium, et je ne voulais pas prendre le risque d'être un jour obligée d'arrêter. Clare, bien sûr, avait partagé ma décision ; ou du moins, elle était restée assise à côté de moi à me tenir la main pendant que je pleurais en tergiversant à voix haute. Je supposais que cela seul devait avoir rendu difficile pour elle de me parler de sa propre grossesse, quand bien même je ne serais pas devenue distante. Mais l'amitié était fondée sur la réciprocité, et je me maudissais de n'avoir même jamais posé la question.

Une idée m'a soudain traversé l'esprit et je me suis arrêtée net, en plein milieu de la route. Maintenant que j'allais emménager avec Martin, le sujet des enfants était quelque chose dont nous allions sans doute devoir discuter.

La panique m'a prise aux tripes. Non parce que je craignais que ma réticence à procréer le dissuade, mais tout le contraire. Brusquement, violemment, j'ai su que je voulais avoir des enfants avec cet homme. J'avais la tête qui tournait et le cerveau en ébullition, assailli de pensées trop nombreuses pour toutes y donner suite. Trouver un médicament de substitution pour mon lithium… Chercher un autre appartement parce que le loft ne conviendrait jamais pour un enfant… Choisir un nom pour ce dernier… Auquel de nous deux ressemblerait-il ?

Notre avenir était prometteur. Tout ce que nous avions à faire pour y accéder, c'était régler le problème de Donna Joy.

Relevant les yeux, j'ai remarqué que j'étais arrivée à Notting Hill, dans Portobello Road, près d'un café où Clare m'avait dit qu'on pouvait trouver des *lattes* à la rose. Prenant chez le marchand de journaux le tabloïde du dimanche que Clare m'avait montré, je suis entrée dans le café et, tout en buvant un des fameux cafés rose pastel, j'ai relu l'article du début à la fin, gagnée de nouveau par la colère. C'était de la presse à scandale dans ce qu'elle avait de pire : comment un journaliste pouvait-il écrire ce genre de choses et garder la conscience tranquille ? Cela me dépassait. Et je savais exactement à qui demander plus de détails : à Jenny Morris, mon ancienne amie de lycée, celle qui avait aidé à me retrouver quand j'avais fugué de chez moi l'été avant d'entrer à l'université.

Jenny avait gravi – ou descendu – les échelons de la société en suivant sensiblement le même chemin que moi : après des débuts dans le même lycée ordinaire du nord de l'Angleterre, nous avions toutes deux cédé aux sirènes de la capitale mais emprunté des embranchements différents pour y parvenir, elle devenant journaliste, et moi me lançant dans une carrière juridique.

Cela faisait des années que je ne l'avais pas vue, mais aux dernières nouvelles, elle travaillait sur la version quotidienne du tabloïde que je tenais entre mes mains.

Lorsque j'ai tapé son nom sur Google, son profil LinkedIn s'est affiché. Elle travaillait toujours au même journal, mais l'intitulé de son poste actuel était « rédactrice en chef adjointe des articles de fond » – une progression par rapport au dernier rôle dont elle m'avait parlé. Le fait qu'elle soit relativement haut placée dans la hiérarchie était à la fois un avantage et un inconvénient. Un avantage dans le sens où elle serait au courant de tout ce qui se passait, et un inconvénient parce qu'elle ne céderait pas gratuitement ces informations, quand bien même elle gardait un bon souvenir de moi. J'ai souri en me rappelant un article qu'elle avait écrit pour la gazette du lycée sur la triche aux examens. Il était explosif, soigneusement documenté et corroboré par une solide enquête au cours de laquelle elle avait acheté un sujet d'examen volé dans un parking mal éclairé. Malheureusement, le proviseur, embarrassé, s'était vengé en déclarant que par cet achat illicite, Jenny elle-même enfreignait le règlement des examens, et il l'avait expulsée. Jenny s'était contentée d'appeler le *Manchester Evening News* et s'était vu commander un article sur la façon dont le système scolaire britannique corrompu bafouait la liberté d'expression.

J'ai trouvé son numéro dans mes contacts et me suis demandé s'il marchait toujours. Je ne l'avais pas utilisé depuis des années. Lorsqu'elle était arrivée à Londres, ayant obtenu un poste dans un journal national, nous nous étions vues cinq ou six fois. Elle avait, bien entendu, toujours le dernier ragot à raconter sur tout et tout le monde, généralement une « véritable histoire » derrière celle que les journaux avaient osé publier, mais nous avions l'une comme l'autre eu de plus en plus de mal à trouver le temps de nous voir et, pour être honnête, à faire abstraction du fait que nos métiers étaient incompatibles. Comment pouvais-je raconter à Jenny une anecdote amusante sur tel ou tel couple en instance de divorce lorsque je savais qu'elle risquait d'apparaître – ou, autant être franche, *allait* apparaître – dans le journal du lendemain ? Rien dans cette situation n'avait changé : au contraire, les événements récents n'avaient fait qu'intensifier le conflit d'intérêts. Mais j'avais cruellement besoin d'entendre une autre perspective sur l'affaire. Je n'avais vu le nom de Jenny sur aucun des articles consacrés à la « Disparition de Donna », mais elle devait en avoir entendu tous les détails dans leurs réunions quotidiennes et, surtout, elle aurait une impression assez précise de la direction que prenait l'enquête de la police. J'avais juste besoin d'éviter d'autres surprises, et Jenny pouvait m'aider à ce niveau-là. Quel serait son prix, c'était la question. J'ai appuyé sur « appeler ».

Jenny est arrivée au café moins d'une heure après. Sa voix au téléphone m'avait été si familière que ce n'est qu'une fois installée à l'attendre que je me suis rendu compte que je n'avais aucune idée des modifications qu'elle avait dû apporter à son emploi du temps pour pouvoir venir à Notting Hill un dimanche matin. Avait-elle dû annuler un brunch avec un compagnon ? Renoncer à regarder un fils faire du foot depuis le bord du terrain ? Je ne savais même pas où elle habitait. Mais mon instinct ne s'était pas trompé : la journaliste en elle n'avait pas pu laisser passer l'occasion de rencontrer quelqu'un qui était impliqué dans l'affaire de disparition la plus médiatisée depuis des années. Et puis elle est arrivée, avançant d'un pas assuré entre les tables, les bras écartés.

« Salut, la revenante ! Comment ça va ? » a-t-elle dit avec un grand sourire, en me serrant fort dans ses bras lorsque je me suis levée pour l'accueillir.

Elle était plus corpulente que dans mon souvenir et avait le visage plus rond, mais cela ne faisait que rendre son sourire encore plus éclatant et chaleureux. Le charisme : c'était ce qui avait permis à Jenny d'arriver là où elle était. Les gens l'appréciaient immédiatement et avaient envie de lui raconter des choses – puis lui pardonnaient quand elle les répétait à l'écrit. Je savais que je devais garder cette idée en tête.

« Ça va. Et je suis contente d'avoir une excuse pour reprendre contact », ai-je répondu.

Et c'était vrai. J'étais surprise de découvrir combien elle m'avait manqué. Peut-être était-ce simplement rassurant de revoir quelqu'un de sa jeunesse, un lien avec une époque où tout était plus simple ; ou peut-être était-ce parce qu'elle m'avait connue lorsque nous avions l'une comme l'autre tout à prouver et rien à perdre.

« Je suis désolée de t'avoir forcée à sortir comme ça, ai-je dit alors qu'elle s'asseyait et faisait signe à la serveuse pour demander un café.

— Je n'habite pas si loin, à Kilburn. Et puis le rédacteur en chef est obsédé par Donna Joy. En fait, nous le sommes tous, comme tu l'as peut-être remarqué, a-t-elle ajouté avec un rire en tapotant le journal posé sur la table devant moi. Rien de tel qu'une disparition pour vendre des journaux, surtout quand la disparue est magnifique et mariée à la version contemporaine de Barbe-Bleue. »

J'ai souri, cachant le fait qu'elle décrivait l'homme dont je voulais faire le père de mes enfants.

« Donc tu es son avocate, a-t-elle repris alors qu'on lui apportait son café.

— De divorce, oui.

— Je ne dois plus être la journaliste que j'étais. Si j'avais su ça, je t'aurais téléphoné quand la police nous a dit qu'elle s'apprêtait à arrêter Martin Joy.

— Vraiment ? »

Elle m'a rendu mon sourire. Nous savions toutes les deux que la réponse était oui, mais seulement si ça avait servi le journal et l'article. Ça n'aurait pas été un appel de courtoisie ; au mieux, elle m'aurait appelée pour voir si elle pouvait m'arracher une réaction citable, juste avant que le journal parte à l'impression, afin que sa « victime » n'ait pas le temps d'obtenir une injonction.

« Alors, je suis obligée de poser la question : est-ce que tu crois que Martin Joy serait disposé à nous accorder une interview ? »

Je me suis autorisé un autre sourire en consultant ma montre.

« Deux minutes. Je me demandais combien de temps il te faudrait pour poser la question. »

Jenny a éclaté de rire et je n'ai pas pu m'empêcher de me joindre à elle. Elle était sans vergogne, mais au moins on savait à quoi s'en tenir avec elle, et ce n'était pas quelque chose qu'on pouvait dire de beaucoup des gens à qui j'avais affaire en ce moment.

« Allez, qu'est-ce que tu en dis ? a-t-elle insisté. Je suis rédactrice adjointe depuis si longtemps. Et je ne fais pas partie du cercle des camarades d'Oxbridge du rédacteur en chef, alors j'ai besoin de mettre quelque chose de juteux sur la table si je veux remporter une promotion. »

Je l'ai regardée, sachant que le donnant, donnant était de mise dans ce genre de situation ; que les informations y étaient échangées comme des marchandises sur un marché médiéval.

« Je ne suis pas sûre qu'il veuille parler, ai-je répondu comme si cela venait juste de me traverser l'esprit. Mais je peux toujours lui poser la question. Il n'a rien à voir avec la disparition de Donna, et aura peut-être envie de remettre les choses au point après le démolissage auquel il a eu droit dans votre journal ce matin.

— C'est l'édition du dimanche, a-t-elle précisé. Même nom et même propriétaire, mais une équipe complètement différente. Et je peux te dire que mon rédacteur en chef n'est pas content que l'édition du dimanche ait publié son article sur Martin Joy la première.

— Eh bien, peut-être qu'il retrouvera le sourire quand j'aurai persuadé Martin de te parler à la place. »

À la différence de l'inspecteur Doyle, Jenny connaissait certainement le sens de l'expression *quid pro quo* : elle a compris que c'était à son tour d'offrir quelque chose.

« Alors, pourquoi est-ce que tu voulais me voir ? m'a-t-elle demandé en me regardant d'un œil perspicace.

— Pour te poser une question très simple, en fait : où est-elle ? Qu'est-il arrivé à Donna Joy ? Rien n'aidera davantage mon client – et mon cabinet – que de la retrouver et d'absoudre son époux une bonne fois pour toutes.

— Je comprends bien. Mais je suis dans les articles de fond, pas l'actualité. Pourquoi est-ce que tu me demandes à moi ?

— Parce que tu es la meilleure, ai-je répondu avec sincérité. Tu m'as retrouvée dans un studio à Fallowfield alors que personne d'autre n'avait la moindre idée d'où j'étais ; et, comme tu le dis toi-même, on dirait que ton patron a besoin qu'on lui rappelle ce que tu vaux.

— La flatterie te mènera loin, a-t-elle répliqué en souriant.

— Sérieusement, Jen, je suis sûre que tu sais ce que pense la police. Tu as toujours su te tenir au courant. Même au lycée, tu savais quels profs avaient des liaisons.

— Comme je te l'ai dit, le rédacteur en chef est furieux que l'édition du dimanche ait publié son article. On a quelque chose de bien mieux sur le feu, mais il faut que l'équipe juridique le passe soigneusement en revue. L'édition du dimanche a choisi de publier quelque chose de plus léger – comme tu l'as probablement vu, il n'y a que des insinuations, aucun fait –, mais elle nous a quand même coupé l'herbe sous le pied, et ça va être difficile de faire paraître autre chose sur le sujet cette semaine.

— Alors, c'est quoi, ce "quelque chose de bien mieux" ? » ai-je insisté.

Elle a lentement secoué la tête.

« Fran, je ne suis pas stupide. Tu es son avocate. Si je te révèle quoi que ce soit, ton équipe se pointera avec une injonction dès demain matin.

— Jen, c'est important pour moi. D'amie à amie, dis-le-moi.

— Est-ce que tu peux m'obtenir une interview avec Martin Joy ? »

C'était Jen la journaliste implacable, pas ma vieille amie de lycée, mais je ne pouvais pas lui en vouloir pour ça.

« Il fera tout ce que je lui dis de faire, ai-je répondu.

— Vraiment ? a-t-elle fait en haussant un sourcil inquisiteur. En d'autres circonstances, je serais peut-être jalouse de toi. Martin Joy est plutôt beau gosse. »

J'ai hoché la tête avec impatience.

« Alors, cet article ? »

Elle a fait tomber un morceau de sucre dans son café et l'a remué lentement.

« La police ne dit pas officiellement que Martin Joy a tué sa femme, mais c'est ce qu'elle croit. Elle a des tonnes d'éléments sur ce type. Et nous aussi. »

J'ai senti une boule se former dans ma gorge.

« Genre quoi ?

— Nos collègues à la section finance disent que c'est un trader impitoyable, complètement dénué d'empathie. Et c'est également un tyran au bureau. Une secrétaire qui travaillait là-bas a raconté qu'une fois, il l'avait prise à la gorge. Juste parce qu'elle avait raccroché au nez de quelqu'un en essayant de transférer un appel. Et il a tellement persécuté une autre employée qu'elle en a fait une fausse couche. Du moins, c'est ce qu'elle dit. »

J'avais envie de vomir, mais je ne pouvais pas le lui montrer. Pour lui cacher le tremblement qui m'agitait, j'ai balayé ces allégations d'un geste de la main.

« Ce ne sont que des ouï-dire, Jenny. Pas beaucoup mieux que les rumeurs infondées que l'édition du dimanche a publiées. Et de toute façon, ça ne veut pas dire que Martin Joy a joué le moindre rôle dans la disparition de sa femme.

— Peut-être, a-t-elle concédé. Mais la police a aussi trouvé le journal secret de Donna. Elle avait peur, Fran, dans les semaines précédant le divorce. Martin avait proféré des menaces à son encontre, pour la dissuader de revendiquer une part de la société. Il lui avait dit que si elle essayait, il ferait de sa vie un enfer. »

De nouveau, j'ai fait de mon mieux pour avoir l'air sceptique.

« Ça ressemble aux chicanes malsaines qu'ont tous les couples quand ils se séparent. C'est le genre de choses que j'ai déjà entendues cent fois. »

J'avais conscience de commencer à avoir l'air sur la défensive. Or, Jenny était intelligente, intuitive. Je ne voulais pas qu'elle suspecte ma relation avec Martin d'être autre que purement professionnelle.

« Mais si Donna meurt avant que le moindre accord financier ait été mis en place, Martin Joy garde l'intégralité de ses intérêts dans la société, n'est-ce pas ? De son argent, de ses capitaux, de tout. Tu es avocate, tu sais tout ça. C'est un homme impitoyable qui ne vit que pour sa société. En plus, il n'a pas que le mobile, il a aussi eu l'opportunité. On a enfin trouvé trace de lui sur des enregistrements de caméras de sécurité, en train de traverser Londres à 2 heures du matin. Mais qu'est-ce qu'il a fait entre le moment où il est arrivé chez elle et cette heure-là ? Et quand bien même il ne l'aurait pas tuée et ne se serait pas débarrassé du corps lui-même : c'est un homme riche qui a des contacts dans le milieu criminel. On nous a rapporté qu'un de ses partenaires d'affaires avait fini à l'hôpital à cause d'une histoire de délit d'initié qui avait mal tourné. »

J'ai gardé une expression neutre.

« Mais si Donna avait si peur de lui, pourquoi est-ce qu'elle a accepté de dîner avec lui le soir où elle a disparu ? »

Jenny a haussé les épaules.

« Joy est un charmeur, non ? La plupart des psychopathes le sont. »

J'aurais dû être plus perturbée par ce déluge de propagande anti-Martin, mais je me suis surprise à traiter la situation en professionnelle, digérant toutes les informations et étudiant la situation sous tous les angles pour m'en faire une idée. Et même si je savais manquer clairement d'objectivité en croyant Martin innocent, je restais dubitative face à ces témoignages peu convaincants, et à l'idée que Martin Joy était un psychopathe. J'avais vu la façon dont Donna l'avait regardé ce soir-là au restaurant. C'était elle qui avait eu un sourire de séductrice, pas lui. Mais je savais que Jenny m'observait, attendant une réaction.

« Ça m'a l'air d'un tas de conneries, tout ça, ai-je dit, et elle s'est mise à rire.

— Pourquoi est-ce qu'on n'a pas gardé contact, Fran ? Tu m'as manqué.

— Je ne sais pas, ai-je répondu. Je suppose qu'on s'est laissé obnubiler par notre travail.

— Deux filles du Nord qui se sont hissées dans les rangs londoniens à la force du poignet et ont fini par se retrouver, après des années sans se voir, pour parler de leur vie au contact du crime. »

Je l'ai regardée d'un air cynique.

« On aurait dû rester à Accrington et prendre un boulot à la banque, c'est ça que tu es en train de dire ?

— Je suis en train de dire que pour mon prochain boulot, j'essaierai peut-être d'être la correspondante spécialiste des thés de 16 heures pour *Country Life*, a répliqué Jenny en souriant par-dessus son verre de café.

— Une vie plus simple », ai-je conclu en hochant distraitement la tête.

Mon téléphone a commencé à sonner. C'était un numéro inconnu, alors je me suis excusée et me suis levée de table pour prendre l'appel.

Je n'ai reconnu la voix de l'inspecteur Michael Doyle que lorsqu'il s'est présenté.

« Désolé de vous déranger un dimanche, madame Day, mais pouvons-nous convenir d'un moment approprié pour venir vous parler ?

— On ne peut pas avoir cette conversation au téléphone ? ai-je demandé.

— Je crois qu'il vaut mieux que nous l'ayons face à face, a-t-il répondu d'un ton nettement plus ferme que lors de notre rencontre précédente.

— Je ne suis pas chez moi en ce moment, ai-je dit en sentant ma bouche commencer à s'assécher. Puis-je savoir de quoi il s'agit ?

— Passez simplement au commissariat, alors », a-t-il dit.

Et j'ai su à cet instant précis que la situation était en train de m'échapper complètement.

41

L'inspecteur Doyle avait l'air aussi peu ravi que moi de se trouver au commissariat un dimanche midi.

« Alors, Pete Carroll, votre voisin du dessous, est venu nous voir ce matin, m'a-t-il annoncé en prenant une gorgée d'un gobelet de café qui paraissait gris et froid. Il nous a dit que la nuit où Donna Joy a été vue pour la dernière fois, vous êtes arrivée chez vous au petit matin, en proie à une vive émotion, avec du sang sur vous, en disant que Martin Joy, votre petit ami, avait retrouvé sa femme et que cela vous avait contrariée. »

Pete Carroll. Un nœud de haine s'est formé dans mon estomac à sa pensée. J'avais su à quel point il était ignoble et manipulateur, mais je n'avais pas réalisé qu'il mettrait ses menaces à exécution si rapidement. La gorge serrée d'émotion, je me suis repassé ma rencontre avec lui, encore et encore. Je lui avais très clairement indiqué qu'il ne m'intéressait pas romantiquement, mais j'avais essayé de ne pas trop l'agiter. Je m'étais dit que c'était la meilleure façon de gérer la situation, mais je m'étais manifestement trompée.

Doyle m'a rendu mon regard comme s'il attendait que je dise quelque chose, mais j'ai choisi de garder le silence. Moins de deux minutes après m'être assise en face de lui, j'avais su quel genre de conversation ça allait être. Je m'y connaissais assez en droit pénal pour savoir que tout ce que je disais pouvait être retenu contre moi.

« Vous êtes également consciente que M. Joy possède une propriété sur Dorsea Island, dans l'Essex. Je crois que vous y êtes allée. »

Encore une fois, je n'ai pas répondu.

« Nous avons questionné le gérant du Anchor Club sur l'île, et il nous a dit que vous étiez passés dans son établissement, ensemble, cinq jours après que Donna a été vue pour la dernière fois. »

Il a jeté son gobelet de café vide à la poubelle et m'a regardée.

« Nous aimerions prendre vos empreintes digitales et prélever quelques autres échantillons, si cela ne vous dérange pas.

— Mes empreintes digitales ? Pour quoi faire ? ai-je dit, prise de vertige. Je ne veux pas vous donner mes empreintes.

— Alors nous allons devoir vous arrêter », a-t-il répliqué d'un ton neutre.

La seule personne à qui je voulais parler était Tom Briscoe. Je n'avais plus rien à faire de notre rivalité passée. Il était simplement le seul à qui je faisais confiance.

Il est arrivé moins de quarante minutes après – je ne savais vraiment pas comment il avait fait pour venir de Highgate aussi vite, et je me suis même laissée aller à la pensée malicieuse qu'il arrivait directement du lit d'une fille habitant Belgravia. Peut-être la personne qu'il avait emmenée voir la pièce de son frère.

« J'ai pensé que tu aurais peut-être besoin de ça », m'a-t-il dit en me tendant un gobelet Starbucks devant le commissariat.

Je ne l'avais pratiquement jamais vu habillé autrement qu'en costume, mais là il portait un jean, un polo et une veste Harrington beige. Il me faisait penser à un professeur d'université – ou du moins sa version hollywoodienne.

« Qu'est-ce que c'est que ça ? ai-je demandé en goûtant le liquide douceâtre.

— Une boisson de fille. »

Il m'a fait un grand sourire, et, pendant quelques instants, ça m'a remonté le moral.

« L'inspecteur qui s'occupe de l'affaire m'a laissée sortir pour t'appeler, mais il me traite comme une criminelle. »

J'ai senti une crispation douloureuse naître dans ma poitrine et j'ai levé la main pour me frotter le sternum.

« Tu n'es ici que pour répondre à des questions, a-t-il dit en me tapotant gentiment l'épaule. Tu es libre d'aller et venir à ta guise.

— Mais si je réponds honnêtement à ses questions, les choses vont mal se présenter, pour moi. »

Je savais que je devais tout lui raconter. Toute la vérité – ou ce dont j'arrivais à me souvenir –, sans fard, sur ma liaison avec Martin, la nuit de la disparition de Donna, notre excursion à Dorsea Island et mes mensonges ultérieurs à la police.

« Qu'est-ce que tu dis d'entrer pour trouver une salle de réunion ? » a-t-il proposé, laissant le professionnel en lui prendre le contrôle des opérations.

J'ai secoué la tête, prise de la crainte paranoïaque qu'il y ait des micros cachés dans le commissariat.

« On ne peut pas rester ici ? » ai-je demandé, en m'asseyant sur un muret et en crispant les doigts sur mon gobelet.

J'ai jeté un coup d'œil autour de moi, à l'affût d'une caméra de surveillance ou d'oreilles indiscrètes, mais il régnait une tranquillité dominicale dans la rue. Commençant rapidement à battre le trottoir d'un pied nerveux, j'ai ouvert la bouche pour parler mais il m'a prise de vitesse.

« Est-ce que tu as vu Martin depuis son arrestation ?

— Oui.

— Est-ce que tu entretiens encore une relation avec lui ? »

J'ai hoché la tête puis évité son regard, me demandant ce que mon collègue devait penser de moi.

« Tom, je les ai suivis jusqu'à chez Donna. Je me rappelle avoir vu Martin partir, et Donna le regarder s'en aller par la fenêtre, mais c'est tout. Le témoignage de Pete, comme quoi je suis arrivée chez moi en état de choc, m'incrimine. Ça va détruire ma vie, ma carrière.

— Fran, ne t'emballe pas, m'a-t-il dit d'un ton rassurant. Ils n'ont toujours pas trouvé de corps. Sans corps, ça va être presque impossible d'obtenir une condamnation. Et en ce moment, ils ont besoin d'être sûrs qu'ils en obtiendront une.

— Évidemment. Ils veulent faire leur boulot.

— Tu te rappelles l'affaire Rachel Miles, l'année dernière ? Toute une série d'hommes ont été arrêtés après qu'on a trouvé son corps dans Leas Wood. Au bout du compte, il s'est avéré que c'était son patron qui l'avait tuée – quelqu'un qu'ils avaient à peine interrogé. Ils ont trouvé leur coupable, mais ça leur a attiré tellement de mauvaise presse, ainsi que deux procès pour arrestation arbitraire... Ils ne vont pas vouloir refaire cette erreur.

— Donc tu ne penses pas que je vais être arrêtée ? »

Ma première lueur d'espoir dans cette journée déprimante.

« Parce qu'un cinglé a témoigné que tu avais déchiré ton collant dans un taxi ? Ça m'étonnerait. »

J'ai hoché la tête ; je voulais vraiment le croire, mais j'avais du mal.

« On va arranger ça, Fran, fais-moi confiance. Je ne laisserai rien arriver à une amie ou à une cliente. »

« Donc, laissez-moi récapituler », a fait Doyle en reprenant le cours de notre entretien dans l'atmosphère confinée de la salle d'interrogatoire. La moquette sous mes pieds était collante. « Vous êtes l'avocate plaidante qui a été saisie du dossier de divorce de M. Joy. Vous avez entamé une liaison avec lui, et le soir où Donna Joy a été vue pour la dernière fois, vous l'avez suivie depuis son atelier jusqu'à un restaurant où elle a retrouvé son mari. Puis vous les avez suivis jusqu'à chez elle, et avez fini par arriver à 2 heures du matin chez vous, où la porte vous a été ouverte par Pete Carroll, qui rapporte que vous étiez meurtrie et en sang.

— Je n'étais pas meurtrie et en sang, ai-je rectifié, déterminée à ne pas me laisser faire. J'ai dû tomber et déchirer mon collant. J'avais une légère entaille, mais c'est à peu près tout. »

Doyle n'a pas eu l'air convaincu.

« Étiez-vous jalouse que M. et Mme Joy aient renoué ?

— Je ne dirais pas qu'ils avaient renoué. J'ai trouvé étrange, c'est vrai, que Martin aille chez elle, mais c'est un peu court pour conclure qu'ils avaient renoncé à divorcer.

— Une serveuse au Walton Arms dit qu'elle se rappelle avoir vu une femme passer la soirée assise près de la fenêtre. Toute seule. Nous pensons que cette personne était vous.

— J'y ai passé un moment, c'est vrai. J'attendais de voir combien de temps Martin allait rester.

— Mais vous ne vous rappelez pas l'avoir vu repartir ? »

Chacune de ses questions ressemblait à une énonciation brutale de ma culpabilité.

« Si. Il était tard. Je ne me souviens pas de l'heure exacte, mais c'était après la fermeture du pub. Je me rappelle avoir regardé Martin sortir de la maison, puis avoir vu Donna à la fenêtre.

— Ni l'un ni l'autre n'ont remarqué votre présence ?

— Non.

— Martin Joy dit qu'il a quitté la maison de Chelsea vers minuit. Pete Carroll dit que vous êtes arrivée chez vous vers 2 heures du matin. Ça fait deux heures pleines. Qu'est-ce que vous avez fait pendant tout ce temps ?

— J'avais un peu trop bu, donc je ne me rappelle pas vraiment. Évidemment, ça prend un certain temps d'aller de Chelsea à Islington.

— Est-ce que vous êtes allée voir Donna Joy ?

— Non. »

Doyle a poussé un petit soupir désapprobateur.

« Madame Day, c'est difficile de savoir ce qu'il faut croire dans vos déclarations. Nous avons une déposition, prise par mon collègue Rob Collins il y a six jours, où vous affirmez vous être rendue à l'atelier de Mme Joy, mais être rentrée chez vous quand vous avez vu qu'elle n'était pas là.

— J'étais gênée. Je me protégeais.

— De quoi ?

— Du risque de sembler coupable de quelque chose.

— Donc vous ne vouliez pas avoir l'air coupable. »

Je n'en revenais pas de m'être laissé piéger si facilement.

Tom Briscoe a retroussé ses manches et regardé Doyle.

« Francine est ici pour répondre à toute question que vous pourriez avoir, et elle s'est montrée honnête et coopérative. Nous pouvons partir à tout moment, mais nous souhaitons vous aider autant que possible.

— Alors nous aimerions jeter un coup d'œil à votre appartement, a répliqué Doyle en fixant les yeux sur moi.

— Pourquoi ? ai-je demandé, incapable de masquer la panique que je ressentais.

— Je crains que nous soyons obligés de mettre un terme à cet entretien, a fait Tom en se levant. Vous êtes en terrain très glissant, inspecteur Doyle.

Il n'y a rien qui indique que Mme Day ait commis le moindre délit. Et vous n'avez pas non plus fourni la moindre preuve que la disparition de Donna Joy soit due à autre chose qu'au souhait d'une femme malheureuse de fuir sa cage dorée et la honte d'un divorce en s'éclipsant temporairement. »

Il a marqué un temps, comme s'il était à l'Old Bailey, sur le point de conclure son plaidoyer. « Ce n'est pas à moi de vous dire comment faire votre travail, inspecteur, mais nous savons tous que vous avez déjà mis une personne en garde à vue et été obligé de la relâcher sans l'inculper. Vous allez vraiment passer pour impulsif si vous recommencez. De plus, le vrai délit dans cette histoire, c'est que Pete Carroll exploite le fait d'avoir ouvert la porte à Mme Day cette nuit-là ; qu'il ait décidé de la faire chanter pour obtenir d'elle des faveurs sexuelles, menaçant d'utiliser les informations qu'il avait sur elle si elle refusait d'obtempérer. Il va falloir que je détermine avec ma cliente si nous allons signaler cette agression sexuelle. Je crois qu'au vu des circonstances, elle a besoin d'être traitée avec tact et respect, et non avec ce déluge de sous-entendus préjudiciables. »

J'ai crispé le poing. Je voulais crier : *Allez-y, fouillez mon appartement. Je n'ai rien à cacher.* Mais Doyle a détourné les yeux de Tom pour me regarder et a simplement hoché la tête.

« Nous vous recontacterons demain, a-t-il déclaré en refermant son calepin et en éteignant son magnétophone. Restez dans le coin, madame Day. Restez dans le coin. »

Il était 18 heures passées lorsque nous sommes enfin ressortis dans Buckingham Palace Road. Dès que je suis arrivée dehors, j'ai pris de grandes bouffées d'air. J'étais quelqu'un qui avait besoin de contrôle sur sa vie, mais je me sentais complètement impuissante. À cet instant, Tom Briscoe me faisait l'effet du seul filet de sécurité que j'avais, alors j'ai tendu la main pour agripper la sienne, la serrant aussi fort que je pouvais.

« Ça va aller », m'a-t-il dit sans chercher à éviter mon contact.

J'ai rapidement relâché sa main et me suis tournée vers lui.

« J'aurais dû leur dire de fouiller mon appartement si ça leur fait plaisir, ai-je dit en secouant la tête avec frustration.

— Cela n'aurait pas amélioré ta situation, a-t-il répondu prudemment.

— Alors qu'est-ce qui peut le faire ?

— On y travaille », a-t-il répliqué en heurtant légèrement mon épaule de la sienne alors que nous avancions côte à côte.

En d'autres termes, il ne savait pas plus que moi la réponse à cette question.

« Tu as envie de manger un morceau ? m'a-t-il demandé.

— J'ai perdu l'appétit.

— C'est généralement l'effet que font les commissariats.

— Ça te manque ? Le droit pénal, je veux dire. Défendre des criminels.

— Tu n'es pas une criminelle.

— Tu as été bon, tout à l'heure. »

Il a esquissé un sourire et j'ai cru qu'il allait en tirer une plaisanterie, mais il ne l'a pas fait.

« Oui, ça me manque. C'est ce que j'ai toujours voulu faire. Quand j'étais jeune, tous les samedis, j'allais à la librairie de Windsor m'acheter un roman policier. Je lisais tout ce qui me passait sous la main, de Sherlock Holmes à Ian Rankin. C'était ma dose hebdomadaire d'énigmes à résoudre. Mes parents ne voulaient pas que j'entre dans la police, alors je suis devenu avocat.

— Et pourquoi avocat de la défense ? ai-je demandé, imaginant un jeune Tom Briscoe portant la queue-de-pie des élèves d'Eton, le nez dans un vieux livre de poche quelque part à l'ombre au bord de la Tamise.

— Parce que dans les livres, les méchants étaient toujours les personnages les plus intéressants. »

Il a souri, puis ajouté :

« Et parce que parfois, l'accusé n'est pas le méchant.

— Tu n'aurais pas dû laisser l'affaire Nathan Adams te décourager de faire quelque chose que tu aimais tant.

— Non, a-t-il répondu doucement.

— Je suis sérieuse, Tom. »

Il a regardé droit devant lui, dans le crépuscule.

« C'est vrai, j'aimais ça. Même si on me demandait tout le temps : comment est-ce que tu peux faire ça ? Comment est-ce que tu peux travailler pour la défense ? Je donnais toujours la même réponse. À ma famille, à mes amis, aux gens curieux que je rencontrais en soirée. Je le faisais parce que j'avais foi en notre système judiciaire. Parce que ce n'était pas à moi de décider si quelqu'un était coupable ou non. »

Il a hésité avant de continuer. « Mais je n'oublierai jamais le moment où Suzie Willis s'est approchée de moi à la sortie du tribunal, après qu'Adams a été jugé innocent. Après que je l'ai fait acquitter. Elle avait les yeux rouges d'avoir pleuré. Elle tremblait. Pas de colère, de frustration ou d'un sentiment d'injustice. Mais de peur. Elle était avec son avocate, qui s'est tournée vers moi en disant : "On va juste devoir attendre la prochaine fois." Et elle avait raison. Adams a fini par être jugé coupable, mais cette fois, il n'avait pas juste été violent avec sa petite amie, il l'avait assassinée. Et je m'en suis senti responsable. »

Sa voix s'est brisée sous le coup de l'émotion, et ç'a été à mon tour de poser une main rassurante sur son bras ; mais il a mis la main dans sa poche pour se dégager discrètement de mon étreinte.

« Tu veux que je te dépose quelque part ? » m'a-t-il demandé d'une voix brusque.

Je me suis rendu compte que nous étions arrivés devant sa voiture. Je n'ai pas répondu immédiatement, ne sachant plus où je pouvais aller pour me sentir chez moi, en sécurité et bienvenue.

« J'ai une chambre d'amis, si tu ne veux pas retourner à ton appartement. Tu devras la partager avec mon équipement de squash, mais je viens d'acheter une nouvelle machine à café Heston Blumenthal, et tu peux être la première à tester mes *macchiatos*. »

Je devais admettre que l'idée n'était pas rebutante.

J'étais convaincue depuis longtemps que le cours de nos vies était déterminé par nos choix, pas par le destin, et à cet instant, je me suis demandé si je n'aurais pas dû en faire de meilleurs. Peut-être que si j'avais choisi Tom Briscoe, je ne me serais pas retrouvée au commissariat un dimanche après-midi, menacée d'arrestation en lien avec la disparition de la femme de mon amant.

Non. Une vie avec Tom Briscoe, ou quelqu'un comme lui, aurait probablement eu un rythme rassurant : pas de moments d'intense excitation, mais une appréciation mutuelle des compétences et des talents de l'autre, et un quotidien satisfaisant.

Non que Tom ait jamais manifesté le moindre intérêt romantique envers moi, m'a rappelé une voix dans ma tête.

« C'est tentant, surtout le café de snob, mais ça va aller, ai-je répondu en me sortant de ma rêverie. Je t'ai déjà beaucoup trop dérangé.

— Ce n'est vraiment pas un problème.

— Je ferais mieux de rentrer chez moi. J'ai vu la police. Pete Carroll ne peut plus me faire chanter. »

Tom a secoué la tête.

« Tu aurais dû me dire pour ce Carroll. J'aurais pu faire quelque chose. »

J'ai haussé un sourcil.

« Comme quoi ? Lui sauter dessus à l'arrêt de bus ? Tu sais aussi bien que moi qu'on ne peut rien faire. Je ne peux pas obtenir d'injonction ou d'ordonnance restrictive contre lui. Je ne suis pas sa petite amie, et il n'a jamais été inculpé de quoi que ce soit, ni même arrêté.

— Il y a des choses qu'on peut faire, Fran. Tu le sais. »

J'ai secoué la tête pour raffermir ma détermination.

« Je ferais mieux de rentrer chez moi. Pete Carroll n'est pas le problème le plus important que j'aie à gérer en ce moment. »

Je suis montée côté passager et Tom a entrepris de traverser Londres en me distrayant avec des potins en provenance du cabinet. Le projet de fusion avec Sussex Court était désormais connu de tous. Tom estimait que c'était une stratégie judicieuse. S'il avait le moindre avis sur la possibilité que ma réputation entachée compromette cette fusion, il ne m'en a pas fait part.

Lorsque mon estomac a gargouillé, se faisant entendre par-dessus la musique légère diffusée en stéréo, il s'est arrêté chez un vendeur de kebab près de chez moi, revenant avec deux burgers au poulet et des cannettes de Coca.

Il a arrêté la voiture dans une rue transversale et j'ai ouvert la boîte en polystyrène qui était sur mes genoux, me léchant les doigts pour éviter de mettre du gras et des miettes sur mon siège.

« On est la classe incarnée, pas vrai ? ai-je demandé avec un grand sourire en sentant une goutte de ketchup couler sur mon menton.

— C'est ce que j'aime à croire, a-t-il répliqué en ouvrant sa cannette avec un chuintement.

— C'est bon, ce truc, ai-je soupiré, réalisant combien j'avais faim. Quand tu seras conseiller de la reine, promets-moi que tu continueras d'aller au kebab du coin.

— Quand on sera nommés, je t'emmènerai fêter ça au Kebab Kid de Parsons Green. Ils font les meilleurs chawarmas au poulet de Londres. »

Je n'ai pas répondu. Nous avons laissé le silence s'installer entre nous, ne voulant pas dire tout haut ce que nous pensions tous les deux : que j'aurais déjà de la chance si j'évitais la prison.

« Merci d'être un si bon ami.

— Et dire que tu ne m'as jamais aimé avant, a-t-il répliqué sur le ton de la réprimande.

— Je ne t'ai jamais *pas* aimé.

— Allons, je sais que tu me prenais pour un branleur prétentieux.

— Ce n'est pas vrai.

— Bien sûr que si, a-t-il insisté en souriant. C'est pour ça que je t'ai évitée pendant presque toute notre première année au cabinet.

— Tu m'évitais parce que tu me trouvais bizarre.

— Pas bizarre. Cool. Trop cool, en fait. Je me rappelle le jour où je suis arrivé à Burgess Court. J'avais mon costume neuf, ma toge neuve, ma nouvelle coupe. Je me croyais tellement génial. Et puis je t'ai rencontrée. Et je me suis rendu compte que j'étais juste cet intello d'école privée qui ne savait rien de la vraie vie. Si je t'ai évitée, c'est parce que tu étais tellement branchée et intelligente que j'étais un peu intimidé par toi.

— Les gens ne cessent jamais de vous surprendre, ai-je murmuré en souriant.

— C'est pour ça que j'ai arrêté de les juger il y a bien longtemps. »

Il est arrivé devant chez moi et je lui ai dit de se garer dans une rue voisine, ne voulant pas qu'on me voie sortir de la voiture.

« Tu es sûre que ça va ? » m'a demandé Tom.

J'ai senti un autre frisson de panique en me demandant si Pete Carroll pouvait m'apercevoir.

« Ça ne te dérange pas de me raccompagner jusqu'à ma porte, hein ? »

Il a hoché la tête comme s'il comprenait.

Ça m'a fait bizarre de revenir dans mon appartement. Il y régnait déjà un peu l'odeur de renfermé des lieux inhabités. En allumant la lumière, j'ai vu le sac-poubelle où j'avais mis mon drap. Je me suis retournée vers la porte pour la fermer à double tour.

« Allons, pourquoi est-ce que tu ne prends pas quelques affaires pour venir dormir chez moi ? » a insisté Tom en voyant ma grande nervosité.

Je savais combien il serait facile d'attraper d'autres comprimés de lithium, de remplir une valise de vêtements et de repartir avec lui, mais j'étais fatiguée, si fatiguée. Je voulais juste arrêter de fuir.

« Je déteste savoir que Pete Carroll est là en bas. Je déteste, ai-je chuchoté. Mais je bouge depuis mardi, Tom. Je ne peux pas continuer comme ça. Et puis Pete n'a plus rien pour me faire chanter.

— Je pense que tu devrais faire une déposition officielle au commissariat », a-t-il fini par dire.

Je n'ai pas répondu.

« Ce n'est pas trop tard, Fran. Mais il y a certaines choses à faire. Ne lave pas tes draps. Conserve toutes les preuves que tu penses avoir. »

J'ai jeté un autre coup d'œil au sac-poubelle et j'ai eu envie de vomir. Je voulais que Pete Carroll soit puni, mais je n'étais pas sûre d'être assez forte pour faire face au traumatisme de dénoncer une agression sexuelle.

« Est-ce que je peux juste ne penser à rien pendant un petit moment ? ai-je demandé en serrant violemment les mains.

— Je vais te faire un café », a-t-il répondu.

Alors qu'il se dirigeait vers ma minuscule kitchenette pour sortir deux mugs à rayures du placard, j'ai été profondément triste de ne pas l'avoir accompagné voir la pièce à Hampstead. Il y avait des gens bien dans le monde. Des gens à qui on pouvait faire confiance.

42

Dans mon rêve, je me noie. L'eau monte jusqu'à ma bouche puis me coule dans la gorge. Lentement au début, puis le niveau de l'eau devient trop haut et, même en penchant la tête en arrière, je n'arrive pas à prendre assez d'air. Une fois que le liquide commence à remplir mes poumons, ma vision se brouille. Tout ce que je vois, ce sont des bulles, juste hors de portée, scintillant sous la caresse d'un halo lumineux au-dessus de moi. Je tends les bras et tente de nager, mais je suis tellement faible que j'arrive à peine à bouger. Et alors que je commence à sombrer, mes yeux se ferment, mes bras se lèvent et ma dernière pensée est que tout est terminé.

Le bip d'un message en train d'arriver m'a réveillée.

J'ai cligné plusieurs fois des yeux, désorientée au début, mais quand j'ai compris que c'était juste un cauchemar, que le bip ne venait pas d'un portail divin électronique sur le point de s'ouvrir, j'ai tendu le bras pour prendre mon téléphone.

J'ai hésité avant de cliquer sur l'enveloppe, me demandant de qui était le message, mais c'était seulement Jenny Morris, qui apparemment sortait juste d'une conférence matinale où elle avait mentionné la possibilité d'obtenir une interview avec Martin Joy à son rédacteur en chef, lequel était d'après elle « très intéressé ».

Deux coups discrets à la porte de ma chambre m'ont fait sursauter une deuxième fois. Il m'a fallu quelques secondes pour me rappeler que Tom Briscoe avait dormi sur mon canapé, et encore un moment pour réaliser que j'avais trop honte pour lui laisser voir l'intérieur de ma chambre, et la façon dont j'avais dormi, dans un vieux sac de couchage posé sur une serviette.

« Attends, j'arrive », ai-je lancé en m'extirpant de sous les replis de nylon couleur treillis.

Lorsque je suis descendue, Tom avait déjà remis ses chaussures et sa veste.

« Je ferais mieux d'y aller, m'a-t-il dit. Je ne peux pas vraiment me présenter au cabinet dans cette tenue.

— Oh, je ne sais pas, ai-je répliqué avec un demi-sourire. Ça fait des années que les gens parlent de se débarrasser de la toge et de la perruque.

— Pas sûr de vouloir être le premier à baisser le registre vestimentaire, a-t-il fait.

— Merci d'être resté… »

Ça semblait bien insuffisant, mais je n'arrivais pas à trouver les mots.

« Est-ce que tu prends un congé ? »

J'ai haussé les épaules.

« Vivienne m'a suggéré de partir en vacances quelques semaines. Vendredi dernier, c'était tentant. Mais je suppose que les choses sont différentes, maintenant. Je ne suis pas sûre que l'inspecteur Doyle considère la Thaïlande comme "dans le coin".

— Tu devrais garder ton téléphone allumé, a repris Tom, laissant l'avocat ressurgir. Doyle risque de vouloir te revoir cette semaine. Je pense qu'il te contactera par mon intermédiaire, maintenant. Tiens-toi prête, c'est tout.

— Tu vas faire un excellent conseiller de la reine », lui ai-je dit en déverrouillant la porte.

Je le pensais sincèrement. Impulsivement, je l'ai embrassé sur la joue, et pendant une longue minute, une expression empruntée a remplacé son air habituellement détaché et sûr de lui.

J'avais appréhendé de rentrer chez moi, mais il y avait un certain réconfort dans le fait de me retrouver en territoire familier. J'ai fouillé dans mes placards à la recherche de quelque chose à manger en guise de petit déjeuner, et j'ai dû me contenter de restes de Noël : une boîte entamée d'orangettes et un pot de Célébrations que m'avait offert ma femme de ménage. On faisait plus diététique, mais une abrutissante orgie de chocolat était exactement ce dont j'avais besoin à cet instant.

Je suis remontée et me suis déshabillée pendant que l'eau de la douche chauffait. Trop agitée pour rester sous le jet plus de quelques minutes, je suis ressortie vivement pour m'essuyer et aller m'habiller : jean, tee-shirt, pull et bottines, que j'ai lacées bien serré. J'ai allumé toutes les bougies, ouvert les fenêtres et mis un drap et des taies d'oreiller propres à mon lit.

Après avoir rangé, nettoyé et récuré, je me suis arrêtée pour me faire un thé et me suis assise à la table à manger. Je brûlais d'envie de faire une autre séance avec Gil mais il m'avait dit, au centre d'aide psychiatrique, qu'il partait en vacances quelques jours après, et je me disais qu'il devait être à l'aéroport, pressé d'oublier les patients comme moi. Et pendant ce temps, c'était un autre lundi matin animé pour les gens comme l'inspecteur Doyle et son équipe. Je ne doutais pas un seul instant que mon nom allait être évoqué dans leurs réunions de début de semaine, où des policiers aux yeux brillants d'enthousiasme, fortifiés par café et rumeurs de « nouvelles pistes », présenteraient leurs indices contre moi et Martin Joy.

Mes yeux se sont posés sur mes étagères de boîtes à archives et de livres bien rangés, entre lesquels s'intercalaient des souvenirs comme la petite coupe en argent que j'avais remportée à l'université dans un concours de plaidoyers, ou la belle boîte David Linley qui m'avait été offerte par un client reconnaissant. Des souvenirs qui me rappelaient qu'à une époque j'avais été considérée comme une bonne avocate.

Écartant mon mug, je me suis penchée pour attraper un calepin d'avocat jaune dans la pile, et l'ai posé sur la table.

Ne te laisse pas faire, me suis-je murmuré. C'était quelque chose que m'avait dit mon grand-père l'été où j'avais terminé le lycée. Après la honte du bal de promo et de ma fugue, il m'avait emmenée faire une longue promenade dans les collines. On pouvait presque distinguer Pendle Hill au loin, et il m'avait raconté ses souvenirs de guerre : des histoires de Spitfire et de missions secrètes dans des villes normandes où il s'était retrouvé piégé derrière les lignes ennemies mais n'avait jamais renoncé, finissant par rentrer chez lui, où il avait décidé d'oublier ce qu'il avait fait et de simplement recommencer sa vie.

Ne te laisse pas faire, m'avait-il dit, et même si je n'avais jamais été sûre que ses histoires soient vraies – je n'avais jamais vu la moindre médaille, ni entendu le moindre membre de notre famille évoquer ses actes d'héroïsme –, c'était la conversation qui m'avait poussée à me reprendre en main.

La conversation qui m'avait fait arrêter de m'apitoyer sur moi-même et de jouer les victimes.

J'avais enlevé mon anneau de nez et trouvé un emploi à mi-temps. Renoncé à ma licence d'histoire pour m'inscrire en droit lorsqu'une ribambelle de A aux *A-levels* m'avait dit que j'étais assez bonne pour faire ce que je voulais.

Ne te laisse pas faire.

Il y avait un stylo-feutre noir sur la table, à côté de mes lunettes de lecture, que j'avais depuis des mois mais dont j'étais encore incapable d'admettre que j'avais besoin. J'ai regardé la page blanche devant moi, et j'ai commencé à écrire. J'ai rédigé une liste de mobiles pour Martin comme pour Alex, et des hypothèses sur ce qui avait pu arriver à Donna si elle n'avait pas été tuée ou enlevée. J'ai mis par écrit tout ce que j'arrivais à me rappeler de mes conversations avec l'inspecteur Doyle, Phil Robertson et Jenny Morris : le sang dans le lit de Donna, la réputation d'inhumanité de Martin, le voyage de Donna à Paris et sa liaison avec Alex Cole. Et j'ai noté ce que j'avais vu de mes propres yeux : que Martin était parti de la maison de Chelsea à peu près à l'heure qu'il avait dite, et que Donna l'avait regardé partir.

J'ai parcouru la page du regard, mais ce n'était qu'un fouillis de noms et de mots, une série de formes, noires sur jaune, comme du ruban de signalisation. J'ai repris mon stylo et griffonné une série de flèches et de lignes, comme si j'essayais de relier les points, mais je n'avais pas assez d'informations.

L'espace d'un instant, j'ai été tentée d'avoir une autre conversation avec Sophie Cole. À l'exception de Martin, elle semblait connaître Donna mieux que personne. Il était possible qu'elle sache quelque chose d'important, même si elle n'en avait pas encore relevé la pertinence. Mais après notre confrontation au sujet de la liaison possible d'Alex et de Donna, appeler Sophie n'était pas une option attrayante.

À la recherche d'inspiration, j'ai attrapé mon sac à dos, que j'avais accroché au dos de la chaise, et j'en ai sorti le tabloïde du dimanche que j'avais acheté la veille, pour relire l'article sur Donna :

> Jemma Banks, esthéticienne de 42 ans, a dit à la police que ça ne ressemblait pas du tout à sa sœur de disparaître. « Donna se réjouissait à l'avance de venir fêter mon anniversaire dans notre ville natale. Ce n'était pas son genre de le rater. »

J'ai froncé les sourcils en relisant le paragraphe. Martin m'avait soutenu que Donna n'était pas proche de sa sœur, mais celle-ci semblait certainement très présente dans l'enquête de la police. Et si Donna avait eu l'intention d'aller à l'anniversaire de Jemma, cela laissait entendre qu'elles étaient plus proches qu'il ne le croyait.

Il m'a été étonnamment facile de trouver Jemma Banks. Les listes électorales, le registre des entreprises, Facebook : il y avait un certain nombre d'endroits où l'on pouvait trouver une alarmante quantité de détails en quelques secondes et pour quelques livres seulement.

Fourrant un mini-Bounty dans ma bouche, j'ai attrapé mon manteau et mon sac à dos ; j'étais en train de sortir de ce dernier les vêtements sales que j'y entreposais depuis le jeudi précédent pour les jeter dans ma corbeille à linge, lorsque mon téléphone a bipé.

Toute la matinée, je m'étais dit qu'il fallait que je téléphone à Clare. Je m'en voulais de la façon dont nous nous étions quittées la veille, et même si elle m'avait bien fait comprendre que je n'étais pas invitée à rester une nuit de plus, je ne l'avais toujours pas recontactée pour le lui dire.

Pardon

J'ai vérifié, mais le nom de l'expéditeur n'était pas indiqué et je ne reconnaissais pas le numéro.

Qui est-ce ? ai-je tapé en réponse, impatiente de sortir de chez moi.

Pete

Je me suis forcée à respirer. Je n'avais aucune idée de la façon dont il s'était procuré mon numéro, et j'ai soudain eu l'impression qu'il était en train de m'espionner.

J'ai gardé les yeux rivés sur mon téléphone un moment, sans bouger, puis j'ai secoué la tête : il fallait que je me défende, que je reprenne le contrôle. Décidée à ne pas me laisser faire une seconde de plus, je suis descendue frapper violemment à sa porte.

Je me sentais possédée, écumante de rage. La veille au soir, le moindre bruit en provenance de l'appartement en dessous m'avait fait sursauter, mais désormais je n'avais qu'une seule envie, mettre mon poing dans sa figure sournoise.

Il a ouvert la porte et a dû déceler ma fureur.

« Comment est-ce que tu as obtenu mon numéro, Pete ? ai-je demandé sans lui laisser le temps de prendre la parole.

— La fille à l'accueil de ton boulot me l'a donné.

— Eh bien, elle n'avait pas le droit de faire ça, ai-je craché en pointant un doigt menaçant devant son visage.

— Calme-toi, Fran. Je voulais seulement m'excuser.

— Oh, donc tu n'as pas fait exprès d'aller voir la police pour m'accuser de meurtre ?

— J'apporte mon aide à leur enquête. Tout le monde veut retrouver Donna Joy. Pas toi ? »

Il s'est interrompu pour m'observer avec intensité. Et je lui ai rendu son regard. Il avait un bouton rouge sur la narine et une pustule blanche au-dessous du sourcil.

« Maintenant que tu es là, tu peux me répondre : qui était cet homme, celui qui est parti de chez toi à 8 heures du matin ?

— Ça ne te regarde pas, Pete. »

Il a haussé les épaules.

« Il faut qu'on garde l'œil ouvert pour ne pas laisser d'inconnus se balader dans l'immeuble. Ce n'est qu'une question de bon sens. L'autre jour, mon ami a trouvé un sans-abri en train d'uriner dans ses parties communes. » Il s'est appuyé contre le chambranle, plus désinvolte à présent, plus arrogant que lorsqu'il avait ouvert la porte.

« Je crois que c'est l'homme que j'ai vu vendredi. Ton collègue. Est-ce qu'on tape dans le pool du bureau, maintenant ?

— Oui, c'est un avocat. Parce que oui, j'ai demandé un avis juridique. Nous discutions de ma situation. Il est resté dormir parce que, franchement, mon voisin a un comportement imprévisible.

— Ce ne serait pas de moi que tu parles, si, Franny ?

— Va te faire foutre, Pete. »

Ce n'était pas ma meilleure repartie, mais j'en avais assez de lui.

« Ne dis pas ça, Fran. Je tiens à toi. »

Je lui ai tourné le dos, me préparant à ce qu'il me rappelle, mais j'ai eu le soulagement d'entendre sa porte se fermer. Je me suis précipitée dans la rue, ne m'arrêtant qu'une fois atteint le loueur de voitures à côté de mon traiteur préféré dans Highbury Fields.

Martin avait eu raison : j'avais besoin d'une voiture. Jemma Banks vivait à Colchester, ce qui n'était pas trop compliqué à atteindre depuis Islington – il suffisait de faire un saut de puce jusqu'à la gare de Liverpool Street, puis de prendre un train pour l'Essex, mais je me sentais déjà assez vulnérable et je n'avais pas envie de dépendre de qui que ce soit pour quoi que ce soit.

ZipCars louait des véhicules à l'heure, mais j'ai posé ma carte bancaire sur le comptoir et demandé pour une semaine. Lorsque la jeune employée a poussé vers moi les clés d'une Fiat Panda et que je les ai prises en main, un sentiment de puissance et d'urgence a déferlé en moi.

Les seuls moments où je conduisais étaient lors de mes vacances annuelles en Italie, alors ça m'a fait drôle de m'asseoir à droite dans la voiture. J'ai pris quelques minutes pour me familiariser avec le véhicule, poussant le levier de vitesse de part et d'autre et appuyant doucement sur l'embrayage avec le plat de ma bottine. Le moteur a démarré avec un rugissement. J'ai tapé Colchester dans Google Maps sur mon téléphone et, lorsque la voix artificielle m'a dit de tourner à gauche, j'ai obtempéré, tout en essayant de réfléchir à ce que j'allais faire après.

Mes recherches sur Internet m'avaient appris que Jemma Banks était propriétaire d'un salon de beauté appelé Tans et Talons et situé en périphérie de la ville, au milieu d'une enfilade de commerces qui comprenaient une animalerie, un marchand de vin et un traiteur chinois.

Lorsque Google Maps m'a annoncé que j'étais arrivée à destination, j'ai ralenti presque jusqu'à m'arrêter, mais en constatant que le salon avait l'air bondé, je suis retournée dans le centre et, après m'être garée, suis allée déjeuner chez Prezzo dans la grande rue. Tout en mangeant, j'ai consulté mes messages et mes e-mails.

Il n'y avait pas grand-chose, juste du courrier en rapport avec mon travail et un texto de Tom Briscoe qui voulait savoir si j'allais bien. Voyant que je n'avais rien de Clare, je l'ai appelée en attendant l'addition, mais j'ai été soulagée de tomber sur la messagerie.

Il était presque 16 heures lorsque je suis revenue au salon de Jemma. Comme je l'avais espéré, l'endroit était désormais vide. À travers la vitre en verre poli, je pouvais voir une silhouette solitaire en train de balayer et de redresser les magazines sur un présentoir mural. Au moment où j'ouvrais la porte, une rafale de vent a soulevé une cannette de Coca vide sur le trottoir et l'a fait rouler sur les dalles.

« Désolée, je m'apprête à fermer », a dit la femme. Appuyant son balai dans un coin, elle s'est dirigée vers le comptoir d'accueil.

« On peut prendre rendez-vous pour un autre jour, si vous voulez, a-t-elle ajouté en faisant courir un ongle en acrylique sur le carnet posé devant elle. J'ai de la place dès demain, en fait.

— Ce n'est pas pour ça que je suis là », ai-je répondu en l'observant.

Lorsqu'elle était passée à la télé pour l'avis de recherche, j'avais noté la ressemblance entre les deux sœurs. Le visage de Jemma avait été pâle et terne à cette occasion, ce qui avait accentué les différences avec Donna, mais en réalité, elles étaient moins évidentes. Jemma avait les yeux d'un vert plus ordinaire, et son corsage à fleurs était le genre qu'on trouvait dans un supermarché, pas dans une luxueuse boutique de créateur. Il lui manquait le lustre et le petit plus qu'apportaient des soins de beauté coûteux mais, autrement, Donna et elle auraient pu être jumelles.

« Encore une journaliste ? a fait Jemma en refermant le carnet, d'un ton dénué de dureté, mais vaguement méfiant.

— Non. L'avocate de Martin Joy », ai-je répondu en tentant d'injecter dans ma voix une note de compassion.

Elle m'a regardée d'un air soupçonneux.

« J'ai déjà parlé à quelqu'un de votre équipe.

— Son avocate de divorce. Nous ne nous connaissons pas.

— Alors en quoi puis-je vous aider ? a-t-elle demandé sans guère d'enthousiasme.

— J'ai juste besoin de quelques minutes de votre temps. »

Elle a jeté un coup d'œil à sa montre d'un air incertain.

« Il faut que je rentre chez moi. C'est pour ça que je ferme plus tôt. Ma fille était en voyage scolaire cette semaine, et elle doit rentrer d'un instant à l'autre. Je voulais être à la maison pour l'accueillir.

— Je peux vous accompagner. On peut parler sur le chemin. »

Elle a haussé un sourcil.

« J'aurais dû me douter que Martin se serait trouvé un fox-terrier. De compète. »

Je ne savais pas trop s'il y avait un compliment caché dans ces mots. De toute façon, je n'avais pas l'intention de contester ce qu'elle avait dit. Je voulais son accord.

Je suis restée plantée à ma place jusqu'à ce qu'elle disparaisse dans l'arrière-boutique et revienne avec son sac et son manteau.

Elle a éteint les lumières et est sortie dans la rue, attendant que je la suive dehors pour fermer la porte vitrée derrière nous.

« J'ai l'impression de faire quelque chose de mal en travaillant à un moment pareil, m'a-t-elle dit en tournant le verrou avant de mettre les clés dans son sac. Mais ça aide. Ça occupe l'esprit. Vous ne trouvez pas ? » Puis, sans attendre que je réponde à sa première question, elle m'a demandé :

« Vous venez de Londres, alors ?

— Oui. Ma voiture est juste là si vous voulez que je vous dépose. »

Elle a secoué la tête en fermant sa parka.

« J'habite juste au coin. C'est plus facile d'y aller à pied. »

J'ai accéléré le pas pour la suivre dans une cité des années trente cachée derrière la rue commerçante. D'un signe de tête, Jemma m'a indiqué une maison mitoyenne en brique rouge qui n'était pas sans me rappeler celle où j'avais grandi.

« On habitait ici avec nos parents. Donna vit dans un autre monde, maintenant, mais moi je ne suis partie qu'à une centaine de mètres d'ici. Les gens sont comme ça, vous n'êtes pas d'accord ? Soit ils s'éloignent autant qu'ils peuvent de l'endroit où ils ont grandi, soit ils restent fidèles au même endroit. C'est tout l'un ou tout l'autre – on s'arrache ou on s'attache. De quelle catégorie vous faites partie ? Vous n'avez pas un accent du Sud.

— J'ai grandi dans le Lancashire. Je suis venue m'installer à Londres pour le travail.

— Pas d'avocats à Manchester ? » a-t-elle fait sur le ton de la réprimande.

Elle me voyait comme une Donna. Une sorte d'Icare compétitif et hyperactif qui se trouvait trop bien pour sa ville natale.

« L'affaire a connu une importante couverture médiatique, ce week-end. Vos propos ont été cités à de nombreuses reprises.

— Déformés, plutôt », a répliqué Jemma en enfonçant les mains dans ses poches.

Je l'ai regardée avec surprise.

« Vous voulez dire qu'ils ont inventé ce qu'ils citaient ?

— Je crois que le terme consacré est “sexifier”. J'avais beaucoup de choses à dire à ce journaliste, mais je ne pensais pas que ce soit le moment ou l'endroit. Je n'ai jamais trouvé les lynchages médiatiques particulièrement utiles, et je craignais que ça sabote notre dossier. Ça peut arriver, n'est-ce pas ? »

Cette fois, elle m'a regardée, attendant une réponse, et j'ai bien vu qu'elle voulait sincèrement mon avis. Comme j'attendais moi aussi quelque chose d'elle, je me suis dit qu'il était prudent de jouer le jeu.

« Vous avez raison, un démolissage ou une chasse aux sorcières médiatique n'apportent jamais rien. De plus, Martin a seulement été arrêté, pas inculpé. Et il a été relâché au bout de vingt-quatre heures. Insinuer des choses dans la presse peut avoir un effet contre-productif. Un acharnement médiatique pourrait se terminer par la poursuite en justice des journaux pour outrage à magistrat.

— Nous y sommes », m'a-t-elle dit en me montrant une petite maison jumelée.

Il y avait une vieille Corsa dans l'allée, et un barbecue rouillé qui attendait, du moins l'espérais-je, le passage des encombrants. Elle a ouvert la porte et je suis entrée, prenant une minute pour regarder autour de moi.

« Combien d'enfants avez-vous ? ai-je demandé, attendant d'être invitée à pénétrer plus avant.

— Deux. Ella a quinze ans, Josh a commencé la fac à Bournemouth en septembre. »

Il faisait sombre. Elle a allumé une lampe et je l'ai suivie dans le salon, m'asseyant sur le canapé.

« Thé ? » m'a-t-elle proposé.

J'ai hoché la tête et elle a disparu dans la cuisine. J'ai pris un moment pour parcourir la pièce du regard. C'était un endroit qui semblait respirer le bonheur. Un vieux piano orné de photos des enfants : sur un trampoline, à un événement sportif organisé par l'école. Des portraits encadrés de ces derniers accrochés au mur : tout en taches de rousseur et dents de la chance.

Je n'étais jamais entrée dans la maison de ville à plusieurs millions de livres de Donna Joy, mais je savais qu'un monde devait la séparer de cet espace confortable et clairement habité.

« Pourquoi est-ce que vous voulez me parler ? » m'a demandé Jemma après avoir servi le thé et s'être assise sur une chaise sous la fenêtre.

J'avais ma petite histoire toute prête. La même que j'avais servie à Jenny.

« Martin est mon client. Par extension, il est le client du cabinet où je travaille. Mes collègues s'inquiètent d'une éventuelle atteinte à la réputation de celui-ci. »

Jemma avait les larmes aux yeux.

« Je me suis toujours demandé quand les aspirations sociales de Donna lui attireraient des problèmes. Elle a toujours eu de grands rêves. Cette vie (elle a regardé autour d'elle) était trop étriquée pour elle. Elle voulait plus, et pour avoir plus elle a commencé à traîner avec des gens qui avaient plus. Elle a déménagé à Chelmsford quand elle avait dix-sept ans et déjà, c'était dans l'optique de se rapprocher de Londres. Elle s'est mise à fréquenter la société fortunée de l'Essex. Son premier copain sérieux, Charlie, était le fils d'un gangster. J'ai essayé de lui expliquer pourquoi les riches étaient riches. Qu'il fallait être dur, ambitieux et impitoyable pour le devenir, en premier lieu. Mais elle ne m'écoutait pas. Elle n'a même pas eu l'air surprise quand Charlie a fini en prison pour fraude. »

Elle s'est interrompue pour prendre une gorgée de thé.

« Donna disait toujours en plaisantant qu'elle était le projet de Martin.

— Vous n'aimez pas ce dernier ? » ai-je hasardé.

Elle a haussé les épaules.

« Au début, si. Je pensais qu'il était différent. Vous savez qu'il ne vient pas d'une famille privilégiée ? Il a perdu ses parents quand il était jeune, a été élevé par ses grands-parents. A travaillé pendant toute l'université pour se payer ses études, a gagné ses millions à la City… Il avait l'air généreux avec ses amis, participait à beaucoup d'œuvres de charité. C'était difficile de ne pas le respecter.

— Qu'est-ce qui a changé ?

— Je ne voyais pas beaucoup Donna, a-t-elle continué en secouant la tête. Pas pendant très longtemps. Je ne suis pas idiote. Je sais qu'elle n'aime pas se faire rappeler d'où elle vient, même si ça veut dire ne pas voir sa grande sœur. Mais au cours de l'année dernière, j'ai commencé à la voir un peu plus. Je pense qu'elle avait besoin de quelqu'un à qui parler, quelqu'un qui ne soit pas de son monde. Au début, c'était juste un déjeuner par-ci par-là, mais récemment, c'était devenu plus fréquent. Et puis il y a quelques semaines, on était censées se retrouver pour prendre un thé ensemble, mais elle a annulé. Je lui ai téléphoné – je me disais que ce serait mieux que rien – et elle m'a demandé de venir chez elle à Chelsea. Nous devions nous retrouver à Londres, de toute façon, donc ça ne m'a pas dérangée. Et puis, je m'inquiétais pour elle. Je pensais que le stress du divorce la déprimait. Mais quand je suis arrivée chez elle, elle avait un coquard. »

Elle a longuement relâché son souffle avant de poursuivre :

« J'ai su que c'était lui qui l'avait frappée avant même qu'elle me le dise. Apparemment, ils s'étaient retrouvés pour parler de leur passage au tribunal. Ils s'étaient disputés et il avait perdu le contrôle de lui-même, lui jetant son téléphone à la figure. Elle m'a dit que c'était déjà arrivé auparavant. À son retour d'une excursion shopping à New York. Elle avait dû prendre de la distance, m'a-t-elle dit, parce que Martin était vraiment horrible : il buvait trop, prenait trop de coke, son boulot était stressant et il passait ses nerfs sur elle. Lorsqu'elle était rentrée, il avait été furieux et l'avait frappée. Elle m'a dit qu'à ce moment-là, elle avait eu peur pour sa vie et que c'était pour ça qu'elle avait demandé le divorce. »

J'ai pris quelques secondes pour digérer tout ça. Je savais que Martin aimait boire, mais je ne l'avais jamais vu prendre de drogue. Pourtant, j'étais consciente de la part que jouait la cocaïne dans le fonctionnement de la City. Mais drogue, violence ?…

J'ai essayé de déterminer quand cet épisode avec le lancer de téléphone avait eu lieu. Il avait admis l'avoir retrouvée pour « parler » dans les jours qui avaient suivi notre dîner chez Ottolenghi. Nous avions à peine discuté de ce qui s'était dit à cette occasion – j'avais trouvé le sujet trop douloureux –, mais il ne m'avait donné aucune indication que leur rencontre s'était mal terminée.

Quant à l'anecdote concernant l'excursion shopping à New York, elle était très différente de ce qu'il m'avait raconté.

« Rien de tout cela n'a été évoqué dans la procédure de divorce, Jemma. Il n'a jamais été fait mention de violences domestiques. Donna n'a jamais demandé d'ordonnance de protection, et il n'y avait rien qui suggère qu'elle avait peur de Martin. »

Jemma secouait la tête.

« Donna aimait créer l'illusion d'une vie parfaite. Elle avait honte de son coquard. Elle ne m'aurait jamais laissé le voir si elle n'avait pas voulu discuter de tous ses dérapages, pour avoir mon avis sur ce qu'elle devait faire.

— Et qu'est-ce que vous lui avez conseillé ? »

Elle a marqué un temps et m'a regardée.

« Je lui ai dit qu'il fallait qu'elle le signale à la police, mais je ne suis pas surprise qu'elle ne l'ait pas fait. C'était tout Donna de vouloir se distancier de la violence domestique. De faire comme si ça n'était jamais arrivé, de la déguiser en autre chose, parce que ce genre de trucs finissent par se savoir dans ce genre de milieu social. Et que son image, sa réputation, étaient tout ce qui comptait pour ma sœur. »

J'ai laissé ses mots faire leur chemin jusqu'à mon cerveau. Je m'étais toujours demandé ce que Martin et Donna avaient réellement en commun, et à présent, je savais. C'était leur apparence aux yeux du monde qui comptait, plus que tout, pour l'un comme pour l'autre.

« Pourquoi est-ce que vous avez signalé la disparition de Donna ? ai-je demandé doucement. Qu'est-ce qui vous a fait penser qu'il y avait quelque chose qui n'allait pas ? »

Elle a tristement haussé les épaules.

« Quelques jours après que je suis allée la voir à Chelsea, elle est revenue à Colchester passer l'après-midi. J'ai fermé le salon est on est rentrées ici. On a ressorti de vieilles photos, parlé du bon vieux temps. C'était comme quand on était petites. Ça lui a tellement plu qu'elle a dit qu'elle voulait revoir tout le monde. J'ai décidé d'organiser une fête pour mon anniversaire et d'inviter tous nos anciens amis. Elle avait tellement hâte d'y être. Et lorsqu'elle n'est pas venue, qu'elle ne m'a pas appelée pour me souhaiter mon anniversaire, que je n'ai pas réussi à la joindre, j'ai su qu'il y avait quelque chose qui n'allait pas.

— Et ce bien qu'elle parte si souvent à droite à gauche ?

— Si vous me demandez si on peut compter sur ma sœur, je pense que nous connaissons toutes deux la réponse à ça. Mais elle voulait venir à ma fête. Elle avait promis. »

Pour gagner un peu de temps avant d'avoir à reprendre la parole, j'ai bu une gorgée de mon thé, bien qu'il soit devenu froid.

« Est-ce qu'elle vous a dit qu'elle avait une liaison avec l'associé de Martin ?

— Une liaison ? a-t-elle répété en fronçant les sourcils.

— Est-ce qu'elle vous a parlé de lui ?

— Non. Jamais. Je ne crois pas qu'elle ait eu une liaison. »

Elle m'a regardée de ces yeux de chat qui ressemblaient tellement à ceux de sa sœur.

« Qu'est-ce qui vous fait dire ça ?

— J'ai juste eu l'impression qu'elle en avait un peu marre des hommes.

— Vous n'étiez pas vraiment proches, Jemma, et c'est un sujet très personnel.

— On l'était assez, a-t-elle répondu, sur la défensive. Nos vies étaient très différentes, mais on reste sœurs. On a partagé une chambre pendant six ans quand on était petites, à rire, à pleurer, à parler de nos soucis avec les garçons. On passait des heures à papoter la nuit, allongées sur nos lits jumeaux, incapables de dormir. Je pense juste que je l'aurais su si elle avait eu une relation avec quelqu'un d'autre, si cela l'avait rendue heureuse.

— Mais il s'est quand même passé quelque chose avec l'associé de Martin. Il l'a reconnu. »

Elle m'a regardée d'un air plus dur, cette fois.

« Nous ne savons pas ce qui est arrivé à Donna, mais n'allez pas dire que c'est sa faute, a-t-elle répliqué froidement.

— Je ne dis rien de tel…

— Vous avez affaire à un homme charmant, brillant et manipulateur, madame Day. Un homme qui est prêt à tout pour garder son argent. »

On a frappé à la porte. S'interrompant, elle a écarté le rideau derrière elle pour regarder à l'extérieur.

« Ma fille est rentrée, a-t-elle déclaré en se levant. Je pense que je vous en ai assez dit. »

Elle a attendu que je me lève à mon tour, me signifiant par là que ma conversation avec elle était désormais terminée.

Et alors que je ressortais dans la dépaysante rue de province, je me suis demandé si ç'avait seulement été une bonne idée de venir là.

43

« Fran ? C'est Jenny.

— Je suis au volant », ai-je répondu, forçant un peu la vérité.

J'avais mis la clé sur le contact, mais j'étais encore garée devant le salon de Jemma, en train de faire défiler les images du compte Instagram de Donna pour voir si je pouvais trouver la moindre trace d'un coquard.

« Est-ce que tu peux te garer une minute ? Il faut qu'on parle. »

Je me suis adossée à mon siège, consciente que je ne pouvais pas l'éviter *ad vitam aeternam*.

« Je suis désolée de ne pas t'avoir encore rappelée pour cette histoire d'interview. Je n'en ai même pas encore parlé à Martin. Comme tu peux l'imaginer, les choses sont un peu compliquées pour lui, en ce moment. Je ne suis que son avocate de divorce, alors je ne figure pas très haut sur sa liste des priorités.

— Je croyais qu'il "ferait tout ce que tu lui dirais" », a répliqué Jenny.

Un sarcasme que je méritais.

« Je vais vraiment tenter de le convaincre, Jen. Promis. Mais je dois te prévenir, ce n'est pas l'Amérique, ici. Tu sais, avec les fugitifs qui se font interviewer à la télé.

— Fran, l'équipe qui s'occupe des actualités veut écrire un article sur toi. »

L'espace d'un instant, j'ai presque été flattée.

« Pourquoi ?

— Ils pensent que tu entretiens une relation avec Martin Joy. Une relation amoureuse.

— C'est ridicule. »

J'ai espéré qu'elle ne me connaissait pas assez bien pour remarquer le léger tremblement dans ma voix.

« Vous avez été vus ensemble. Par un gérant de pub dans l'Essex, par un voisin de Martin…

— Je suis son avocate, ai-je protesté, feignant l'indignation. Il a bien fallu que nous nous voyions. De nombreuses fois.

— Je ne fais que te prévenir, Fran.

— C'est n'importe quoi. Absolument n'importe quoi, ai-je ajouté, me sentant rougir.

— C'est vrai, n'est-ce pas, tu as une relation avec lui, a-t-elle repris plus doucement. C'est pour ça que tu te sens aussi concernée. »

J'ai réalisé qu'elle n'était pas obligée de m'aider ainsi.

« C'est compliqué, ai-je fini par répondre.

— Ça l'est toujours. »

Le ciel était en train de s'obscurcir. Je voyais des nuages noirs et plats arriver en face de moi, en provenance de la mer du Nord.

« Est-ce que tu peux les retenir ? » ai-je demandé ; à mon tour de quémander une faveur.

Jenny a hésité.

« Je suis rédactrice en chef adjointe des articles de fond, Fran : je commande des interviews des acteurs de soap-opéra. Je n'ai aucune influence sur l'équipe des actualités. Je ne fais que te répéter ce que j'ai entendu. Mais si tu me fournis quelque chose avec Martin, une sorte d'exclusivité, peut-être que le rédacteur en chef sera prêt à négocier avec toi.

— Je te rappelle ce soir », ai-je répondu avant de raccrocher.

Puis j'ai fait rugir le moteur, passant ma frustration sur l'accélérateur.

La pluie a commencé à tomber quelques minutes après, tellement fort qu'elle couvrait le pare-brise de nappes d'eau.

Je me suis penchée en avant et j'ai regardé par la vitre comme une vieille dame lisant un livre. Je ne voyais pratiquement rien et je n'avais aucune idée de l'endroit où je me trouvais. Je regrettais de ne pas avoir pris l'option GPS chez le loueur de voitures. Avec seulement vingt-cinq pour cent de batterie sur mon portable, je ne voulais pas l'épuiser encore davantage juste pour retrouver mon chemin hors de l'Essex.

Mon excursion à Colchester ne m'avait pas vraiment apporté grand-chose. Doyle m'avait déjà informée des rumeurs de violences domestiques, et même si elles semblaient plus crédibles dans la bouche de Jemma, je m'efforçais de ne pas les prendre comme parole d'Évangile. Je ne pouvais tout simplement pas. Et désormais, avec la presse sur le dos en plus de tout le reste, j'avais l'impression que le temps me filait entre les doigts sans que je puisse rien faire pour l'arrêter.

Je me suis forcée à réfléchir. La police n'avait rien de concret sur Martin, et rien sur moi, tant qu'on n'avait pas trouvé de corps. Sur la carte heuristique que j'avais dessinée le matin même, c'était le trou flagrant, la pièce manquante : où était Donna ? J'avais des suspects et des mobiles, mais je n'avais absolument aucune idée de ce qui s'était passé dans les heures qui avaient suivi le départ de Martin Joy de chez Donna.

Avait-il fait demi-tour après que je l'avais vu partir ? Quelqu'un d'autre était-il passé la voir ? Moi, peut-être ? m'a turlupinée une voix familière. Et où pouvait-on bien cacher un corps à Chelsea sans que personne s'en aperçoive ?

J'ai essuyé la buée sur mon pare-brise pour regarder un panneau indicateur un peu plus loin sur la route.

Je partais manifestement dans la mauvaise direction pour regagner Londres, et je me préparais à mettre mon clignotant pour faire demi-tour lorsque j'ai vu le mot Dorsea.

Je n'avais pas eu idée que Colchester et Dorsea étaient si proches mais, en scrutant l'horizon, j'ai distingué une ligne de mer anthracite.

J'ai su immédiatement où l'on pouvait cacher un corps. Dans une maison isolée sur la côte, à deux kilomètres du village le plus proche ; une maison avec la mer en fond sonore, où personne ne pouvait vous entendre crier par-dessus le bruit des vagues se fracassant sur le rivage.

La route était dégagée lorsque je suis arrivée en vue de l'île, un peu plus de dix minutes après. Je ne savais pas du tout quand la marée était censée remonter, et si j'allais me retrouver bloquée. Je suis passée devant l'enfilade de boutiques de Dorsea, la minuscule caserne de pompiers et le pub où Martin et moi nous étions abrités de la pluie. J'ai ressenti une pointe de contrariété à l'égard du gérant de bar qui nous avait dénoncés à la police, et j'ai continué ma route.

Après seulement quelques minutes, Dorsea House est apparue sur la mince crête d'une falaise. Encadrée par le ciel d'un violet de plus en plus sombre, elle était magnifique. Il y avait un ruban de police jaune en travers du portail à l'entrée de l'allée. La police était déjà venue là. Évidemment. Quand on avait une personne disparue et un mari qui était le principal suspect dans sa disparition, bien sûr que l'on perquisitionnait sa maison isolée et inhabitée en bord de mer, où il était si facile de cacher, de tuer quelqu'un. Pourquoi n'y avais-je pas songé plus tôt ?

Il n'y avait plus personne sur place, et je n'ai pas pu m'empêcher de penser que ce n'était pas très sérieux. Si c'était moi qui avais été chargée de l'enquête, j'aurais fait ratisser l'endroit de fond en comble. À la place, ils avaient envoyé la police scientifique et les chiens détecteurs de cadavre chez Donna à Chelsea.

J'ai contourné l'édifice jusqu'à la véranda, me rappelant la porte coincée mais déverrouillée ; lorsque j'ai exercé une poussée contre le chambranle fendu, elle s'est ouverte avec un grand bruit.

La maison avait clairement été fouillée : il y avait des ronds dans la poussière là où vases et pots de fleurs avaient été déplacés, des traînées là où des livres avaient été retirés des étagères.

Je me suis déplacée dans la maison en scrutant chaque recoin, ne sachant pas exactement ce que je cherchais, mais essayant de penser comme Martin, s'il y avait amené Donna.

Était-elle en vie ou morte ?

Cherchais-je des signes qu'un corps avait été traîné sur le parquet, du sang projeté sur le mur ? Si Martin l'avait bien ramenée là, comment est-ce que ça s'était passé, et quand ? Je n'avais la réponse à aucune de ces questions.

Je suis montée à l'étage, écoutant les marches grincer à chacun de mes pas. Un vent léger entrait dans la maison par une lézarde autour d'une fenêtre de toit. Une voix dans ma tête, celle de la raison, me disait de retourner à Londres. Il était 18 heures passées, le crépuscule était tombé et il faisait presque nuit. Qu'est-ce que ça m'apporterait d'être là à part d'autres ennuis avec la police, qui était manifestement venue fouiller l'endroit et n'avait rien trouvé d'intéressant ?

L'escalier menait à un vaste palier avec des chambres dans toutes les directions. J'ai regardé dans l'une d'elles, puis dans une autre. La plupart étaient vides à l'exception d'une moquette usée, mais deux ou trois étaient partiellement garnies de meubles datant de l'époque où c'était une maison de retraite : les choses vieilles et à moitié cassées que les propriétaires précédents n'avaient pas réussi à vendre et n'avaient pas voulu emporter. Vibrante d'énergie nerveuse, j'ai jeté un coup d'œil dans une armoire, ouvert les tiroirs d'une commode, avant de m'arrêter, en éclatant presque de rire devant le ridicule de ce que je faisais – comme si j'allais trouver le corps de Donna Joy derrière quelques coussins.

J'ai rouvert la porte de la véranda et me suis dirigée vers le rivage, en inspirant de profondes bouffées d'air marin pour me calmer. Une partie de moi-même voulait continuer d'avancer dans la mer jusqu'à ce que l'eau recouvre ma tête et que je disparaisse à mon tour.

Je me suis arrêtée devant la cabane à huîtres et me suis remémoré des moments plus heureux. À l'époque où je croyais encore que Donna était dans un spa ou en excursion shopping quelque part, et qu'elle avait juste disparu pour se faire remarquer. J'avais été énervée par Martin au début de cette journée. Furieuse qu'il ait retrouvé son ex-femme pour dîner pendant la semaine et qu'il m'ait menti à ce sujet. Je me suis demandé combien d'autres mensonges il m'avait racontés.

Je me suis baissée pour ramasser la brique sous laquelle je savais que la clé était cachée. Puis j'ai ouvert la cabane et y suis entrée.

Dès que je me suis retrouvée dans l'espace étriqué, toute énergie m'a quittée. C'était là que tout avait commencé : le tournant dans notre relation, lorsque les frustrations et soupçons habituels avaient laissé place à quelque chose de plus sinistre. Le coup de téléphone qui nous avait réveillés, appelant Martin à revenir à Londres. Déjà à l'époque, la police le soupçonnait. Notre normalité était terminée.

J'ai regardé le poêle à bois et vu qu'il restait des braises sur la grille, datant probablement de la nuit que nous y avions passée, car les couvertures étaient telles que je les avais pliées ce samedi-là. J'ai tendu la main pour toucher le lit métallique sur le matelas duquel nous avions fait l'amour.

Je savais que tout semblait indiquer que Martin avait joué un rôle dans la disparition de Donna, mais je ne voulais pas y croire. La police ne le connaissait pas comme moi. Et pourtant… il m'était difficile de ne pas penser au beau visage de Donna, à ce que Jemma Banks avait dit. Je savais qu'il l'avait frappée… Mon épuisement s'est cristallisé en fureur. Mes mains, qui touchaient toujours le matelas, se sont crispées sur l'étoffe blanche qui le couvrait. J'ai pensé à Martin, à Donna, à Pete Carroll, et, avec un hurlement de frustration, j'ai arraché le drap d'un geste sec et me suis laissée tomber par terre, étouffée de sanglots.

L'espace d'un instant, je n'ai plus entendu même ma propre respiration. C'était comme si le monde entier s'était immobilisé. Puis j'ai rouvert les yeux, recouvrant peu à peu la vue et l'ouïe, et là, sur le sol, un miroitement d'or a attiré mon regard. L'objet avait dû être délogé de sa cachette quand j'avais tiré sur le drap. Je me suis penchée pour le ramasser. C'était un pendentif – un tortillon de métal au bout d'une chaîne délicate. Je l'ai posé dans le creux de ma main, l'examinant comme un chasseur de fossiles inspectant une pierre.

Il était luxueux et finement travaillé. Je l'ai retourné du bout des doigts et sur le rose de ma peau, j'ai vu que la fine courbe d'or avait la forme d'un D. J'ai su immédiatement que je ne voyais pas ce collier pour la première fois. Il y en avait eu une autre. Ce jour-là au tribunal. Ce jour où il avait orné le cou svelte de Donna Joy.

44

Il m'avait dit qu'elle n'était jamais venue là. Il me l'avait dit en face. Martin Joy était un menteur. Je ne me remémorais pas exactement tous les détails du collier que j'avais vu au cou de Donna lors de ces quelques minutes où je lui avais parlé au tribunal, mais je me rappelais parfaitement l'initiale nichée au creux de sa gorge comme un coquillage dans le sable, et je savais qu'il était peu probable qu'elle ait possédé deux bijoux de ce genre. C'était forcément le même.

Et à présent, Donna avait disparu sans laisser de trace. Pas le moindre fil d'Ariane pour aider qui que ce soit à la retrouver – jusqu'à cet instant.

Car le fait que son pendentif se trouve là, dans la cabane à huîtres, signifiait qu'elle avait dû y venir entre le moment où je l'avais vue au tribunal et le jour où elle avait disparu.

Une image m'a traversé l'esprit, rapide comme un flash : Martin et Donna nus sur la banquette-lit, les doigts enfoncés dans la peau, la bouche, les cheveux de l'autre, frénétiques et éperdus alors qu'ils approchaient de l'orgasme, tout comme je l'avais été. Il aurait été tellement facile pour un fragile pendentif de se détacher et de glisser du corps en sueur de sa propriétaire pour se perdre dans les plis du drap.

Étrangement, je voulais que ce soit vrai, parce que je ne pouvais pas affronter l'alternative. Une lutte, là, dans la cabane. À l'endroit où nous avions fait l'amour et dormi.

Je me suis assise au bord du lit, la tête entre les mains comme si je pouvais ainsi l'empêcher d'exploser. J'avais déjà connu ça, bien sûr : je reconnaissais la noirceur des pensées qui sortaient en rampant des recoins de mon esprit – et je savais ce qui allait suivre. Je pouvais sentir la lame fendre ma peau, les gouttes rouges remonter à la surface, la délivrance arriver, telle une soupape de sécurité qui chuchotait, sifflait, hurlait pour reprendre le contrôle.

J'ai ouvert les yeux et essayé de reprendre mon calme. J'avais désespérément besoin de donner une autre chance à Martin. Encore une. Il fallait que je sache s'il pouvait une nouvelle fois me mentir.

Étais-je à ce point négligeable, méprisable, indigne d'amour, qu'il pouvait me traiter ainsi ?

Même s'il a traité Donna de façon encore pire.

Il fallait que je sache. Sortant mon téléphone, j'ai composé son numéro. J'avais le cœur qui battait à tout rompre en écoutant la tonalité, attendant qu'il réponde.

« Dieu merci, tu m'as appelé. Je viens de parler à Matthew Clarkson. Il m'a dit que tu avais été interrogée par l'inspecteur Doyle, hier soir.

— Est-ce que Donna est déjà venue à Dorsea House ? ai-je demandé en m'efforçant de conserver une voix calme.

— De quoi est-ce que tu parles, Fran ? Tout s'est bien passé au commissariat ?

— Réponds à ma question, Martin. Est-ce que Donna est déjà venue à Dorsea House ?

— Non, a-t-il répondu après une seconde de silence. Jamais. Sa sœur n'habite pas loin, mais elle n'a jamais montré la moindre envie d'y aller. Pas tant que c'était encore une ruine. »

Je me suis forcée à réfléchir. À être courageuse.

« Pourquoi ? a-t-il demandé. Où es-tu ? Pourquoi tu poses cette question ?

— Je suis dans l'Essex. À Dorsea.

— Qu'est-ce que tu fabriques là-bas ? »

J'ai perçu l'inquiétude dans sa voix. J'avais du mal à l'entendre avec le vent qui soufflait en rafales autour de la cabane, mais le tremblement de panique était impossible à rater.

« Fran, est-ce que ça va ? Qu'est-ce que tu es allée foutre à Dorsea ? La police y est toujours ?

— Non, il n'y a personne. Je suis revenue à la cabane à huîtres. J'ai trouvé le collier de Donna.

— Le collier de Donna ?

— Un D en or au bout d'une chaîne.

— Comment est-ce que tu sais qu'il appartient à Donna ? »

Un silence plus long a régné. Je pouvais le voir froncer les sourcils, réfléchir, malgré les dizaines de kilomètres qui nous séparaient.

« Je l'ai vue, une fois. Au tribunal. Le jour où elle a raté l'audience préliminaire. Elle est arrivée en retard et je l'ai rencontrée. Très brièvement. Elle n'a pas su qui j'étais. Mais moi, si. Je me rappelle son manteau rose et une chaîne à laquelle pendait un D – identique à celui que je viens de trouver dans la cabane à huîtres. Est-ce que tu l'as emmenée à Dorsea House, Martin ?

— Jamais. Je te le jure. Elle n'y est jamais allée. Fran, il faut qu'on en parle. Reviens à Londres et retrouvons-nous. Pas chez Alex et Sophie. Quelque part où on sera plus tranquilles.

— Je ne veux pas te voir, Martin.

— Fran, s'il te plaît. Sois raisonnable. Tu veux bien revenir ? Comment es-tu allée dans l'Essex ? Je peux t'envoyer une voiture, c'est trop tard pour attraper le train.

— Pourquoi son collier se trouve-t-il dans la cabane à huîtres ?

— Je ne sais pas. Peut-être que quelqu'un l'y a mis. »

Il s'est interrompu avant de poursuivre.

« Fran, c'est important. Il faut que tu me rapportes ce collier.

— Pour que tu puisses t'en débarrasser ?

— Il faut que tu me croies : Donna n'a jamais mis les pieds à Dorsea House. Oui, c'est peut-être son collier, mais je ne vois aucune raison qui explique qu'il y soit, à moins que quelqu'un l'y ait déposé. Quelqu'un comme Alex ? »

J'ai essayé de prendre son raisonnement en route.

« Alex a peut-être vu Donna avec ce collier, a-t-il continué d'un ton encore plus paniqué. C'est peut-être même lui qui le lui a offert. Mais s'il a joué le moindre rôle dans sa disparition, s'il veut me faire porter le chapeau pour ça parce qu'il convoite mes parts de la société, il peut très bien en avoir acheté un autre et l'avoir dissimulé là-bas pour que la police le trouve. Il faut que tu me croies. »

Il a dit ces derniers mots avec cette fois une véritable détresse dans la voix. Je ne savais plus que croire. C'était soit un homme effrayé qui essayait désespérément de prouver son innocence, soit un menteur habile et convaincant. Est-ce que j'étais en train de me laisser berner ?

« S'il te plaît, ne va pas voir la police, Fran, a-t-il fait d'une voix douce et implorante.

— Donne-moi une seule bonne raison de ne pas le faire.

— Je n'en ai pas. »

J'ai eu l'impression que c'était la première réponse honnête qu'il me donnait depuis le début de la conversation.

« C'est un coup monté d'Alex, Fran. Je le sais. Il veut la société. Rien que pour lui. Si tu dois ne croire qu'une seule chose dans tout ce que je te dis, crois ceci. Aide-moi à prouver mon innocence.

— Je ne sais pas, Martin. Je ne sais pas. »

Et j'ai mis fin à l'appel d'une simple pression sur le bouton. J'ai rangé le téléphone dans ma poche et reposé les yeux sur le pendentif lové dans le creux de mon autre main.

Je l'ai examiné un moment puis, luttant légèrement avec le fermoir, je l'ai passé à mon cou ; je ne sais pourquoi, je m'en suis sentie plus courageuse, comme si ce n'était pas un collier, mais un bouclier.

J'ai regagné ma voiture pour retourner en ville. À cette heure de la journée, cela prendrait encore quatre-vingt-dix minutes pour atteindre Londres, et j'avais besoin de manger quelque chose et d'aller aux toilettes avant de seulement envisager ce trajet.

En approchant du café dans la grand-rue, je me suis rendu compte qu'il était fermé. Il y avait deux pubs, un de chaque côté de la route. L'un d'eux était celui où nous nous étions arrêtés boire un verre avec Martin en attendant que la pluie cesse, mais je n'avais aucune envie d'y retourner. L'autre était un établissement d'aspect plus moderne, avec une enseigne en ardoise sur le trottoir annonçant restaurant et chambres libres, deux options tentantes.

Je me suis garée sur le parking et suis entrée.

M'arrêtant près du comptoir, j'ai regardé autour de moi. Il y avait quelques couples en train de dîner, et les piles fumantes de saucisses purée qui venaient de sortir de la cuisine avaient une allure et une odeur appétissantes.

J'ai pris un menu sur le comptoir.

« Ça, c'est juste pour les trucs à grignoter, m'a informée une jeune fille occupée à tirer une pinte de bière qu'elle semblait à peine en âge de boire. Si vous voulez manger, prenez une table et on sera à vous dans une minute.

— Combien coûtent les chambres ?

— Soixante-quinze livres la nuit. »

Un autre membre du personnel, un garçon à peine plus vieux que la serveuse, s'est approché d'elle et lui a fait une réflexion malicieuse. Elle a éclaté de rire et flirté avec lui avant de lui tendre la pinte.

« Je vais en prendre une », ai-je dit en essayant de capter son regard.

Elle s'est essuyé les mains sur son jean, l'air contrarié.

« OK. Je vais aller vous chercher une clé.

— Et pouvez-vous m'y faire monter à manger ? »

Ma chambre était sous les combles, avec des poutres peintes en noir que je soupçonnais de ne pas être en bois et d'avoir été mises là pour lui donner un aspect faussement ancien. Il n'y avait pas de minibar, mais il y avait un sucrier rempli de biscuits Lotus à côté de la bouilloire.

J'ai attrapé les trois sachets et me suis assise en tailleur sur le lit pour tout manger, me fichant du risque que ça me coupe l'appétit pour le burger que j'avais commandé en service d'étage.

Puis, me laissant aller contre l'oreiller, j'ai contemplé le plafond, ses fausses poutres noires qui contrastaient vivement avec la peinture blanche. L'espace d'un instant, j'ai eu l'impression d'être de retour dans le bureau de Gil, en train de laisser des rubans de lumière m'aider à me rappeler la nuit où Donna avait disparu. Aucun autre souvenir ne m'était revenu ; je n'étais plus sûre de vouloir les retrouver.

Avais-je vraiment vu Martin sortir de la maison, ou bien ce souvenir s'était-il confondu avec autre chose ? Je pensais avoir vu Martin et Donna : Martin dans la rue et Donna dans sa chambre à l'étage. Mais peut-être étaient-ils ressortis ensemble. Était-il possible que Martin ait réussi d'une manière ou d'une autre à l'attirer dans l'Essex ? Je ne savais pas comment il avait pu faire cela après minuit, mais j'ai décidé de laisser mon cerveau poursuivre cette idée pour voir où elle pouvait me mener.

Vous avez affaire à un homme charmant, brillant et manipulateur, qui est prêt à tout pour garder son argent.

Je n'arrivais pas à m'ôter de l'esprit les mots de Jemma. J'ai senti une boule se former dans ma gorge alors que je me demandais si elle avait raison ; avais-je eu tellement tort de faire confiance à Martin et de le laisser entrer dans ma vie ?

Bien sûr, il y avait eu des signes annonciateurs, des aperçus de sa part d'ombre, mais je les avais ignorés, choisissant d'y voir de la passion et de l'intensité.

Mon téléphone était toujours dans ma main et je l'ai approché de mon visage, tapant les mots « charmant » et « manipulateur » dans la barre de recherche sur Internet. Était-ce mon cerveau d'avocate qui se mettait de la partie ?

L'intégralité des premières pages renvoyait à des histoires de psychopathes et de sociopathes, et je me suis rappelé quelque chose que Clare avait dit en plaisantant au vernissage. Que de toutes les carrières, celles de banquier et de P-DG comprenaient le plus d'individus tendant à manifester des traits indicateurs d'une personnalité psychopathique.

En suivant divers liens, j'ai lu un article sur les psychopathes au travail, et un autre sur le fait que les sociopathes étaient bons au lit.

La psychopathie, ai-je découvert, était une maladie psychologique dont la détection était fondée sur des évaluations diagnostiques. Les psychopathes paraissaient intelligents et sincères, puissants, charmants et souvent tellement manipulateurs que même ceux qui étaient le plus proches d'eux ne soupçonnaient jamais leur vraie nature. Leurs traits communs incluaient une tendance à faire preuve de violence et une difficulté à former des liens affectifs. Ils se montraient prêts à prendre des risques, présentaient un manque d'empathie et de remords et avaient une tolérance limitée envers autrui. Toute une tripotée de psychologues avaient laissé entendre que la récente crise financière était le résultat direct de la psychopathie d'entreprise et de la prévalence des personnalités psychopathiques à Wall Street. Journalistes, agents de police et psychiatres comptaient également dans leurs rangs les plus hautes proportions de psychopathes par rapport au reste de la population. Les avocats aussi, une idée sur laquelle je n'avais pas envie de m'attarder.

Plus j'en lisais au sujet du psychopathe sur le lieu de travail, plus je me disais que Martin correspondait au stéréotype. Charmant au travail. Charmant dans la vie. Charmant en amour. J'avais été séduite dès le début. Le sourire qui semblait toujours retenir quelque chose, un quelque chose qui me donnait envie de lui plaire encore plus. Les grands gestes de générosité : le sac à main après notre première rencontre, le nonchalant « Je vais t'acheter une voiture »... Je ne pouvais nier que j'avais été flattée et séduite par cette prodigalité.

J'étais sûre que c'était également ce qui était arrivé à Donna. Si ambitieuse socialement qu'elle l'avait séduit, et avait fermé les yeux sur tous les défauts de son mariage jusqu'à ce qu'un épisode de violence physique la ramène à la réalité.

Un coup à ma porte m'a arrachée à mes réflexions. Je suis allée ouvrir pour prendre le plateau-repas que me tendait la serveuse rencontrée vingt minutes plus tôt. Elle a regardé par-dessus mon épaule, se demandant sûrement ce qui m'avait amenée sur Dorsea Island, toute seule, un lundi soir. L'idée m'est brusquement venue que je faisais peut-être l'objet des rumeurs locales. L'endroit semblait être au bout du monde, mais ses habitants devaient être autant à la pointe de l'actualité que les hommes d'affaires de Canary Wharf. Martin Joy possédait la plus grosse maison de l'île ; cela seul avait dû faire de lui l'objet des discussions avant même la disparition de sa femme. Le gérant du pub voisin avait dit à la police avoir vu Martin en ma compagnie, et je ne doutais pas un seul instant qu'il ait raconté la même histoire à ses amis et voisins, en enjolivant et en dramatisant un peu plus chaque fois.

Je suis allée m'asseoir au petit bureau près de la fenêtre, posant le plateau devant moi. J'ai ôté la cloche en argent de l'assiette, révélant un burger légèrement détrempé. Lorsque j'ai appuyé la main sur le pain humide, un morceau de cornichon est tombé d'un repli de laitue. Il était trop gros pour que je réussisse à le mettre dans ma bouche, alors je l'ai coupé avec le couteau à steak qui miroitait sur le plateau.

Lorsque mon téléphone a sonné, j'ai été tentée de ne pas décrocher, mais une partie de moi espérait que c'était Martin, me rappelant avec une explication à donner pour le collier ; une explication pour tout.

« C'est Tom. Je t'ai cherchée, où est-ce que tu es ? »

Pas la personne que j'attendais, mais j'ai quand même été heureuse d'entendre sa voix.

« Est-ce que tu as lu le *Post* en ligne ? »

Il m'a fallu une minute pour comprendre qu'il parlait de la version numérique du journal de Jenny.

« Non, pourquoi ? ai-je demandé, ne souhaitant pas admettre que je venais d'aller sur Internet, mais pour me renseigner sur les sociopathes.

— Le *Post* a publié un article sur toi, Fran.

— Oh, non, ai-je murmuré, sentant la panique monter en moi.

— Ils ne t'accusent pas tout à fait d'avoir une relation avec Martin Joy, mais ce n'en est pas loin. »

Merde.

« Tu as parlé à Vivienne ou à Paul ? lui ai-je demandé.

— Je viens de lire ça à l'instant. On dirait que l'article a été mis en ligne il y a seulement quelques minutes, alors tu as peut-être une chance de leur en parler avant qu'ils t'appellent eux-mêmes. »

Si j'avais eu un sac en papier, j'aurais commencé à souffler dedans.

« Par ailleurs… »

Ne me dis pas, ai-je eu envie de hurler. Je n'étais pas sûre de pouvoir faire face à quoi que ce soit d'autre.

« L'inspecteur Doyle demande à te voir demain.

— Qu'est-ce qu'il veut ?

— Je ne sais pas exactement. Mais il a dit que Pete Carroll l'avait recontacté. Apparemment, tu l'as menacé chez lui ce matin.

— Menacé ? Je l'ai peut-être injurié, mais c'est tout.

— Fran, il faut qu'on signale ce qu'il t'a fait la semaine dernière. Officiellement. On peut aller au commissariat dès ce soir. Il y a une excellente équipe à Islington.

— Je ne peux pas, ai-je dit d'une voix rauque.

— J'ai déjà eu l'occasion de travailler avec des membres de leur brigade des viols – ils sont d'un incroyable soutien.

— Je veux dire que je ne peux pas venir ce soir.

— Pourquoi ?

— Parce que je suis dans l'Essex.

— Qu'est-ce que tu fabriques là-bas ?

— Je suis retournée dans la maison de Martin.

— Tu te fiches de moi ?

— Ne t'inquiète pas. Il n'y est pas.

— Mais tu étais censée rester dans le coin. Fran, tu ne peux pas te permettre de faire un faux pas maintenant…

— À quelle heure on se retrouve, demain ? l'ai-je interrompu.

— Fran, il faut que tu reviennes à Londres.

— À quelle heure est-ce que je te rejoins ? »

Il a poussé un soupir de résignation.

« On a rendez-vous avec lui à 11 heures.

— Alors on se voit à 10 heures et demie. »

Et j'ai raccroché.

J'ai mordu dans mon burger, mais je n'avais plus faim. J'ai repoussé mon assiette et ramené un genou contre ma poitrine, appuyant le talon au bord de ma chaise.

Tom avait raison. Qu'est-ce que je fabriquais là ? Des forces de police tout entières s'étaient révélées incapables de résoudre certaines des affaires de disparition les plus célèbres de notre époque, alors quelles étaient réellement mes chances de réussir là où l'inspecteur Doyle et son équipe avaient échoué ?

Il ne restait plus que dix pour cent de batterie sur mon téléphone, mais il fallait que je lise l'article du *Post*.

Avocate se rapproche de Martin Joy.
Par Jenny Morris

J'ai immédiatement su ce qui s'était passé. Je m'étais fait piéger.

L'info manquait d'épaisseur, c'était le moins qu'on puisse dire. Si Jenny cherchait son scandale du Watergate, elle en était encore loin.

Mme Day n'a pas souhaité commenter la nature exacte de sa relation avec l'époux de la belle disparue Donna Joy, mais a reconnu qu'elle était « compliquée ».

Tout en continuant à lire, je me suis rendu compte que je n'étais même pas déçue par la trahison de Jenny. Au fond de moi, je m'y étais attendue.

Elle avait su que la probabilité d'obtenir une interview exclusive avec Martin Joy était faible, et elle avait juste voulu sauver sa propre peau. C'était la seule chose qui comptait pour tout le monde, de nos jours, pas vrai ? Faire tout son possible pour gravir l'échelle sociale, réussir, posséder, avancer dans la vie, coûte que coûte.

J'ai grignoté une frite en me demandant si je devais appeler Vivienne. Je lui devais au moins ça. En soi, avoir une liaison avec un client n'était probablement pas suffisant pour me faire renvoyer du cabinet, mais ajouté à tout le reste – mon aveu que j'avais été chez Donna cette nuit-là, mon « harcèlement » de Pete Carroll –, je savais que j'étais finie.

À moins que Donna réapparaisse. Ou que son corps soit trouvé et que le suspect soit quelqu'un d'autre que Martin ou moi.

J'ai su à cet instant que j'avais deux options. Je pouvais donner le collier à l'inspecteur Doyle et m'en remettre à lui pour me blanchir. Ou je pouvais croire Martin et essayer de prouver le lien entre Alex Cole et la disparition de Donna.

Martin m'avait suppliée de lui faire confiance. Était-ce le moment de prendre ce risque ?

Je me suis forcée à réfléchir, mais c'était dur : l'angoisse et la peur engluaient tous les rouages de mon cerveau.

Mes pensées ont contourné Martin et Donna pour revenir à Tom.

Quelque chose qu'il avait dit à propos d'une affaire précédente a arrêté net le cours de mes pensées.

Lorsqu'il avait défendu Nathan Adams, il avait basé son plaidoyer sur l'idée que même si son client avait une réputation de brute, ça ne voulait pas nécessairement dire qu'il avait fait du mal à sa femme. Mais c'était resté une source de honte profonde pour lui que cette ligne de défense ait fonctionné et que Suzie ait par la suite été assassinée.

Les paroles de Tom ont résonné dans ma tête.

L'avocate de Suzie s'est tournée vers moi en disant : « On va juste devoir attendre la prochaine fois. »

J'ai réfléchi à la signification de ces mots. Tout le monde avait su que Nathan Adams était un violent psychopathe, mais le brio dont Tom avait fait preuve au tribunal et le manque de preuves concrètes lui avaient permis d'échapper à une condamnation.

Mais il était en prison, à présent, et purgeait une peine de réclusion à perpétuité pour meurtre. La police et le service des poursuites judiciaires avaient finalement réussi à le coincer parce qu'il s'était *de nouveau* montré violent.

Les prémices d'une idée ont commencé à tournoyer dans ma tête, et je les ai laissée prendre de la vitesse. Ramassant le couteau à steak sur mon assiette, je l'ai essuyé avec ma serviette. Lentement, j'ai changé ma prise dessus, pour ne plus le tenir comme un couvert mais comme une arme.

Et puis, sans songer davantage aux dangers du plan que suggérait mon cerveau, j'ai attrapé mon téléphone.

45

Je savais que je devais l'appeler immédiatement, sinon je risquais de ne jamais pouvoir le faire.

J'ai hésité en faisant défiler ma liste de contacts, puis me suis armée de résolution.

Il a répondu presque immédiatement.

« Je n'étais pas sûr qu'on aurait l'occasion de se reparler, a-t-il dit d'un ton suggérant qu'il était surpris de mon appel. Qu'est-ce qu'il y a ?

— Il faut qu'on parle. J'ai de nouvelles informations. »

Il y a eu un long silence – un silence qui m'a donné le temps de reconsidérer ma décision et de revenir dessus si je le souhaitais.

« Je vous écoute », m'a dit Alex Cole.

J'ai regretté de ne pas avoir de cigarette. J'avais besoin de nicotine ou d'alcool pour calmer ma nervosité, et je n'avais ni l'un ni l'autre. À la place, j'ai porté l'index à ma bouche et me suis rongé l'ongle avant de reprendre enfin la parole.

« Je sais qu'on espère encore tous que Donna soit saine et sauve quelque part. Et, je vais être franche, c'est en partie parce que je ne crois pas que Martin ait quoi que ce soit à voir avec sa disparition.

— Je pense qu'on est tous d'accord avec vous sur ce point, a dit Alex d'un ton encourageant.

— Comme vous le savez, j'ai demandé à un détective privé de se renseigner sur la vie privée de Donna. C'est comme ça que j'ai appris votre liaison.

— Bon sang, Fran. Combien de fois est-ce qu'il faut que je vous le dise ? Ce n'était pas une liaison… »

Je l'ai interrompu sans le laisser terminer.

« Mon détective m'a également informée que Donna et Martin continuaient à coucher ensemble. La nuit où elle a disparu, je savais qu'ils se voyaient et je les ai suivis. Ils sont allés chez Donna, mais j'ai vu Martin repartir quelque temps après.

— Est-ce que vous avez dit tout cela à la police ? m'a-t-il demandé d'un ton incrédule.

— Oui, mais je ne suis pas sûre qu'ils me croient. En fait, je suis certaine que non. Hier, ils ont failli m'arrêter.

— Vous arrêter ? Merde.

— Comme vous pouvez l'imaginer, le fait que j'aie une liaison avec Martin et que je les aie suivis en douce, lui et Donna, n'est pas du meilleur effet. À la place de la police, vous me prendriez pour une maîtresse obsessionnellement jalouse. Dangereusement, même.

— Pourquoi est-ce que vous me dites tout ça ? »

J'ai dégluti. Il fallait que j'aille jusqu'au bout.

« Parce que j'ai un élément à charge contre Martin. Et parce que je ne sais pas quoi en faire.

— Quel genre d'élément ? »

Je lui ai parlé du collier et de l'insistance de Martin sur le fait que Donna n'était jamais allée à Dorsea.

« Si je voulais me débarrasser de quelqu'un, c'est là que je l'emmènerais, a marmonné Alex. Dans ma vieille maison isolée sur la côte.

— La police a manifestement fouillé l'endroit, mais elle n'a pas trouvé le collier.

— Ni de corps, j'imagine.

— Je doute qu'ils aient trouvé quoi que ce soit d'important, sinon la police scientifique serait encore là. »

J'ai marqué un temps avant de lui dire le reste de mon plan. Bien qu'il fasse froid, je transpirais légèrement. Ma paume était moite contre le dos de mon téléphone, ma respiration incertaine et irrégulière dans ma poitrine.

« Je vais rester à Dorsea House cette nuit. Demain, j'apporterai le collier à l'inspecteur Doyle.

— Est-ce que Martin est au courant de tout ça ?

— Non, ai-je répondu rapidement. Et ne lui dites rien. Je vous préviens seulement parce que vous méritez d'avoir le temps de vous préparer. Si Martin est arrêté, s'il est inculpé cette fois-ci, vous aurez probablement besoin de temps pour gérer les retombées de l'affaire.

— Merci. Je vous suis reconnaissant de tout ce que vous avez fait pour nous. »

Mes mains tremblaient lorsque notre communication a pris fin. Maintenant, je n'avais plus qu'à attendre.

J'ai fait les cent pas pendant quelques minutes avant de reprendre le téléphone.

« C'est Fran.

— Dieu merci, a fait Martin avec un ton soulagé. Quand tu m'as raccroché au nez tout à l'heure, j'ai commencé à paniquer. »

Je me suis forcée à me calmer.

« Est-ce qu'on peut se voir demain matin ?

— Bien sûr, a-t-il acquiescé avec une note d'espoir dans la voix.

— J'ai rendez-vous avec l'inspecteur Doyle à 11 heures. Peut-être qu'on peut se retrouver à 9 heures et demie à Pimlico. Si je suis en retard, attends-moi. Je reste à Dorsea cette nuit, et demain matin à l'heure de pointe, ça risque d'être difficile d'entrer dans Londres.

— Tu ne peux pas revenir ce soir ? On pourrait se trouver un hôtel comme la dernière fois.

— Maintenant que je suis là… De toute façon, il fait si mauvais, je crois que je ferais mieux de rester où je suis. Ça ne te dérange pas que je passe la nuit dans ta maison, si ? Il risque de faire trop froid dans la cabane, mais j'ai remarqué qu'il y avait des lits au premier étage.

— Tu as toujours le collier ?

— Je l'ai au cou, ai-je répondu en portant les doigts à ma gorge.

— As-tu décidé de ce que tu allais en faire ?

— Je ne sais pas, Martin. On parlera de ça demain matin. »

La main crispée sur la chaîne, j'avais l'impression qu'elle pourrait m'étrangler. « Il faut juste qu'on trouve Donna, c'est la seule chose qui peut nous aider, maintenant. »

« Tom, c'est moi.

— Dis-moi que tu es en train de revenir à Londres.

— Pas ce soir, ai-je répondu sans prendre le risque de me laisser fléchir.

— Je viens de parler à Doyle. Il n'a pas voulu trop en révéler sur le rendez-vous de demain, mais je crois qu'il faut qu'on se prépare au pire. Ils ont trouvé le taxi qui t'a ramenée chez toi. Apparemment, il t'a prise dans King's Road à 1 heure et demie du matin et t'a ramenée à Islington. Le personnel du Walton Arms a confirmé que tout le monde avait quitté le pub à 23 h 20. Doyle va vouloir savoir ce que tu as fait pendant deux heures à Chelsea.

— Tu sais que je n'ai pas la réponse à cette question, Tom.

— J'ai aussi parlé à Matthew Clarkson. »

Au silence qui a suivi, j'ai deviné que je n'allais pas aimer ce que j'étais sur le point d'entendre.

« Le sang trouvé dans le lit de Donna. Il n'est pas menstruel. »

J'ai essayé de ne pas visualiser la tache. Des nuages bordeaux sur des draps de luxe blancs, comme une solution acide sur du papier de tournesol.

« La police scientifique pense que Donna a saigné dans sa chambre, cette nuit-là. Elle travaille sur une analyse des traces de sang pour élaborer une théorie quant à ce qui a pu se passer. »

Comment Martin s'était-il éclaté les jointures ? Comment m'étais-je ouvert la jambe ? Comment Donna avait-elle saigné ? Pourquoi avait-elle saigné ? Tant de questions tambourinaient dans ma tête que je craignais qu'elles la fassent exploser.

« Fran, s'il te plaît. Rentre à Londres. Si les flics découvrent que tu as bafoué leurs ordres, et que tu es chez Martin, il est très possible qu'ils t'arrêtent.

— Je vais devoir prendre ce risque.

— Je crois qu'il faut qu'on commence à rassembler une équipe juridique.

— Pas la peine. Pas tout de suite. Mais par contre, j'ai besoin que tu fasses quelque chose pour moi. Que tu viennes me rejoindre. C'est une énorme faveur à te demander, je sais, mais c'est peut-être la seule chose qui pourra mettre un terme à tout cela. »

46

Mon grand-père aimait m'emmener pêcher. Et après le divorce de mes parents, ma mère aimait que je sorte de la maison. Or, il n'y avait pas grand-chose à faire dans notre ville pour un ado de quatorze ans. Le personnel au comptoir du pub demandait toujours la carte d'identité, et chaque fois que nous amenions notre cidre et nos cigarettes au parc, nous nous faisions prendre en flagrant délit par le pasteur du coin.

La pêche n'allait jamais être le sport idéal pour une adolescente, et je n'étais pas particulièrement patiente, incapable de rester assise plus d'une heure à attendre que quelque chose morde. Mais j'adorais la boîte de leurres en plumes de mon grand-père, ces minuscules houppes de rouge, de turquoise et de vert qu'il attachait à son hameçon avec des doigts rudes tachés de nicotine. C'étaient de petites explosions de couleurs dans mon monde par ailleurs terriblement morne.

Cela faisait bien longtemps que je ne m'étais pas remémoré ces après-midi au bord de la rivière, mais tout à coup je ne pouvais plus penser qu'à ça. Des souvenirs sûrs, auxquels je pouvais me fier…

J'ai attrapé mon manteau, mis le couteau à steak dans ma poche et suis sortie de ma chambre, refermant la porte derrière moi. Avant de quitter le pub, j'ai pris un dépliant des horaires de marées, jetant une pièce d'une livre dans la boîte à sous voisine. Arrivée dans la grand-rue, j'ai fermé mon manteau jusqu'en haut et laissé l'odeur salée et iodée de la mer me guider jusqu'au sentier côtier. Avec une ribambelle de cabanes de pêcheur sur ma droite et une plage de schiste émaillée de bateaux amarrés sur ma gauche, je me suis rapidement éloignée en direction de Dorsea House, laissant les bruits de la nature m'apaiser. Le raclement des vagues sur les galets et le bruissement du vent dans l'herbe rêche qui bordait le chemin goudronné. Tournant mes yeux vers le large, j'ai regardé les points de lumière qui avançaient lentement sur l'eau : des porte-conteneurs emportant leur cargaison en Europe, en Afrique et au-delà.

J'ai enfoncé les mains dans mes poches et décidé qu'une fois tout cela terminé, je me renseignerais pour partir en croisière. Je me suis imaginée en train de m'habiller pour aller dîner, et de boire des martinis dans un bar façon Art déco aux lambris de noyer. Je parlerais à des couples de retraités intéressants et jouerais au palet sur le pont comme l'héroïne d'un roman d'Agatha Christie.

Je n'avais encore jamais fait de croisière, et soudain, je voulais éperdument en faire une, ainsi que toutes les autres choses qui m'avaient toujours tentée mais que je n'avais jamais trouvé le temps de faire à cause du travail. Cours de cuisine en Toscane, promenades à cheval dans les montagnes andalouses, long trajet en train de Saint-Pétersbourg à la Sibérie, ou encore *road trip* de New York à Los Angeles. Cours de poterie et de dramaturgie, leçons d'italien et de saxophone. Toutes ces choses étaient sur ma liste de souhaits, et j'ai résolu de toutes les faire si je survivais à la semaine.

Dorsea House se dressait au loin devant moi, silhouette noire se détachant sur le ciel strié de bleu marine et de mauve. Les nuages qui avaient contenu la pluie tombée plus tôt s'étaient dissipés et les étoiles commençaient à scintiller, tels des vermicelles de sucre sur du velours bleu, tandis que la pleine lune ressemblait à une tête de pissenlit suspendue dans le firmament.

J'ai suivi le chapelet de lumières du sentier côtier jusqu'à la maison, et m'y suis introduite par la porte de la véranda.

L'obscurité et le silence régnaient à l'intérieur, troublés seulement par les doux roucoulements des pigeons qui, je le savais, avaient fait leur nid quelque part sous le toit. À la lueur de mon téléphone, j'ai cherché un interrupteur, bien que je ne sache pas si la bâtisse était encore raccordée à l'électricité. En repérant un près de la porte de la véranda, j'ai poussé un soupir de soulagement lorsqu'une ampoule au plafond s'est allumée en clignotant.

Je suis passée de pièce en pièce, allumant lampes et plafonniers jusqu'à ce que l'endroit devienne plus accueillant. J'ai arraché les draps qui protégeaient les meubles, libérant des nuages de poussière grise qui m'ont fait tousser.

Je me sentais possédée. La machine était lancée, désormais, et même si je savais que je pouvais l'arrêter en retournant à Londres, j'étais également consciente que jouer la sécurité ne m'aiderait pas à me sortir de ma situation.

J'avais pris beaucoup de mauvaises décisions au cours des deux derniers mois. Je risquais d'être arrêtée ou renvoyée du cabinet. Je n'avais aucune chance d'obtenir la soie, et j'avais deux hommes qui proclamaient être amoureux de moi. À première vue, c'était là un point positif, sachant combien de temps j'étais restée célibataire, mais quand on considérait le fait que l'un était un meurtrier potentiel et l'autre un violeur, on pouvait dire sans trop s'avancer que les choses auraient pu aller mieux.

Ne pas retourner à Londres, dire à Alex Cole et à Martin Joy où j'étais – seule dans une vieille maison au bord de la mer – semblait également être l'une de mes idées les plus stupides. Cette isolation me rendait vulnérable, facile à éliminer. Mais c'était exactement le but. Au bord du gouffre, j'avais retrouvé le contrôle de la situation et je contre-attaquais.

Je me suis remémoré un divorce dont je m'étais récemment occupée, espérant qu'il allait m'aider à rationaliser ce que je faisais. La loi avait toujours été ma source de réconfort, mon filet de protection, et j'avais besoin de son aide à cet instant. Mon client avait été un footballeur célèbre, et bien que je n'y connaisse pas grand-chose en foot, j'étais assez informée pour savoir qu'il était considéré comme l'un de nos plus grands joueurs de tous les temps – et il s'était avéré qu'il était aussi bon coureur dans la vie que sur le terrain. Sa femme, Candace, avait demandé le divorce lorsque la nouvelle de sa liaison avec sa physiothérapeute avait fait la une du *Sun* pendant une semaine. Les choses avaient dégénéré, avec des accusations d'infidélité lancées des deux bords, et mon client qui refusait de céder cinquante pour cent de sa fortune à une femme qu'il qualifiait désormais de croqueuse de diamants.

Ce n'était pas mon travail de juger qui méritait quoi. Mon client m'avait demandé de sauver le maximum que je pouvais de sa fortune, et donc lorsque notre affaire était passée au tribunal, j'avais consacré quatre-vingt-dix pour cent de mon énergie à tenter de prouver que mon client était un génie. Que son talent était tellement unique, tellement spécial, qu'il méritait une plus grosse part des biens matrimoniaux que sa femme.

Même l'avoué de mon client n'avait pas approuvé ma stratégie ; et lorsque les heures facturées avaient commencé à s'accumuler, le client non plus. C'était une stratégie trop risquée, trop peu d'hommes avaient réussi à convaincre un juge de leur capacité exceptionnelle pour espérer dissuader le nôtre d'ordonner une division équitable des biens comme c'était la coutume.

Mais ma prise de risque avait payé. Comme je l'avais expliqué à mon client ravi à la sortie du tribunal, quand on voulait gagner gros, il fallait risquer gros.

Bien que je sois à l'intérieur, le froid m'a fait frissonner. Ou peut-être était-ce la peur. Si Alex ou Martin venaient cette nuit, ce serait indubitablement dans l'intention de me réduire au silence. Jusqu'où ils étaient prêts à aller pour ça, telle était la question.

Je me suis assise dans un fauteuil, sous la lumière tamisée d'une lampe de bureau, et j'ai tenté de déchiffrer les horaires des marées. D'après le tableau, la marée haute à 1 h 35 ferait monter les eaux jusqu'à quatre mètres quatre-vingt-quatorze. D'après ce que m'avait expliqué Martin lors de notre dernière visite, c'était juste à la limite de ce qui était nécessaire pour inonder la route. Je me suis rappelé que ce n'était qu'une prévision, et qu'il était par ailleurs entièrement possible que personne ne vienne à Dorsea cette nuit. Je me servais de moi-même comme appât, mais peut-être n'y avait-il pas de poissons dans cette rivière. Peut-être que ni Alex ni Martin n'avaient quoi que ce soit à voir avec la disparition de Donna. Peut-être, peut-être…

Assise toute seule dans le noir, je me suis surprise à repenser à cette nuit-là. Qu'est-ce que j'avais vu d'autre ? Qu'est-ce que j'avais fait durant ces deux heures, entre le moment où j'avais vu Martin sortir de la maison et celui où j'étais montée dans le taxi ? Je ne le savais toujours pas.

J'ai regardé mon téléphone. Le niveau de la batterie était descendu à huit pour cent. J'ai baissé la luminosité bleu dur de l'écran pour économiser de l'énergie mais, avant de remettre le téléphone dans ma poche, j'ai écrit un texto à Clare.

> Je suis désolée pour hier. Tu me manques. Je suis dans l'Essex ce soir mais s'il te plaît, il faut qu'on parle demain.

Alors que j'appuyais sur envoyer, j'ai étrangement eu l'impression d'être en train de lui dire adieu.

Je commençais à avoir envie de dormir. Je ne pouvais pas me le permettre.

Il n'y avait pas de café ni même une bouilloire dans la cuisine, alors j'ai dû me contenter de m'asperger le visage de l'eau froide qui sortait par à-coups du robinet.

Il y avait dans la maison une petite bibliothèque qui devait avoir servi de salle d'activités quand la propriété était une maison de repos. Il y avait encore des jeux de société empilés sur les étagères : backgammon, dames, Scrabble, dans des boîtes décolorées par le temps et le soleil. Il y avait aussi des piles de magazines, de sport et de loisirs essentiellement : des numéros de *The Field*, *Boating* ou *Country Life* qui dataient presque d'une décennie.

J'en ai pris quelques-uns avant de monter. J'ai choisi une chambre à l'arrière de la maison. Elle était dotée d'un énorme bow-window qui donnait sur les ténèbres de la mer, avec une banquette devant.

C'était également une des rares à contenir encore un lit, garni de couvertures et d'un oreiller. Je l'ai tapoté pour en enlever la poussière, puis j'ai accroché mon manteau à une patère derrière la porte.

10 heures. 10 heures et demie. Dans l'attente, à l'affût.

Batterie à six pour cent.

J'en ai utilisé un tout petit peu pour accéder à Internet. Il y avait une caserne de pompiers sur l'île mais la police était basée à Colchester, à quelques kilomètres de là. Même pour un appel d'urgence, elle mettrait peut-être quinze minutes à arriver à Dorsea. Les pompiers, par contre, seraient là en une minute ou deux.

« Allez, Tom, où est-ce que tu es ? » ai-je marmonné tout haut.

Je pensais qu'il serait le premier à arriver. Il venait du nord de Londres, donc, normalement, c'était lui le plus proche. Mais qu'est-ce qui lui prenait si longtemps ? Cela faisait une heure et demie que je l'avais appelé, il n'allait sûrement plus tarder.

La pièce sentait l'humidité et le renfermé. J'ai ouvert une fenêtre pour laisser entrer le vent et, au loin, j'ai entendu la corne de brume d'un des cargos que j'avais vus plus tôt disparaître dans le noir.

Je me suis assise sur le lit et j'ai tendu l'oreille dans le silence, à l'affût du ronronnement de moteur d'une voiture en train de remonter l'allée.

J'ai écarquillé les yeux pour maintenir ma vigilance. Mon plan dépendait de ma capacité à rester éveillée. Si je m'endormais, les conséquences pourraient être catastrophiques. J'ai feuilleté un magazine, puis un autre, apprenant tout ce qu'il y avait à savoir sur l'art de lire un compas et sur les saisons où l'on pouvait pêcher le saumon. J'ai essayé de retenir chaque mot du texte, chaque image, dans l'espoir de me distraire du martèlement de mon cœur.

Lorsque mon téléphone a sonné, je l'ai sorti en hâte de ma poche. En voyant que c'était Tom, j'ai maladroitement glissé le doigt sur l'écran pour décrocher.

« Fran, il faut que tu sortes de la maison.

— Quoi ?

— J'ai un putain de pneu crevé. »

Une énergie glaciale s'est répandue jusqu'au bout de mes ongles.

« Je ne suis plus très loin, à Chelmsford, donc ça ne devrait pas me prendre trop longtemps de le changer et d'arriver à Dorsea, mais je ne veux pas prendre de risques. Sors de la maison. Tu ne devrais pas être là-bas toute seule. Trouve un endroit où dormir. Il y a deux pubs sur l'île. Les deux proposent des chambres. Vas-y, c'est tout, et je viendrai te chercher.

— OK », ai-je répondu, incapable d'en dire plus.

Alors que je décrochais mon manteau de la patère, j'ai hésité. Quitte ou double ? Partir ou rester ?

J'avais l'impression d'être allée trop loin pour faire demi-tour maintenant, mais Tom avait raison, je serais plus en sécurité au pub.

J'ai effleuré le collier de Donna autour de mon cou, la priant silencieusement de m'aider, de femme à femme.

Dehors, le temps était devenu horrible, et l'eau coulait à flots dans les gouttières cassées. Mais à cet instant, j'ai entendu un autre bruit à travers le tambourinement rythmique de la pluie.

Je suis sortie sur le palier plongé dans l'ombre, et je l'ai perçu plus clairement : le grondement grave d'un moteur de voiture, bientôt accompagné de pâles points de lumière qui se rapprochaient de la maison. J'étais contente que l'allée soit longue et que le temps ralentisse le véhicule.

Je n'avais pas le temps de m'enfuir, mais je savais que je devais réfléchir rapidement. Tom n'avait pas pu arriver de Chelmsford si vite, donc c'était forcément quelqu'un d'autre.

Mon téléphone tressautait dans ma main. J'ai appuyé sur « Contacts », mais je tremblais tellement que j'ai eu du mal à passer l'appel.

Je n'avais pas la ligne directe de l'inspecteur Doyle, mais j'avais celle du sergent Collins.

J'ai appuyé sur son numéro et attendu que ça sonne. Mais il n'a pas décroché, et, à la place, je suis tombée directement sur sa boîte vocale.

Je me suis forcée à parler. Je n'avais pas pensé que je pourrais me sentir aussi désarmée, aussi pétrifiée.

« Monsieur Collins. Sergent. C'est Francine Day. Ceci est un appel urgent en lien avec la disparition de Donna Joy. Je suis actuellement à Dorsea House, sur Dorsea Island, dans l'Essex. Je répète, Dorsea House sur Dorsea Island. Elle appartient à mon client, Martin Joy. Je lui ai dit que j'avais une preuve contre lui et il est venu me trouver. Rappelez-moi, s'il vous plaît. J'ai peur. J'ai des raisons de croire qu'il pourrait me faire du mal. »

Je savais que je devais passer pour une folle. Je ne pouvais pas m'empêcher de le penser alors même que les mots jaillissaient de ma bouche. Les mots d'une femme paranoïaque. Je ne savais pas si le sergent Collins allait me croire. Devoir parler à une messagerie ne me rassurait pas vraiment sur la possibilité que quelqu'un me vienne en aide.

J'ai essayé le commissariat de Belgravia, mais un autre répondeur m'a informée que des comptoirs d'accueil étaient accessibles vingt-quatre heures sur vingt-quatre sur d'autres sites.

Mon cœur battait tellement fort dans ma poitrine que j'ai cru qu'il allait en jaillir et tomber par terre.

Qui d'autre ? Les services d'urgence ? Pompiers, police ou ambulance ?

Je voulais juste voir quelqu'un. N'importe qui. Le plus rapide à arriver.

J'ai tapé 999 et une voix calme m'a demandé quel service je voulais. J'ai tenté de me représenter la grand-rue de Dorsea Island et sa caserne minuscule.

« Pompiers, ai-je répondu, sachant que c'était ma seule chance. Je suis à Dorsea House sur Dorsea Island et il y a de la fumée. J'ai besoin que quelqu'un vienne le plus rapidement possible. »

La voix calme m'a demandé de lui décrire ce qui s'était passé.

« Je suis à l'étage dans une chambre. Je sens une odeur de brûlé.

— Est-ce que vous voyez des flammes ?

— Oui, ai-je menti. Je vois des flammes au rez-de-chaussée depuis ma fenêtre de chambre. Je suis dans une situation dangereuse. Venez vite, s'il vous plaît. »

J'ai scruté l'obscurité et j'ai distingué la forme d'une voiture de sport. Une Audi noire.

La tristesse m'a envahie. Martin était venu. Je m'étais tellement trompée, sur toute la ligne.

J'avais voulu croire qu'il ne me ferait jamais de mal. C'était là la vraie raison qui m'avait amenée à Dorsea Island. C'était un test. Un test pour voir s'il m'aimait, et il l'avait raté. Moi aussi.

Quelque part, j'ai trouvé la force d'écrire un texto à Clare et à Phil Robertson.

> Martin Joy a tué Donna Joy. Je suis à Dorsea House sur Dorsea Island. J'ai une preuve et il est venu me trouver.

J'ai regardé tourner et tourner le symbole indiquant que l'envoi était en cours.

« Allez », ai-je maugréé avec frustration.

J'ai entendu une portière claquer. J'ai regagné la chambre en courant et fermé la porte, m'y adossant pour essayer de réguler ma respiration.

Je savais que je pouvais me cacher, ou bien l'affronter et lui dire qu'il était inutile d'essayer de me réduire au silence. J'avais parlé du collier à tout le monde : Doyle, Collins, Tom Briscoe, Phil Robertson. Donna Joy était venue là. Je le savais et tout le monde aussi.

Ou alors, je pouvais me battre. Le couteau que j'avais volé au pub était toujours dans la poche de mon manteau. Je l'en ai sorti et j'ai serré les doigts autour du manche en bois noir.

Me couchant dans le lit, j'ai remonté les couvertures jusqu'à mon menton, le poing toujours crispé sur mon arme, prête à m'en servir.

J'ai entendu les marches de l'escalier grincer puis des pas s'arrêter devant ma porte.

La lune a disparu derrière un nuage et la pièce est devenue encore plus sombre ; j'avais beau écarquiller les yeux, je ne voyais plus qu'une série d'ombres.

La porte s'est ouverte avec un gémissement. Je m'attendais à ce qu'il m'appelle, mais à la place il y a eu un silence qui m'a donné l'impression que le monde avait cessé de tourner.

J'ai fermé les yeux, feignant de dormir. Le couteau dans ma paume tremblante était trempé de sueur. Je n'arrivais pas à croire qu'il s'apprête à me faire du mal. Je n'arrivais tout simplement pas à y croire.

Je pouvais maintenant sentir sa présence dans la chambre. J'ai ouvert les yeux et regardé la silhouette au pied du lit.

« Martin, ne fais pas ça », ai-je dit doucement.

Il s'est approché de moi. Dans l'obscurité, j'ai remarqué qu'il portait des vêtements sombres comme le ciel nocturne et une cagoule noire qui lui couvrait presque tout le visage.

« Martin, s'il te plaît, ai-je repris, une larme roulant sur ma joue froide. Je savais que tu allais venir. J'ai appelé la police. Et les services d'urgence. Quelqu'un sera là d'une minute à l'autre... »

Il a posé la main sur mon visage et j'ai commencé à me débattre. Il était fort.

J'ai essayé de prendre une bouffée d'air mais la paume pressée contre mon nez et ma bouche m'en empêchait complètement. Des images ont défilé devant mes yeux. La chambre d'hôtel. Martin qui m'embrassait, m'agrippait les poignets, m'immobilisait. Le pub à Chelsea, le bruit du quiz à l'étage, fort, si fort, comme un match de foot. Tout le monde en train de partir, en riant. Seule dans la rue. À observer, à attendre. Un portail ouvert menant à un appartement en sous-sol. Des fers de lance noirs. Une marche froide. Assise, à attendre, à observer.

La main continuait d'appuyer. Je ne pouvais toujours pas respirer et mon corps tout entier réclamait désespérément de l'oxygène. Une porte ouverte. Martin dans la rue. Donna à la fenêtre. Cerveau embrumé, envie de dormir. Trop bu. Le vertige. Donna dans la rue. Une berline de couleur sombre. Un casque de cheveux blonds. Des pots d'échappement. Un taxi. Une douleur fulgurante. Du sang sur mon collant. Tout me revenait en torrent.

J'ai essayé de rester forte, mais j'étais en train de sombrer rapidement.

« Francine. »

Quelqu'un a crié mon nom. La pression sur mon visage et mon corps s'est atténuée, et j'ai pris conscience au même moment que quelqu'un tirait mon agresseur en arrière pour le forcer à me lâcher. Je me suis vivement redressée dans le lit, mon couteau à la main, et j'ai vu deux personnes aux prises l'une avec l'autre, ne se lâchant que pour échanger de violents coups de poing.

Il m'a fallu une seconde pour reconnaître Martin, et quelques-unes de plus pour réaliser qu'il était en train de se battre avec l'agresseur cagoulé, et que donc ce dernier était quelqu'un d'autre.

Mon cœur s'est mis à battre furieusement et j'ai serré le couteau un peu plus fort dans ma paume moite.

« Alex, arrête ! » ai-je hurlé, tirant déjà les conclusions qui s'imposaient.

Je savais que je devais aider Martin, mais que se passerait-il si la lame transperçait le bras, la jambe qu'il ne fallait pas ? Mes yeux se sont posés sur un vieux vase à ma droite, sur la table de chevet. J'ai lâché mon couteau et me suis glissée hors du lit, levant le vase avec des mains hésitantes. Tout a semblé s'accélérer brusquement. Un bruit, un mouvement, une ombre. Martin a agrippé la cagoule de son adversaire, l'arrachant alors que je m'apprêtais à abattre mon arme. Il y a eu un fracas de verre brisé, un cri de douleur et un hurlement, puis j'ai vu Martin dans l'encadrement de la fenêtre cassée. Il s'est retourné pour me prendre dans ses bras. Je pouvais sentir sa sueur et sa peur, mais je suis restée serrée contre lui quelques instants, simplement heureuse d'être en vie, avant de me retourner vers la fenêtre. Et puis je me suis légèrement penchée entre les tessons de verre pour regarder le patio en contrebas, et je n'ai vu qu'une chose, le visage blanc de Sophie Cole tourné vers le ciel.

Les pompiers sont arrivés les premiers, puis les ambulanciers, qui avaient dû venir de Colchester.

J'étais à peine en état de parler à qui que ce soit et j'ai laissé Martin prendre le contrôle de la situation, sans même chercher à observer ou à écouter. À la place, j'ai trouvé un coin tranquille dans la maison et je me suis accroupie par terre, les genoux ramenés contre la poitrine, jusqu'à ce que les sirènes et les lumières bleues qui les accompagnaient disparaissent dans les ténèbres, les ambulanciers emmenant Sophie à l'hôpital et les pompiers s'étant rendu compte qu'ils n'avaient plus rien à faire.

Une voix forte est arrivée jusqu'à moi, portée par le vent, annonçant que la route était inondée et qu'il faudrait encore attendre une heure avant que la circulation reprenne, mais que l'inspecteur Doyle du commissariat de Belgravia avait été prévenu et était déjà en route.

« Comment ça va, ma chérie ? » Une agente de police est entrée dans la pièce et m'a mis une couverture sur les épaules.

« Il y a une bouilloire, quelque part ?

— Non. Vous n'en trouverez pas ici », ai-je répondu.

Elle m'a regardée comme si elle se demandait quel genre de vie je menais là, à Dorsea House. Elle me prenait sûrement pour une sorte de miss Havisham, et la fragilité mentale que je ressentais me rapprochait certainement de ce personnage d'aristocrate folle qui comptait parmi les plus célèbres personnages de Dickens.

« Au fait, je crois qu'un ami à vous est là pour vous voir. »

Levant les yeux, j'ai vu Tom qui hésitait sur le seuil.

Je me suis redressée tant bien que mal et l'ai laissé passer les bras autour de moi.

« Tu es arrivé, ai-je murmuré dans le creux de son épaule.

— Je viens juste d'accéder à l'île. Mieux vaut tard que jamais.

— Eh bien, tu as raté le moment le plus intéressant. »

Il n'a pas trouvé ça amusant.

« Je suis vraiment désolé, Fran.

— Je n'ai pas eu besoin de ton aide.

— Non. Tu t'en es toujours passée. »

Il disait ça comme un compliment, et je me suis autorisé un sourire reconnaissant en réponse.

« J'ai entendu des gens parler, a-t-il repris. Apparemment, Sophie Cole est en vie. Ils sont stupéfaits qu'elle ait survécu à sa chute. »

J'ai hoché la tête ; je n'étais pas sûre de réussir un jour à oublier la vision de Sophie étalée sur le béton, comme une marionnette dont on aurait coupé les fils.

« Sophie est une des battantes de la vie. Elle est en bonne santé, en forme. Je suis sûre qu'elle va s'en sortir.

— Je ferais mieux d'y aller. Je crois que Martin veut te parler.

— Reste encore un peu, s'il te plaît. »

Je n'étais pas sûre d'avoir envie de me retrouver seule avec Martin.

« Je m'étais trompé sur son compte, a repris Tom après une seconde. J'étais sûr que c'était lui qui avait tué Donna. Je suis désolé. J'aurais dû me fier à ton jugement.

— Non, moi aussi je me suis trompée sur lui », ai-je dit, plus pour moi qu'à l'adresse de mon ami.

Au bout d'un moment, j'ai ajouté : « Dis-lui que je le retrouve dehors. »

Personne ne m'a regardée alors que je gagnais lentement l'allée, la couverture sur mes épaules traînant sur le gravier. Je savais que quelqu'un allait finir par vouloir m'interroger, mais en attendant je jouais à peine plus qu'un rôle de figurante. Il y avait un banc sur la pelouse à l'avant, sous un hêtre, et je me suis assise au bord tout en regardant Martin me suivre à l'extérieur.

« Merci, lui ai-je dit alors qu'il s'asseyait à côté de moi. Merci d'avoir été là. »

Il n'a pas répondu, se contentant de tendre la main pour m'étreindre l'épaule.

« Pourquoi est-ce que tu as eu l'idée de suivre Sophie ? »

J'essayais de reconstituer ce qui s'était passé, mais j'avais le cerveau trop embrumé.

« Parce que je savais combien tu es maligne. Quand tu m'as appelé pour me dire que tu étais à Dorsea et que tu avais le collier, j'ai su que tu étais en train de me tester, d'essayer de m'inciter à venir. Mais j'ai supposé, espéré, que tu allais faire la même chose avec Alex. Et j'avais raison. Ma seule surprise a été de voir Sophie, et non pas Alex, sortir de la maison pour aller te trouver.

— Donc ils étaient de mèche ? » ai-je demandé lentement.

Il a posé une main froide sur la mienne.

« Je ne sais pas. Je suis sûr qu'on le saura bien assez vite. » Il a marqué un temps avant de reprendre la parole. « Je n'en reviens pas que Sophie ait fait une chose pareille. Tu crois connaître les gens… »

J'ai levé les yeux et vu qu'il pleurait.

« Ne pleure pas, c'est fini, lui ai-je dit doucement.

— Je me demande juste ce qu'ils ont fait d'elle. Ce qu'ils ont fait à Donna », a-t-il expliqué en clignant des yeux pour en chasser les larmes.

J'ai gauchement passé le bras sous le sien. J'avais l'impression d'être assise à côté d'un inconnu, mais je ne voulais pas le voir dans cet état.

« Il faut qu'on retrouve son corps, a ajouté Martin en se reprenant. Elle aurait aimé avoir un grand enterrement. Donna adorait les gens. On rassemblera tout le monde. Ça lui aurait fait plaisir. »

J'ai senti les larmes me monter aux yeux à mon tour. À tel point que j'avais du mal à voir ce qu'il y avait devant moi. Je me suis essuyé le visage du revers de la main en entendant un bruit de pas sur le gravier. Levant les yeux, j'ai vu un policier en uniforme, auréolé d'un certain air d'autorité.

« Monsieur Joy ? » a-t-il demandé avec incertitude.

Martin a hoché la tête.

« Inspecteur Bannister, police de Colchester. L'inspecteur Doyle de la police de Londres est en route, mais je me suis dit que vous voudriez savoir ceci avant qu'il arrive… Un de mes collègues est avec Sophie Cole à l'hôpital. Il a réussi à avoir une brève conversation avec elle… Évidemment, nous n'avons pas encore pu confirmer cette information, mais elle nous dit que votre femme, Donna Joy, est toujours en vie. »

47

Je me suis réveillée toute seule dans la cabane à huîtres, au son d'une mouette qui tournoyait en criant dans le ciel au-dessus. Les étoiles s'étaient évanouies et le ciel nocturne était devenu pâle. De l'autre côté de l'estuaire, le soleil commençait à se lever, ses rayons rosés formant de longs rubans métalliques sur l'eau, la beauté lugubre du paysage laissant place à quelque chose de presque joli.

Il m'a fallu un moment pour comprendre que c'était en réalité les coups frappés à la porte qui m'avaient réveillée.

L'inspecteur Doyle se tenait sur le seuil de la cabane.

« On m'a dit que vous étiez venue ici pour essayer de dormir.

— Je tombais presque de sommeil. J'avais juste besoin d'un peu de repos.

— Comment vous sentez-vous ? m'a-t-il demandé en entrant et en s'asseyant sur une chaise branlante.

— J'ai connu mieux, ai-je répondu en remarquant combien j'avais la gorge sèche. Où est Martin ?

— Toujours dans la maison. »

Je l'ai regardé avec avidité.

« Est-ce que vous avez eu l'occasion de parler avec Sophie ?

— Mes collègues l'ont fait. D'après ce que j'ai compris, elle a une fracture du dos, les jambes et plusieurs côtes cassées. Nous attendons les résultats d'une évaluation plus approfondie, mais elle va probablement devoir rester à l'hôpital quelques jours avant de pouvoir être transférée ailleurs.

— Est-ce qu'elle a été inculpée ? »

Il a hoché la tête.

« D'agression dans l'intention d'infliger de graves dommages corporels. Et d'entrave à l'exercice de la justice. »

Ça m'a déçue. Je savais que Sophie avait eu l'intention de me tuer. L'inculpation ne me semblait pas à la mesure du crime.

« Et Donna ? ai-je demandé en me redressant. Est-ce que vous l'avez retrouvée ? »

Il a marqué un temps avant de me répondre.

« Apparemment, elle est en France. Sophie Cole nous a donné une adresse. Deux de mes agents sont en route pour aller vérifier ça.

— En France ?! Qu'est-ce qu'elle fait là-bas ? »

Des bribes de souvenirs me sont revenues. Phil qui avait vu Donna entrer dans le terminal des départs internationaux à St Pancras, Martin qui avait acheté une ferme dans la Loire à ses parents.

« Elle se cache », a répondu Doyle simplement.

J'ai secoué la tête pour lui indiquer qu'il allait devoir me donner plus d'explications.

« Donna Joy a mis en scène sa propre disparition. Avec l'aide de Sophie. Elles étaient de mèche. »

J'ai marqué un temps pour digérer cette information. Imaginé ce qui se passait en coulisses. Sophie Cole essayait-elle déjà d'obtenir un allègement de peine, en rejetant la faute sur le dos de son amie disparue ?

« Elle n'a pas été enlevée ? »

Doyle a secoué la tête.

« Nous ne savons pas encore exactement pourquoi elles ont fait ça. Si je devais hasarder une hypothèse, je dirais qu'elles voulaient faire porter le chapeau à Martin pour pouvoir s'approprier frauduleusement sa société. »

J'ai hoché la tête.

« C'est ce que Martin se disait. Il y a une clause dans son contrat d'associés qui dit que si Martin jette le discrédit sur leur société, Alex Cole peut acquérir ses parts. »

Je me suis redressée davantage sur la banquette-lit, mais le vertige m'a prise immédiatement et j'ai porté une main à mon front.

« Ça va ? m'a demandé Doyle d'un air inquiet.

— Je crois.

— Vous devriez aller à l'hôpital vous faire examiner. Évidemment, j'ai besoin de recueillir votre déposition, mais ça ne devrait pas prendre trop de temps. Ensuite, je peux vous amener à Colchester. Je dois moi aussi retourner à l'hôpital, de toute façon. »

Il a hésité avant de continuer.

« Je suis désolé que vous ayez eu à endurer ça, Fran. Vous auriez dû nous laisser nous en occuper. Ce que vous avez fait était franchement dangereux.

— Je sais, ai-je répondu, encore ébranlée. Mais quand on est désespéré, on est prêt à faire n'importe quoi pour essayer de rétablir la situation.

— Je suppose que c'est pour cela que vous nous avez menti. »

J'ai essayé de déchiffrer son ton, mais je n'ai pas réussi à déterminer si sa remarque exprimait de la compréhension ou une critique.

« Je savais combien ça faisait mauvaise impression d'avoir suivi Martin et Donna ce soir-là. C'est pour ça que j'ai dit au sergent Collins que j'étais rentrée directement chez moi après être passée à l'atelier de Donna. J'ai eu tort, mais j'avais peur. »

J'avais le cœur qui battait la chamade. Je savais où tout cela pouvait me conduire : à mon inculpation pour entrave à l'exercice de la justice, à ma radiation du barreau.

« Évitez juste de vous attirer d'autres problèmes à l'avenir », m'a-t-il dit avec l'ombre réconfortante d'un sourire.

J'ai senti tout mon corps se détendre.

48

Martin m'a accompagnée à l'hôpital, mais je ne voulais pas de sa compagnie. Donna était en vie, pourtant ma relation avec son mari semblait morte.

Il a attendu avec moi aux urgences. J'étais apparemment un cas prioritaire, qu'on a fait passer devant tout le monde sur un signe de tête de la police, mais il a quand même fallu deux heures pour que je sois examinée et soignée. On m'a fait passer une radio du thorax et on m'a donné du paracétamol pour mon mal de tête.

« Rentrons à Londres, a dit Martin en posant les bras sur mes épaules. On peut enfin retourner au loft.

— Je crois que je ferais mieux de rentrer chez moi, ai-je prudemment répondu.

— On a résolu certains problèmes, ce soir, Fran. Mais ça ne change rien au fait que Pete Carroll est dangereux. Pendant un moment, j'ai même cru qu'il avait quelque chose à voir avec la disparition de Donna. Il était tellement amoureux de toi, me suis-je dit, qu'il était peut-être prêt à tuer Donna et à me faire accuser de son meurtre pour m'écarter de l'équation.

— Si jamais tu en as marre de la finance, tu devrais envisager une carrière d'écrivain de fiction », ai-je répondu avec un sourire, souhaitant me débarrasser de lui.

Il m'a regardée et m'a prise par les épaules.

« Emménage avec moi dans le loft. Peut-être pas maintenant, cette semaine, ce mois-ci. Peut-être qu'on devrait attendre que toute cette affaire soit terminée pour reprendre le cours de nos vies. Mais j'ai hâte de vivre avec toi. »

Je ne pouvais pas nier qu'il était beau. Que ses yeux étaient de la plus extraordinaire nuance de vert, que ses avant-bras parfaitement musclés et bronzés étaient la définition même de la virilité. Vivre dans un entrepôt reconverti d'une valeur de plusieurs millions de livres avec Martin Joy, avoir un incroyable partenaire sexuel à disposition et jouir d'un mode de vie qui semblait tout droit sorti d'un film représentait sûrement le rêve de milliers de femmes. Mais pas le mien ; plus le mien.

Il a froncé les sourcils, comme s'il avait perçu mon rejet.

« Tu ne crois pas à toutes ces rumeurs, n'est-ce pas ? Comme quoi je frappais Donna. »

Je n'ai rien répondu.

« Fran, c'est des conneries. Un coup monté. Donna a tout inventé.

— Je te crois », ai-je assuré doucement, même si je ne pouvais pas me défaire de la pensée de son comportement tyrannique au bureau, qu'il n'avait jamais nié.

Je me suis dégagée et j'ai posé la main sur sa chemise.

« J'ai besoin d'aller aux toilettes. Et après j'ai l'intention de me trouver un café. Tu en veux un ?

— Pourquoi pas, a-t-il répondu distraitement. Je t'attends là. »

J'ai longé le couloir jusqu'à ce que j'arrive devant le plan plein de couleurs et d'annotations accroché sur un des murs, qui orientait les gens vers la cardiologie, les consultations externes ou encore la clinique ophtalmologique ; chaque département, chaque service était dans la liste que j'ai consultée pour savoir où aller.

J'avais entendu l'inspecteur Doyle parler au téléphone, entendu où il devait se rendre pour voir Sophie Cole, et j'ai suivi le plan pour y arriver.

À un moment, j'ai fait semblant de boiter – j'avais toujours dit que j'avais du potentiel en tant qu'espion infiltré – et personne ne m'a arrêtée alors que je me dirigeais vers la chambre privée où Sophie récupérait.

Si je n'avais pas déjà su où elle se trouvait, les deux policiers en civil qui parlaient devant sa porte auraient suffi à me l'indiquer. Je me suis arrêtée à distance respectable et j'ai regardé l'un d'eux jeter un coup d'œil à sa montre et disparaître dans le couloir pour aller parler à une infirmière. Lorsque le deuxième a répondu à un appel téléphonique, s'approchant de la fenêtre pour avoir une meilleure réception, j'ai su que je tenais ma chance.

Elle ressemblait à un spectre, allongée sur le mince lit.

Elle était sous perfusion. Un de ses bras était dans le plâtre, ses deux jambes étaient entourées de broches et de tiges métalliques, mais pour ce qui était de sa colonne vertébrale, Martin m'avait déjà dit que les médecins n'étaient pas sûrs qu'elle remarche un jour.

Son lit était légèrement redressé pour qu'elle puisse regarder autour d'elle. Elle a bougé le cou lentement, et je me suis demandé si cela lui faisait mal.

« Qu'est-ce que vous faites ici ? m'a-t-elle dit d'une petite voix.

— Je voulais vous voir. »

Elle a eu l'air sur le point de me faire remarquer que je n'étais pas censée être là, mais, comme si c'était trop épuisant de soulever le sujet, elle a détourné les yeux.

« Pourquoi est-ce que vous avez fait ça, Sophie ? »

J'ai attendu qu'elle réponde, mais elle a gardé le silence.

« Vous êtes obligée de me le dire. Vous me devez bien ça. Vous avez tout ce que vous pouvez désirer, avec Alex. Ça ne vous suffisait pas ?

— Alex n'a rien eu à voir avec cette affaire. »

Elle a dit cela avec une note de regret presque indétectable dans la voix.

« Alors pourquoi ? » ai-je chuchoté en me rapprochant d'un pas.

Le silence a presque englouti la pièce.

« La société Gassler doit tout à son modèle algorithmique, a-t-elle fini par répondre, un filet de salive lui coulant sur le menton. Toute leur technologie repose sur un système que j'ai créé. C'était mon idée.

— Vous n'étiez pas informaticienne.

— Non. Mais c'est moi qui ai tiré toutes les ficelles. Je leur ai trouvé les meilleurs analystes, les meilleurs informaticiens, j'ai tout mis en place. Mais mon nom ne figurait pas au-dessus de la porte ou sur le papier à en-tête. Il n'y avait pas de parts à mon nom, aucune reconnaissance de ce que j'avais fait par le milieu. Ni par Martin ou Alex. Ils m'avaient évincée. »

Je l'ai regardée tourner les yeux vers la fenêtre en verre fumé comme pour se concentrer sur ses pensées, se demandant probablement ce qu'elle ferait différemment si elle pouvait recommencer de zéro.

« Avez-vous la moindre idée de ce que c'est que d'être mariée à un homme comme Martin ou Alex ? m'a-t-elle demandé en me regardant cette fois dans les yeux. Un homme obsédé par l'argent et le prestige, dominé par son *ego* et le sentiment de sa propre importance. Pour l'instant, vous ne voyez que le bon côté des choses. »

Elle a tenté d'accompagner ces derniers mots d'un sourire de vieille sage bienveillante, mais seule une grimace douloureuse et légèrement fêlée est apparue sur son visage.

« Vous êtes impressionnée par leur assurance, leur charme décontracté, les babioles qu'ils vous rapportent, les vêtements et les sacs à main. Ils se servent de ces choses pour vous prendre dans leurs filets. Et après vous vous retrouvez prise au piège, sous leur contrôle. »

Je savais qu'elle avait du mal à respirer, mais j'avais désespérément besoin d'entendre le reste.

« Pendant très longtemps, vous leur trouvez des excuses, et puis un jour vous n'en pouvez plus, mais alors ils font intervenir des petits malins d'avocats – comme vous-même – pour vous arnaquer.

— Donc tout ça, c'était une question d'argent, ai-je dit lentement. Donna aurait obtenu une prestation compensatoire de plusieurs millions. Ça ne lui suffisait pas ? Ç'aurait été plus d'argent qu'elle ne pouvait en dépenser en toute une vie.

— Je n'ai pas eu de mal à la persuader que ça ne suffisait pas », a-t-elle répliqué d'un ton légèrement triomphant.

Sa voix commençait à faiblir. Je me suis rapprochée du lit autant que je pouvais. Assez près pour voir ses yeux injectés de sang et entendre sa respiration courte et haletante.

« Alex avait une liaison. Pas avec Donna. Avec une bimbo au boulot. Il est tellement stupide, il ne savait même pas que j'étais au courant, a-t-elle continué en évitant mon regard. Je voyais déjà comment ça allait se terminer. L'algorithme était sans cesse actualisé par l'équipe que j'avais mise en place. Il s'améliorait constamment. Mais je savais que plus la société gagnerait en valeur et en rentabilité, plus je me retrouverais petit à petit évincée de mon couple, et remplacée par une pétasse qui n'apportait rien à part de la flatterie et du cul. Alors j'ai décidé de faire quelque chose pour changer ça. »

Elle a regardé par la fenêtre comme si elle se remémorait les détails de tout ce qui s'était passé.

« Donna voulait quitter Martin depuis des années. Elle ne l'avait jamais vraiment aimé, mais elle adorait son train de vie, et c'est pourquoi elle était restée si longtemps avec lui. Je n'avais jamais pensé que Martin aurait les couilles de demander le divorce, mais lorsque, après l'excursion new-yorkaise de Donna, il lui a dit que c'était fini entre eux, j'ai su que c'était le moment de mettre mon plan en branle. J'ai dit à Donna de demander le divorce la première. Je lui ai dégoté un super avocat, le "Piranha". Mais je savais que Martin se trouverait lui aussi un excellent avocat. Je savais qu'il ne se laisserait pas délester comme ça de la moitié de ce qu'il avait passé sa vie à construire. Et quand il est apparu que Donna n'obtiendrait peut-être pas ses cinquante pour cent, je lui ai rappelé combien cela était injuste. Je lui ai dit qu'il y avait un autre moyen. »

Elle était en train de faiblir rapidement et n'avait plus la force de parler. Je l'ai aidée à combler les trous, réfléchissant à voix haute alors que j'essayais de deviner le reste de son plan.

« Donc vous avez mis en scène sa disparition. Vous saviez que Martin serait le seul suspect, et comment tirer parti de la clause de moralité dans le contrat d'associés.

— Donna a fait sa part : elle a décrit dans son journal intime le sale caractère de Martin et a commencé à passer de la pommade à sa sœur. Lui a servi deux ou trois histoires de violences conjugales : ce n'était pas difficile à croire. Elle est allée chez Jemma – elle lui a piqué son passeport. La pauvre femme n'allait jamais nulle part, elle n'a manifestement jamais remarqué qu'il avait disparu. »

Elle s'est interrompue pour reprendre encore une fois son souffle.

« La semaine de la résolution des litiges financiers, elle a invité Martin chez elle. Il était toujours incapable de lui résister. Ils ont couché ensemble. Puis elle lui a demandé de partir.

— Et vous êtes passée la chercher.

— Je m'étais organisée pour sortir dîner avec Alex ce soir-là. Il fallait que je lui prépare un alibi à lui aussi, au cas où. On est rentrés chez nous. J'ai mis un somnifère dans son digestif et j'ai volontairement provoqué une dispute pour justifier le fait de coucher dans la chambre d'amis. Lorsqu'il s'est endormi comme une masse, je suis allée chercher Donna et je l'ai fait sortir de Londres. Je m'étais arrangée avec quelqu'un pour qu'il la mette clandestinement dans un ferry pour la France. À ce stade, c'était trop risqué d'utiliser le passeport de Jemma. Le lendemain matin, elle était en France. Elle était censée rester dans la banlieue de Paris jusqu'à ce que je puisse l'envoyer plus loin encore. Elle voulait aller à Bali. Elle aimait la vie là-bas. Ça n'a pas été difficile de lui vendre l'idée de passer quelques années au soleil.

— Et après ? ai-je demandé, sidérée par l'audace des deux femmes.

— Une fois qu'Alex aurait obtenu le plein contrôle de la société, l'idée était de l'aider à la développer. Les retours sur investissement qu'offre Gassler sont tellement bons que les gens oublieraient rapidement Martin Joy et ses liens avec la société. Et j'ai déjà des investisseurs sur les rangs. Se lier d'amitié avec de riches épouses est une excellente stratégie. Puis j'allais divorcer de lui. À la différence de Donna, mes prétentions à l'obtention de cinquante pour cent des biens matrimoniaux étaient très justifiées.

— Et où était l'intérêt pour Donna ?

— Faites le calcul. Trente pour cent des actifs de Martin ou une part d'un bien plus grand gâteau avec moi. Donna était cupide. Je n'ai pas eu de mal à la persuader.

— Est-ce que ça méritait vraiment tout ce que vous avez fait ? ai-je demandé, si doucement que je n'étais pas sûre qu'elle m'ait entendue.

— Ce n'est pas pour l'argent que je l'ai fait. C'est pour le principe, a-t-elle craché, comme si elle avait retrouvé de l'énergie dans quelque profond puits de fureur.

— Ce principe vous tenait tellement à cœur que vous étiez prête à me tuer ?

— Ce n'était pas censé se passer comme ça. »

Elle m'a regardée dans les yeux et, à cet instant, je l'ai crue.

« Je voulais juste écarter Martin de la société, a-t-elle continué lentement, posément. Je voulais qu'il soit discrédité et qu'il s'en aille. On avait juste besoin de créer assez le doute pour le forcer à partir. C'est tout. C'est pour ça que Donna a disparu comme elle l'a fait. Elle n'a pas mis sa maison à sac, ou laissé des traces qui crient "lutte violente" sur tous les toits. On a été subtiles, suggestives.

— Et le sang dans le lit ?

— Très simple. Un de ces kits de prélèvement par piqûre au doigt. C'est surprenant ce qu'on peut obtenir d'un bout de doigt bien charnu. Comme je vous l'ai dit, on ne voulait pas quelque chose du style *Massacre à la tronçonneuse*. Juste de quoi éveiller les soupçons. »

Elle a eu un reniflement d'agacement.

« Mais après, Alex m'a dit que vous aviez suivi Martin cette nuit-là, jusque chez Donna, comme un petit chien transi d'amour. Vous étiez l'alibi de Martin et ainsi vous avez tout gâché, en vous montrant aussi pitoyable que toutes les autres femmes qui soupirent après des mecs comme Martin Joy. »

Je n'ai pu que secouer la tête. Elle était pâle et brisée dans son lit. Elle a laissé passer quelques secondes avant de continuer son récit.

« Mais j'avais commencé quelque chose, Francine. Alors il fallait que j'aille jusqu'au bout. J'ai suggéré que Martin vienne habiter chez nous après son arrestation. Je voulais garder un œil sur lui. Un soir, j'ai eu une discussion à cœur ouvert avec lui et je l'ai interrogé sur votre relation. Il m'a dit qu'il vous aimait mais que vous étiez fragile mentalement. Je n'avais pas eu besoin de lui pour le deviner, cela dit : j'avais déjà repéré les cicatrices sur vos poignets.

— Vous vous êtes dit que ce serait facile de vous débarrasser de moi. L'amante instable qui avait déjà fait une tentative de suicide.

— Hier soir, Alex m'a dit que vous l'aviez appelé. Que vous étiez parano. En plein délire. Mais il a aussi dit que vous aviez trouvé le collier de Donna que j'avais caché à Dorsea. Je l'avais mis là à l'intention de la police. Je n'en revenais pas qu'ils ne l'aient pas trouvé. Quel manque de rigueur.

— Donc je posais trop de problèmes pour que vous me laissiez exister.

— Donna était pareille », a-t-elle marmonné.

J'ai noté que, là encore, elle avait dit « Donna *était* ».

« Pourquoi est-ce que vous n'arrêtez pas de parler de Donna au passé, Sophie ?

— Au passé ?

— J'avais déjà remarqué quand on s'est vues dans les bureaux de Gassler.

— Qu'est-ce que ça peut faire ? »

J'ai senti le picotement glacé de la chair de poule m'envahir alors que je commençais à comprendre.

« Elle est morte, n'est-ce pas ? Vous avez dit à la police qu'elle était en France. Mais elle n'y est pas, je me trompe ? »

Elle n'a pas répondu.

« Donna est morte, n'est-ce pas ? ai-je insisté en faisant un pas de plus vers le lit. Elle aurait pu revenir à n'importe quel moment quand vous vous inquiétiez que Martin ait un alibi. Mais elle ne l'a pas fait. Parce qu'elle ne le pouvait pas.

— Elle était aussi stupide que vous, a chuchoté Sophie. Une lâche irresponsable. Je ne lui faisais pas confiance pour s'en tenir au plan. Je savais qu'elle aurait fini par faire une erreur : acheter un téléphone, laisser des traces sur les réseaux sociaux. Ou être prise d'hésitation et décider qu'elle ne pouvait tout simplement pas aller jusqu'au bout.

— Vous ne vouliez pas partager l'argent avec elle, pas vrai ? »

J'ai entendu la porte s'ouvrir derrière moi. Je me suis retournée pour découvrir l'inspecteur Doyle, un gobelet de café à la main, en train de me regarder avec une expression déçue, mais pas complètement surpris.

« Vous feriez mieux de vous en aller », m'a-t-il dit d'un ton ferme.

Je me suis bien gardée de protester.

« Je ne voulais pas vous faire de mal, mais vous vous êtes mise en travers de mon chemin », a conclu Sophie.

Je suis sortie de la chambre sans me retourner.

49

Deux mois plus tard.

Le restaurant Summerhouse dans Little Venice semblait l'endroit idéal pour retrouver Clare à déjeuner. Il n'était pas loin du centre d'aide psychologique, et sa situation, juste en bord de canal, était parfaite pour un début d'après-midi estival.

« Je n'en reviens pas qu'il ait été vendu cinquante mille livres de plus que tu n'en demandais, a dit Clare en piquant sa fourchette dans une olive alors que je lui racontais la débauche d'offres sous pli scellé qu'avait reçues mon appartement.

— L'espace d'une minute, j'ai été tentée de le garder, ai-je confié en sirotant mon jus de pomme. Je pensais que l'envolée des prix de l'immobilier à Londres s'était calmée, mais ce n'est manifestement pas le cas.

— Non, tu as bien fait », a dit sagement Clare en posant la main sur son ventre.

J'ai hoché la tête, consciente qu'elle avait raison. Pete Carroll avait déménagé moins d'une semaine après les événements de Dorsea. Était-ce la honte qui l'y avait poussé, ou la peur que je le dénonce à la police ? Je ne le saurais jamais. Je ne savais pas où il était parti. Même son courrier s'était rapidement tari. Il m'arrivait de me demander s'il avait seulement existé.

Après tout ce temps, je m'interrogeais encore pour savoir si j'avais pris la bonne décision en ne portant pas plainte contre lui dans les jours qui avaient suivi l'arrestation de Sophie. Il avait profité de ma vulnérabilité. Il avait abusé de moi et méritait d'être condamné et puni. Mais après tout ce qui s'était passé, je n'avais tout simplement pas besoin du stress supplémentaire de le dénoncer officiellement, malgré les encouragements de Michael Doyle et de Tom Briscoe à le faire. Ma santé mentale était ce qui comptait le plus pour moi, pas la vengeance ni même la justice. Était-ce mal de ma part ? Égoïste ? Je ne savais pas ce que d'autres auraient fait dans les mêmes circonstances, mais pour moi c'était le bon choix, du moins à ce moment. J'avais besoin de me ressaisir et de me cuirasser. Me débarrasser de mon appartement faisait partie du processus visant à m'aider à surmonter tout ce qui s'était passé. Mais j'aimais à croire qu'un jour, je retrouverais Pete Carroll et le dénoncerais, parce que je n'étais pas sûre de réussir à me remettre complètement, sinon. Je le devais à moi-même, et à toutes les personnes qui se sont retrouvées dans ma situation.

« Comment s'est passé ton rendez-vous avec Dave Gilbert ? ai-je demandé alors que la serveuse nous apportait une salade truffée de tomates anciennes de la couleur des pennies neufs.

— Il m'a plu.

— C'est le meilleur avoué de divorce que je connaisse. Et comment se conduit Dom ?

— Il a fait emménager sa serveuse dans l'appartement de l'étage avec lui. Je suis sûre qu'elle s'imaginait que ce serait super glamour de se mettre à la colle avec le patron. Attends un peu qu'elle découvre combien c'est étriqué avec tout son bordel d'homme. »

Elle a eu un sourire un peu triste. Elle faisait bonne figure, mais je savais qu'elle trouvait la séparation difficile. Il s'était avéré que tout le personnel du restaurant de Dominic était au courant qu'il entretenait une liaison avec sa serveuse polonaise. Elle avait commencé du jour où il l'avait embauchée, et ils s'étaient régulièrement éclipsés pour un petit coup rapide à l'étage ou chez elle avant même que le restaurant ait ouvert.

Au moins Clare et moi avions l'idée de notre croisière prochaine pour nous réjouir. Nous étions censées faire le tour de l'Adriatique et de la mer Égée en bateau le mois suivant, et j'avais hâte de visiter les marchés aux fruits de Venise, de me promener dans les ruelles blanchies à la chaux de Mykonos et de voir les toits en terre cuite de Dubrovnik. En prévision de notre voyage, je m'étais acheté une dizaine de robes d'été, très différentes de ce que j'avais par ailleurs dans ma garde-robe : de petites choses sexy à fines bretelles, dans un kaléidoscope de couleurs et de motifs. Clare, de son côté, appelait ça sa « lune de miel prénatale » et m'avait déjà invitée à être sa partenaire d'accouchement.

« Alors, dis-moi tout, ai-je demandé lorsque nous avons eu fini de manger. Comment s'est passé ton rendez-vous galant avec Gil, hier soir ?

— Ce n'était pas un rendez-vous galant ! s'est-elle indignée.

— Je croyais que vous étiez allés dîner ensemble, ai-je répondu d'un petit ton désapprobateur.

— On est allés prendre un burger dans un pub où jouait un groupe *tribute* des Smiths. On n'était là que pour la musique.

— Bien sûr, ai-je répliqué en souriant.

— Alors, à quelle heure tu le vois ?

— 2 heures et demie, ai-je répondu en regardant ma montre. C'est à seulement dix minutes à pied d'ici, n'est-ce pas ? »

Elle a hoché la tête.

« Je vais y retourner avec toi. »

Elle m'a regardée plus attentivement.

« Est-ce que tu es prête ? »

J'ai acquiescé. Il m'avait fallu un certain temps pour me laisser convaincre de voir un psy afin d'intégrer mentalement tout ce qui était arrivé. J'estimais avoir déjà eu bien assez de psychothérapie et de médicaments à prendre pour mon trouble bipolaire ; mais reviviscences et cauchemars ne voulaient pas s'en aller. J'avais encore du mal à me rendre dans des lieux isolés ; même le vestiaire à la salle de sport me mettait parfois mal à l'aise quand il était vide.

Cependant, je faisais confiance à Gil Moore, et j'étais d'accord sur le fait qu'il fallait que j'affronte les divers problèmes que j'avais probablement toujours eus, mais qui avaient été exacerbés par tout ce qui s'était passé avec Martin, Donna et Sophie Cole.

Plusieurs semaines avaient été nécessaires avant que j'accepte d'en parler à qui que ce soit, même si j'avais épluché tous les articles, d'actualité ou de fond, écrits sur l'affaire qui semblait avoir pris le surnom de « La vengeance des premières épouses ».

Sophie avait acquis une triste notoriété, mais également réussi à se créer une réputation d'icône ultraféministe, de symbole de l'émancipation des femmes, pour être partie en guerre contre des époux capitalistes tyranniques. Je me demandais si les gens qui l'encensaient savaient combien ç'avait été terrifiant pour moi à Dorsea House. Ou qu'elle avait tué Donna dans le cadre de son projet.

La police n'a jamais retrouvé Donna en France, ni ailleurs, du reste. Elle est toujours portée disparue – c'est la lord Lucan[1] de Chelsea –, même si des gens ont affirmé l'avoir vue dans des endroits aussi lointains que le Paraguay ou la Papouasie-Nouvelle-Guinée.

Sophie nie avoir eu la moindre conversation avec moi concernant ce qu'elle aurait fait à Donna. C'est vrai : elle ne me l'a pas avoué mot pour mot, mais j'ai vu l'expression dans son regard et j'ai su, tout simplement. J'ai su le sort qu'elle lui avait fait subir. Dans quelle mesure cela sera recevable au tribunal, je ne sais pas. Ce jour viendra. L'inspecteur Doyle est en train de monter un dossier contre Sophie, d'essayer de la pincer pour quelque chose de plus grave que l'entrée par effraction dans Dorsea House et mon agression. Il épluche les enregistrements de caméras de surveillance dans l'espoir de la voir quitter Londres avec Donna, de découvrir où elles sont parties. Je l'aiderai autant que je peux, même si, au fond de moi, je sais que si l'intérêt suscité par l'affaire s'émousse,

1. Pair britannique, habitant le quartier huppé de Belgravia, disparu en 1974 et jamais retrouvé.

si le corps de Donna n'est jamais retrouvé, si on ne découvre aucun élément qui laisse entendre que cette dernière a fait autre chose que prendre la fuite, alors Sophie s'en sortira impunément.

Mieux que personne, je sais qu'il n'y a pas de place à la barre des témoins pour hypothèses et conjectures, mais cela ne m'empêche pas, chaque fois que je suis seule, de me demander ce qui a pu arriver à Donna lors de ces quelques heures qui ont suivi sa disparition.

Je pense à ce que je dirais, aux théories que j'avancerais, à l'histoire que je bâtirais si j'étais l'avocate générale et non simplement une civile donnant un témoignage.

J'imagine Donna montant dans la voiture de Sophie cette nuit-là, après avoir demandé à Martin de sortir de son lit, et Sophie, nerveuse mais prête au volant d'une voiture payée en liquide, en train de l'attendre. Je les imagine alors qu'elles sortent ensemble de Londres, telles de joyeuses Thelma et Louise, ivres d'amitié, de liberté et d'adrénaline, et qu'elles arrivent dans une location hors saison ou une dépendance ne figurant sur aucune carte, un endroit indétectable et à l'écart de tout.

Je pense que Donna n'est pas partie immédiatement pour la France. En fait, je pense qu'elle n'y est pas allée du tout, bien qu'elle ait volé le passeport de sa sœur et fait un galop d'essai en prenant l'Eurostar – cette mystérieuse excursion que Phil Robertson avait relevée toutes ces semaines plus tôt. Je pense que Donna Joy est restée dans sa cachette à l'écart de tout, à attendre impatiemment les prochaines instructions de Sophie. Mais qu'elle s'est dégonflée par rapport à toute l'affaire et a voulu faire machine arrière avant même que sa disparition soit annoncée. Sophie est alors venue la voir pour la persuader de ne pas renoncer à leur idée et c'est là qu'elle l'a tuée, cachant son corps sous quelques centimètres de terre ou dans une fosse septique. Ou peut-être que Donna a connu une autre triste fin qu'elle n'aurait jamais imaginée pour elle-même.

Je sais avec quelle facilité l'avocat de la défense de Sophie pourrait mettre ma théorie en pièces. J'ai chez moi un calepin, caché au fond du tiroir où je range mes affaires de sport, rempli des séries d'arguments que j'utiliserais au tribunal si c'était moi qui la représentais.

Je sais que je lutterais pour rendre irrecevable tout mauvais enregistrement où l'on affirmerait reconnaître Sophie et Donna. Et que je chercherais inlassablement des réponses sur la petite amie obsessionnelle de Martin. La femme qui avait espionné la maison de Donna la nuit de sa disparition. La maîtresse imprévisible qui avait des raisons de vouloir la mort de cette dernière.

Mais ces pensées sont restées cachées dans mon calepin, parce que je ne veux pas les entretenir davantage que je ne le fais déjà.

Nous avons gagné le centre d'aide psychologique de l'ouest de Londres dans un silence presque complet. J'aimais regarder les rayons du soleil miroiter sur le canal et les cygnes glisser majestueusement sur l'eau. Clare m'avait recommandé de commencer à essayer de voir toujours le bon côté des choses, me rappelant qu'il y avait des plaisirs simples tout autour de nous. Et elle avait raison : il y avait plein d'aspects de ma vie qui me donnaient des raisons de sourire. J'avais vendu mon appartement rapidement et réalisé un solide profit. Je faisais toujours partie du cabinet de Burgess Court – notre fusion avec Sussex Court était imminente – et Tom Briscoe était devenu un ami proche. Il avait essayé de me persuader de ne pas retirer ma candidature à la soie, mais comme je le lui avais expliqué plusieurs fois, je n'étais pas sûre d'être en état d'affronter un refus cette fois-ci. De toute façon, j'aurais d'autres occasions de postuler.

Daniyal Khan était revenu au Royaume-Uni après deux semaines de vacances au Pakistan, exactement comme son père l'avait promis. Peut-être la relation de Yusef Khan avec sa nouvelle petite amie à Bedford était-elle plus sérieuse que nous l'avions imaginé. Peut-être Yusef n'était-il pas tout à fait le monstre que nous avions imaginé, certainement pas quand il était question de son fils. L'amour triomphe de tout.

Quant à ma propre vie sentimentale, j'avais décidé que j'étais mieux toute seule. Du moins dans l'immédiat. Martin Joy continue à m'appeler de temps en temps. Nous restons liés par Donna Joy – désormais en tant que témoins de l'accusation dans le procès contre Sophie Cole. À un moment ou à un autre, nous finirons sûrement par nous revoir au tribunal.

Mais mes sentiments pour lui se sont évanouis aussi brusquement qu'ils étaient nés.

Je voulais juste oublier toute cette période de ma vie, et c'était comme si mes émotions le comprenaient.

J'ai pris congé de Clare alors qu'elle récupérait ses messages à l'accueil. On m'a dit de monter au premier étage, ce qui était différent de ma précédente visite.

« Belle pièce, ai-je dit à Gil en admirant l'espace lumineux de son nouveau bureau.

— Quelqu'un est parti. J'étais prêt à payer plus, mais j'aime me dire que c'est une promotion, a-t-il répondu en souriant.

— Donc pas de lumières bleues aujourd'hui. »

Je n'étais pas sûre qu'elles m'aident. Chaque fois que je fermais les yeux, je voyais encore les gyrophares approcher de Dorsea House. Je savais que Gil souhaitait me faire parler de cette nuit-là, mais je voulais que le procédé soit le moins stressant possible.

« Pas de lumières. Juste de la conversation », m'a-t-il promis.

Je me suis assise dans un vieux fauteuil club et me suis nerveusement essuyé les mains sur les genoux.

Il est venu s'installer en face de moi. Je me suis demandé s'il y avait eu la moindre étincelle entre Clare et lui dans ce pub de Portney. Si c'étaient juste deux amis qui avaient fait une sortie ensemble, tout comme Tom Briscoe m'avait invitée à un spectacle comique le vendredi suivant, ou s'il y avait quelque chose de plus entre eux. Comme ils travaillaient ensemble, je me suis demandé si c'était une bonne idée pour eux de se lancer dans une relation. En même temps, comment était-on censé rencontrer quelqu'un autrement ? C'était ce que j'avais tenté de me rappeler toutes ces fois où je m'étais maudite d'avoir entamé une liaison avec mon client. Ce n'était pas moralement répréhensible. C'était normal. Personne n'est parfait. Nous suivons les pistes qui nous sont données, saisissant les occasions là où elles se présentent, fréquentant les gens avec qui nous avons des choses en commun. Peut-être était-ce pour cela que j'avais acheté une nouvelle robe en prévision de ma soirée avec Tom. Et que mon cœur avait commencé à battre la chamade quand nous nous faisions du thé ensemble dans la minuscule cuisine du cabinet.

J'ai bavardé un peu avec Gil. Il m'a posé quelques questions, notant mes réponses dans son calepin.

« Alors aujourd'hui, nous allons parler de la nuit à Dorsea Island. Est-ce que vous êtes prête pour ça ?

— Soyez doux avec moi », ai-je répondu avec un léger grognement de dérision nerveuse.

Il a croisé les jambes et posé la main sur ses genoux.

« Je sais que c'est difficile pour vous de vous remémorer cette nuit-là, Fran, mais sans ça, Sophie Cole n'aurait peut-être jamais été arrêtée. Si vous pensez aux conséquences positives des événements de cette soirée, cela vous aidera à apaiser les émotions négatives que vous y associez.

— Par où voulez-vous que je commence ? ai-je demandé d'une voix hésitante.

— Vous n'avez qu'à me raconter ça comme une histoire. J'ai découvert que ça aide. Cela crée une distance initiale avant que nous explorions votre ressenti plus en profondeur. »

J'ai hoché la tête, appréciant sa suggestion. J'étais la petite fille qui adorait les livres. L'adolescente qui voulait écrire un roman. À présent que j'étais adulte, raconter une histoire me semblait un bon moyen de me réconcilier avec tout ce qui m'était arrivé.

J'ai pris une profonde inspiration pour me calmer. J'étais forte et prête à aller de l'avant. J'ai fermé les yeux et laissé le silence me ramener à Dorsea Island alors que je commençais à parler.

« C'est amusant, la capacité qu'a le cerveau à refouler les souvenirs qu'il ne veut plus conserver ; vous savez sûrement cela. Mais si je ferme les yeux, j'entends encore les bruits de cette nuit de mai. Le hurlement d'un vent froid pour la saison, le branlement de la fenêtre de la chambre, l'éraillement de la mer sur les galets au loin… »

REMERCIEMENTS

Merci à mon agente, Eugenie Furniss, et à Liane-Louise Smith, Rachel Mills et Lucy Steeds chez Furniss Lawton. Merci également à Drew Reed, Marcy Drogin et Toby Jaffe chez Original Films.

Kimberley Young, Eloisa Clegg, Felicity Denham, Clare Ward et toute l'équipe de chez HarperCollins ne m'ont pas seulement aidée à donner vie à ce roman, elles ont aussi rendu le processus de la publication tellement agréable qu'il m'est arrivé de passer en coup de vent pour une réunion de marketing et d'être encore en train de traîner dans les bureaux trois heures plus tard. Merci également à Katherine Nintzel et à la formidable équipe de William Morrow.

Beaucoup de personnes ont généreusement donné de leur temps et de leur expertise pour m'aider avec l'intrigue. Michael B. et Fiona S., brillants avocats en droit de la famille, m'ont expliqué en détail les derniers développements en matière de procédures de divorce et de prestations compensatoires. Toute erreur n'est due qu'à moi. Suzanne P. a été ma première lectrice, mon banc d'essai, mon œil de lynx. Nous avons commencé notre carrière juridique ensemble et sommes encore très bonnes amies, même si j'ai quitté cette branche il y a longtemps. Nous sommes toujours partantes pour parler livres et droit autour d'un cocktail à la rhubarbe. Le Dr Jim m'a donné un excellent aperçu du sujet fascinant et compliqué que sont les pertes de mémoire et les méthodes de remémoration. Merci également à Goat, Scarlett Taor et Benny Harvey.

Pendant très longtemps, *Rien que pour moi* n'a été qu'un document Word intitulé « Thriller » qui traînait sur mon bureau. Merci à toute ma famille pour son soutien, notamment à mon fils Fin, qui m'a gaiement accompagnée dans les rues de Chelsea pour élaborer les déplacements de Francine, et à mon mari, John, qui a soutenu l'écriture de ce roman dès le début et n'a jamais semblé m'en vouloir quand je voulais parler pivots dramatiques alors qu'il voulait regarder *Game of Thrones*. Celui-ci est pour toi.

NOTE DE LA TRADUCTRICE

En Grande-Bretagne, il existe deux sortes d'avocats : les *barristers*, qui seuls sont habilités à plaider dans les instances supérieures, au pénal comme au civil, et les *solicitors*, qui conseillent et représentent leurs clients, saisissent pour eux un *barrister* si nécessaire (ils peuvent plaider eux-mêmes dans les instances inférieures, au civil uniquement) et exercent également des fonctions de notaire. Il n'y a malheureusement pas de distinction équivalente en français. Le métier le plus proche semblant être celui d'avoué, même si les fonctions de celui-ci ne recouvrent qu'une partie du travail du *solicitor* (et que le métier n'existe plus en France depuis 2012, les fonctions de l'avoué étant désormais assurées par les avocats), c'est le terme que j'ai employé dans ce texte.

Composition et mise en pages
FACOMPO, Lisieux

Imprimé en France par CPI
en octobre 2020
N° d'impression : 3041105

MIXTE
Papier issu de
sources responsables
FSC® C003309
FSC
www.fsc.org

Pocket, une marque d'Univers Poche,
est un éditeur qui s'engage pour
la préservation de l'environnement
et qui utilise du papier fabriqué à partir
de bois provenant de forêts gérées
de manière responsable.

Pocket – 92 avenue de France, 75013 PARIS

S30965/01